U0902905

你等待的一切，
会在想不到的时刻，
到来。

水瑶

火锅 著

倾车之恋

青岛出版社

序言

王颖（火锅）写出了一部引人入胜的爱情书。

书中这些七〇后生人有一些极特殊的经历，他们正面临着自己全部的人生问题。所有问题既新又旧，因为一代代人都会在这种更迭接续中往前走，循环往复，构成所谓人类生活的历史。文学是人性多彩多姿的摹本和棱镜，以文字方式再现的生鲜与活泼，既可以抚摸又可以吟味，其意义是永远不可取代的。

王颖的这部书，令人产生深切的、长长的感叹。

它讨论和叙说的是爱情诸问题。爱情不是人生的全部，却常常构成人生的核心事件。能够爱的人是幸福的，懂得爱的人是深刻的。王颖对笔下人物的爱有深入别致的洞悉，这些人物几乎没有一个不是复杂难言、心肠热烈、渴望冲动的，是活得真切活得生机盎然的青年与中年，可能还会有相差不远的老年。

进入网络时代之后，阅读已经大为不同了：虚构故事中似乎遍是爱情，于是人们会对所有的这类文字表现出见怪不怪的平易心情。这其中即便是最大的猎奇，也吸引不了多少目光。总之这种阅读好像正在呈现无足轻重和百无聊赖的情状，已经难以进入稍稍认真和严整的审美心态。

可是实话相说，真正的爱情书是最难写的，也从来都是最多情最有趣的夺目文字。有时我们甚至可以说，爱情的表现与记述占去了小说这种文体的绝大部分，因为我们真的很难找到一本与爱情毫无关涉的虚构故事。于是问题也就接踵而来：读者对“爱情”的刺激有了强大的免疫力，对所有关于“爱情”的描述有了更加苛刻的要求。

但是，这种苛刻在成熟的大读者那里又是极为不同的。

比如说他们再也不会简单地追求离奇和新鲜，不会寻找一般意义上的华丽和缠绵，而是要从中看取不同凡俗的感动和激情，能够于相似的沉湎中获得生存的意义和勇气，并在这个独自领悟的过程中延长扩大自己的生命经验。

人们于爱情中联想和幸福。人们不甘心过平庸的生活。人们想在崇高和意趣中鉴定自己。人们要自我追求并赞赏许多追求。

王颖的这本书就给了我们这样的满足感。她的文笔灵动地一挽，就将你的感叹和微笑和泪水一起汇拢，然后让你动情地注视、期待，最后一点点加入进去。你跨越文字遥不可及的距离参与了幻想，又在对号入座的悖谬与无知中跃跃欲试。这就是所有成功的爱情书写所能带来的梦想效果。

这里除了创作的功力，还必须要面对真诚这个老麻烦。我们一再强调书写的真诚，情怀的不欺，就因为这才是写作的基础。网络时代聒噪逼人，遍地嗲声，凡稍有价值的写作就需要具备真诚与淳朴的精神。的确，只要人类还想生存下去，还想继续葆有一份健康的情感生活，就只能如此持守。

王颖是诚实的，她交付出心灵深处的激越，才有了这全部文字的灼烫感。她的书写出了青春的尝试、青春的无奈，以及青春的浪掷。时间匆匆，韶华易逝，可是年轻人总是烙下深深的生命印记。

青春时节有火烈的爱情，它燃烧的余热将温暖人的一生。

人的一生应该是爱的一生；而好书，又总是关于爱情的。

张炜

2014.5.8

（注：张炜，山东省作协主席，2011 年以长篇小说《你在高原》获第八届茅盾文学奖。）

目录

伍娟的故事

楔子

李郁最近持续失眠。正值冬至前后，早晨六点钟的天色看起来还是深夜，夜色像是舞台上的黑色天鹅绒幕布，厚，沉重，灰扑扑的有种尘土气味。

她最害怕冬天的凌晨和黄昏，因为特别有一种浑浊不安的气味。凌晨总是那么踏实阴沉的黑，好像早就下定了决心，永远也不要再明亮起来；黄昏又来得格外早，三四点钟就开始酝酿，然后猝不及防地，一会儿不注意，再看的时候就已经黑透了。

听得见时间滔滔的流淌声。

挣扎着爬起来，镜了里的那张脸惨不忍睹，色斑、粉刺、黑眼圈。过了三十岁，不可避免地，梳妆台上的瓶瓶罐罐越来越多，泛滥成灾，再也不是清水冲一把脸就走得出门的年龄了。

但李郁决定今天就这么干。

学生怎么看……同事怎么看……去他们的。就当是世界末日。

事实上他们也早已经不看她了，有的是年轻貌美的新人可以看。只是她还过不去自己这一关。

就这样也差点晚了。李郁要先走到班车点，然后坐班车去郊区的学校上班。匆忙跳到班车上的时候，只剩下最后一排有个座位空着，她只好穿过狭窄的甬道往最里边走去，走得断断续续，两边牵牵绊绊的都是腿，各式各样的鞋子。

有人在班车上吃早点。浓郁的包子和煎饼果子的味道，更显得空气浑浊肮脏。

她一眼瞥见伍娟和赵致舟坐在一起，两个人都笑着和她打了招呼。

系里年过三十还在单身的，女教师里就剩下她和伍娟了。她和伍娟是研究生同级同学，甚至还在一个宿舍住过三年，但是气场不合，私下里几乎从无交道。那个女孩样子不算难看，但从来都是一种笨拙、手足无措的样子。教师例会上讲个话，也会紧张得鼻头都红起来。真不能想象她是怎么给学生上课的。

总之学生也没有造反。当然现在学生的心思早就不在听课上，没人认真考究。

赵致舟是另外一种别扭。李郁几年前毕业到这所学校的时候他早就在这儿了，算是资深教授，少说也有五十多岁的样子，不过年龄标志不是很明显，因为他大多时候都是面无表情的，一张脸像是白板一块，缺乏表情肌。他轻易不大跟人讲话，学生和年轻点的同事都有点怕他，不过课上得公认的好，学问也严谨。

看他和伍娟倒还聊得来。

伍娟赶班车一般都是提前到。七点半之前都有流水发车，但她总觉得最后十分钟是不保险的，不稳定因素太多，比如可能坐满人了，也可能司机的手表拨快了。她跳到班车上的时候，只有寥寥几个人分布在前面和中部。伍娟从来不坐在前面，于是径直往里边走。正挑拣座位的时候，看见了坐在中间位置上的赵致舟。几乎想也没想，她就开心地走过去坐下，他稍稍往里面挪动了一点，朝她微微一笑。

这个学期，伍娟和赵致舟的课在同一天，常常能够在早班车上遇到。

她急切地想要把昨晚的一个梦告诉他。她梦见人群中他和她擦肩而过，像陌生人一样，她着急地喊他，他却连头都没回。

其实他们也不怎么说话，早晨起得早，人疲倦，班车开起来一摇晃，大部分人都昏昏欲睡。她一般不喜欢和同事坐在一起，因为总觉得紧张，无话可说，没有办法放松地打盹，但和赵致舟在一起居然是可以的。有一次司机急刹车，她正在梦中，又是有人追杀，被逼无奈，马上就要从悬崖上跳下去。车子猛地一亘，她在梦中觉得被人拦腰一推，恐怖到了极点，反而醒了。他好像看见了她的梦，低声说："没关系，有个骑三轮车的人突然要过马路。"像是为他的话做个注解，司机打开窗户，破口大骂。那骂声新鲜茁壮，仿佛是宣布她又死里逃生，重见天日。她从包里拿出手绢来擦头上的汗珠，简直像虚脱了一样。在班车上都能做这么深的梦，实在丢人。她的手绢是粉红格子的，现在没有女孩子还用手绢了……她知道自己是个到处格格不入的人。

伍娟坐下来，给赵致舟讲昨晚的梦，着急地呱啦呱啦讲完了，赵致舟对她笑笑说："怎么会。"

语气平淡，却像镇静剂。她这时才想起把羽绒服的帽子拿下来，围巾摘下来放在腿上，身体往后靠了靠，找到了一个最舒服的姿势。

当然，她的梦只说出来一半。不能说的是，当无论如何也喊不回他的时候，她蹲下来哭了，一下子被甩回到小时候，某个冬天，彻骨的凉，朔风凛冽，一个完全陌生的空间。她吓得哭都忘记了，眼泪和鼻涕冻成冰条挂在脸上，不知道该往哪里走，不知道怎么才能回到熟悉的长大以后的生活。

像很多大巴一样，班车的最后一排座位比前面高出一个台阶，很挤。李郁别别扭扭地在角落里的最后一个座位坐下，习惯性地看了一眼手机，没有短信，没有未接来电。她的心里咕嘟咕嘟像发酵一样，涌上一股对周秦的仇恨。

昨天晚上她和周秦吵了架，一个人半夜从他的房子跑回她自己的宿舍，他不但没有追过来，而且迄今为止，连一个电话都没打。

虽然不想承认，但她心里清楚得很：即使还能够在一起，他们也已经彻底完了。

李郁习惯性地望着窗外，远处的天空总算有了点鸭蛋青的颜色，还是那么惨淡。

今天换了一个新司机，大概从没走过这条路，把车开得像个奔跑的顽童，时而犹豫，时而莽撞。马上就要到学校了。她挺喜欢学校的这个位置，在青山绿水间。一个弧度很大的弯道过去，会忽然看到一潭深水，而学校，就在那一潭深水的对面。

车子行驶在弯道上还要超车……这个司机好像比自己更像一个一心想要复仇的怨妇。忽然，对面直直开过来一辆大卡车，司机显然慌了神，朝右边大力打把。

右边就是那一潭深水。

李郁非常喜欢那一潭水。夏天有，冬天还有，柔软地铺展在那里，永远碧绿，深情款款。

车子里一片乱了章法的惊叫。李郁本能地紧紧抓住扶手，居高临下地看着前面层层叠叠、风起云涌的黑脑袋，一时间还以为是在梦里，自己围观自己的死，然后照例醒来，若无其事地活下去。

这一次看来是不能够了。那潭深水……周秦会游泳，但她不会。他曾经教过她，却无论如何也教不会，也许是她只顾撒娇的缘故。最后他说，学不会就算了，反正我会，有我在你就淹不死。

两个人倚着池壁，并肩站在浅水池中。他搂着她的肩膀，头斜靠在她的头上。他头发上的水从泳帽里钻出来，一滴滴地滴在她的鼻子上，凉凉的，痒痒的。

她总是记得那一刻。游泳池的顶是玻璃的，夏天的黄昏，淡金色的阳光。

那潭水越来越近了，前面的黑脑袋们早就乱作一团。李郁闭上眼睛，一滴泪水洇出来。她听见自己喃喃地说：操你妈，周秦，操你妈。

她被自己的秘密吓了一跳，不由自主地左右四顾。但是没关系，那一瞬间，所有的人都在放声大叫。在众生的咏叹里，她无论是喊刘德华还是喊张国荣，都完全没有关系。

【李郁的故事】

LI YU DE GU SHI

第一章 错误

01

认识周秦的时候，她在J市的一所学校读大二，正在谈一场乏味的恋爱。更可悲的是，这是她的初恋。

她几乎是从孙锐把她搂在怀里的一霎那就后悔了。那个怀抱完全不像她想象的那样，不够宽广，像个女人一样软乎乎的，还带着点陌生的汗味。

上大学的前两年自然有不少追求者。李郁的大学名气不小，可是地方偏僻，年轻人生活枯燥，便格外要玩浪漫。李郁见识了不少浪漫的追求手法。有一个男孩匿名给她写信，但不告诉她自己是谁。他让她自己去图书馆的小阁楼看，在一个隐秘的柱子上，他把认识她以后的每一天都刻在上面。

晚上卧谈的时候，李郁把这件事告诉给同宿舍的女孩儿们，结果引来一片惊叹和艳羡的声音。李郁淡淡地说：破坏公物。言下之意是根本对这种浪漫不感兴趣。云娜问："你真的不动心呀？”好像生怕她真的动了心，一定要敲实了才算。李郁撇着嘴说："那个字丑得来，还好意思往上刻。"

安芸激动地砰砰敲着床铺，大声说："真是暴殄天物！你和这个人恋爱，又不是和他的字恋爱……"

刘刘嘻嘻地笑着说："你看把安芸急的……恨不得要替你上阵……"

安芸雪白的小脸一板："一边去，我才没时间呢。就我手里的这些排队等的，一个恋爱三个月的话，大学毕业都谈不完……我就是替李郁这个态度担心！小心嫁不出去成了老处女……"

一片乱七八糟的哄笑声。十七八岁的女孩对"老处女"这个词，有着莫名的兴趣，说起来格外有快感，因为每个人都确定它与己无关。

高中李郁就厌倦了这种浪漫的做派。她中考没有考好，进了一所二流高中，校风就是玩浪漫。李郁从小是漂亮女孩儿，个子高，丰艳，一头笔直的浓密长发，况且成绩又好，在二流中学里是没话说的一流学生。那些不学习的小混混们，偏偏喜欢招惹学习好的、平常总是端着的女生，好像这样格外刺激些。不漂亮的都有人追，何况李郁。高二的时候两个男生为了她打架，一个人掐住另一个的脖子，按在开放的楼梯栅栏上，楼层倒不高，三层，可掉下去大抵也要命，最后连校长都赶来平定。李郁从自习课上被叫到办公室，张口就是直愣愣的一句："干吗找我来？关我啥事？"

她厌恶这种没脑子的男生，摔死活该。周围不少原本学习好的女生纷纷落马，成绩一落千丈。李郁兀自不觉，独来独往，男生们给她起了外号：灭绝师太。李郁知道后冷笑一声算完。高考的时候她发挥得不错，进的大学虽不是一流名校，在她那所二流中学里也算是空前绝后了。

孙锐出现的时候和那些男生就完全不一样，理性，从容，起码是个正常人。

他读大三，比她高一级，算是师兄。规规矩矩地写了信来，简洁平实，邀请她周末一起看电影。他们学校里就有一个电影院。孙锐的字写得非常漂亮，让人先入为主地增添几分好感。后来她才发现字的主人相貌平凡。

孙锐在信里说，他有一次从女生宿舍前经过，看到一个高个子、穿白色T恤蓝色仔裤的女生迎面走过来，不知道为什么，他觉得那一刻她特别美好，也许因为是春天，紫藤花都开了。他不由地对她微笑。她看到了他微笑的眼睛，却一低头，匆匆走过去了。

她同意去赴约。大概是因为信里有一句诗：最是那一低头的温柔。

李郁不记得那个微笑的男生，也从来不觉得温柔和自己有什么关系，但是，她忽然被这个词所吸引，有一种奇怪的憧憬，仿佛正从很深的深处苏醒，努力钻出来，却说不出那到底是什么。

周末的电影也为李郁的情绪变化作了贡献，《霸王别姬》。电影里程蝶衣那浓烈的痴情不由地让李郁对自己迄今为止平淡的大学生活感到不满，旁边的这个男生，不算高大，不算英俊，很平淡的眉眼，但是坐在旁边让人心里莫名就很踏实。

也可能实在是太寂寞了。

刚入大学不久，宿舍里的女孩子们便三三两两结成伴儿，一起吃饭，一起上课，课余一起逛街玩乐。李郁宿舍里有八个人，先后形成三个、两个、两个的组合，最后还剩下一个，那就是李郁。其他几个女孩儿也都不难看，二十岁左右的女孩哪有丑的？但往李郁身边一站，难免有点黯淡。谁也不愿意主动去当陪衬，何况李郁又一副心高气傲咄咄逼人的样子。总之等她意识到的时候，她已经落了单。不过总算云娜对她还不错，当然云娜对谁都是肯敷衍的。云娜是三个里面的一个，三个人的小圈子总比两个的松散些。有时候李郁也和云娜一起出去逛逛街，偶尔也聊点心事。

云娜长着一张平平常常的 20 岁女孩的脸，唯一引人注目的是嘴，颜色虽然暗淡，却格外丰厚阔大，看起来沉甸甸的，在脸上放置不开一样，要使劲儿抿着，再使劲儿端着才行。

云娜有过一个男朋友，是高年级的老乡，一个瘦小白净的男生。他们每个周末固定时间约会。云娜出去逛街的次数迅速多了起来，李郁陪她买了好几次衣服，都是为了约会做准备。约会的夜晚快要降临的时候，云娜总是搬一盆水在宿舍里擦洗。她沉着脸，认真地一遍遍洗着腋窝，再洒上浓重的香水。像约好了一样，其他女孩的眼神尽量不去看她，但是越不看越显得不对劲。李郁想云娜感觉得到。

云娜身上有很浓重的狐臭味。

洗完了之后，云娜再在镜前仔细地化妆，涂上鲜艳的口红。她的嘴看起来更招人注意了，好像在原来的那张嘴上，又滋生出来一个，重重叠叠的，脸上都是嘴。

但他们还是很快就分手了。

宿舍其他的女生们也开始此起彼伏地经历各种恋爱事件，落了单的另一个女孩儿往往和另外圈子里的落单女生自由组合。结合来结合去，李郁是从来没有融入过宿舍的圈子里去。大学里学业不重，她渐渐地开始觉得寂寞，但是这时候那些浪漫的男生们都早已撤退，另择目标了。大学就是如此，永远有新鲜的女孩子热滚滚地进来。新鲜而傻，那是最好的浪漫对象。

02

李郁迟钝地觉察到自己寂寞的时候，她已经寂寞了很久。

第一次请看电影成功以后，孙锐每周末不落地请她，连请了几周，平时并不来叨扰。李郁觉得过意不去，孙锐很轻松地说：没关系呀，我喜欢和你一起看电影。

李郁也喜欢电影，更喜欢别人请看电影。因为遇到好电影，买票的时候没人肯排队，都靠蛮力挤成一堆，女生就很吃亏，买上了也不是好票。

再一次表达感谢的时候，孙锐说：“你不要觉得过意不去呀，要不你给我织一条围巾吧，咱们就两清了。”他的语气像是开玩笑，但是并不让人觉得夸张。

李郁很喜欢这样的交易，平实朴素。便认真买了毛线来，开始织围巾。女生宿舍正流行这个，就像男生宿舍流行打牌一样，李郁很容易就能找到指导老师。

平常看完电影，孙锐总是直接把她送到宿舍门口，简单谈两句就道别，绅士地看着她走进宿舍大门。从黑暗的电影院回到亮晶晶的宿舍，李郁总是有点恍惚，仿佛是放下心来，但又有几分惆怅。宿舍里有几个谈恋爱的女孩儿回来得都比她晚，她们分秒必争地和男友拥抱着，赖在宿舍门口，要等到熄灯的前一秒钟才飞奔进宿舍楼，然后摸着黑，窸窸窣窣地拿脸盆去洗手间洗漱。李郁躺在床上，拉好了围帘——每个女孩儿都在床边拉上一圈围帘，静静地听着门开门关的声音，脸盆和水泥地板清脆的碰撞声，没来由地觉得孤独。她的床在窗边，熄灯后有月光透过薄薄的窗帘照过来。她拿出自己的小镜子照，女孩柔腻的脸又覆盖上一层月华，说不出的妩媚动人。她的手悄悄地从脖颈下去，撩起衣服，脖颈和胸脯都那么完美。以前她很少注意到自己身体的存在，现在却发现它是那么一个神秘之处。她渴望有一个怀抱紧紧地拥抱她的身体，但那个怀抱是谁的，她不知道。她有点说不出的恐惧和担忧，把镜子翻过来，压在枕头底下，却好久都睡不着。身体里好像有什么东西醒了，像雪原上的小鸟一样，茫然无措，没有目标。

十几年后，李郁有时候还能想起镜子中的那张少女的脸。

这个周末的电影是新西兰片子《钢琴课》，艾达出场的时候，总是有流水一般的钢琴声，旋律说不出的美，李郁听得胳膊上起了一层鸡皮疙瘩。

明明是美，为什么却让她惊栗？

很多年后，在和周秦分手后漫长的空窗期，李郁随手乱翻一本电影杂志，看到对这个电影音乐的介绍，那段主旋律钢琴曲的名字叫作：心灵渴望欢乐。

因为渴望欢乐，反而先要尝遍苦痛。

艾达和她的钢琴一起坠入大海的深处，又浮水而出。钢琴被独自留在黑暗寂静的水底。

直到孙锐拉她的手站起来，李郁才发现电影已经散场。

孙锐要求去操场上走走，李郁同意了，同时默默地给自己做着心理准备。不过分的话，她不会反抗。但到底什么是不过分，她心里并不是很有数，看起来她什么都懂，但其实和别的男生连拉手都没有过。李郁这样的女孩子，是天生为“枉担了虚名”作注解的。

那天有点薄薄的雾，操场上游荡着若干对紧紧搂在一起的情侣，或远或近，若隐若现的。不仔细看，倒像是一个又一个格外庞大的人。有几个走到操场门口，忽然从一个整体分裂为两个，像是做了分离手术的连体婴儿，吓人一跳。

孙锐握住她的手，她也不出声，两个人默默地走了一圈。孙锐的手和她爸爸的手不大一样，手指粗短有力，她不喜欢这样的手指。不出意料地，孙锐走着走着停下来，把她抱在怀里。

对那个拥抱的失望让李郁耿耿于怀了好多年。她憧憬了好久的怀抱，但一旦真的落在里面，却发现完全不对。孙锐满口的甜蜜话儿，李郁几乎没听，她满心思地沉浸在自己巨大的失望里。她肯定是做错了什么，而事情是轰隆隆起步的列车，已经无法停止。

到了接吻的程序，李郁更加失望。她受不了他的口水味儿，满世界都是一根味道不好的舌头。接吻完又不好意思马上擦嘴，一直忍耐到分手。

李郁在洗手间一遍遍刷牙漱口，回到宿舍的时候，云娜正坐在床上织着毛衣，她斜斜地看过来，轻描淡写地说：今天回来得晚。

李郁没回答，“唰”地拉上围帘。

那晚她没有宠幸她的镜子。

及至第二日白天看到孙锐，李郁更加失望。以前孙锐都是夜晚出现，她其实没有仔细看过他的相貌。孙锐显然觉得昨晚的拥抱和亲吻就是恋爱的通行证，通行证拿到了，就赶紧来履行职责。所以，几乎是第一次，李郁在光天化日之下看到孙锐。而少女的恋爱是不需要看得清对方的毛孔和青春痘，鼻孔里蠢蠢欲动的鼻毛，以及不太洁白的牙齿的。更可怕的是两个人一起吃饭，孙锐竟然吧唧嘴。饭菜都是李郁最爱吃的，一份烧茄子，一份四喜丸子，一份软炸虾仁。可李郁食不下咽。她觉得吧唧嘴的声音越来越大，填满了整个天地间，她为此羞辱得双颊滚烫，好不容易有勇气抬起头看看四周，身边人来人往，并没有人多看他们一眼。

她现在总算弄清了自己的想法，不过是为了恋爱才谈一场恋爱。但是，天知道她怎么选了这样一个对手？

很多年后，李郁还常常会想起那一刻。污浊的午间食堂，春天里最热的一天，陡然上升的气温放大了每一个音响，每一种气味。从那一瞬间起，李郁觉得自己被魇住了，每一分钟她都想拔腿而去，但是，她就是动弹不得。

噩梦中的噩梦。

接下来，李郁和孙锐成了大家眼里的一对再平常不过的情侣。孙锐常常在宿舍楼下等着李郁，帮她打开水，一起去食堂吃饭，一起去图书馆自习。

每天早晨李郁睁开眼睛，第一个冒出来的想法就是：分手。看到孙锐的一瞬间这种想法最为强烈，简直想扭头而去，事实上却是顺从地让孙锐搂住她的肩膀，或者拉住她的手。

就这样一天又一天。

很多年后，李郁想起这一段历史的时候还会不得其解，这么痛苦，为什么不，马上、光速分手？

活了二十年，李郁第一次发现了自己的软弱。如果马上分手，那么长时间里由电影、围巾和月光构成的浪漫的想象，就将全部化为嘲笑。她怕重新回到孤独里面去，怕被嘲笑。

李郁不能忍受自己被自己嘲笑，她勇敢地坚持了下来，但那条围巾到底没有织下去。在一个角落里放了很久，和孙锐分手后被她拆掉，毛线也随便送了人。从此她再也没有摸过毛线针。

岂止是毛线针。几年后女生们流行十字绣，她连看都不愿意看。所有和针有关的活儿一律排斥，连缝颗扣子都要送到裁缝店。

但不管怎么样，属于李郁的那个大二的春天，越来越浓深，夏天来了。孙锐对她身体的探索范围越来越大，李郁说不出是渴望还是厌恶，她觉得自己越来越陌生，身体朝着一个方向狂奔而去，灵魂却被夏天的烈日烤化了，消失不见。

李郁的宿舍前面有一条长廊，夏天长廊被紫藤花挂满，男生们送女伴回来，往往会在这里再缱绻一番，所以人称情人廊。李郁很嫉妒长廊里面的人，看起来他们都很享受自己的恋爱。

到底怎么才能享受恋爱?

李郁觉得自己是被亮晶晶的灯泡吸引的飞蛾，玻璃罩里明亮的空间让人迷恋，但自己碰得粉身碎骨也走不进去。

大概太年轻的缘故，痛苦归痛苦，她不知道原因是什么，也不知道该怎么做，唯一修炼的就是忍耐。

无休无止的酷夏。

03

这个周六的上午，同宿舍的女孩子有的回家，有的出去玩乐，刻苦的则去自习。李郁头一天晚上失眠，凌晨才睡着，等她睁开眼睛的时候，阳光洒了她一床，平日里喧嚣的房间里一片寂静，看起来十分陌生。

她扭过头去，从枕头上拿起表来看，已经接近十点。

有人敲门，她懒懒地说：进来。

一定是邻宿舍的林琳过来找刘刘。刚上大学的时候，刘刘就和安芸火速搭成了一对儿，按刘刘的说法，她是“遇人不淑”，因为安芸很快就开始了一段儿又一段儿或真或假、或深或浅的恋爱。刘刘有点马大哈的男孩子气，长相也是大大咧咧，马马虎虎，一次恋爱也没谈过，于是有时候被落单，有时候被电灯泡，总之命运惨不堪言……这段时间恰好林琳原来的好友有了男朋友，忽然就和刘刘要好起来，一天恨不得要过来一百次，有时候两个人干脆大被同眠，也不嫌挤。

进来的却是孙锐。

李郁大吃一惊，她没有洗脸，满头的长发乱七八糟，身上只有一件揉得皱巴巴的睡衣。她是上铺，孙锐站在下面，好脾气地微笑着。

李郁问：“你怎么进来了？”

孙锐说：“昨天不是约好去玉湖公园玩儿吗？我八点就在楼外面等你了。刚刚门口的阿姨主动放我进来的。”

李郁学校的女生宿舍，平时不允许男生出入，周末的时候则放宽要求，也要全看看门阿姨心情的好坏。

李郁觉得歉疚，约会的事儿忘得一干二净，她翻身准备下床，孙锐却说：你别下来，我上去。

忽然他变得那么矫健，几乎一下子就翻上床去，抱住李郁。

一个长吻之后，他的手从李郁的肩膀溜下来，放到她的胸上。她把他的手拿开，一次又一次，然而他的手又顽强地回来。李郁以往十几年的人生经验不足以应付这种场景，一时手足无措，但接下来她做出明确的行动，因为孙锐的一句话。

孙锐说："嫁给我，毕业后就嫁给我。"

李郁像被雷击一样坐起来，孙锐被她狠狠地推在墙边。

她的眼泪像没有预报的暴雨，倾盆而下："不！不要！我永远也不会嫁给你！"

孙锐摸摸自己的头，好脾气地说："都被你弄疼了。不嫁就不嫁好了，哭什么？"

好像她就是一个无理取闹的小孩子，而他早已吃定了她。她痛恨他的那种笃定。

说起来好笑，关系没确定之前，她觉得他的笃定是理性，是从容，关系确定之后，她却觉得那种笃定，不过是一种迟钝、一种自以为是而已。

李郁说："我就是想谈个恋爱，你凑巧碰上来了而已！我讨厌你，我要和你分手！"

李郁拿她的教养所允许的最难听的话来打击孙锐。可是孙锐一点儿也不生气，仿佛她不过是没有得到糖果的小姑娘，哭着宣布要和妈妈决裂。

他伸出胳膊，想要抱她，好像什么也没发生一样。

李郁看着他，她恨他的那种迟钝，那种自以为是，那种天塌下来了还茫然无知的愚蠢。

她这么痛苦，他还觉得她在恋爱的幸福里。她怎么说都没有用，而他还自以为是爱她，深深地。

这是一个什么世界！

李郁的脑子里一片火焰，莫名其妙的愤怒的火焰，铺天盖地地疯狂燃烧。然后，仿佛哪一根神经的弦破裂了，她失去控制地四处看，摸起床头用来听美国之音和英国广播公司的收音机，狠命地往自己的头上砸过去。

“咚”的一声巨响，李郁完全感觉不到疼痛，只有那种发泄的快感。

孙锐被她吓住了，伸手去夺收音机，她把收音机往地上一摔，它在地上，如她所意，四分五裂。

李郁靠在床头，命令孙锐马上下床，孙锐犹豫着爬下去。

李郁说：“你走。”

孙锐小声地嗫嚅着：“郁郁我要不要带你去看医生？”

李郁说：“不要，你走。”

孙锐不肯走，站在床下，眼巴巴地看着她。

她的怒火又起，爬下床来，走到门口，“哗啦”打开门。

云娜笔直地站在门外，两人都吓了一跳。

云娜走进来，讪讪地说：“自习室里热死了，还不如宿舍凉快，我就回来啦。”

又好像才看到孙锐直挺挺地站在那里，笑着说：“怎么不坐？”

孙锐捡起收音机的碎片，一声不吭地走了出去。

李郁转身上床，把小帘子紧紧拉上。

宿舍的隔音效果不好，如果有人从门外走过，好远就能听到踢踢踏踏的脚步声。云娜的脚步声特别有特点，她走路后脚跟先着地，又爱穿细高跟鞋，所以，“咚咚咚”的声音格外有力。

刚才李郁没有听到云娜的脚步声。

也许她在偷听？

随便。李郁不在乎她听到了什么。

当然没有分成手。第二天李郁独自去上自习，孙锐笑着走过来，坐在她的旁边，打开手里的袋子，她的收音机完好无损地放在里面。

再伸出一只手，里面放着两块她最爱吃的巧克力。

他摸摸她的脑袋，问：“还疼吗？”

她怔怔地看着他，是，他是一个好男人，善良温和，细致耐心。有问题的是她。

李郁说：“不疼了。”

04

李郁的大二就要这样结束了。经过两年的磨合，李郁宿舍的气氛倒是越来越好，临睡前大家总要吵闹喧嚣一番。赵小念在大声朗诵安芸刚收到的情书，作者是她们同班的男生，有点小不靠谱，安芸是正眼都不看的，所以娱乐效果真是好极了。

“在我的心里，你就是不食人间烟火的仙女，晶莹剔透……”

安芸笑嘻嘻地一边听，一边吸溜吸溜地喝方便面的汤。

李郁说：“快别喝了，你都不食人间烟火了，怎么还能吃方便面？”

赵小念腾出一只手翻了翻桌子上方便面的袋子，说：“就是，还是红烧牛肉面，油乎乎的，太烟火啦！”

刘刘扑过来掀起安芸的刘海：“大家看，晶莹剔透的芸宝宝额头上有粉刺三颗，一颗已经化脓了。”

安芸推开刘刘的手，潇洒地一仰头，继续恋恋不舍地喝碗里剩下的那点汤。

李郁在上铺看着欢乐的女孩子们，疑惑为什么自己总是不快乐。忽然，她大声地宣布：“我要分手！我要和孙锐分手！”

女孩子们像是没听见一样，继续笑闹着，只有云娜织围巾的动作停了一下。

她最近貌似又有恋爱的倾向，周末常常失踪。

安芸终于喝完了最后一口面汤，连叹了几口气表示赞赏和满足，然后像忽然想起来一样说：“分手吧分手吧，我觉得你俩不合适。”

刘刘哐里哐当地把洗面奶、毛巾、牙缸扔到脸盆里去，端起来往外走，经过李郁床前的时候说：“要分手快分手，别光打雷不下雨。”

安芸翻身下床，叫着：“等等我！等等我！我还没洗漱呢！”

李郁没好气地说："都晶莹剔透了，还洗什么！"

安芸忽然想起来什么，跑过来仰起头让她看她的脸："你看我两边脸皮肤有区别吗？"

李郁说："有。一边晶莹剔透，一边剔透晶莹。"

安芸不满地说："认真点嘛。我一边用大宝，一边用旁氏，都坚持了两星期了！"

暑假之后，孙锐马上要启程去另外一个城市实习两个月。在车站上送走他，李郁觉得满身轻松，强烈的失重感，走起路来都一脚重、一脚轻。回到宿舍睡了一个下午，起床后浑身的肌肉都鼓胀酸痛——实在是忍受太久了。几乎是迫不及待地，她写信说要分手。分手说得太多，不可救药地变成"狼来了"，孙锐并不当真，写信仍旧是甜言蜜语，让她乖乖等他回去。

好男人也许都是这样：反射弧超长，力量打在他的身体上，要漫长的时间才能听到回声。

李郁在宿舍里说要分手总是被其他女孩曼声地嘲笑。终于她明白，说得越多，越没人相信。她不再说了。

已经是大三，课程安排得多。孙锐不在，正好用功。周一大清早李郁就抱着一摞书去图书馆排队，捡了最好的靠窗的位置，邻座的桌子上摊着一堆书，主人却始终没出现。

看书正看得入港，耳边传来椅子划动地板的声音，十分刺耳。她厌烦地抬起头看，一张愉快的满是汗的脸对着她一笑。

完全没有原因，她觉得自己好喜欢那个笑，好像它是个大熨斗，轻轻把她心里纠结的皱褶全部都熨开了，说不出的舒服喜乐。

真是奇怪的、从未有过的感受，她有点发愣。

笑容的主人皮肤微黑，细长的眼睛，高个子。

他把手里拿的篮球网袋往桌边一扔，“咣当”一声坐下，长手长脚放置不开的样子，干脆搭起一个惬意的二郎腿。拿起一本书乱翻了几下，觉得热，又把外套脱了，拿起外套在头上一顿乱擦。擦完看见李郁在看他，没心没肺地对着李郁嘿嘿一乐。

李郁也情不自禁地跟着笑了一下，笑完觉得不好意思，低下头装作看书。

男孩子拿起桌上的水杯，想要喝水，水杯却是空的。他坐在椅子上左右乱看，李郁主动说：“我水壶里还有水，倒给你一些。”他不客气地倒了一满杯水，道谢的时候又是一个大大的笑容。大概是太爱笑了，他笑的时候两边脸颊有清晰的纹路，是个标准的“( )”，笑容实在太货真价实，让人也忍不住跟着笑起来。

一个上午李郁都心不在焉。旁边的男生好像精力过分旺盛，十分钟都安静不了，椅子被他折磨得咯吱咯吱叫，一本书翻不到五分钟，哗啦扔一边去，再换一本书。不到一个小时的工夫，大概是实在坐不住了，他把书一推，站起来就走出去。

平时若是遇到这样的邻桌，李郁多半是快快走人，但是这个人……

李郁看着他的背影，他走路极快，像一阵风一样，转眼就不见了。

他走路的样子真帅，两条又长又直的腿。

“李郁，李郁。”

李郁回过神来，看见云娜正站在面前，邀她一起去食堂吃午饭。

云娜在图书馆的另一个角落读书，据称是要考研。李郁有点奇怪，因为上次偷听事件后，两人有些疏远，已经很少在一起吃饭了。她低头看了看表，还不到十一点半，一时有点犹豫，也许自己是想要等那男生回来？李郁无端觉得脸热，格外讨厌那个内心有小动作的自己，于是做出痛快高兴的样子，说：“好！这个时候去人少，不用排队啦。”

李郁和云娜走出图书馆的时候，那个男生正好奔跑回来，他的长腿两步就跨过了图书馆门口的台阶，头发被奔跑的气流吹拂得上下飘动。经过李郁身边的时候，他对她微微一笑，说：“这么早就去吃饭？”

李郁只来得及点点头，他已经消失在大门里面。

云娜问：“他是谁？”

李郁说不知道，只是邻桌。

云娜没有再说话。

忽然李郁想起来忘记带暖壶，本来可以趁打饭的时候打水的，但是若回去拿……太有故意要和人搭讪的嫌疑了。

李郁一顿饭吃得心思恍惚，偏偏云娜老是把话题往那个男生身上扯。

他叫什么名字？

哪个系的？

他有没有一米八五？

李郁统统回答“不知道”。吃完最后一口米饭，云娜终于说：“他篮球打得好帅，我以前就见过的。”

原来。

李郁说：“你若是喜欢，下午我们换位子好了。”

云娜笑着撇清：“我才不喜欢他呢，就是随便一问。”

05

下午李郁去图书馆的时候，男生倒是早就在了，正趴在桌子上睡觉，脸侧向阳光照过来的一面，看得出皮肤上细细的绒毛，比醒的时候更添了一分稚气。李郁喜欢他的唇形，连睡觉的时候仿佛都在微笑。

李郁去拿暖水壶，想要去打热水，谁知里面却是满满的。正在惊诧，他醒了，伸着懒腰笑眯眯地看着她。

李郁说：“是你帮我打的？”

他仍旧是笑着点头。

李郁说：“谢谢你。”

他说：“不谢，这样下午我还能蹭水喝。”

李郁坐下来打开书，低头不语，却是满心说不出的欢喜。

他压根儿没有看书，而是在一张纸上写写画画，时不时扭过头来打量她。李郁早就发觉了，装作没看见，后来实在好奇，扭过头来询问地看着他。他一笑，推过来一张纸，是个速写，虽然潦草，却看得出正是她，而且是专业水准。有些细处画得十分仔细，比如密密的长睫毛，有点翘的鼻头，右脸颊上一颗小小的黑痣。

李郁觉得自己的脸又红了，便掩饰性地撩撩头发，却发现云娜在远处仿佛不经意地往这边看了一眼。

李郁说："我原来以为你是体育系的。"

他说："但我也不是美术系的。"

李郁忍不住笑起来，怕影响别人，又捂住嘴。这个人说话好有趣，太聪明了。

他接着说："其实我是建筑系的。但我画图不在行，画姑娘还行。"

李郁点头："看得出来。"

他自嘲地笑了笑，说："李郁，你很好看。"

李郁想自己的脸肯定是遮不住地红了，她使劲儿装作不经意地问："你怎么知道我的名字？"

他笑着指她摞得像小山一样的书："每本书上都有名字。"

李郁看着他一时不知道该说什么好，他说："我叫周秦。"

他和她一样，都是大三。

那张素描李郁保存了很多年，是普通的作业纸，背面还有淡绿色的方格。时间久了纸张变黄变脆，有一次取出的时候不小心破了一点。但李郁扔掉了所有周秦的东西，唯有这张几乎碎掉的纸，一直在她的小箱子里。每次看到都会想到那个图书馆的午后，阳光透过窗棂照在周秦的脸上，细细碎碎的绒毛，纯黑色的眼眸里，有一点晶晶亮的光。

周秦就是她理想中的那种少年，虽说是初见，却仿佛早已熟识一般。

与君初相识，如见故人归。

晚饭是两个人一起出去吃的。学校附近的饭店起名字都是故意投九十年代初大学生的所好，这家叫“寻梦园”。名字虽俗，但木须肉和肉丝面的口味是一等一的好。何况经过学校食堂的蹂躏，出来随便吃什么都是山珍美味。

在校门附近，李郁遇到了安芸和她的新男友，体育系的欧阳周。瘦小苗条的安芸和人高马大的欧阳周走在一起，喜感强烈。安芸惊见李郁和一个非孙锐的男生走在一起，赶忙努力从欧阳周的粗胳膊的环绕里伸出头来，对着李郁做个鬼脸，伸出两根细细的手指头。

李郁微微地笑了笑。

两个人坐在位子上等着饭菜上来，周秦爱笑却不爱说话，李郁本来也不是个爱说话的人，这会儿却变得十分健谈。她告诉周秦她上周末去书店租王朔的书，小声告诉书店老板书的名字，老板是个四十多岁的中年男，不知是耳背还是什么原因，就是听不清，不得已李郁只好大声地说："我是你爸爸！"惹得四周的人纷纷侧目。老板恍然大悟，气哼哼地找了王朔的书出来。原来周秦也去李郁常去的店租书看，他爱看金庸、古龙。这两个人李郁也熟，两人又一起背由金庸小说名字组成的对联儿：飞雪连天射白鹿，笑书神侠倚碧鸳。他们争论哪一本书最好看，周秦偏爱《神雕侠侣》，李郁最爱《射雕英雄传》。两个人又聊起学校电影院放的电影，周秦喜欢香港电影，吴宇森周润发张国荣周星驰，如数珍宝，李郁喜欢文艺范儿的电影，但是周秦说的这些片子她也都看过。

忽然她想起来，这些电影都是和孙锐一起看的。遇到周秦以来，她从未想到过孙锐的存在，仿佛他从未在她的生活中出现过。事实上这一次想起孙锐，也只不过是一闪而过，她甚至忘记了还有几天他就要返校了。菜和面上来，色彩鲜艳，香气扑鼻，孙锐的阴影被李郁轻松地驱逐了。

周秦吃饭狼吞虎咽，样子十分孩子气，李郁干脆停下筷子看着他吃。周秦把面吃个精光的时候，李郁的面才刚刚挑了两筷子，可是她觉得已经饱了。不知道为什么，她心满意足，全身的细胞都在体验着一种久违的情绪，那大概就是——快乐。

这不过是家九十年代常见的小饭馆，简陋的白墙，仿火车座椅的绿色"情人座"，泛着黄光的钨丝灯泡。

却让她记了十几年。

工作后虽然还在这个城市，但这一片李郁很少来。有一次办事坐公交车经过这里，街道扩建，两旁的建筑一律拆除，废墟中几台挖掘机在细雨里响声震天地工作。“梦”早已无处可寻。

吃过饭，两个人在校园里散步，经过男生四号宿舍楼背面的时候，周秦忽然想起什么，让她等一等。自己走到一层某个宿舍的窗户前，踩着窗户下的水泥沿儿，两下就把下面的小窗户打开，伸手进去拿什么东西。

九十年代的学校宿舍楼就这点不太安全，如果忘记插插销的话，一楼宿舍能从外面把窗户打开。虽然都有铁栅栏，可是放在窗台上的小东西容易被人顺走。李郁也住一楼。大一开学，李郁刚买的满满一瓶飘柔就被这样偷拿走了，那时候宝洁产品在中国刚刚流行，飘柔海飞丝刚刚替代蜂花和海鸥，还是正儿八经的奢侈品，李郁为此心疼了好久。

宿舍楼没有阳台，一楼的学生把衣服都晾晒在外面的铁丝上，常常会有丢衣服的事情发生。大一上半学期，刘刘的内裤有一次晚上忘记收回来，第二天就不见了。安芸还非常严肃地批评刘刘：“女孩子的内衣裤怎么能在外面过夜？你妈妈没有告诉过你吗？就是没丢也不能穿了，你穿上会怀孕的！”

刘刘听得半信半疑，宿舍里立时分成两派，开始激烈的论争，一派说安芸危言耸听，高中生理卫生老师是不讲，难道不会自学？一派说有道理，有道理，云娜还举出例子，说自己家乡某个女孩据传就是这样怀孕的，真是倒霉透顶。

李郁坐在她的上铺，看着吵成一团粥的室友们，很想发表意见，但她其实也非常没把握，只好作罢。

当然，过不了多久，当女孩子们此伏彼起的恋爱开始之后，安芸的大论就成了笑话。每当她往外面晾内衣的时候都会被别人好心好意地劝阻：别晾到外面去了，就是白天也不安全啊，你万一怀孕了怎么办！怎么跟王训亦（后来是欧阳周）解释啊！要是安芸不服气地争辩，其他女生会一起深情地朗诵道：你妈妈/没有告诉过/你吗？

曾经有一度，一楼几个宿舍断断续续传来丢内衣的事情。某天深夜，隔壁宿舍一声尖叫，整个楼层的女生纷纷涌了出来，探问出了啥事情。原来女孩子半夜上厕所，发现窗子开了，伸手出去关，谁知道猛不丁看到窗台下一张男人的脸。这件事儿惊动了学校的保卫处，查了半天，不了了之。那段时间一层的女孩子半夜上厕所都是成群结队去，一路互相玩笑，甚至装神弄鬼吓唬人，搞得神经兴奋起来，回来上了床仍是半天睡不着，于是开起热闹的卧谈会，或者探讨窗帘后面有没有隐藏着一张男人的脸，胆大的女生鼓足勇气，忽地打开窗户去看，什么都没有，也吓得惊叫连连。到底是年轻，本来是恐怖的事情，却变成了半夜的游行、隐秘的狂欢。

原来周秦也是住一楼。他的手终于拿到一个东西，转过身来让李郁看：“猜，这是什么？”

是一个很大的蛋，差不多一本书的大小，拿到手里却很轻，仔细看看不过是一个蛋壳，里面都掏空了的。蛋壳十分粗糙，坑坑洼洼，上面用水粉画着一栋长长的沿江房子，青色的屋顶，白色的墙壁，房子建在水上，长着长长的竹竿的脚。

李郁由衷地觉得好看，捧着翻来覆去地看。

“这是什么楼？这是什么蛋？”

“楼是吊脚楼，蛋是恐龙蛋。”

“真的吗？真的是恐龙蛋吗？”

李郁崇拜地看着周秦，小心翼翼地捧着蛋壳，仿佛它真是从几千万年前穿越而来。周秦不由得一笑。

秋天的黄昏，黄色的大太阳几乎已经沉入地平线以下，他们的头顶是上百年的银杏树，一阵微风，树叶飒飒作响，整个世界都洇透了这窸窣却流畅的音乐之声。李郁厚厚的棉布裙子被风吹得裹在身上，露出她少女的美好线条。她双手捧着蛋壳，虔诚地看着周秦，看他露出洁白的牙齿微笑，黑乎乎的眼睛忽然一亮。

当然这不过是鸵鸟蛋而已。作为欺骗的补偿，他把这个绘好的蛋壳送她作礼物。他不务正业，画了十几只，这只最满意，因为清粼粼的河水流淌在白色的蛋壳上，格外地赏心悦目。

人死亡的时候，血压会剧降为零；恋爱的时候，剧降的则是智商。被秋风将棉布裙子吹拂得紧紧裹在身上的少女李郁，此前和此后都不明白自己为何竟然相信那是一只恐龙蛋。而在那一瞬间她真的无条件相信，她看着他，像看着一个寻寻觅觅了几个轮回、终于得以近身的神。

当然，以后李郁会明白，智商能够降低，是一件多么幸福、幸运的事。持续的高智商，就是持续的折磨、无休无止的痛苦。

当天晚上，李郁捧着她的恐龙蛋回到宿舍，女孩子们大惊小怪地围观，李郁大方地任由她们抚摸赞叹。但李郁所有的神经末梢都处在一级警备状态，保证务必恐龙蛋不管从哪个角度落下，她都能够飞身而上将之接住。安芸给大家描画了她晚饭期间亲眼看到的画蛋主人的英俊倜傥，刘刘带领大家一起起哄，要李郁交代细节，赵小念奔上来对李郁上下其手，威逼利诱。从始至终，云娜的床帘拉着，她没有参与。待李郁突出重围，爬上床，小心翼翼地在床头为恐龙蛋安排了一个位置，转过身来，却忽然看到了云娜床帘缝里窥视的眼睛。

李郁一夜无眠，不知为什么她总有种想哭的冲动。虽然安静地躺在床上，却觉得犹如在汹涌澎湃的大海游泳，下一个浪头什么时候袭来，用什么方式，以什么力度，她完全不知道，所能做的唯有惶恐的等待。她拿起枕头紧紧地压住双耳，世界一片嗡嗡之声。

就让她在这嗡嗡的声音中碎成粉尘，然后重生。

06

第二天有一上午的课，李郁一心挂念着图书馆，可她向来是规矩的好学生，不敢逃课。老师是她们班女生特别喜欢的一位，姓孔，三十岁左右，留学回来不久，细高个子，清秀斯文，很矜持，有时候还有点恰到好处的羞涩，讲课时从来不看学生——尤其是女生。以上几个特点符合女孩子们对于大学男教师、男性知识分子的所有想象。有一段时间，她们宿舍的集体任务就是做侦查，侦查孔老师是否已婚。答案很快出来了，相当残酷，像利剑一样穿透了女孩子们的心——羞涩的孔老师早就已婚、已育，有妻一名、女一名。孔老师的几个铁杆粉丝，安芸和刘刘在宿舍里做哭天抢地状，做觅死寻活状，做恨不相逢未娶时状，耍尽百宝。唏嘘遗憾了几天后，侦查工作继续进行，现在的任务是：孔老师的爱人是谁？费了一番周折，答案来了——几乎让人眼珠掉出来，原来孔老师的爱人，就是图书馆过期杂志室的管理员！

那位王姓管理员长着一双牛一般的大眼睛，有时候热情、有时候凶恶，更可怕的是热情和凶恶的转换从来没有缓冲带，身板也像耕牛一样粗壮，偏爱穿大花连衣裙，端坐在椅子上的时候，那真是一片广袤兴盛的花海。

这下子别说是安芸等铁杆粉丝了，连李郁这样的都拍案而起，宿舍里群情沸腾。真是、没、没天理了！苍天大地以及一切诸神！孔老师那样的小身板，能经受得住王老师的蹂躏吗？

更可怕的是，孔老师还是蛮爱王老师的。夏天有一次忽降大雨，正是午饭时间，李郁安芸她们冒雨往宿舍狂奔，忽然看见前面孔老师拿把伞慌里慌张跑来，不是接王老师，还能去接谁？

看见她们之后，孔老师还羞涩了那么一下，忸怩了那么一下。如果女孩子们不知道这人要去干什么，说不定那小羞涩、小忸怩会让她们怦然心动。但是。

安芸幽幽地对李郁说："孔老师怎么就拿了一把伞？光王老师自己一把伞也不够用啊！"

李郁跑不动了，蹲在雨地里狂笑。安芸说："笑什么？你看见我脸上的水了吗？你以为是雨水？其实那是我的眼泪。"

很多年后，安芸生完孩子，把自己变成了一个140斤的超级胖子。不知道她是否后悔自己曾经那么刻薄过。

总之，孔老师照样站在讲台上，做梦也想不到下面的这些淑女们把他八卦成了什么样。他依然如痴如醉地讲着海明威，一个告别了武器的人，却不能保护他的爱人。凯瑟琳马上就要难产死了，孔老师用地道的英国腔深情地朗诵着亨利的那段著名的独白：Dear God, don't let her die. Please, please, please don't let her die. God please make her not die. I'll do anything you say if you don't let her die. You took the baby but don't let her die. That was all right but don't let her die. Please, please, dear God, don't let her die.

死离李郁很遥远，而爱就在眼前。但李郁不确定，反而有种说不出的恐惧和担心。历来的小说家都把爱和死放在一起说，一定有他们的道理。爱得不得了了，死就会在旁边静静等待，伺机而动。所以，人们都说"爱得要命"。爱包含着恐惧，那大概最正常不过。

死。李郁觉得这个上午的时间就像死了一样。她以为自己的电子表坏了，问坐在自己身边的刘刘几点了，偏偏马大哈刘刘压根忘了戴表。正像热锅上的蚂蚁那样在座位上扭来扭去的时候，前面的云娜回过头来说："十一点二十，快下课啦。"

李郁觉得说不出的不舒服，仿佛被云娜看透了什么。她掩饰一样地自言自语："孔老师今天讲课真无聊。"

没想到在食堂里会遇到周秦。李郁等着师傅给盛米饭，忽然肩头被轻轻一拍，回过头来，居然是那张几乎从未离开过她脑海的微笑的脸。

周秦说："等了你一上午！有课对吧？"

李郁的脑海一片空白，来不及说话，周秦已经边倒退着离开边大声说："下午等你！"

是不容拒绝的口气。

食堂里人来人往，周秦话音未落就撞在后面一个女生身上，被对方给了一个大大白眼，李郁不由得笑了。周秦也笑，举起他的白色搪瓷缸子向李郁致意，转身跑走了。

他穿着白色衬衣牛仔裤，一双长腿，那大步跑走的样子真帅。

李郁不好意思看他的背影，可又想看，正犹豫的时候，听见食堂师傅的大嗓门嚷嚷着："三两的米饭都给你盛了五两了，还嫌不够啊？"

原来米饭早已盛好，她端着饭盆的手却还杵在那里。

旁边的学生哄然大笑，李郁落荒而逃。

草草地吃完午饭，李郁真想一步就跨到图书馆，可是她莫名觉得不大好。拿起小镜子看一看，虽然一夜未眠，皮肤却出奇的好，有着细瓷一样淡淡的光。要不，去洗个头发吧！

李郁洗了头发回来，在窗口擦拭。云娜说："你昨天不是刚洗了头发吗？"

李郁的不痛快劲儿又来了，淡淡地说："是吗？我忘了，觉得痒就再洗洗。"

云娜看出了李郁的不高兴，闭口不言。

李郁走进图书馆的时候，周秦早已经在了，看到她就在椅子上迅速转过身来，快乐地吹了一声口哨。李郁在周秦的目光中坐下来，力求装作若无其事的样子，刚洗过的长发垂下来，遮住脸颊，淡淡的洗发香波的味道。

翻开书来看，每一本书上的字都会跳舞，有的是轻松俏皮的踢踏舞，有的是狂野热烈的探戈；每一页书都自带音乐，有时候是《音乐之声》里的"123"，天真童趣，有时候是卡朋特的《昨日重现》，优雅宁静，倾诉不完的深情。

阳光也那么可爱，有一点，并不多，从窗帘的缝隙里温柔地钻过来。李郁知道从周秦的角度看过来的话，她的轮廓会有一丝金边儿。她照过一张那样的照片，自己很喜欢，因为是理想中少女的样子。头发丝的金边儿外面，还有一些游离的绒绒毛，纤细，透亮，带着点恍惚的孩子气。

一切都好得不能再好了。

中间休息的时候，云娜走过来聊天，夸奖她的位置好，通风，干净，还宽敞。李郁一双长腿交叉着斜靠在墙上，心不在焉地咬着圆珠笔的笔帽。九十年代的大学图书馆，学习的气氛还是很浓，已经是下午四点左右，一部分男生开始收拾书包，准备去打球，剩下的人则依旧安静地埋头在书堆下面，偶有走动，都是轻轻地。周秦从外面进来，重重地倒在椅子上，抬头看着李郁笑。李郁准备好的笑容却僵在了脸上，因为她听见云娜忽然突兀地说：“你家孙锐去实习快两个月了吧？什么时候回来？”

声音好像有点做作的大。

李郁诧异地扭过头看她，有必要声音这么大吗？

“你家孙锐”这四个字，是咬着腮帮子说的吧？

此时云娜却低头微笑着，那笑容非常俨然，无可挑剔。

李郁没有回答，坐下来，脸涨得通红，几乎不敢别过脸去看周秦。

椅子划动地板的声音。

眼的余光处，周秦把椅子朝后拉拉，跷着二郎腿坐在椅子上，两只手放在脑后，似笑非笑地看着她。

云娜不知道什么时候离开了。

再打开书看时，所有的音乐和舞蹈都已经落幕，只有死亡、鲜血和骷髅。

秋天的太阳落得早，图书馆还没有统一开灯，一瞬间恹恹的灰黑色占据了世界，整个空间“咣当”一声，沉没到了某个黑洞里。

李郁收拾好书，看也不看周秦，站起来走掉了。

07

李郁没有吃晚饭，坚持到七点多，她就爬到自己的小床上去，紧紧地拉上床帘。宿舍里渐渐安静下来，大部分都去自习，或者约会，偶尔有走来走去的脚步声，或者收拾东西的声音，倒让李郁觉得安慰，觉得这是个活的世界。她把被子蒙在头上，从小她就喜欢深夜里被窝中那温暖混沌的空气，觉得神秘而安全。

她少女的幻梦，一直等待的、最美的那一个，刚刚展现在她的面前，她固执地要求里面每一处都是美的，无可挑剔的，她是，对方也必须是。但现在，幻梦像是北极的极光，沙漠里的海市蜃楼，突然破灭了。

高中的时候有一段时间，李郁喜欢她的历史老师，天天盼望着上历史课，崇拜地仰头看着讲台上的老师，觉得他那么高大英俊，像太阳神阿波罗，满身散发出光芒来。有一次放学，李郁等在历史老师回家必经的小路上，还把自己稳妥地藏在一堵墙后，偷偷地看着历史老师很拽地走过来，越走越近，李郁真是满心欢喜。但是——忽然，没有任何预兆地，历史老师“扑”地吐了一口痰在地上。

转瞬之间，魔法消失了。少女的好感消失无踪，历史老师变成一个再平凡不过的中年人，头发有点油腻，西裤的裤缝层层叠叠好几个，屁股那里窝窝囊囊，走路有点罗圈腿。

李郁丧气地缩在那堵墙后，怅惘又迷茫。

现在，她就在历史老师那个位置，而她已有男友的事实，就是那口痰。

周秦一定觉得她很可笑吧，撒谎、不诚实，脚踩两只船。

也许他根本什么也不会想，她不过是他偶尔相逢的一个无关紧要的女孩。

更可怕。都可怕。

李郁僵硬地侧躺在床上，一动不动，手却一直在枕巾上抠啊抠。

一周后她从家中回来，才发现枕巾上有一个小洞。

在床上躺到接近丨点的时候，她做了一个决定。

随便穿了一件衣服就朝图书馆狂奔。秋天，地上刚刚开始有几片伶仃的落叶，有一片被风吹到她的脚下，踩上去是全心全意地粉碎的声音。

图书馆十点闭馆。学生们抱着书，提着暖壶，一拨一拨地涌出来。李郁站在角落的阴影里等着，匆忙中披上的外套十分单薄，秋风吹过，她浑身冰凉。

终于，她看到周秦一个人走出来，大长腿一步赶得上别人的两步，吊儿郎当地用几根手指夹着一本书。也许是错觉，他的脸上有点惆怅和不开心。她往角落里再缩一缩，保证他绝对不会看到她。

他离她最近的时候不过一米，她甚至听得到他的呼吸，嗅得到他那刚刚有点熟悉起来的味道。

如果他转过头来看到她？如果他准确地把她从黑暗之处捉出来，放到那灯光明亮之处凝视？

当然不会。怎么会？怎么可能？

现在她懂了，只要她渴望，就得不到。

她看着他的背影消失了，像被黑洞吸附，彻底无影无踪，从未在她的世界里出现过。来不及想什么，李郁返身狂奔上楼，找到那和周秦相邻的位置。下午的时候，这个位置笼罩在阳光里，有种神奇的魔力。现在阳光把魔力全部收回，只剩阴暗的讽刺。她匆匆地把所有的书杂乱地收拾到书包里。周秦的书照旧乱摊了一桌子。她在他的位子旁边站了一会儿，管理员已经在一盏一盏地熄灯，黑暗一大片一大片地走来。

她在心里默默地说：再见，周秦，再见。

第二章 自愈

01

第二天一早，李郁趁大家还没起床就离开了。写了张条子放在桌子上，要她们替她请假一周，就说是身体不舒服。

李郁一向是从不请假旷课的好学生，想必辅导员不会难为她。即使难为她，这会儿她也顾不上了。

出门的时候碰到安芸从厕所回来，她简单地说明情况并道别。

安芸睡眼惺忪地拍拍她的脸蛋："李郁，开心点。"

她一时间没防备，眼圈红了，赶紧快步走开。

有时候别人的关心比冷漠更让人难过。

像安芸这样潇洒快活的女孩子，一定觉得她是最傻的傻瓜。

庸人自扰的傻瓜。

她喜欢安芸，羡慕她，但她无法像她那样。

坐在回家的车上，车窗外是安静的旷野，孤零零的几棵树，树上有乌黑的鸟巢。

李郁觉得自己很平静，并不是一个逃兵。

她要在自己成为周秦的笑话之前，光速离开。

她要在他的心里是美的，这比什么都重要。

她要她和周秦之间，是最完美的。在不在一起并不重要，重要的是要美，要无可挑剔，一个苍凉的手势。

多年之后，李郁习惯于嘲笑一切事，但她从没有嘲笑过自己的当年。年轻时候不矫情，难道等老了再矫情吗？

李郁的家在一个地级市，离学校五个小时的车程。李郁在五个小时中已经调整好了情绪，不过她还是希望父母都不在家。

李郁家住在中学的家属院里，过午时分寂静少人，只有几个老人在暖阳里坐着发呆。院子深处两棵粗大的白杨也开始落叶了，不再像暑假中那么粗野茁壮。

这两棵白杨有些年岁了，从小儿她在它们下面长大。

果然院门上如愿以偿地挂着一把锁。李郁用自己的钥匙开了门，走进自己的房间。

平常这个房间没人住，李郁大约两个月回家一次，常常发现在这个房间里，时间是静止的，两个月的时间可以忽略不计。再好不过的疗伤之处。李郁把包往地上一放，躺在床上，几乎一分钟都没到，她便进入了黑暗无梦的睡眠。

当她被母亲叫醒的时候，赶紧翻身坐起来，还以为是在做梦。

已经到了晚饭时分。

她的父母都是初中教师，一个教数学，一个教英语，分别是受人爱戴的李老师和姚老师。两位老师对女儿的突然归来又高兴又意外，李郁简单地回应说，最近功课不紧，想家了，回来住一星期。

中午李郁没有吃饭，晚饭吃得很香。李老师亲自下厨，他的红烧茄子是李郁的最爱，李郁称之为销魂茄子。

茄子仍旧销魂，一切都很好，李郁觉得自己痊愈了。

第二天姚老师把第四节的课换给地理老师，提前下班赶回来给女儿做饭，没有酱油了，央女儿出去买。李郁走出院门口，一个男孩骑摩托车呼啸而过。

如果那是周秦。

李郁拐过街角，一个穿绿色上衣的男孩带着一条狗跑步，和她擦肩而过。

如果那是周秦。

远处有几个男孩在树荫底下高声谈笑，一个高个子的男孩斜跨在自行车上，背对着她。

如果那是周秦。

她逃跑回来，没忘记擦掉脸上的泪。一进家属院的门就看见妈妈等在那里，说门口传达室电话有人找她。

她心里咯噔一声，差点把酱油瓶子扔掉。

九十年代初，电话还不普及，她们的家属院传达室有一部电话，在学校有急事找爸妈的时候她也打过几次，彼时电话费贵，每次说完话都匆忙地把话筒扔到电话上，像是烫手的烟蒂。

大学宿舍门口的传达室也有一部电话，基本上打不通，因为总是有无穷的男生找女生。传达室阿姨心情好的时候给叫人，心情不好的时候就一下子挂死，没人敢抱怨。因为电话难打，有电话找的女生顿生尊贵的女皇之感。跑去传达室的时候人人让路，风光无限。

李郁拿过家属院传达室大爷递给她的电话筒时，满心里都是惊喜，或者惊惶，手一直在抖。

怎么会？

他怎么会知道这个号码？

02

“喂？李郁！李郁是你吗？”

李郁的心直落下去，心酸的自我嘲讽浪潮一样狂涌过来，难以抵挡。

怎么可能是周秦？

他从来都不在她的世界里。

可怜的，或者说可恨的是，无论失望多少次，那莫名其妙的希望还是倔强地一次次冒出来。

是孙锐。

他开心地说自己回来了，可是找不到她，听安芸说她回家了，到处问才问到这个号码。

她不准备告诉他自己已经下定决心分手，害怕他找上门来。于是只是说想家了，回来住一周，回去之后再说。

他那边心满意足地挂掉了电话，仿佛只要听到她的声音就已经很感谢上帝。

至于她的语气、她细微的情绪，他还没有足够的智商去感受，去捕捉。

当然李郁需要一段时间才能明白爱从来都是不对等的。可是每个人总有不同的机会坐在不对等的天平两边，有时候是轻的那边，有时候是重的那边。上帝用这种办法让爱的能量守恒。

回到家，数学老师兼班主任的李老师也下班了，正坐在沙发上喝水。他笑眯眯地看着女儿，心满意足。不能免俗，他认为女儿是自己最好的作品，得意之情溢于言表。不过他和孙锐一样，对李郁的情绪一无所知。他这个年龄的中国男人，基本上都不需要苦读女性心理学，姚老师是最轻松易解的一道数学题。

李郁坐在爸爸旁边，头靠在他背上，说："爸，饿死了。"

爸爸身上熟悉的味道让她觉得放松，安全。

更安全的是这个人爱她，却永远也不会了解她，知晓她的秘密。她的秘密是她的深渊，那里埋葬着她层层叠叠的羞辱感。

姚老师做饭的手艺不如李老师，但是也还差强人意，油煎小鱼，青蒜猪肉片，土豆烧牛肉，还有李郁最爱的鸡蛋羹。从小到大，她每天早晨都是两个鸡蛋的鸡蛋羹。有时候李老师跟着吃一点，姚老师从来不动。姚老师大学是俄语专业，后来中学取消俄语，学校又送她去突击培训了英语，因此说起英语来老有股俄语味儿，动不动舌头就想打滚发个颤音。姚老师热爱俄罗斯文化，表现之一就是爱做土豆烧牛肉。

像以前一样，李老师把土豆烧牛肉里的油拌到李郁的米饭里。李郁嚷嚷着说自己要减肥，李老师不满意地说现在怎么开始流行减肥了啊，连初中的小女孩都动不动议论人的胖瘦，女人那么瘦干什么，麻秆好看吗？

姚老师扑哧一声笑了。她体型有点丰腴，李郁小学时候写作文《我的妈妈》，说“我最喜欢妈妈肚子上的肉肉”。还写：“妈妈有一次问我，你愿不愿意回到妈妈肚子里面去？我回答说，妈妈，虽然你的肚子很大，但是我更大一点。”李郁小学语文老师和姚老师是熟人，马路上碰到了专门讲给她听，夸奖小家伙写的内容虽然匪夷所思，语法却一丝不苟，大有前途。两个女人笑得自行车都扶不住了。

李郁吃得很多，一碗米饭接着又一碗。用食物填补空洞，用食物镇压失落。她是一个暴君，把情绪无条件地镇压下去，投入深井，压上大石若干，保证它们永无复生之日。

姚老师拐弯抹角地问是谁打电话找她，她回答说是同学。姚老师不满意地说当然是同学，男同学还是女同学？

李郁闭口不言，姚老师识相地闭嘴。李老师放下饭碗打了一个哈欠，他雷打不动饭后要睡半个小时。

打听女儿的恋爱状况是每一位母亲的爱好。姚老师不知道，她的女儿未来要提供很多机会、很长时间让她满足自己的这个爱好。

李郁花了一天时间整理自己的书信。以前她收到过不少各式男生写的情书，好玩的都被她留下，统统塞到她那只上锁的抽屉里。这次趁着夜色，拿到白杨树底下，一把火烧掉了。

童年时候她常常躺在白杨树下看星空，一看就是半个小时。李老师给她买了一套《十万个为什么》，她最感兴趣的就是天文卷。其实小孩子也看不出什么东西，只觉得那璀璨的星空十分迷人。尤其是，两颗明亮的星星看起来那么亲密，其实却相隔几十亿光年。

没有什么比星空更让人寒冷的了。

远处有自行车的声音，低声而亲密的男人女人说话的声音。

李郁本能地闪在树后，一对男女骑自行车从树旁驶过。是她初中的物理杨老师，姚老师口里的老大难，三十岁了还未婚，一个女朋友一个女朋友交过去，只是结不了婚。

恐怕这又是个新的女朋友，夜色中两人并排骑车前行，背影十分亲密。

这真是一个红尘滚滚的世界，数不尽的男欢女爱。如今李郁就站在这个世界的边缘。

可以走进去，也可以转身逃开。

这两棵白杨，是一对儿么？看起来很幸福，黑色的树冠剪影，合起来是一个巨大的心形。

李郁低头看着那被自己点燃的小小火光。

刚过去的这个暑假孙锐写了不少信给李郁，李郁一封一封地重新看过。孙锐的信很简单，永远是在说自己每一天都在做什么，说李郁不在身边，他有多么想她，想去看她。

她承认他真的很好，只是和她不搭。

李老师和姚老师就很搭。从小到大，印象中，他们顶多拌了不超过三次的嘴。至于她，什么样的人会和她搭呢？

是周秦吗？

她迅速而无情地切掉这个思路。

周秦已经和她没有关系。她失掉了他，当然会永远后悔，那么好，那就永远后悔，永远疼下去。

有什么关系？

她不再仇恨孙锐，甚至她对他有了一丝隐隐的母爱似的宽容。

好聚好散吧。她要一个彻底的清净。

李郁回学校的时候，确定自己已经装备了优良无敌的盔甲。但走进校门的一瞬间她的脚步还是有点僵硬，总算忍住没有看那就在对面的寻梦园。

她以为那是梦想开始之地，却没想到梦想一开始就已经破灭，再无梦可寻。

给孙锐写好了一封信，就放在前胸的衬衣口袋里。信是最后通牒式的口气，一二三列出分论点，总论点就是：彻底分手，没有任何余地。

小学生以上的文化水平都能够看懂；都能看得出李郁的决心，比石头还要硬。

03

李郁走在校园里，现在校园变成了丛林，而周秦便是猛兽，随时都会出没，咬啮她的心。

李郁安全地走到宿舍楼下的时候，却发现欧阳周在嚎叫。嚎叫内容如下：“安芸，你下来。安芸，你下来。”

大学二年级的时候，李郁她们调了宿舍，搬到了三楼。

欧阳周嚎叫的声音单调，嘶哑，难听，有气无力，看样子是喊了有一段时间了。

有几个路过的女生好奇地看着，等了一会儿见没什么花样，反复就是那么几句，都失望地走开了。

李郁赶紧低头想溜掉，却被欧阳周叫住。她不好意思装作没听见，只好停下来。

欧阳周奔过来抓住李郁的背包左右地晃：“李郁，安芸要和我分手，安芸要和我分手。你跟安芸说让她下来啊，求求你了李郁！”

欧阳周满头大汗，大概是上火，口气重，离得又近，熏得李郁一阵反胃。她连连答应着逃跑了。

宿舍里大家都在笑嘻嘻地隔岸观火。安芸苦恼地在桌边支肘而坐，自言自语地说：“他为什么不练好发音再来喊啊？！”

赵小念笑得咕咚躺在床上，说：“要找声音好听的，干吗不跟毛刚好啊！”

“毛刚？老天爷，饶了我吧！”安芸发出一声惨叫。

毛刚是安芸的第二个约会对象，音乐系男生，高瘦白，清秀，长头发。安芸远观他的时候，除了对他那张有点过分红嫩的小嘴不满意之外，都很满意。

她在宿舍里抱怨说：“妈的，比我的嘴还小呢，是男人吗？”

刘刘嬉皮笑脸地说：“你可以试试。”

对于刚刚知道内裤放在窗外过夜不会怀孕的女生来说，这句话实在是个大飞跃。

安芸呐喊一声，把刘刘压在床上，左右开弓挠痒痒。刘刘笑成一堆泥，连叫投降。

刘刘身高力壮，安芸不是对手，无奈痒痒肉太多，是为致命弱点。

安芸第一次赴毛刚的约会时，下了三个小时的功夫梳妆打扮，所以，当她走向等待在湖边小树下的毛刚时，颇有点公主的风范。

毛刚笔直地站在树底下，凝视她的目光如此专注，如此深情。

她的心很没有出息地怦怦地跳。

他一定觉得她美极了吧？

他一定会在这一瞬间深深地爱上她吧？

这一刻会被他一生铭记吧？

此后他的余生，只要想起这一刻就会热泪盈眶吧？

……

通往湖边的石子小路，被她走成了红毯。

但他张口说的第一句话，就成功地让红毯变成了魔毯，美女变成了巫婆。

毛刚潇洒地扬了一下头发，用低沉的共鸣音对安芸说："我帅吧？"

瞬间被从红毯上驱逐下来的安芸定了定神，打量了一下毛刚。估计这人的捯饬也不会小于三个小时，每根头发都用摩丝仔细涂抹过，根根都如钢丝。

"哟，"安巫婆踮起脚摸了摸他的头发，感叹地说，"湿漉漉的，是胎毛吧？"

"什么？什么？"

毛刚的智商无法理解这是个幽默。于是，约会演变成了两个人越来越登峰造极的挖苦和打击，第一次约会成了最后一次。

此后毛刚见了安芸之后不但不说话，而且远远地用眼睛剐她，仇恨之情溢于言表。安芸将之理解为阉割——毛刚自恋的态势太猛，一时没收住，被自己一锤子给锤了。

当然安芸也自恋，可女人自恋难道不是天经地义？

李郁放下背包，对安芸说："欧阳周让你下去。"

大家都嘿嘿地笑。刘刘说:“安芸怕了,欧阳周是大灰狼。”

李郁奇怪地问:“我走的时候你俩不还好好的?”

安芸愁眉苦脸地不吭声。

赵小念点头总结道:“始乱终弃!”

安芸说:“没有!我是认真的!”

大家哄堂大笑。

刘刘说:“安芸你一认真,大家就崩溃了。”

安芸着急辩解:“开始我真的很喜欢他……的名字啊……”

刘刘说:“难道现在他不叫欧阳周了?”

安芸:“叫啊。可是我发现他们一个村儿的都姓欧阳……”

赵小念又笑得前仰后合:“欧阳强欧阳玲欧阳霞欧阳建国……”

安芸委屈地:“对啊,真没劲。”

李郁忍住笑:“这个‘周’字也不错嘛。”

安芸又爆发了:“那是因为他娘姓周……周彩霞!”

赵小念说:“无情无义的女人啊,不喜欢名字了,连人也不要了!”

安芸说:“其实我以前还挺喜欢他的声音的。哑哑的有点西北风。”

正好欧阳周助兴地喊了一嗓子:“安芸,快下来!”

这下连李郁也笑得忍不住捶床了。

笑完了大家说:“这嗓子更哑了啊,你怎么不喜欢了?”

那时候还不兴说“性感”。

安芸说："谁知道人家是彻夜抽烟打牌互相骂人弄哑的！无聊！没文化！野蛮人！"

赵小念说："果然如此啊。爱情起于误解，终于了解。"

安芸夸张地擦擦冷汗说："阿弥陀佛，回头是岸，回头是岸。"

忽然她们发现欧阳周貌似好久不叫了。

赵小念说："虚脱了？送校医院抢救去了？"

安芸拉着刘刘的衣角，哀求她去看看人走了没有。

刘刘不肯，安芸又作势要挠，刘刘赶紧地趴到窗口看了看，做了个撤的手势。

安芸高叫着乌拉跳起来，又神气活现了。

很多年后刀郎流行，满大街都是"你是我的情人——像玫瑰花一样的女人——"

李郁觉得这嗓子似曾相识，想了半天想起来了，赶紧对安芸说："快听，快听，这不是欧阳周在喊你嘛。安芸，快下来！安芸，快下来！"

安芸捂住肚子做呕吐状，把李郁追打得到处跑。

以后就形成条件反射，刀郎一带着满脸荷尔蒙深情开嗓，李郁就有爆笑的冲动。

欣赏完了安芸的闹剧，李郁开始想自己的心事。吃过晚饭，她把整理好的孙锐书信以及自己的分手信放到他宿舍的传达室，然后请上楼的男生转告孙锐下楼来拿。在外面看到孙锐拿了信，她转身走了。

孙锐十分钟后就来找她，气喘吁吁地站在她的面前，像个做错事的小孩子一样哀哀地说:“郁郁，你不是认真的吧？”

他俩站在情人廊的花荫里，偶有学生从左右经过。

两个月不见，他瘦了一点。在夜色中见面让李郁又想起初识时分，那斯文温厚的男生。她有点心酸，毕竟是第一次认真地约会，不管是不是爱。她忍不住扑到那个怀抱里去，抱了抱，说：“是真的。”

孙锐本能地反手紧紧地抱住她，勒得她几乎喘不过气。

一瞬间，她觉得身后有人走过，脚步、气息、说不出的味道……

她猛然从孙锐的拥抱中挣脱，向后看去。

果然是周秦。

他从她身后经过，回过头来看了她一眼，黑暗中看不清表情，眼睛的亮光一闪而过，仿佛还笑了一笑。

命运的重拳痛打李郁，她一时觉得晕眩，鼻梁酸痛。

这才明白，无论她怎么游说自己，内心深处，还有不能放弃的火苗。

现在狂风吹过，火苗熄灭了。

如果这就是命运，那么就接受。

命运就是，她和最爱的男孩擦肩而过，而她将永远不会再遇到合适的人。

等她回过身来，再看到孙锐的时候，她对他的仇恨卷土重来，再也无法遮掩。

04

李郁和孙锐的分手大战上演了两个月之久。

第一个阶段，孙锐会时时从地底下冒出来，挡在李郁前面，反复纠缠几个问题。

比如：

“为什么要和我分手？”

“因为我不喜欢你。”

“你喜欢过我。”

“不，我从来都不喜欢你。”

“你肯定喜欢上了其他人。”

“这和你无关。”

“有关！有关！”

孙锐一拳头砸在墙上。

李郁吓得逃走了。

又比如：

“不要和我分手。”

“不，必须分手。”

“为什么？”

“我说过很多遍了，我不喜欢你！”

“借口。”

“我真的不喜欢你。”

“你说说我哪里不招你喜欢了。我改。”

“你说说我哪里招你喜欢了，我改还不行吗？”

第二个阶段，孙锐不再走上前来，只是远远地看着。李郁走在路上，仿佛走在一张用哀怨眼神织就的大网，大网的网绳粗糙而又锐利，刮得李郁遍体鳞伤。

两个月里，李郁迅速地憔悴下去，失眠，没有食欲，长了一脸的痘痘。舍友以为她饱受失恋之苦，嘲笑她吃着是骨头，丢了是肉。

失恋之苦没有错，只是对方不是孙锐。

李郁决心用暴力结束这种摧残。

这一天，李郁从自习室出来的时候，照旧看到孙锐站在不远处。他头发长了，牛仔裤破了，冬天来了，还是那一件泛白的旧夹克。

往常李郁都是头也不抬地离开，今天她站在空地上不动。孙锐慢慢走上来，尝试着想把手放在她的肩膀上。李郁后退一步，拿出一把水果刀。李老师买给她的，让她在宿舍削苹果用。她试过，足够尖。

孙锐惊叫："李郁！"

李郁把袖子撸上手臂，拿刀尖用力划下去。

孙锐想要扑上来，被她用刀尖指住。她说："我不要再看见你。"

孙锐待在原地，脸扭曲得变了模样。然后眼泪从他的脸上直直地流下来。他用几乎变了声的嗓音说："李郁，你别这样，我不会再来找你了。”

他回身便走，像一个彻底战败的士兵，承认了战败的结果，却仍然无法得知，为何战败。

看他走远了，李郁才觉得疼，手臂上一条斜斜划过的伤口，自以为用尽了力气，其实并不深，但血已经开始涌出。

原来割出这样一个小小伤口需要用这么大的力气。

后来她读《东方列车谋杀案》，东方列车上发生了一起谋杀案，波洛看过之后疑惑地说，难道凶手是个女人？因为刀伤多而浅，显然凶手力气不大。

李郁深有同感，甚至怀疑阿婆和她一样自残过。

不，阿婆这么聪明的女人，怎么会做这么蠢的事。

李郁一向自恃智商高，但在恋爱上却出师不利，处处笨拙。快要20岁的李郁，变成了一个自己也不认识的人。

安芸也这么说：应该还有更好的办法。

她陪着李郁去校医院包扎，血流得并不多，但也把安芸的一条小手帕浸红了。

李郁回答她的质疑，说：“我一天也不想再拖下去。”

安芸不再说话了。

包扎好后，暮色中安芸亲密地搂着她的另一条完好的胳膊回宿舍。安芸个子虽然小，却是曲线玲珑，李郁甚至感觉得到臂弯处那丰满而颤动的乳房。她不大好意思，稍微缩了缩胳膊，安芸却拉得更紧，撒娇似的摇了摇，说：“李郁，开心点嘛，开心点。”

到底还是留了一条浅浅的疤。

很多年后，周秦发现了这条疤，问她怎么回事。她淡淡地说："明明是你划的，忘记了？"

周秦大叫冤枉，说："我从来不虐待女人！"

李郁笑而不语，心里想：你从来不知道你有多么擅长虐待女人。

她一声不吭地拿过周秦的胳膊，狠狠地咬了一口。

作为说不出口的报复。

现在李郁的世界终于清静了。

周秦和孙锐都消失不见，唯一剩下的是那只青山绿水的恐龙蛋。后来她知道周秦在上面画的是凤凰的沱江。

李郁自虐地把它端端正正地放在小书柜最显眼的地方，有时候一看就是半天。

凤凰美不美？沈从文的《边城》她早就看过，很美。现在却没有勇气拿出来重看，每个字都将会是一个泪滴。那个陌生之地，和她有了一点奇怪的联系，她在心里不停地预习和它的会面。

早晚有一天，她会到凤凰去。

偶尔她会在路上遇到周秦，或者在篮球场上看到周秦。永远，周秦还是那一副没心没肺的样子，愉快地和她打完招呼之后，甚至还想要走上来和她说点什么。

她恨他。

她从天堂到地狱走了一遭，而他看起来毫不知情，当然是毫不知情。他怎么会知道？

在他的心里，她就是一个再小不过的配角。放到战争电影里，就是那种一句台词都没有，就被流弹打中死去的小兵。

第一次，李郁模模糊糊地感知到，爱，只是一个人的事。你爱的那个人，和那个人本身无关。

但是，想要把爱从那个人身上抽出来，对于二十岁的李郁来说，比揪着自己的头发离开地球还难。她唯一能做的，就是装备好一台质地最优良的割草机，把那蓬勃的爱的欲望之草一层层割掉。

她永远不能理解男人。她也不能理解自己。多么奇怪的生物！

很多年后李郁偶然在书店看到一本书，名字是：《男人来自火星，女人来自金星》。不禁哑然失笑。

你想到的话，永远都有人早就替你说出来了，而且比你说得更好。

生存真是多余。

每逢周秦想要走上来和她寒暄的时候，李郁就用矜持的微笑礼貌地将他拒于千里之外，然后迅速走掉。这是她最后的铠甲，里面藏着少女那莫名敏感的尊严。

她对云娜更是加倍地敷衍，不知道是不是太刻意了，反惹人怀疑。但顾不上了，因为她要全心全意地抗拒疼痛。

第三章 陪伴

01

在间歇性的疼痛中李郁迎来一九九七年的春节。年前她家里装了电话，除夕晚上这个红色的小东西不停地响，各种各样给李老师姚老师拜年的学生以及学生家长。在电话的间隙里李老师姚老师还要热情洋溢地看春晚，电视声音很大，各式各样的赞词感慨、前后左右的鞭炮声风起浪涌，漏进李郁的小房间。

李郁慢慢地梳理着长发，读大学后从没有剪过，如今已经快要到腰，笔直粗黑的一把。灯光下，镜子里的那个长发女孩苍白消瘦，眼神忧郁，正是最佳的自怜对象。李郁在镜子里看见了孤独，庞大而顽固，此生都不会消失，并默默地扩大着它的领地。

唯一能做的，就是与它和平共处。

三十岁以后，李郁习惯于自嘲而不是自怜。当然三十岁以后的她已经明白，无论是自怜还是自嘲，都够矫情。

矫情是因为有荷尔蒙。不再年轻的李郁很聪明地把一切愚蠢的行为都栽赃于荷尔蒙。等到人牙齿掉光、老得男女不分、彻底不分泌荷尔蒙之后，倒是不矫情了，自然了，放松了……放弃了。所以，李郁宁愿还是在该矫情的年纪里，尽情地矫情。

零点过后，鞭炮又像犯病了一样前后左右地炸响。姚老师在外面噼里啪啦地敲着门，要李郁出来接电话。

是安芸。安芸的尖叫压住了鞭炮的声音，李郁悄悄地笑了。

安芸说："你看电视了没有？是张宇！张宇！"

李郁说："张宇怎么了？"

安芸说："傻瓜！张宇唱歌了，《因为有你》！好听死了！"

李郁说："跟你说了我不喜欢张宇。"

安芸说："没品！张宇的嗓子多男人啊！"

李郁说："不喜欢就不喜欢。张宇没脖子，下巴又那么长，都长到锁骨上了。"

安芸说："你这人太坏了。好吧好吧，春节快乐哦亲爱的，开心点，开心点。对了，我告诉你一个美容美发的好办法，用淘米水洗脸，用鸡蛋黄洗头发！记住了吧？啊？"

和安芸在一起是最开心的事。

寒假开学后，她竟然持续保持了没有男友的状态，十分让人跌眼镜。

吃饭的时候大家争相调戏她，赵小念说："安芸啊，王训亦呢？"

安芸笑嘻嘻不吭声。

刘刘说："毛刚呢？"

赵小念又说："欧阳周呢？"

安芸吃完最后一口米饭，满意地打了一个饱嗝，擦擦嘴站起来说："让他们统统见鬼去。我要修心养性做尼姑。"

她跑到李郁身后，玩弄那一大把青丝，拿一根铅笔挽好了放在脑后，随手拿起枕巾来罩住李郁的头。这个造型让李郁看起来奇怪而忧郁。安芸说："我要和李郁一起做尼姑。"

李郁懂得"作尼姑"就是"作朋友"的意思，她很开心，但只是笑笑。

李郁和安芸在一起，终于懂得人生除了庸人自扰、纠结情事之外，还有吃穿二事。安芸是个逛街能手，早就把J市所有的衣服店摸得滚瓜烂熟。九十年代末，品牌意识刚刚出现，但还没成潮流，百货商场里卖的全部是小姑娘们不屑一顾的中年样式的衣服，真正时髦的衣服要靠自己到各个小店铺里去淘。安芸带着李郁奔走在大街小巷，不停地唠叨着，哪家店的衣服有设计但买不起看看就好，哪家店的衣服压根就是废品垃圾完全可以视而不见当它是个屁，哪家店的衣服总可以挑出性价比超合算的漂亮衣服。在安芸的带动下，李郁对打扮爆发出前所未有的激情。姚老师本身不事修饰，也无心打扮女儿。此前李郁常常夏天T恤，冬天羽绒服，穿得泯然众人，一季也就几件替换衣服。如今却一发不可收拾，零花钱全部用在了衣服上，连偷偷存的一点私房钱也尽数花光了。安芸带着李郁去一家小店，这家有基本款的羊毛衫，样式没什么别致，颜色却是当年少见的浓郁鲜艳。李郁挑了一件湖蓝，安芸买了一件玫红。李郁是L号，安芸却刚刚撑得起S号。两个一高一矮的女孩穿着鲜艳的羊毛衫和仔裤，走在校园里格外引人注目。安芸还带着李郁去一家外面看着黑乎乎的小店里挑选非常别致的麻布，她推荐李郁买了黄色蟹爪兰的花色，自己买的蓝布陶瓷纹，然后又跋涉到一家曲里拐弯的小巷子里，找到一家小裁缝店，将麻布做成裙子。当然是奇形怪状的小巷子里的裁缝匠才是最灵的。李郁做了一件连衣裙，安芸做了一件立领旗袍——李郁非常喜欢安芸那玲珑而肉感的小身子，套在蓝色陶瓷纹的旗袍里，说不出的蛊惑和神秘。相比之下，她觉得自己太过庞大了，虽然不胖，但是一米六八的身高，在人群里总有笨手笨脚的感觉。同样做衣服，还比安芸要多花几十块的布料钱。但安芸全心全意地赞美她："好看死了！好看死了！这真是咱们学校里最好看的一……条裙子！"中间还故意卖个关子，但李郁就是嘻嘻笑一声算完，她知道安芸真心觉得她好看。

这个周末安芸和李郁决心踏遍J市，尽搜美衣。为了能够尽可能地多走路，她们穿上了体育课才会穿的球鞋，鞋底很薄，走起来噌噌的，很有种无产阶级的飒爽感。大早晨两人就精神抖擞地出发，走到中午觉得饿了。安芸走着走着忽然一拍脑袋，说附近有一家灌汤包店，包子闻名遐迩，安爸爸每次来都要带着女儿来吃。这次安芸一定要与好友分享包子的美味。于是两个人边走边问，终于找对了地方，抬头一看，却是崭新的在九十年代看来非常洋货儿的门头，上书“法兰餐厅”，根本不像是穷学生能够消费的地方。何况两个人上午都买了几件满意的衣服，此时钱包里的钱加起来也不到二十块钱。李郁害怕了，作势要撤。安芸却不甘心，拉着旁边一位街坊模样的人问“国营第一灌汤包总店”搬到哪里去了。街坊撇撇嘴说，搬什么搬，原来的厨师承包了饭店，改名且重新装修了……安芸听了就要往里面冲，被李郁紧紧拉住。安芸说怕什么？不就是大厨做老板了吗？肯定不舍得他拿手的灌汤包。咱们再穷也能吃得起包子啊。李郁跟着安芸走进特别“二逼”风格的大厅，一大群穿着红色旗袍的服务员轰然喊叫着“欢迎光临”，弄得李郁耳朵里一阵隆隆作响。更晕的是，居然还有一个女歌手在摇摆着唱潘越云的“你是不是我最疼爱的人”。李郁眼睁睁地看着安芸穿着她的小球鞋，噌噌地走向小跑过来服务的点菜员，镇定地问 :“那个，有灌汤包没？”

还真的有。

这顿午餐，李郁和安芸配着“你是不是我最疼爱的人”吃了一盘灌汤包。灌汤包的味道不错，老板没有忘本，不愧是“国营”“第一”“总店”，虽然和“法兰”两个字一毛钱的关系也没有。“法兰”的“潘越云”身材瘦小，声音尖利，表情和肢体语言却激情澎湃。以至于此后李郁只要吃灌汤包，脑海里总要自动地配上那哀怨绵长的声调。

吃完灌汤包，两个人掏出钱包里所有的钱付了账，然后再接再厉地继续逛街。走到一家牛仔裤专卖店，安芸喜欢上了其中的一条，试穿了一下，很好看，再看价格，两个人都无语了：二百五。试着和老板砍价，老板拿出国营的架势来，一分钱都不降。安芸比李郁家庭条件好点有限，父母一个是大夫一个是公务员，平时买衣服，一般也都在一百块以下，一条裤子就二百多，实在是下不了手。当下李郁拉着安芸一步三回头地走了。安芸还一遍遍地问："亲爱的，我穿着二百五好看吧？""好看，特别二百五。""显得屁股特别翘吧？"……"显得腿特别直吧？"……"统统二百五！"

当天晚上李郁睡得很香，白天走路太多，累坏了。一夜几乎无梦。黎明时分梦却来了，黑暗中有个男人紧紧地拿臂膀勒住自己，丝毫不能动弹，喘息都不能。她极力地想看清他的面貌，却无论如何不能。……梦中她安慰似的告诉自己，一定是周秦。

周秦还在她的身边。

"亲爱的，亲爱的。"

终于睁开眼睛，是安芸在哭唧唧地叫她，看样子是实在叫不醒就下了手，拿手捏李郁的鼻子。怪不得喘不过气。

她平静了一会儿，等着周秦的幻影从眼前彻底消失，然后问："二百五？"

安芸可怜巴巴地回答："二百五。"

李郁二话不说，掀被子起床，洗刷完了就泡方便面。

到底欢天喜地把二百五带了回来，安芸一直穿到盛夏，捂出了痱子才不得不脱下来。

两个人上课也都是坐在一起，开始的时候安芸跟着李郁坐前排，但遇到语法赵老师的课就例外。赵老师的身材是中年男人的噩梦，矮胖，前凸后翘，标准的S型，腰带上前面是一个软绵绵的肚子，后面是一个鼓鼓囊囊的屁股；头发更是噩梦中的极品噩梦，标准的地方支援中央，头发从左梳到右，每一根都油光发亮，就这样尚有大量头顶的皮肤裸露着，更可怕的是，还微微的带些粉红色。

刚开始的时候，安芸和李郁不肯和宿舍里那些好色的女孩同流合污，坚决否认自己是外貌协会的，坚持坐在第一排。赵老师的课，第一排的座位最好占。不像讲美国文学的孔老师，要提前一天才能占到第一排的位子。

但安芸和李郁很快就知道这第一排的位子的确不是那么舒服……

赵老师讲课虽然内容很单调，但说话激情澎湃，具体点说是“口水”澎湃。一堂课下来，李郁和安芸回宿舍第一件事就是去洗头洗脸。赵老师还特别喜欢大笑，笑起来的声音很可怕，“呼，呼，呼”，像猫头鹰一样。更可怕的是，赵老师好像特别喜欢安芸，动不动就把安芸叫起来回答问题，牛一样的大凸眼睛热情洋溢地瞪着她一眨不眨，然后不管安芸答得好坏，一律“呼，呼，呼”。李郁坐在安芸身边，安慰地紧紧拉着她冰凉的小手，都能听到她的小心灵在嘶喊着救命。

这天下了赵老师的课，两个人闷闷地走着，安芸忽然没头没脑地说："上课的时候有一阵风吹到教室里来了。"李郁说："是呀。"她们教室是老式教学楼，背阴，南面是门，北面是窗户，讲台朝东。安芸继续说："为什么只能进来北风？为什么不能来一阵他妈的南风？"李郁开始莫名其妙，忽然想到赵老师那从左到右一丝不苟的地方支持中央的发型，恍然大悟，想到南风一来，赵老师左侧的头发腾空而起，几乎有一尺之长的恐怖景象，不由得放声大笑。

此后安芸和李郁每逢赵老师的课都疯狂地赶去占位儿，占最后一排的。偶尔抬头和赵老师的眼神重合了，老觉得那里面有咒怨，好害怕……

02

转瞬之间，夏天到了。李郁觉得和安芸的这段日子才叫大学，而马上大三就要结束了。李郁和安芸为了迎接这个夏天已经准备好了十几条裙子，安芸从家里偷来了爸爸的老海鸥相机，她俩凑钱买了柯达胶卷，经常撬课出去照相，做各种各样搔首弄姿或故作淡然的姿势。至于未来，李郁想肯定就是回到父母的中学，做一个教外语的小李老师。周围的同学有的准备考研，有的准备出国，而她俩都还在懵懵懂懂之中。

有一天晚上，安芸去参加老乡会，李郁一个人在自习室百无聊赖，忽然想一个人出来走走。行至男生四号楼背面的时候，李郁想起似乎好久没有遇到过周秦了。银杏树仍在，恐龙蛋也在她的书柜上，而去年秋天的那个女孩……李郁惆怅地站了一会儿，正想离开，忽然看到一楼的某个窗口边上，站着一个女孩儿。

那个女孩儿一只手拉着窗棂，一只脚踩着水泥台子，另一只脚悠闲地一甩一甩，正在和窗子里的人聊天。

李郁停下来。那个窗口，正是周秦从里面拿出恐龙蛋的窗口。甚至，南风此时恰到好处地带来了他们的笑声。女孩儿的声音清脆糯软，而男孩儿的声音……确凿无疑是周秦。

断断续续地，她听到女孩娇嗲的声音："你坏死了，罚你天天给我买早饭……"

月光下，女孩两条苗条纤细的小腿发出银白色的光芒，披散的长发被风微微吹动，是一副很美的画。

安芸回到宿舍之后，大声地嘲笑着老乡何云刚。

"嗯，想要追女孩子可以呀，得懂点基本的礼貌吧。一顿饭都围着赵志玲团团转，那个殷勤样儿！不停地给人家夹菜，可是公筷都不懂得用！可怜的赵志玲脸都红了，一口菜也吃不下去，肯定气死了……喂喂，李郁呢？"

李郁拉着床帘，一声不吭地面朝墙壁躺着。

她沮丧极了。

沮丧的不是周秦有了女友，而是自己的没出息。

她以为自己好得不能再好了，她以为她早就把那欲望之草连根拔掉，又喷上了一层剧毒的除草剂，一层层地压上巨石，万无一失了。

可是那一瞬间，却像是一个人孤独地站在瓢泼大雨中。冰凉的雨，漆黑的夜，看不到任何的光。

安芸找了一个凳子放在李郁的床下，踩在上面偷偷地拉开一角床帘偷看。

宿舍里的活宝们又开始轰轰烈烈的自踩比赛。

胖脸蛋的赵小念说："我的脸是发面馒头，睡好的时候放的发酵粉多，睡不好的时候放的发酵粉少。"

刘刘不服气，撸起睡裤说："我的大腿上都是鸡皮疙瘩，是鸡皮肤；小腿上很干，有裂缝，是蛇皮肤。"

刘刘一举战胜了赵小念。大家一拥而上，去看新出炉的鸡蛇混血美女。安芸却爬上了她的床。在一片说笑声中，李郁抱着安芸无声地哭了。

安芸一边给她擦着眼泪，一边用手玩着她的发丝，像哄孩子一样说："李郁，开心点，开心点。"

此后的几天，像是噩梦一样，总是遇到周秦。

第一次是在女生宿舍楼口。迎面碰上的周秦一只手提着暖壶，一只手提着一个塑料袋，里面放着一袋奶，一只中式三明治。李郁学校里最近流行的吃法，用中式大饼代替面包，夹上一片火腿、一个煎鸡蛋和几片黄瓜，淋上一点甜面酱或者辣椒酱。

想必周秦的女友和她住同一栋宿舍楼。

她从来没有想象过，吊儿郎当、满不在乎的周秦可以是这个样子。像个中年的居家男人，脸上带着满足的、幸福的笑容。

那随随便便夹着书的手，举着一只篮球的手，现在却提着三明治，提着水壶。

让她痛苦的不是嫉妒感，而是被剥夺感。有一个女人抢走了她对周秦的诗意想象，无情的、毁灭性的剥夺。

周秦看到她有点不自然，随即微笑打招呼。李郁回以微笑，看起来毫无破绽。

但走过去便觉得浑身散了架，想要靠住大树歇一歇。

酷暑。从早晨开始，已经热浪逼人。

第二次是在学校餐厅。和安芸买完了饭，正想找个空位坐下，安芸忽然说:“不如我们拿回宿舍吃吧。”李郁很奇怪，说：“这么热的天，干吗还要回去？”不小心朝左面一看，明白了。

周秦和女友正在共进午餐。周秦背对着她，正在狼吞虎咽。女孩儿捂着腮，拿着一根筷子挑着菜丝玩儿，用眼角似笑非笑地看着周秦。

安芸忠诚地尽着一个好友的义务，说：“快别看了，一点儿也不好看，比你差远啦，真没眼光。”

确实不是美女，但有一种慵懒的很特别的风情。

周秦肯定很迷恋那种风情。

他的唇会留恋在她的眼角。

李郁想要说话，无奈喉咙发紧，几乎失声。只好默默地跟着安芸走了。

李郁结结实实地过了几天仿佛生疟疾的日子。明明是十年不遇的酷暑，却转瞬间觉得如同身处冰窟，她终于老老实实地承认自己的后悔，承认自己的矫情，但一切都晚。一时间她心里翻滚着，煎熬着，被烈火烘烤着。

痛苦一波又一波，像恶毒的潮汐。每次扑来的时候李郁都觉得自己要死了，窒息掉。但潮汐下去，她居然还活着，苟延残喘。

李郁的校园空调还不普遍，教室里仅有一架安在天花板上的电风扇，日夜不停地工作，终有一天忽然吱吱作响，大家急忙躲避，这风扇斜着从天花板上掉下来，发出轰然巨响。多亏没有伤人，但教室是不能再待了，好在课程都已经结束，只剩考试。

香港回归的那个晚上，因为学生大多要看凌晨交接仪式的缘故，宿舍大门破例整夜开放，不再十点关闭。她和安芸找到一栋新中国成立前建的小楼，此时已经大半废弃不用，走廊里阴暗潮湿，却像用过空调般保存有丝丝宝贵的凉意。李郁和安芸在地上铺好报纸，席地而坐，手里拿着无数要背的功课，却无心用功。

安芸忽然说：“别纠结了，这不是你的事，是他的。如果他在乎你，孙锐不是障碍，一百个孙锐也没事。”

李郁惨然地垂下头，半天说不出话，但她悲哀地承认，这就是她一直尽力回避、不肯承认的事实。

钟声响了十二下，远处传来学生们的欢呼声，伴随着砸碎酒瓶的声音，鞭炮的声音。

香港回归了。

期末考试很顺利地一门门过去。李郁被安芸的一句话点醒，决定不要再和自己过不去。她尝试着把乱糟糟的东西都放下，简单安静地生活。周秦给她画的那张速写，被她夹在张爱玲全集的第四册，《私语》那一篇里。这也是她的私语。那个少女的脸上所有的憧憬，从此不必再诉说。

03

孙锐毕业离校前，留了一封信给她，写得很长，情深义重。

“李郁，我曾经的宝贝，请允许我这么称呼你。”

李郁看到这里有点奇怪的生理上的不舒服感。“宝贝”，她都忘记了曾经是孙锐的“宝贝”的岁月，大概是选择性遗忘。

“李郁，分手后的这半年，我还是经常偷偷地在你宿舍附近等着，只为看你一眼。你一定不要误会，我从来没有想过和你复合，从你给自己那一刀开始，我就知道，你有多么厌倦我。对不起宝贝，我让你不愉快了，虽然我不知道是什么让你这么讨厌我。我想要看你，是因为放不下你，实在是不放心，我怕你吃亏，怕你不开心，怕你受伤害。我原本想要呵护你一生，却被你无情地剥夺了这种权利。但是只要你好，怎么都可以。”

“我这一辈子，最爱的女人是你，不仅仅是因为没有得到。我不可能再忘记你了，除了死。”

毫不意外地，李郁掉了眼泪。

这大概是孙锐这样的男生，所能写出的最为郑重的信。

但是，没有办法，她不爱这个爱自己的人。如果能够重新来一次，她希望这段感情从来没有开始过。她伤害了一个善良的人，尽管伤害源自她对自己的懵懂。第一次，李郁感觉到愧意。

思前想后，她还是决定和孙锐见最后一面。

孙锐慌慌张张跑下楼的时候，显然还不太相信楼下站的真的是李郁。

他站在她的面前，几乎有点手足无措。

两个人走到以前他们常常去的湖边，一时都不知道该说什么好。

孙锐说：“李郁，真的是你。”

李郁低下头。

孙锐伤感地说：“我从你低头的动作爱上你。”

时间真快，那是上一个春天的故事了。

孙锐问：“胳膊上有没有留伤疤？”

他下意识地伸过手来拉李郁的胳膊，李郁本能地往后一缩。

孙锐敏感地撤回自己的手，说："对不起。"

他们曾经有过肌肤之亲。他是第一个吻她、抚摸她的男人。他让她知道身体里有一个奇怪的空间，只要说一声芝麻开门，就会大开眼界。但她不想和他一起去游历。

她等待另一个人，曾经以为会是周秦，当然她还是错的。

分手的时候孙锐把她送到女生楼下，说："那么李郁，永远也看不到你了。"

她说："是的。"

最终她还是没有说出那句"对不起"。

知道了这件事后，安芸简洁地评论道：多此一举。

李郁同意，自嘲地加上一句：狗尾续貂。

她觉得这个词非常准确，就是狗尾续貂。但是，她的第一次恋爱，整个过程都不如这个分别更令人回味些。

其实十多年后他们还见过一面。周末，李郁去见一个相亲对象，双方礼貌地吃过一顿饭，一拍两散。看着时间还早，李郁不想坐车，索性慢慢往回走。迎面走过来三个中年人，李郁本来并未注意，其中一个却忽然停下来叫了一声"李郁"。

是孙锐。他到此地来出差，其余两位是他的同事。

他自然地给同事介绍李郁，说："这是我的老朋友。"

像孙锐这样的男人，年轻时面目平凡，人到中年倒看着更顺眼一些。看起来境遇不错，家庭也应该幸福——这么温厚好脾气的人，有个好家庭是应该的。刘刘和孙锐在一个城市工作，曾经和她说过，孙锐娶了一个中专毕业的女孩子，生了一个女儿，据说过得挺好的。这么会宠女孩子的男人，一般都会生女儿的吧。

一瞬间李郁想的是，多亏今天是准备约会来的，化了一点淡妆，看起来不是那么黄脸婆。

她觉得自己应该尽地主之谊，邀请他吃晚饭，但话说出口就觉得虚伪，因为并不是真的觉得有必要。他似乎也觉察到，客套了几句，交换了电话号码便匆匆道别。

一直到一周之后，李郁才忽然发觉，孙锐并没有给她打电话，也没有发信息。

真正是时过境迁。

当初的情真意切是真的，如今的冷漠萧条也是真的。

大多数时间，人们并不做戏。人们只是心悦诚服地败给时间。时间不仅仅是杀猪刀，它带走一切。人们在时间下俯首称臣，献出生命，献出爱情，献出他们曾经无比真心珍视的所有。

第四章 考研

01

期末考试结束后，李郁依依不舍地和安芸道别，各回各家，各找各妈。

开学就是大四了。李老师和姚老师要李郁好好地想一想，到底选择哪一条路。是回来做爸爸妈妈的同事，还是考研？李老师出于虚荣心，想要他的得意作品再上一层楼；姚老师觉得无所谓，女孩子嘛，在父母身边蛮好的，以后逛街也有人陪，做头发也有人陪，结婚之后还可以生个香喷喷的小孩子，多好。

七十年代中后期出生的李郁这一代人，是比较早的独生子女。姚老师这样的女人，一辈子最遗憾的事就是没有生够孩子。孩子总比大人愿望中要长得快一些，还没享受完她肥肥胖胖的婴儿期，转眼就是一个大女孩了。要想重新享受一遍，只好等当上爷爷奶奶、姥姥姥爷。

当然李老师和姚老师毕竟是做老师的，都克服了自己的自私心理，允许女儿自己做选择。

李郁不想考研，但对于姚老师梦想的生活本能地觉得恐惧。结婚、生孩子……她以为自己刚刚走到滚滚红尘的边缘，还可以再逡巡一下，犹豫一下，难道要一下子堕落到红尘的中央了么？那样有什么意思？就像生命结束了一样无聊，绝望透顶啊。

李郁不知道自己要什么，但好歹还知道不想要什么。

暑假里的校园格外让人觉得寂寞。荒草长得有一人高，所有的教学楼都锁着大门，空无人烟。李郁戴着草帽，骑着自行车在里面转来转去。教学楼外面有一面墙全部是黑板报，每个班级承包一块，上面用五颜六色的粉笔写着各种各样的励志的话语，感叹号像小锤子一样写满黑板。李郁斜跨在自行车上，长腿支在地上慢慢地看。中学时候她是宣传委员，出黑板报是她的主要工作之一。曾经她真的相信那些励志的话语，后来她不信了，觉得那是瞎扯淡，她有更精细的情绪游戏可以玩。情绪游戏玩完了，玩伤了。现在，她决定再励志一把。

李郁给安芸打电话说："亲爱的，我们考研吧！"

安芸生气地差点砸了话筒："我可不要考，你脑子进水了！"

李郁说："反正我要考，我不想当我爸妈的同事，我也不要结婚生孩子。"

安芸哼哼唧唧地哀求了一番，奈何李郁铁骨铮铮，不肯屈服。

安芸说："哎呀我都哭了，你看见了没有？"

李郁没好气地说："我又没长千里眼。"

安芸说："你要是考研，就没人陪我逛街了，没人陪我玩了，我一头撞死算了。"

李郁说："我这就给你找块豆腐去。"

安芸见此路不通，于是找了个更狠的角度："考研根本都来不及了！人家考研的都是大三一开始就准备了！"

李郁早就准备好了接这一招："没关系，我们聪明呀。而且，我们可以考本校的，难度小多了。"

安芸气得大叫："李郁，你太不仗义了！"

李郁嘿嘿地笑起来。

安芸唉声叹气了一会儿，嘟嘟囔囔地说："好吧，你不仁，我不能不义，我陪你一起考吧……"

李郁高兴地叫起来："亲爱的，我太爱太爱你了！"

暑假开学的时候，李郁准备了一个大背包带到学校去。背包可以放很多本书、热水壶以及备用的面包牛奶。有时候安芸偷懒不肯去自习室，李郁就把她的书本和水壶也统统塞到背包里，然后把她生拉硬扯到教室里去，按着脑袋让她看书。

其实李郁也不想学习，可是一想到某个笑眯眯的面目模糊的胖男人自我介绍："我是李郁的老公！"一个带尿布满脸鼻涕的婴儿大喊“妈妈”，她就像打了鸡血一样，拿起书来开始狂背，历史唯物主义，辩证唯物主义，意识形态，生产力……

作为一位胸无大志的女生，李郁丝毫不懂政治，对于她，政治书里的每个字都认识，连起来就不认识了，是某种李郁永远不能够掌握的外国语。高考的时候李郁政治刚刚及格，大大地拉低了她的分数。考研的半年间，最痛苦的不是专业，而是背政治，尤其是还要考时事政治！真是要命……

高中毕业后，高中同学每年都聚会一到两次不等，大家谈论完大学生活之后，男生们就开始高谈阔论国家大事，于是李郁就彻底卡壳了。在她眼里，高中男生们根本就是一群操着鸟语的奇怪生物。

九十年代末考研热刚刚开始，三分之一的大四学生都奔波在考研路上，或者考托福预备出国。政治系有个男生，在自习室常常遇到安芸和李郁，她们眼见着他头发越来越长，油腻发亮，最后打绺成条……后来听说，这人发誓如果不考上清华，绝不理发。

李郁腹诽不已，不理发可以，总不能不洗头发吧，擦肩而过的时候都气味逼人，不知道他宿舍的人是怎么忍受的。

有一天安芸眼泪汪汪地从书本上抬起头来说：“李郁，你要是再逼我，我就谈恋爱去。”

说完之后两个人都有点发愣，因为忽然发现一个事实：好久没有男孩追求过她们了，连打酱油的都没有。

第二天是周六，睡觉前安芸就给李郁下了最后通牒，无论如何第二天不许叫醒她去自习室学习："要么睡，要么死。"

她专门把心爱的锅巴放在枕头边上，决定饿醒了就吃锅巴，然后再睡，要睡整整一天，把最近欠的觉统统补回来。

周六上午，李郁早早醒了，安芸睡得果然好香，她不愿意一个人去自习室，那未免太凄惨了一点，只好洗衣服洗头发。衣服洗好了，头发洗好了，安芸还在睡，李郁只好拿本闲书半躺在床上看。她们宿舍的女生除了她们二位都不考研，所以这会儿正热闹着，收音机里放着张学友的《情网》，一片噼里啪啦吃瓜子的声音，中间间隔着关于打毛线的讨论。安芸毫不在乎，呼呼大睡。

十点钟，李郁哀怨地喊："安芸，起床了！"

安芸毫无反应。

十点半，李郁又哀怨地喊："安芸，起床了！"

安芸还是毫无反应。

十一点，李郁忍无可忍，扑上去又推又拍，安芸还是不醒，睡得小脸红扑扑，小嘴巴半张着，口水老长。

李郁实在没办法，只好拿起她枕边的锅巴，取出一片咔嚓咬了一口。

安芸闻声而起，披头散发，闭着眼睛挥舞着两只手："还我锅巴！还我锅巴！"

大家哄堂大笑。

动员了半天，安芸终于肯起床梳洗打扮了。李郁又拿本书坐回去，等安芸收拾好了直接去食堂吃午饭。忽然，李郁听到安芸发出一声失魂落魄的惨叫，连忙抬起头来看。只见安芸一只手拿着镜子，一只手抚着眼角呻吟不已。众人连连问怎么了，安芸哭着说：“我说为什么没有人追我了，我都长皱纹了！怪不得呢，你们看！你们看！”

安芸哀怨地把脸送给每个女孩仔细端详，刘刘审查完后失望地说：“切！什么皱纹呀！你见过皱纹是什么样子的吗？”

安芸喜出望外：“不是皱纹吗？那是什么？”

赵小念言简意赅地确诊道：“睡出来的褶子。”

安芸虚惊一场，飞速地奔到李郁跟前，把眼泪鼻涕一股脑地揉在李郁的睡衣上，娇声求安慰求拥抱，最后又恶狠狠地甩下一句：“我要是嫁不出去，都是你的事！你要对我负责任！”

李郁大喊冤枉，安芸说：“要不是你让我考研，我肯定正在谈恋爱呢。谈恋爱多美容啊，考研就是毁容，半年我看起来老了十岁……”

她小脸睡得圆鼓鼓，亮晶晶，自来卷的头发黑压压地披在肩膀上，像个香喷喷的小苹果一样在李郁面前跳呀跳。

大家都同情地看着李郁，李郁狠狠心，一跺脚说：“没问题！大不了我做手术变性！”

02

终于，在恐惧和盼望中，一月份来到了。今年的考研时间比李郁学校的放假时间晚了一周，学校同意宿舍楼晚一周关闭，但是食堂不开放了。安芸出去订回家的火车票，回来又大大地抱怨了一番。

她的老乡里面原来只有赵志玲考研，何云刚因为追求赵志玲，也临时决定考研，而且报考同一个学校，为了不互相竞争，选了另外一个专业。赵志玲呢，据安芸说，是“万万看不上何云刚的”，可是又摆脱不掉，苦恼得很呢。李郁对此表示深深怀疑。但是安芸坚持说像赵志玲那样优秀的女孩子，除非瞎了眼睛，才能看上何云刚那个长得不好看而且也不好玩的傻男生。本来安芸年年都是和赵志玲一起回家的，可是这一次何云刚表示一定要和她们一起走。安芸万般不情愿，赵志玲又安抚安芸，说可以让何云刚帮她们提行李，抢座儿，打开水，这两年春运的人越来越杂，有个男生跟着，父母更放心些嘛。

赵志玲是她们系的宣传委员，嘴巴最厉害了。所以安芸虽然不满意，也就委委屈屈地同意了，三个人订了同一天的票。

还剩下一周的时间就考研了，宿舍的女孩儿们都高高兴兴地回家了，只剩下李郁和安芸。还有一大堆书看不过来，她们没有别的办法，只有拼命。每天天不亮就起床，一人占据宿舍的一个角落开始狂背政治和英语。有时候吃着吃着饭，其中一个就严肃地问："请问新民主主义革命与旧民主主义革命和社会主义革命在革命中的关系是什么？"或者"为什么中国革命本质上就是农民革命？"另外一个马上就放下筷子，摇头晃脑、滚瓜烂熟地背诵起来。

背完了两个人你看我我看你，继续默默地低头吃饭不语。

有一天两人正在疯狂地用功，忽然宿舍里断了电。

两个人摸黑找了根蜡烛点亮，拉开窗帘一看，大半个校园都是黑的。

安芸悲愤地说："李郁，不是你疯了就是我疯了！"

中午安芸和李郁出去觅食的时候，意外地看到赵志玲和何云刚正在一起吃饭。赵志玲看到她们两个有点不自然，连声解释是偶尔遇上的，何云刚则满脸得意。

回来的路上李郁说："说不定赵志玲真的喜欢何云刚呢。"

安芸不辩解了，只是反复摇着脑袋说："不明白，不明白，何云刚有什么好啊，眼白比眼球大好多，晚上看到要做噩梦的……"忽然又想起来三个人要一起坐火车回家，不由地愤愤起来："哼哼，想让我当电灯泡，没门！从来只有我让别人当电灯泡、哪有别人让我当电灯泡的事！"

……

安芸果然没有吹牛。

终于考完了，下来考场安芸和李郁两个人直挺挺地躺在床上，谁都不想说话，一直躺到天黑透了。宿舍楼里安静得要死，只有几个宿舍还有人住。李郁和安芸不想吃饭，爬到楼顶上去看了一会儿星星。那一天虽然冷，却没有风。星空低得惊人，几乎就落在肩膀上。

安芸忽然问："亲爱的，要是我们考不上怎么办？"

李郁说："考不上就找工作啊。"

安芸又问："要是我们考上了怎么办？"

李郁说："考上了就继续读啊。"

两个人都不说话了。未来，年轻人的未来永远是一团浓雾。勇敢的人会去努力拨开浓雾，而她们只有茫然地等待。

一片寂静中，安芸说："我真的不想读书了，我要去谈恋爱。再不谈恋爱我都要老了。"

03

为了预防成为一个电灯泡，安芸提前做了充分的准备。一到候车室，她就找了一个离赵志玲和何云刚远远的位置坐下，傲然地拿出随身听和耳机，以及一本陈染的小说，表示对他们的关系丝毫不感兴趣。很不幸，他们的车晚点了，安芸暗暗诅咒不已。不远处赵志玲俨然端坐在位子上，何云刚一会儿去打开水，一会儿去买零食水果，上下左右地侍候着，忙得手脚不停，大冬天的，脑门上全是汗珠。

安芸在心里暗暗腹诽：无所不用其极，恶形恶状，不择手段。

一个人从安芸旁边经过，蹭掉了她的书。

真是个好引子。安芸恶狠狠地抬起头来，准备好好地泄一下火。

是一个年轻男子。他连声道歉，从地上拿起安芸的书，仔细拂过了还给她，并顺势坐在她身边，侧身看了一下问道："你喜欢陈染？"

这一套搭讪动作做得行云流水，恰到好处，安芸不由得多看了他两眼。

是个清秀的、长身玉立的男子，比她大，但肯定不到三十岁，看样子不大像学生。

她反问："你看过陈染？"

"没有。"他老老实实地承认，"看不下去，但我觉得她的发型很有个性。"

九十年代末，像陈染那样将一边几乎理秃的短发，很容易给人留下深刻印象。

安芸本能地摸了摸自己的头发，她是自来卷的长发，今天梳了一根麻花辫子。

那一边，赵志玲正在关注地看向这里。安芸忽然兴致好起来。

很快她知道这个男子叫宁乡，在Q市一家公司工作，连续跑两地出差，下一个目的地就是安芸的家乡，和他们是同一辆火车。

宁乡很自然地摘下她的耳机听了听，说："哦，是齐秦。"

这个动作太有迷惑性了，好像他们是多年不见的老友。

后来安芸反复地追问宁乡是不是和女孩子调情的“老手”，否则为什么这么熟练？宁乡总是很好脾气地说自己不是老手：“我看到你，就特别喜欢，就觉得你是我的。”安芸把小脑袋使劲地往宁乡的胸膛里面塞，用力地抱着他说：“不，你是我的！你是我的！”

然后抱住宁乡的胳膊，啵地亲一口：“胳膊是我的！”

抱住宁乡的脸，啵地亲一口：“脸也是我的！”

最后小手一挥，豪情万丈地说：“你的这一百多斤……统统是我的！”

……

齐秦的专辑《丝路》，是安芸和李郁最喜欢的。一般她们两个买磁带都买不一样的，可以换着听，但是这一盘实在是太喜欢了，所以一人买了一盘，百听不厌。

宁乡说：“《丝路》是我最喜欢的齐秦的带子。”

安芸听着更开心了。

2013年，齐秦参加了一个著名的电视节目《我是歌手》，尽情地展览着他发颤的声音，衰老的脸，下垂的颈部。晚上下了班，安芸打开电脑上的视频，惆怅地看着她那身体衰败，却仍旧穿着粗棒大毛衣和破烂牛仔裤的前偶像。她五岁的女儿赵大碗跑过来，不由分说挤到她的怀里，听了半天，回过头来迷惑地问妈妈：“这是个爷爷还是个大大？”

越是美好的东西，时光摧毁起来，越是有无尽的快感。

回到九十年代末的那个闹腾腾的火车站，安芸和宁乡正聊得高兴，广播说安芸他们的火车到站了，一时间人群涌动。

何云刚转瞬间把自己和赵志玲的包都扛在身上，这才转过身来，做千手观音状对安芸气壮山河地说："把你的包给我！"

安芸没好气地说："难道套你脖子上？"

回头一看，宁乡已经把她的包拿在手里，一只手自然地揽住她的肩膀说："跟我走。"

一九九八年的春节又来到了。二十一岁的李郁懂得了什么叫作似水流年。

寒假刚到家，安芸就打电话来宣告伟大爱情的诞生，反反复复地告诉李郁候车室和火车上发生的一切细节，不停地追问李郁"你说，他是不是喜欢我才那么做的？""他一定是喜欢我的，对吧？"李郁没有看到现场，无法回答她密集的反问句，于是她又开始自顾自不停地陈述过程："赵志玲一个劲儿地提醒我小心他是个骗子，我看她一定是嫉妒啦！""何云刚很不开心，因为和宁乡一比，他看起来太猥琐了！""他怎么会是一个骗子？喜欢齐秦《丝路》的人怎么会是骗子？《丝路》多么美啊！""我特别喜欢他说话的样子，我特别喜欢他说话的声音，我特别喜欢他的眼睛，我特别喜欢他的笑……哎呀李郁我真的特别特别喜欢他，怎么办呢怎么办呢？""从他把我送到家我们分手的那一秒钟起我就开始想他了，李郁，怎么办呢怎么办呢？"

李郁当然也不知道该怎么办。只好提醒她电话都打了一个小时了，花的可是爹妈的钱，安芸才恋恋不舍地挂了电话。

李郁知道了对方在Q市，很自私地放了心。这样剩下的半年安芸还能陪着她，她实在是怕了孤独。

大年三十，在震耳欲聋的鞭炮声中，安芸又打电话给她，说宁乡刚刚开车三个小时，只为看她一眼，在一起呆三十分钟，然后再开三个小时的车回去陪妈妈。

安芸说："李郁，我都哭了，我都哭了李郁你看到了吗？活着太美了李郁，能爱一个人太美了，一定也会有人爱你的……"

放下电话，李郁发现自己也哭了。

看着窗外不断被烟花和鞭炮撕裂的夜空，她有种莫名其妙的预感。

不会再有人爱她了。

第五章 宁乡

01

寒假过后开学那天，李郁背着行李赶到宿舍的时候，床上有一张安芸的留言，说宁乡送她来学校，明天才回Q市，现在他们在宁乡的宾馆，晚上请李郁去新开的一家成都饭馆吃饭。

离着饭馆还有老远，李郁已经看到安芸和一个男孩站在门口。他们没有看见她，那是当然，热恋的人只能看到对方。男孩个子很高，清秀斯文，他搂着安芸的肩膀，像是搂着一个小女孩，安芸乖乖地站着，眼睛里全是安静的信赖。

李郁很少看到这个德性的安芸，心里不由得惊叹了一下。

忽然安芸嘟起小嘴巴，抬了一下脚，宁乡马上蹲下去——原来安芸的鞋带儿开了。宁乡仔细地替她系好，刚站起身来，安芸已经看到了李郁，欢呼着跑过来，吊在她的胳膊上跳个不停，又不由分说搂住亲了一口，作为一个寒假不见的见面礼。然后转过身来骄傲地对宁乡说："这就是李郁！李郁是不是一个很大、很大、很大的大美女？"

李郁大窘，拉了拉安芸的胳膊，示意她不要这么说。

不过宁乡看样子已经习惯了安芸的风格，微微一笑，点点头从容地说："是啊，大美女。"

安芸又飞快地跑过来搂住他的胳膊，撒娇般地问："我没有撒谎吧？我没有夸张吧？"

宁乡很自然地说："宝宝没有撒谎。"

说完才发现问题，白净的脸上顿时泛起红晕。李郁只好装作没听见。好在安芸压根没意识到出了什么问题，兴高采烈地一只胳膊挽一个，就往饭馆里冲。等到三个人都坐好了，李郁抬头一看，宁乡脸上的红晕不但没退，而且都跑到脖子里去了，不由地悄悄一笑。

李郁点了一份回锅肉，又点了一份担担面就把菜谱放下了。安芸研究了半天菜谱，嘴里念念有词：龙抄手、担担面、肥肠面……最后把菜谱一扔说："我什么都想吃怎么办啊？"宁乡说："那我们都要，每样尝一点。"

龙抄手一上来，安芸尝了一个就开始抱怨："不好吃！和我们的馄饨没有区别嘛。我不要吃了！"李郁忍不住说："安芸你真是作，讨厌不讨厌呀……"

宁乡已经很自然地把安芸吃剩的龙抄手拿过去放在自己的面前，低头吃起来。

安芸躲在宁乡后面，摇头晃脑地对着李郁做鬼脸伸舌头，得意洋洋。

吃过晚饭，安芸还要分秒必争地和宁乡待在一起，大家在饭馆门口分手，李郁先走，他俩站成一排，向李郁挥手。

漂亮的一对，赏心悦目。

坐了半天车有点累了，回到宿舍李郁洗刷完就上了床。宿舍其他女孩儿纷纷问她安芸新男友怎么样，她却打不起精神来回答。说实话，除了替安芸高兴之外，她还有着说不出口的忧郁和感伤。无论如何，人都是自私的吧，李郁这会儿觉得那么软弱孤独，没有力量和自己的自私相对抗。

她面向墙躺着，莫名地流下眼泪。

宁乡让她想起周秦。如果她当初没有那么别扭，自自然然地和他交往的话，现在恐怕也是这样甜蜜的爱偶了吧。

李郁向往那种甜蜜、那种沉溺。活了二十年，身体里有一股越来越膨胀的热流，那么渴望爱一个人，细致地爱他，辗转地爱他，疯狂地爱他，绝望地爱他，永远永远不停歇地爱他。

然而她却与那个她最想爱的人越走越远。

据云娜说，周秦和女友一起报考了外地的一所大学，看来是下定决心要比翼双飞了。考研的考场上李郁还遇到过他们两个，周秦提着一个保温壶，正倒热水给女友喝。他俩都穿着最流行的军大衣和军靴，一个高大，一个娇小，和安芸宁乡一样，是赏心悦目的一对儿。因为怕影响考试的情绪，李郁强迫自己若无其事地走开，并且迅速把这个事情屏蔽掉。

李郁还年轻，对她来说，“若无其事”是要用尽全身力气才做得出的。这会儿，周秦的影子不受控制地浮上来，整个儿地笼罩了她。

李郁快要睡着的时候，模糊间听到门一响，有人进来，径直爬到她的床上，热乎乎的身体靠上来。

当然是安芸。

即使在昏暗的灯光下，也能看出安芸容光焕发。她一直是个好看的女孩子，但从来没有这么好看过。皮肤和眼睛都闪闪发光，嘴唇那么润泽，从里到外的发光体。

安芸腻在李郁的身边，搂着她的胳膊不停地摇：“李郁，宁乡好不好？好不好？”

李郁说：“好。”

安芸说：“我太喜欢他了，我爱死他了……怎么办怎么办？”

李郁把飘进自己嘴唇的一根安芸的头发拿开，苦涩地说：“那就爱呗。”

安芸这才意识到李郁的低潮，问：“李郁，你不高兴吗？”

李郁沉默了一会儿，决定不说实话：“没想到你这么重色轻友。”

安芸释然地笑了，她“咕咚”坐起来郑重地说：“李郁，你永远是我最好最好的好朋友！”

还不等李郁作出反应，安芸又躺下来，急切地说：“你知道我现在最害怕的是什么吗？”然后，不等李郁回答就说：“我最害怕考上研究生！如果考上了，还得留在这里读书。

三年啊！一千多天呢，我会思念致死的。如果考不上，我就可以去Q市找工作啦，我一天都不要离开他！”

李郁闷闷地问：“安芸，你是不是特别后悔陪着我考研究生？”

安芸咯吱了李郁一下表示抗议，说：“哪儿会么！要是不考研，怎么会那么晚回家过年。如果不是那么晚回家过年，我怎么能碰到宁乡？李郁我爱死你了！你是我的幸运星……”

接下来，李郁她们宿舍所有女孩的耳朵都被磨出了茧子。大四下半学期没有什么课了，安芸和李郁等考研成绩，一时还不想找工作，安芸有足够的时间把大家折磨疯。很快，所有的人都知道了宁乡的情况。他老家在Q市所辖的一个县级市，父亲早逝，母亲一直没有再婚，独自把他带大。他毕业于北京的一所名牌大学，却因为母亲而回到了Q市工作。他大学里没有谈过恋爱，工作后有过短暂的两次，都无疾而终……宁乡爱吃白水煮蛋，一气儿可以吃八个；宁乡老早就拿了驾照，开着公司里的一辆旧尼桑；宁乡他妈妈还住在老家，退休了，隔三岔五地去Q市看儿子，给儿子做海鲜乱炖吃；宁乡租的房子旁边有一家韩国烤肉店特别好吃，等安芸去了宁乡就要带她去；宁乡不抽烟，有时候喝一点啤酒，宁乡耳朵后面有一颗痣……

现在安芸只要一张口说“宁乡……”，赵小念就笑嘻嘻地像说快板一样念道：“宁乡长，宁乡短，宁乡不长也不短……”安芸就悻悻地住嘴，恨恨地说：“你们是嫉妒！你们统统是嫉妒！”

为了能够随时联系，宁乡给安芸买了一个汉字呼机。九十年代末，呼机正是最盛行的时候，能显示汉字的呼机要比只能显示数字的呼机贵一大半儿呢。只要那个漂亮的粉红色小呼机“滴滴”地响起，不管身在何处，安芸总会在第一时间飞速地扑过来，其身形之敏捷，恐怕连武侠小说中的大侠也自愧弗如。刘刘经常啧啧有声地赞叹说：“看，看，眼看着安芸的轻功就要大功告成，天下无敌了。”

有时候看到路边的公共电话，安芸总是动作夸张地把头扭到另一边。如果旁边的人没有注意到她的动作，她就会傲娇地做个注解：“我不能看到电话。因为我看到电话就想扑过去，给他打电话。”

开学三个星期之内，宁乡找机会到J市出差了两次。在宁乡走了三天之后，安芸终于崩溃了，间接导致她们宿舍的女孩子也都崩溃了。她们坚决支持李郁把安芸塞在了开往Q市的大巴上。

02

坐在大巴上，安芸心急如焚，百爪挠心，觉得大巴慢如老牛破车，简直想在大巴里面跑起步来。过了一会儿，又不由地开始自怜自伤：爱一个人爱到这个份儿上，却不能天天在一起，伸出手就能够摸得到，嘟起嘴巴就能够亲得到，每日每夜晃在眼前的人儿却相隔遥远……相思，实在是“满清十大酷刑”之首！安芸越想越委屈，越想越伤心，竟然生生地把自己感动哭了。

等到大巴到站的时候，安芸已经成功地把眼睛哭肿了。她从车窗里一眼就看到了外面人群里焦急等待的宁乡，像平常一样，他穿着卡其色的猎装，泛白的牛仔裤，随便一站就那么好看。

安芸哭着走到宁乡面前，第一句话就是：“你行行好，把我当个屁放了吧！”

宁乡看见安芸的肿眼睛吓了一跳，听了这句话又乐了。他把安芸抱在怀里，说：“宝宝解释解释这句话。”

安芸嘟着小嘴说：“我再也受不了了！我不要和你离得那么远！”

宁乡说：“可是你又不是屁，放了也没用。”

安芸大声说：“那我以后一叫芝麻开门，你就必须马上出现在我面前！”

宁乡脸上露出温柔的笑容，轻轻地在安芸的眉头一吻，说：“好。”

宁乡租的房子在一个很成熟、很市井的小区，小区外面就是菜市场一条街，满地都是菜叶子和塑料袋，路边上有各种小吃，狗不理包子、福建千里香馄饨王、煎饼果子、兰州拉面……宁乡背着安芸的包、拉着她的手一路走过去，安芸用空下的那只手不停地指点江山："明天早晨我要吃这个。"宁乡说"好。""明天早晨我要吃那个。""好。""明天早晨我还要吃这个。""好。"

……

于是，安芸感到了从肉体到精神的极大满足。

走进小区，一群老太太正在门口的树荫下打牌，看见宁乡过来，都纷纷地问："宁乡啊，带女朋友回来了？"宁乡好脾气地回答："是，王大妈（刘大妈景大妈牛大妈……），这是我的女朋友。"

安芸笑眯眯地打量着宁乡，他的侧面看起来格外英俊，有一点轻微的孩子气，让人心动。

"喂，"安芸说，"没想到你是大妈杀手哦。"

宁乡笑了，轻轻捏她的小手一下："我通杀。"

宁乡的小房子在顶楼，二室一厅，像所有的单身汉一样，陈设简单，只有生活必需品。安芸站在那张唯一的单人床前面，又放心又遗憾。她完全不懂自己是怎么想的了，先去吃饭再说！

当然是去吃宁乡在电话里提到多次的韩国烤肉店。

果然是一家很时髦的店！有一个英俊的应该是韩国人的大叔站在大堂的中间，专门负责向顾客亲切地说一声："哈你啊色哟！"安芸放肆地打量着他，他穿着笔挺的银灰色西装，挑染成精致的花白色的头发，长得十分韩国，细长的线条优美的眼睛，挺直的鼻子，性感的嘴唇。

宁乡有些发窘,拉了她的手一下,低语说:“不要老看啊。”

“啊？”安芸十分不解，“他站在那里不就是让人看？没人看他会很失落的！都不看他他怎么挣钱啊！”

宁乡有点着急了：“你小声点啊。”

韩国大叔好像有点窘，往后站了一站，把手放在嘴上，咳嗽了一声。

安芸一惊，嗓门更大了：“难道他懂汉语？人才啊！”

宁乡赶紧拉着她快走几步去找桌子，安芸还只顾频频回头看。

烤肉果然很好吃！安芸的兴趣点还在韩国大叔身上，她卷起一包五花肉陶醉地说：“你看，本来这个烤肉呢只有八分好吃，韩国大叔一声‘哈你啊色哟’，烤肉就有十分好吃了！”

安芸在学校里修过一个学期的韩语课，会一点半吊子韩语。

宁乡忍无可忍地说：“烤肉还堵不上你的嘴！”

安芸说：“当然，因为我的嘴非常大。”她夸张地把嘴巴张成血盆大口，冲着宁乡“啊呜”了一口。

配料碟里有切好的生蒜瓣，安芸正要吃，忽然想起晚上自己定的计划，有点脸红。她和宁乡在除夕遍天的烟花里接过吻，那个滋味，就是黑夜里开出的烟花，又绚烂，又奇妙，开了一朵，还想再开另一朵，无穷无尽。

在此之前她和两个男生接过吻，都像是上口腔解剖学，让人想到的是如下的关键词——牙龈、蛀牙、口疮、舌苔、口水。

烟花如果有大蒜味，一定非常煞风景。她看着宁乡，命令似的说："你不许吃大蒜。"宁乡一笑，说："没问题。"

安芸放了心，又大快朵颐了两包烤肉，可是不放蒜瓣的烤肉无论如何也缺那么一点儿滋味。安芸忍不住了，偷偷地夹了一块最小的蒜瓣放进生菜里，宁乡装作没看见。于是安芸又偷偷地夹了一小块……最后，蒜瓣被安芸吃光了。

这一顿晚饭安芸和宁乡奋战了两个半小时，共计消灭了五份五花肉、五份牛小排、三份肥牛、两份牛舌、一份鸭肉，安芸还不屈不挠地吃了半碗石锅拌饭。

走出饭店大堂的时候，韩国大叔还在，但是在站了两个多小时之后，明显地变得残花败柳了，头发乱了，脸上油乎乎的，表情也十分疲惫哀怨。安芸热情地主动说道："安宁习卡色哟！"韩国大叔看见安芸吓了一跳，露出恐惧的眼神，连连鞠躬说："安宁习卡色哟！安宁习卡色哟！"

安芸强忍到出了门，马上抱着宁乡笑得死去活来，上气不接下气。

带着一肚子肉走路的感觉十分奇妙，比喝了酒还要晕，这大概就叫作"肉醉"。宁乡要不停地照顾安芸："小心点，那边一个井盖不稳当。""从这边走，那边有一堆垃圾。""别踩了这摊水。"

好不容易到了楼底下，安芸宣布道：“我认为我是猪。”宁乡表示同意，因为安芸吃得比他还多。正要进楼，宁乡被安芸很不满意地拉住了：“你有看见过猪自己上楼的吗？”

于是，宁乡一层层地背着安芸上楼。老式的居民楼楼道灯光声控系统不是很管用，每到一层安芸就松开宁乡的脖子热烈鼓掌，如果热烈鼓掌还不管用，她就“咕呱，咕呱”学青蛙叫……其实应该学猪叫，不过这个比较高难。安芸小人家吃过猪肉，见过猪跑，不过真的没有听过猪叫。

好不容易到了家，安芸瘫倒在沙发上，大叫“累死”了。宁乡心里暗暗发笑，竟然背人的没说累，被背的却叫得这么凶。他打量着自己的小女朋友，嘴巴吃得油亮亮，还没来得及擦干净，脸蛋像苹果一样明亮，怎么看怎么可爱。他忍不住跪在沙发旁边，朝那只油光光的小嘴巴吻下去，可是安芸马上发出了高分贝的惨叫，仿佛被强暴了一样，吓得他一屁股坐在了地上。

安芸光速爬起来，扑向自己的行囊，倒着一提，把东西哐啷倒了一地，然后在里面翻啊翻，找到一只牙刷，又光速跑向洗手间。宁乡来不及站起来，大声叫道：“别跑这么快，滑——！”话音未落，安芸已经结结实实地摔了个标准的大马哈，趴在地上直喘气。宁乡赶紧去抱安芸，直到把她在床上放好了，安芸才回过神来，一边揉着胳膊肘，一边哀嚎：“没搞错吧哥哥！你家还兼作溜冰场啊！多少钱一张票啊！”

原来宁乡妈妈上周来，不小心把一瓶花生油洒在地板砖上了，用洗涤剂擦了半天，没想到越擦越滑。安芸来了之后，宁乡还没来得及交代，好巧不巧，安芸就命中率百分之百地踩在了那块砖上。

安芸自怜自伤地看着摔青的胳膊肘唏嘘，眼泪在眼眶里转个不停。宁乡看得又想笑又心疼，于是冒着做强奸犯的危险，乘虚而入低头吻下去。

这次安芸竟然没有叫！她的小身体挣扎了几下，就安静了下来，因为烟花又开放了。

吻完了之后，两个人又偎依在床上搂抱了半天，等到天上最后一粒小火星都恋恋不舍地熄灭之后，安芸忽然如梦初醒地坐起来，哭唧唧地说："大蒜！大蒜！"

宁乡也有点蒙："什么大蒜？"

安芸绝望地含着一滴小泪珠说："我吃蒜了！"

宁乡忍不住爆笑，不过他没敢说他早就看见她把蒜瓣吃光了。

安芸举起小拳头拼命地砸宁乡，宁乡攥住胡乱挥舞的小拳头，指天画地地发誓："你嘴巴里一点点蒜味都没有。"

"真的吗？"安芸从黑暗中看到了一丝希望，紧紧地抓住不放，"我的嘴巴里真的没有蒜味吗？"

"真的没有，我不骗你宝宝。"

安芸的小泪珠摇曳了几下，终于放心地掉了下来。她开心地说："看来我是真正的美女，吃蒜嘴巴都不臭。"

不过宁乡对安芸的探索止于亲吻。当晚两人洗漱完毕，搂抱着在阳台上风花雪月地看了会儿月亮，说了些叽叽歪歪的情话，热吻了几次，然后宁乡就很自然地从衣橱里拿出一床新被子放在床上，自己拿着旧被子去了沙发。

安芸赖着也要去沙发睡，被宁乡笑着拒绝了；拉着宁乡上床，还是被拒绝了。安芸只好气哼哼地一个人上床睡觉。她越想越生气，这到底是什么个情况嘛，太伤自尊了！如果他要，她一秒钟都不会犹豫，就因为她铁了心要嫁给他，她要每分每秒都跟他在一起。再也没什么好考虑的了！

但是，他居然就径直去了沙发，而且，听声音好像已经睡着了……天理难容啊！

安芸破天荒地失了眠，她思来想去，辗转反侧，对今天发生的事情一一思考排除。功夫不负有心人，终于被她找到了原因！她“忽”地坐起来，披着被子走到沙发旁边，不由分说晃醒宁乡，哀怨地说：“你撒谎，你骗我，你一定还是嫌弃我吃了蒜！”

03

从 Q 市回来以后，安芸的发言核心就是：宁乡为什么不肯和我上床?

其实当晚宁乡到底还是被逼上床了，不过仍旧是止于一通热吻。安芸不屈不挠地追问：“为什么？为什么？”宁乡只是抚着她的头发说：“因为你还是个小孩。”安芸本来想长篇大论地拿出自己丰富的恋爱史证明自己不是个孩子，可是刚才思考问题实在太劳神，现在神经一松弛，竟然马上偎在宁乡的怀里睡着了。

安芸和李郁对于这件事的讨论一般以这样的方式进行：

“李郁，李郁，我好看不好看？”

“好看。”

“性感不性感？”伴以扭动饱满的小身体。

“性感。”

“拜托你抬起眼皮看我一眼！一眼就行！”

“好好好。”

“如果你是男人肯不肯和我上床？”

“肯。”

“那……难道宁乡不是男人？”

……

“李郁！李郁！我看了一个超搞的笑话！你一定要听！”

“好，好。”

“抬起头来看着我亲爱的。”

“我耳朵听着呢。说不说？不说我就走了！”

“说，说。话说有个农妇，提着一篮子鸡蛋在树林里走，忽然闯出一条大汉，向她猛扑过来，把她强奸了！事毕，农妇站起来拍拍土，不满地说：‘多大个事！我以为是抢我鸡蛋呢！’”

“……”

“哈哈哈哈！李郁，你为什么不笑，为什么不笑？”

“因为我觉得那个农妇其实很可怜，鸡蛋对她来说那么重要！”

“哎呀，都是编的啦，不要觉得可怜。”

“好吧。”

“这个笑话的名字就叫作‘多大个事’。”

安芸不和李郁说话了，她陷入了沉思，自言自语地边比画边说：“这到底是个多大的事儿呢？这么大？这么大？”

李郁偷眼看着安芸比画出一个西瓜那么大，又比画出一个鸡蛋那么大，不由得扑哧笑了，说：“傻女。”

李郁和安芸比较有理论含量的有关性的讨论，发生在宁乡又一次到J市探望安芸之后。这次他还给安芸买了一条红色的施华洛世奇的水晶手链。

送走宁乡回到宿舍，安芸站在镜子前，举着肉肉的小胳膊，仔细全方位地端详着那条水晶手链。不等安芸催逼，李郁就主动连连地说：“好看，好看，真好看。”

安芸的心思却不在手链上，她郑重地说：“李郁。”

李郁不知道安芸又要发表什么高论，赶紧说：“洗耳恭听。”

安芸说：“有一句名言说，通往女人的心的道路是阴道。你说，对不对？”

李郁斟酌着还没回答，安芸一挥手说：“算了，问你等于是问道于盲。你连阴道的方位还不知道呢。”

李郁不服气：“原来你已经知道了？”

安芸自尊地说:“如果我想知道,就能知道。这事儿不急,不急。”

说完之后,安芸猛地扑到李郁身上,鼻子对鼻子地问:“李郁,你说宁乡为什么不着急?”

李郁慢条斯理地说:“我认为这句名言不对。宁乡没有走它说的这条路,还不是一样抓住了你的心。”

04

考研成绩下来了,意料之中,李郁和安芸都考得不错,李郁在报考的专业中总分第二名,招收十名;安芸在报考的专业中总分第五,招收九名。虽然据说今年是差额复试,但她们是本校学生,一向成绩不错,又招老师喜欢,被录取是十拿九稳的事。

李郁没有太大的兴奋的感觉。对于她来说,无非是小孩儿的尿布、有肚子没头发的老公被推远了那么一点点。安芸更是纠结,叽歪个不停,说一定不要继续上学了,马上要到Q市找工作去。

安芸的老乡赵志玲居然政治差一分没有过线。安芸听到消息之后嘴巴都惊讶得合不上了:“这么政治的人,居然政治没有过线,实在太匪夷所思了!”更匪夷所思的是,打酱油的何云刚反而通过了!李郁由衷地说:“大好的机会呀!只要他肯不去读研,陪着赵志玲再读一年,肯定能追求成功!

显得多有诚意啊。”安芸冷笑一声：“等着瞧。”

云娜据说也报考了，但最后临阵脱逃，没有上考场。她最近变化很大，减肥成功，漂亮了很多，又一鼓作气地添置了很多漂亮衣服，而且大概是去做了狐臭手术，和她们擦肩而过的时候也没有什么味道了。前几天还神秘失踪过，夜不归宿，第二天中午才回来，上床就倒头大睡，一点儿也不顾忌大家的眼光。但是似乎也并没有固定的男友。

私下里，安芸还羡慕嫉妒地给李郁说：“云娜一定知道那到底是‘多大的事儿’了！”

“多大的事儿”已经成了安芸小朋友近期最苦恼的一个情结。

让云娜变得神秘的，还不只是夜不归宿。大学的最后一个学期，大家已经纷纷在寻找归宿，除了李郁安芸考研之外，其余几个人都差不多定好了工作，当老师、进政府机构、去公司的都有，只有云娜对工作的事情闭口不谈。

这会儿，云娜坐在上铺，居高临下地看着讨论考研成绩的李郁和安芸，忽然说：“周秦和他女朋友也都考上了。”像是不经意，又像是早就预备好的投向李郁的重型炸弹。李郁自然早就修炼得不动声色，但安芸心情正坏，不由得嚷嚷起来：“周秦到底是谁呀，蔡云娜你和他很熟吗？！”云娜不吭声了，又开始眼观鼻、鼻观心。

两个人拉着手去电话亭，打电话给家里通消息。学校小卖铺里就有公用电话，比门口传达室的要便宜一点，但经常需要排队。好不容易排到了她们，安芸苦恼地让李郁先打。

时至午饭时间，姚老师和李老师都在家。姚老师的反应是半喜半忧，反复让李郁从现在开始就要考虑对象问题，不要变成高学历的大龄女青年；李老师则是得意洋洋，一再表示自己的闺女是最棒的，等闺女暑假回来一定天天做茄子给她吃。安芸的第一个电话打给宁乡，电话一通，安芸喊了一声“宁乡”就开始呜呜地哭，一个字都说不出来。后面排队的同学纷纷热情地观摩安芸的哭态，搞得站在一边的李郁面红耳赤，只好强行夺过电话对宁乡说：“安芸考上研了，她不大开心，想去Q市找工作。”宁乡对别的人总是话很少，在电话那头说：“哦，那我晚点再打电话给她。”

李郁一路挟持着抽噎不停的安芸回宿舍，说：“你最好收敛点哈，那些没考上的同学说不定都想灭了你了！”话音未落，赵志玲和何云刚拉着手迎面走来，赵志玲的眼睛还红红的，却又有点骄矜，何云刚则是掩饰不住的洋洋得意。他们很自然地和她俩打了招呼，迤逦而去，安芸目瞪口呆，早就忘了哭这回事。

安芸指着他们的背影对李郁说：“这就——好上了？”

李郁恶作剧地说：“是啊，人家好了，说不定连‘多大的事儿’是啥都知道了。”

安芸破涕为笑，小拳头又扑打上来：“李郁你就是欺负我就是欺负我！”

一高兴，安芸忽然想起来还没给爸爸妈妈通报消息，赶紧跑回去，挤在前面不由分说地接起上一位同学刚放下的电话，一边对着后面排队的同学点头哈腰：“不好意思哈不好意思哈我还没打完。”

排在后面的同学顿时怨声载道，唯有一个戴眼镜中等个头胖乎乎的男生扑哧一笑。李郁认得他，是同系不同专业的同学赵长瑞，据说他也考上了研究生，是外地一个不错的学校。她尴尬地向他点了一下头。

安爸爸在电话另一头得知消息高兴极了，马上大声地宣之与共，顿时全家沸腾起来，争先恐后地要来抢电话。安爸爸牢牢控制住话语权，一一把大家的话转告。安爸爸说："安芸，你太姥姥说要把她的翡翠镯子送给你。"

安芸家的人都长寿,不但四老俱全(爷爷奶奶外公外婆)，乃至太姥姥都快一百岁了尚在人世。安芸平常最眼馋的就是太姥姥的翡翠镯子，据说是太姥姥结婚的时候她父母送她作嫁妆的。安芸死缠烂打了若干年，太姥姥也只肯让她摸摸而已。可是安芸此时不但不受宠若惊，反而大声宣布："我不想再读书了，我要去Q市找工作。爸爸你肯定支持我吧？你不是一向很喜欢Q市的吗？"安爸爸恼火地说："我支持你个头！你脑子进水了,好不容易考上了又不上！"安芸说:"爸爸我只是很想工作，很想挣钱！买个大房子接你们去住！Q市多好呀,靠海,风景好,可以天天吃螃蟹……"安爸爸说:"住嘴！我看你是越大越不靠谱了，再说下去我和你妈妈现在就去学校找你。"安芸被吓住了："饶命啊爸爸，我忙得很，没时间接待你们。你们在家好好陪太姥姥吧。拜拜拜拜。"

李郁拉着安芸从人群里钻出去的时候，正好碰上赵长瑞的眼神，他笑眯眯地打量着安芸，显然偷听得很开心。

李郁不解地问安芸：“干吗不告诉爸妈你因为恋爱才不想读研？宁乡很拿不出手吗？”

安芸停了半晌，决定说实话：“我妈不让我跟和寡母长大的男生交往。”

安芸的前小姨夫就是从小丧父，和寡母长大的。恋爱的时候寡母还表现得相当克制，对儿子的女朋友很客气，可是结婚之后就变了一个人。明明家里有两套房子，可是她却坚决要求和儿子儿媳一起住。只要儿子一下班，她就黏住儿子，一会儿聊天，一会儿做事，一会儿陪着看电视，不到十一点不放儿子回去休息。后来更是变本加厉，对儿媳妇越来越刻薄挑剔，每天弄得家里鸡飞狗跳。更匪夷所思的是，不允许儿子儿媳睡觉的时候锁门！故事的高潮发生在某个夜晚，她忽然冲进儿子儿媳的房间，一把掀开他们的被窝，高声控诉儿媳对儿子耍流氓。

安芸的小姨终于崩溃了，当时她已经怀孕六个月，坚持着生完孩子，月子里就办了离婚。

于是，安妈妈经常拿这个血的教训来教育安芸，跟着寡母长大的男人不能嫁啊！这种成长背景的男人再靠谱，也难免有恋母情结，那么到底是爱新娘还是爱老娘呢？显而易见，一个家不能够动摇的底线是：只能有一个女主人。

安芸看着听着这样的悲惨故事长大，小姨一个人带着儿子生活，一直没有再嫁，脾气也越来越怪僻；安芸的小表弟十分恋母，都已经十四岁了还没有和母亲分床睡，眼看着悲剧又要传承下去，却没人能够阻止……那种感觉真是十分可怕。

但饱满健康的安芸无论如何不肯相信，这样的悲剧会和她有关系。除夕夜她和宁乡缠绵之后，宁乡抱歉地说，因为父亲早逝，所以要回去陪妈妈过年。她听了之后也不过略沉了一下，反而更觉得宁乡可怜，更想要使劲儿地抱抱他，安慰他。

05

转眼到了晚饭时间，安芸偷懒不肯去食堂吃饭，要李郁捎水煎包回来吃，被李郁一口拒绝。于是安芸鞋子也不换，踢踏着拖拉板，拿着饭盆，懒洋洋地跟着李郁出了门。刚刚走出宿舍门口，安芸突然停住了，两眼发直——李郁顺着她的眼睛看过去，居然看见宁乡笑着站在不远处！

还没等李郁回过神来，安芸已经发出招牌的高分贝尖叫，把饭盆一扔，飞速地冲过去吊在宁乡身上。打饭时间这条路上熙熙攘攘，不少人停下来饶有兴致地观看，宁乡两只胳膊扎撒着，搂也不是，不搂也不是，顿时窘得面色通红。

李郁急着去捡骨碌骨碌滚了老远的饭盆，饭盆是搪瓷的，早就摔掉了好几块瓷。李郁一边捡一边抱怨地说："扔什么饭盆呀，你是不是青春偶像剧看多了！"她抬起眼来，正好很幸运地看到了青春偶像剧里看不到的一幕。在安芸忘情地搂抱着宁乡的时候，她的拖拉板承受不了重力的召唤，异常煞风景地、毁情调地，“啪叽”掉了下来。

李郁独自吃完饭，回到宿舍没多久，安芸就没精打采地推门进来了。李郁吓了一跳，说：“怎么这么快就回来了？青春偶像剧一般都要二三十集的啊！”安芸哭唧唧地抱住李郁说：“宁乡走了，他明天一早有个非常非常重要的会。”李郁吃了一惊，说：“这么晚还有车吗？”安芸松开李郁，躺在床上，看着天花板说：“他开着那辆旧尼桑来的。”

宁乡应该是接到安芸痛哭的电话就出发了，从Q市到J市，单程四个小时。

李郁不由地说：“哇，好感动啊，大情圣一枚。”

安芸忽然坐起来，痛心疾首地说：“他都没有时间吃晚饭！我只来得及在六乃喜给他买了一笼酱肉包！”说完又咕咚躺下，眼含热泪。

他们只来得及在校园的一个僻静处静静拥抱了一会儿。宁乡要她答应不要再哭，他听到她哭就心魂皆乱。宁乡还要她乖乖地继续读研究生，而自己会等她，一直等，如果她还不开心，他就把工作辞掉，到J市来找工作。

想到这里安芸硬硬地把眼泪逼回去，对李郁说了两句话。第一句话是：“都是我不好，我以后再也不哭了。”第二句话是：“我再也不要吃酱肉包了，因为我看见酱肉包就会哭的。”

李郁不由地风中凌乱了，她郁闷地说：“我坚决要求给外语系的学生开设逻辑课。”

那天晚上，安芸一直等到她的小呼机发出“滴滴”的报平安的信息之后才睡。

虽然自己没有考上研究生，但身为系宣传委员的赵志玲还是非常敬业的，她组织了一场考研经验介绍会，目前已经找到四位嘉宾，只缺一位了。赵志玲找到安芸她们宿舍，力邀安芸参加。安芸哼哼唧唧，百般推脱，赵志玲气得只说："这么利人的事，又没啥损己的，顶多耽误你一两个小时的时间，你要是不去，我鄙视你！"

赵志玲一走，安芸就气哼哼地说："看见了没有？我们志玲浑身都写着：我虽然没有考上研，可是我有考上研的追求者！不过再考上研，他也是那个连公筷都不知道用、眼白比眼珠大的何云刚！"

李郁乐得看热闹，嘿嘿地笑。安芸对谁都很宽容，就是不知道为什么总爱和赵志玲过不去。结果到了介绍会的那一天，到底让安芸找了个借口溜了，赵志玲在约好的时间等不到人，气愤地杀到宿舍里来，正好李郁在，于是被临时抓了差。

李郁被推到报告厅的台子上坐着，看着下面的学弟学妹们热烈鼓掌，心中恨恨地骂着安芸。好在前面有位考上清华的男生介绍得非常仔细，用去了一个小时，轮到李郁这里的时候，几乎只剩下自由提问的时间了，李郁也就匆匆地讲了两句收场。学弟学妹的问题大多都是冲着清华男去的，像李郁这种报考本校研究生的，本来就没有多大吸引力。本校考本校比较没有挑战性。

问题一般集中在怎么选择适合自己的专业和学校、是否需要和导师联系、怎么做真题、用不用参加各种门类的考研辅导班上。但是有一个小姑娘问的问题格外与众不同。她一直跃跃欲试着要提问，等到主持人终于把话筒递给她的时候，她激动得脸一下子涨红了，冲着清华男大声地说："请问王迪师兄，你当时真的半年都没有洗头发吗？"

顿时哄堂大笑。

李郁这才知道，原来身边这位清华男，就是当年那位发誓考不上清华就不理发的长发生物系男生。当时他们曾经在各种用功的场合碰过面，李郁和安芸还腹诽过他身上的异味，看来现在人家是如愿以偿了，所以剃了短寸。仔细一看，原来是一个相当精神的清秀男生呢。李郁不由地多打量了他两眼。王迪显然是个很善于抓住别人对自己的注视的人，他扭过头来，对着李郁热情地一笑，然后回答了小师妹的问题："没有没有，是误传。我当时说的是不考上清华就绝不理发。不过呢，头发虽然不是半年不洗，但一个月不洗是有的……"

下面又是一片轻松的哄笑声。李郁打量着刚才提问题的小姑娘，她的脸像熟透的水蜜桃，连细细的小绒毛似乎都清晰可见，眼睛里全部是对清华男赤裸裸的崇拜。李郁不由地感叹：真是年轻啊。

王迪很会控制会场情绪，又说了一些煽情励志的话，考研经验介绍会圆满收场。

李郁正要光速溜走，却被王迪叫住了。他像熟人一样叫着她的名字说："李郁，你的宿舍是几号？有时间我们一起聊聊天。"

李郁以为王迪说说也就算了，没想到这果然是个行动力超强的人。第二天他就“有时间”了，约李郁一起吃晚饭。

安芸非常支持李郁和王迪约会。她的口头禅是：“起码是个清华男啊！”李郁不以为然地说：“清华男又怎么了？”她没有名校情结。安芸就说：“但是考研这件事可以证明他很有毅力。”这点倒是。安芸和李郁自己懒懒散散，但是都尊重认真做事情的人。

一顿晚饭吃下来，李郁郁闷坏了。晚饭的中心议题是王迪未来的硕导如何牛逼，清华如何牛逼，他们现在就读的这所大学如何不可救药的逊。开始李郁还尝试着想要与对方交流互动，后来发现根本不可能，对方只需要倾泻，并不需要沟通。

“我老板肯定是下一届院士，众望所归。”

“咱们学校李大成教授也挺厉害的哈。”

“不是一个档次的！中国现在的学术界，像样的人才都在清华。”

“呃……快毕业啦，你们班有什么活动吗？”

“不知道，我不关心。我刚从北京回来，下周还去，我已经联系上了我的师兄，一毕业我就去北京，在我老板的实验室帮忙。”

“……这家饭馆的饭还比较好吃。咱们食堂的饭真是太难吃了，不过有几样菜还可以，我喜欢吃三窗口的红烧茄子。”

“清华的食堂国家有补助，又便宜又好吃，而且连食堂师傅托福都能考六百多分！”

李郁决定闭嘴，专心享受食物。于是王迪终于得其所愿，开始滔滔不绝地谈论清华、理想、美好的未来。李郁恨不得耳朵和嘴巴一样，能打开还能合上。在把最后一口美味的青菜肉丝面吃下肚之后，李郁听到王迪在说："我老板手底下光国家项目就有好几个，项目资金好几百万呢。据我师兄说，我老板四年换了四辆车了。"

李郁决定发言，她说："哦，好厉害。那你老板四年换了几个老婆？"

分手的时候，李郁已经把此人列入永不见面的黑名单。但没几天她就收到一封王迪的来信，用蚯蚓一般奇形怪状的小字写着赞美李郁美貌的话，诸如"你美丽的眼睛、曼妙的身姿，让我一见钟情、久久难忘"……李郁诧异极了，因为情书的水平之低劣，简直连体育系的欧阳周都不如，甚至听起来有点猥亵男之嫌。但安芸极力劝她再多了解一下，免得后悔："理科男生就是文笔比较差。那也说明人家以前没写过情书，手生。"李郁说："我一和他聊天就想撞墙。"安芸说："也许他就是紧张，不知道该和漂亮女生说什么！"李郁更诧异了，赶紧问安芸到底收了王迪多少银子的贿赂，这么没原则地替他说话。安芸大喊冤枉，说只是想让李郁不错过任何一个有可能尝到"爱"的滋味的可能性，都大四了，这种机会应该是越来越少了。李郁想起妈妈的话，有点灰心丧气，嘟囔着说："反正你就是把我往火坑里推。"安芸说："怕什么？要真是火坑，我再捞你上来嘛！"

06

安芸是个五月底的双子女，宁乡提前一天赶来和她过生日，接她出去吃生日大餐，竟然一夜未归。第二天是周六，一大早，李郁还在迷迷糊糊的回笼觉中，楼下的阿姨大声敲门让安芸下去接电话，李郁只好胡乱套上一件裙子匆匆下楼，纳闷地想明明安芸宁乡两人在一起，干吗还要打电话？等到拿起话筒，一个好听而成熟的男中音响起来，李郁一下子清醒了，是安爸爸。安爸爸说他们夫妇俩坐安妈妈局里的车，已经快到学校了，让安芸到学校门口来等，他们有些公事在身，顺便给安芸过一下大学里的最后一个生日，再商量商量读研的事。李郁大吃一惊，安芸还瞒着父母，没告诉他们宁乡的事情，自然他们也不知道安芸已经有了呼机。李郁连忙说安芸和朋友出去了，她尽量找一找她，让安爸安妈不要着急。安爸爸连声道谢。

扣了安爸爸的电话，李郁就开始狂呼安芸，一遍又一遍地留言急事速回电。不时地又有电话打进来，但都是找其他女生的，李郁急得一圈圈转。正转着，刘刘懒洋洋地从楼上下来了，手里拿着什么东西说："不用转了，回宿舍吧。"李郁定睛一看，得，正是那粉红色的小呼机，屏幕正一闪又一闪。

安芸竟然把呼机忘在宿舍了。

所以，当宁乡搂着安芸，把她送到学校门口，旁边一辆黑色的轿车车门缓缓打开，走出戴墨镜的安爸爸的时候，安芸还以为自己又一次进入了某电视剧的情节之中，只是这次不是偶像剧了，是悲情伦理剧……

一般在这种伦理剧中，女人们都比较容易激动，所以安妈妈下车一看到此情此景，就有点拿捏不准，不知道该拿什么态度对待自己那吊在陌生男人胳膊上的宝贵闺女，似乎昨天这小妞还被自己抱在手上吃奶呢，今天就和男人又搂又抱了！于是一时脸上阴晴不定。好在两个男人还都算冷静，宁乡说："没想到这么巧，早就想去拜访叔叔阿姨的，正好到了午饭时间，我请叔叔阿姨一起吃个饭吧！"安妈妈还在犹豫的时候，安爸爸就一把把女儿拉到自己身边，同样镇静地说："我们是长辈，这样，地方你来找，我买单。"

一顿午饭，表面上还算是风平浪静。宁乡很有礼貌，甚至对安妈妈单位里的司机也款待有加。聊了聊饭店的菜品、J市的天气、安芸的生日以及小时候的糗事之后，平静下来的安爸安妈显然都对眼前这个斯文温和的年轻人有了好感。安芸坐在爸爸妈妈中间，小脸一直紧绷着，准备好时刻冲出去做消防队员。果然，安妈妈开问了："宁乡啊，你父母是做什么的？……"话没说完，安芸叫道："妈妈，这个菜很鲜！"说完奋力地往妈妈嘴里塞了一筷子韭菜鱿鱼。安妈妈吓了一跳，狼狈万分地含着一口菜到处找垃圾桶，好不容易吐出来才说："臭丫头，不知道你妈刚拔了一颗牙，不能吃这种不好嚼的东西吗？"安芸"嘿嘿"傻乐的时候，宁乡已经叫来了服务员，叮嘱他再上一份蛤蜊蒸蛋，要蒸得格外软一点。安爸爸显然很欣赏宁乡的周到，可是宁乡重新坐下后，自动捡起了话题，平静地说："我父亲是地质工程师，不过，他已经去世十五年了。我母亲是小学教师。"饭桌上顿时冷了场。安芸又爱又恨地隔着餐桌看着宁乡，他怎么那么傻啊，非要自己撞到枪口上。这是除了那个除夕夜之外，安芸第二次听他提到这个事儿。她看着平静得几乎有一丝漠然的宁乡，特别想哭。十五年前，那个十二岁的少年，是怎么消化这个家庭的巨变的？她恨不得穿越时空，把那个小男孩搂在怀里，好好地抱一抱，亲一亲，告诉他不要太难过，更不要害怕，因为将来自然会有她和他永远在一起。

打破平静的是安爸爸。他把自己的杯子倒满酒，和宁乡碰了一下说："不容易，你这孩子不容易。"两人默默地干了一杯。但是说着安爸爸问："你父亲是意外事故去世的？"连安芸都没有问过这件事，所以她忍不住大叫一声"爸爸"，同时心里感受到一丝突然来袭的尖利疼痛——是宁乡的心在疼吧？但宁乡仍旧用平静到几乎干巴巴的声音说："不是，我爸爸是因为肝癌去世的。"

饭桌上又一阵沉寂。安芸拿起酒杯对宁乡说："宁乡，我们一起敬爸爸妈妈一杯吧！"回过头来，她几乎是乞怜地说："爸爸妈妈，我们是认真的。"

安爸安妈很少有机会欣赏到女儿的"认真"，所以他们愈发沉默了。

饭后宁乡还要搭火车回Q市，先告辞了。安爸安妈在酒店订好了房间，三人进了房间，刚关上门，安妈妈就迫不及待地嚷了起来："安芸，你觉得你小姨还不够惨吗？"安芸正在生父母的气，小脸气鼓鼓的，一声不吭。安爸爸沉吟了一下，说："关键问题还不在这里。"安芸诧异地抬起头来看着爸爸，本来她还指望他能帮帮她呢，他自己是男人，不会白痴到以为所有父亲早逝的男人都是魔鬼吧？安爸爸说："宁乡父亲是肝癌去世的。安芸你知道吗？癌症这个病其实有一定的遗传性。"安芸愤愤地说："爸爸，我都从来不忍心问宁乡爸爸是怎么去世的，你上来就问，太残忍了！"安爸爸不以为然地说："这个事情已经过去了十五年，有什么问不得的？我了解这个事情也是对你负责任。要知道，宁乡将来得癌症的可能性，要比其他人高一点。"安芸愣了一会儿，顿时火冒三丈："爸爸哪有你这么说人的？好吧，就算这么着我也认了，在一起只要开心，管它时间长短呢！"安爸爸也有点恼火："你怎么这么自私，只考虑自己呢？难道不为自己将来的孩子着想吗？你看看爸爸这个家族，和你妈妈这个家族，几乎所有的老人都健康长寿。一家有优良的长寿基因并不可贵，可贵的是两家的基因都很优良！你都不知道你有多么幸运！你将来得高血压糖尿病中风心梗以及各种恶性肿瘤的可能性比其他人都会小得多！但如果你和宁乡结婚，你的孩子就享受不到这个待遇了。这个优良的传统就断送在你的手中，你说可惜不可惜？"安芸把头摇得像个拨浪鼓："不可惜不可惜！而且这也太好解决了，你要是不放心的话，我可以不生孩子嘛！"安妈妈一直插不上话，这会儿急火攻心地说："臭丫头！怎么能把生孩子这样的事儿放在嘴头上说！"安芸听到妈妈的斥责趁机放声痛哭："明明是爸爸先说的！明明是爸爸先说的！你们两个合起来欺负我！”

当天晚上八点多钟安芸才回到宿舍，眼睛哭得又红又肿，李郁连忙把小呼机举给她看，从下午开始，小呼机就没消停过，一个消息跟着一个消息。安芸一条一条地翻看着消息，都是宁乡发的，要她和父母好好谈，不要发脾气，“无论如何，我总是等着你”。安芸边看边哭。李郁在旁边急得不得了，不知道具体发生了什么事，安芸简要地描述道：“我，和宁乡，被捉奸了。”

捉奸这个词显然大家运用的机会并不多，所以李郁吃惊地问：“你爸爸妈妈在酒店找到了你们两个？”

安芸不由得破涕为笑。

昨晚，她终于解决了心头大恨，那件“多大的事儿。”

07

前一天晚饭后，安芸去宁乡的酒店房间，两人在椅子上缠绵了一番，情不自禁地转移到了大床上。安芸清楚地感觉到了宁乡身体的变化和呼吸的急促，她和他紧紧地抱在一起，他的重量密密地压在她的身上，他的舌尖在她的口腔深处，可是莫名觉得这样的亲密还是不够，到底怎么才够，却不知道……她又紧张又期待，她盼着那双抚摸她的手往下一点，再往下一点。可是在一个令人窒息的长吻之后，宁乡俯在她的身上，低声说：“宝宝，我送你回去。”

安芸躺在黑暗中不吭声，过了一会儿她终于鼓起勇气，怯怯地问：“宁乡，你是不是早泄？”然后，迅速地把那句“没关系真的没关系”准备好放在嘴里。

她真的觉得没关系，无论如何她要嫁给他——可是她再也忍耐不住想要问一下。

宁乡诧异地坐起来，哭笑不得地问她怎么会有这样的念头。安芸扭扭捏捏地说：“因为，我发现你，不是那个，阳痿嘛……”

宁乡说：“那为啥我一定不是阳痿，就是早泄呢？”

安芸说：“电视上，大街上，到处都是广告呀。外国人来到中国，肯定会觉得，中国女人都要流产，中国男人都阳痿早泄。喂喂喂，好像这事儿很矛盾啊，男人都有毛病的话，女人怎么还用得着流产……乱了，全乱了……”

宁乡板着脸说：“治阳痿早泄的广告和治不孕不育的广告是一对儿。”安芸一拍大腿：“可不是！治不孕，到清华；想流产，那就该去北大了吧……”

说完自己得意地笑个不停。

一瞬间宁乡下了狠心，决定洗刷自己的冤情。他扑上去，又一次热烈地吻她，安芸开始还在笑，后来发现情况不对劲儿，笑不出声了。然后，在关键的时刻终于暴露出其叶公好龙的嘴脸，哭着说：“我不要怀孕！我不要流产！”

话音未落，宁乡就像变戏法一样地拿出来了一只……雨衣。

安芸的哭声戛然而止，凝神打量了一下这个小东西，确认了它的身份之后，猛地坐起来说："宁乡，伪君子，原来你是有备而来！"宁乡大窘，结结巴巴地说："我，是怕万一……"

安芸"老"怀大慰，仿佛看到雨衣，就解了自己长久的因为"多大的事儿"而起的郁闷。

李郁崇拜地看着安芸，觉得她马上变得不一样了，身上有了一层耀眼的光环，她小心翼翼地戳了她一下，问："真的像书里说的那么疼吗？"

安芸带着先驱者的骄傲说："比痛经……要轻那么一点点。"

安芸和李郁都痛经，每个月总有那么一天要靠止疼药过日子。

宁乡很小心，但似乎是过分熟练了一点。安芸像是被他带着穿过万丈深渊的铁索桥，战战兢兢，如临深渊。不过还好，总算安全抵达目的地。

事后安芸忽然想起来问："为什么你什么都知道？"

宁乡的脸又一次红透了："大学的时候就都知道了，毛片啊。宿舍里一起看——男生都看毛片。"

安芸又一次兴奋地大叫起来："啊，毛片！长这么大我从来没看过毛片！我真是白活了！"然后死缠烂打地："求求你了，宁乡，我要看毛片。"宁乡只好答应她，下次去Q市，毛片的款待。

当然毛片的事安芸没给李郁说。她也没有给李郁说，事后宁乡把她抱在怀里，问“在一起好不好”的时候，她哭了。

天知道她为什么会哭，不是因为疼，也不是因为什么“破处综合症”，而是因为……难过。宁乡看她哭了顿时乱了分寸，问她是不是不舒服，她没头没脑地说：“好可怜，宁乡你好可怜。”

当这个男人完完全全属于她的时候，她觉得他在那一瞬间成了一个孩子，她对他的少年失父之痛感同身受，并且因为没有能够一起承担而耿耿于怀。

李郁着急知道最后这件事情到底是怎么处理的，安芸爸妈会不会强迫他们孔雀东南飞？安芸说：“最后我爸妈决定只要我肯上研究生，就暂时不干涉我和宁乡恋爱。”说完挥了一把冷汗：“我怎么那么英明呢！多亏我最初决定不上研究生，要不现在就什么条件都没得可讲了。”然后，她两眼灼灼地瞪着李郁，沧桑地说出她的惊世名言：“人生，就是一场谈判！”

08

离复试还有两个星期，安芸一举变成超级好学生，每天黎明就爬到李郁的床上生生地把她摇醒，然后开始无比勤奋的一天：早读、吃饭、自习室、吃饭、自习室、吃饭、自习室。有一次她俩在路上遇到羞涩清秀的孔老师和壮硕的王老师并肩走在一起，安芸赶紧甜蜜蜜地走上去打招呼：“孔老师好！王老师好！王老师今天好漂亮！”让旁边的李郁看了大开眼界，因为安芸私下里对王老师的嘲讽真是登峰造极，并且以前是从来不屑于和她打招呼的，看到了就只是翻翻白眼。走过去之后，她揶揄地看着安芸，安芸恬不知耻地笑着，说：“李郁你哪里知道枕边风的厉害！谁让孔老师也是研究生的复试评委呢！”李郁说：“哦，我忘了，怪不得你比我明白呢，因为你也是某人的‘枕边人’了啊！”说完就跑，安芸大叫着追杀过来，无奈自己的小短腿赶不上李郁的大长腿，眼看着追不上了只好使出独门暗器——书一本。

咣啷，书砸到了正走到此处的赵长瑞的头上。

奇怪得很，李郁觉得最近见到赵长瑞的机会比过去四年都要多得多，以前她很少意识到这个不怎么爱说话的小男生的存在，现在却屡屡在各种场合见到他，餐厅、自习室、专供散步用的操场。

赵长瑞被砸懵了，傻乎乎地揉着脑袋，安芸跑过来捡起书，像揉小孩子的脑袋一样揉一揉赵长瑞，绝尘而去。

对于这个年纪的男孩来说，赵长瑞有点小胖，这点胖让他很显小——婴儿肥一样。有一次在去自习室的路上大家遇到，赵长瑞陪着她俩一起走，安芸打量着路上来来回回的学生，忽然感慨地说：“赵长瑞，你真是咱们学校的门面啊！”赵长瑞被恭维得莫名其妙，连忙虚心请教“门面”从何而来。安芸说：“众所周知，咱们学校食堂是有名的烂，整个学校也没能出产几个胖学生，你看看，一个个都豆芽菜，面黄肌瘦的。”说完扭头看着赵长瑞胖乎乎的脸蛋，忍不住猥亵地伸手摸了一把，说：“后勤校长看见你得多高兴啊赵长瑞，他得哭着说，看看我们的赵长瑞！某些人真是冤枉我们，谁说我们食堂不好！谁说我以公谋私，让小舅子负责食堂来着！”

赵长瑞并不生气，但是李郁看见他胖乎乎的脸蛋慢慢地、匀速地变红，最后变成一个红红的大番茄，觉得十分有趣，不由地也笑起来。

有时候在自习室遇到，赵长瑞常常磨磨蹭蹭地在她们附近找个位子坐下。安芸总是笑嘻嘻地说：“赵长瑞，你还学什么呀，复试不就是个印象分嘛，我看你减肥十斤，比读你导师的十本书还管用。”赵长瑞从来不生气，但是也不接招，只是笑嘻嘻地坐下来看书。

真是一个好脾气的男生。

王迪在北京准备复试，信却一天一封地寄来，大概是词穷，也大概是不解其意，连“我是干柴，你是烈火，我想不顾一切地燃烧”这样的话都出来了。李郁看了二话不说，在洗手间点起一堆烈火，毫不客气地把情书烧了个干干净净。

她烦透了，所以当王迪从北京回来要求见面的时候，她一口答应了，心中准备好了万千恶毒的词汇准备炸弹一般扔出去，可是一旦见了面，又发现对方不过是一个斯文清秀的男孩而已，只好把一肚子的刻薄话咽下去，简单明确地说："王迪，对不起，以后不要给我写信了，我们不合适。"说完之后，李郁以为自己的任务已经高效完成，准备回撤的时候，却被王迪一把扯住了。

王迪白皙的脸涨得通红，说："李郁你有什么对不起我的？你对不起你自己！"

李郁以为自己听错了，连忙洗耳恭听。王迪滔滔不绝地说："李郁，我们大好青年，待在这样的省会城市能有什么出息？到北京去才是真正的生活！有无限的机会在等着我们！李郁，如果你做我的女友，你会有多么幸运你知道吗？我的师兄师姐有一半都选择了出国继续读博，我也有这种准备，我们可以一起考奖学金，实在不行你申请陪读也可以。我们在一起，你整个的人生轨迹都会发生改变，你太不珍惜这个机会了！"

李郁看着这个男孩，他太激动了，以至于眼睛里都被逼出了泪光，额头上是密密的汗水。他两眼通红地看着她，既是对她不知道善待命运的痛心疾首，也是急于挽回被拒的自尊心的慌不择言。

李郁低下头想了想，微微一笑。现在她忽然不讨厌他了，她友好地对他伸出手说："替我给那个，将来，珍惜这个机会的，幸运的女孩，问个好。"

王迪愣在那里，几秒钟后，他忽然扭头就跑。

李郁慢慢地缩回了自己的手。从此她再也没有见过他。

研究生三年级的时候，中国人校友录正火热着，有一次李郁在校友录上随便逛的时候，忽然发现了一张王迪和一个女孩站在清华门口的亲密合影，王迪看起来成熟了不少，像个男人了，那女孩十分面熟，李郁想了很久，终于想起来了——是在考研经验介绍会上向王迪提问的水蜜桃女孩。

大学的最后一个月，炎热而漫长。李郁和安芸毫无悬念地通过了研究生复试，不用像其他同学那样找工作、签合约，因此格外无所事事。当然，富有悬念的事情也在发生着，忽然有一天消息传来，云娜竟然留校了。

大家都很惊奇，因为云娜成绩一般，不是学生干部，从哪一方面来说都没有留校的条件。然而，事实就是这样。有流言说云娜和学校的团委书记有过一夜情，团委书记姓郑，未婚，女友在广州读研。云娜对此闭口不语，她在宿舍进进出出，按时作息，和所有的人保持一定的距离。李郁觉得云娜前所未有的陌生，当然，这与她无关。从云娜说出那句咬着腮帮子的“你家孙锐”之后，她就被永远驱逐出了李郁的世界。

09

复试结束后安芸做的第一件事，就是飞速地奔向车站，她与宁乡已经两个星期未见面，这是他们认识以来前所未有的长度。大巴还没停稳，她就跳下来，扑到早已经等待的宁乡的怀中。宁乡从公司直接过来，还穿着上班时的白衬衫，规整地扎在腰带里面，天热，后背一片濡湿。安芸摸到那片湿，二话不说着急地把宁乡的白衬衫从腰带里拉出来，一边拉扯一边说："这么热，你死脑筋啊，还束在腰里，一点儿不透风！"周围有人看过来，宁乡脸红了，他抓住安芸的手腕，小声说："回家再扒。"安芸听出这个词所包含的暧昧，坏笑两声，清清嗓子说："那个，那个，毛片。"宁乡没有听清楚，问："猫什么？什么猫？"安芸惦记了一路，恼怒地顿足大声叫道："不要装听不见，不许赖皮！你答应给我看毛片的！"此话一出，周围的眼光唰唰投过来，宁乡这次是真正地窘了，拉着安芸急急上了车才抱怨地说："这么大声，别人都听见了！"安芸说："咦，你们怎么敢做不敢说啊？"宁乡哭笑不得，只好转移话题，盼望到家后安芸能忘了这件事。

回到家，宁乡关上门第一件事，就是抱住安芸，一路吻下去，安芸一时有点招架不住。自从解决了"多大的事儿"之后，安芸的好奇心得到了极大的满足，同时又多少觉得这"多大的事儿"不过如此而已，根本不像小说里渲染的那么惊天动地，其实她觉得密密的拥抱和吻就足够了……但宁乡好像完全相反，他比以前要急切得多，主动得多，贪婪得多。她不反对。她高兴自己被宁乡这么渴望、这么需要着。

第二次比第一次要好一点，不那么疼了，还有一点很特殊的感觉……不太好形容。总之安芸很满意，她拍拍宁乡的脸说："喂，毛片，毛片。"宁乡苦笑，安芸的记性实在是太好啦！他说："这里没有毛片，都留在以前和同事同租的房子里了。”在单独租这个房子之前，有两年的时间宁乡是和同事一起租房子的。安芸不屈不挠地说：“没关系，那我们去拿啊。”宁乡说：“突然去拿，这怎么好意思啊。”安芸不由又大声叫起来：“你们这些男人真是虚伪死了！好意思做，不好意思说！”宁乡只好拱手作揖败下阵来，但坚决不肯带安芸，独自一人开车出去，取回了毛片。

安芸兴奋地打开宁乡的电脑观摩毛片，看了两分钟就有点懵，回头抱住宁乡摇晃个不停：“流氓！你们太流氓了看这种东西！”回过头去继续看，看了两眼又吃不住劲儿，抱住宁乡继续晃个不停。宁乡终于忍不住过去关了电脑说：“不许看了！再看我就要成脑震荡了！”

因为要填各种毕业前的奇奇怪怪的表格，安芸住了一天就不得不走。在车站她久久地腻在宁乡的怀里，较之以前有更多的留恋和不舍，仿佛将宁乡一个人，留在了一片荒漠的Q市之中。

人生充满离别，李郁和安芸的大学生涯马上就要结束了。盛夏的七月，校园里到处是各种聚会，各种留影。酷热的天气把离别的情绪烘托得更加强烈，这让人难以忘怀的四年，漫长而短暂，拥挤而空旷。那就是年轻的岁月，浩浩荡荡，没有过去，也看不见未来，仿佛就会这么亘古不变地、永远年轻下去。

第六章 分别

01

漫长的暑假过去之后，李郁和安芸又回到了已经熟悉到掉渣渣的母校。研究生宿舍的安排是根据专业来分的，因为属于不同的专业，李郁和安芸被分在了不同的宿舍，好在隔得不远。安排好各种杂物之后，安芸第一件事就是大摇大摆地到李郁的宿舍来视察，不客气地把一张两人亲密合影的大照片摆在最显眼的地方，以示自己对李郁至高无上的所有权，并在确认每一个舍友都不如自己漂亮可爱之后才心满意足地拉着李郁去吃饭。她带着警告的意味说："我还是很大方的，你可以和别人要好，但是你要记住，最好的那个人一定是、也只能是，我！"

李郁显然很享受安芸的蛮横，笑嘻嘻地一口允诺。的确如此，经过了安芸这么有趣可爱的朋友，其他的女朋友都只能是浮云了。

人人都渴望那个“最”，渴望与别人有一段“最”深入、“最”牢固的关系，渴望自己被别人“最”爱、“最”需要。这是人性设计中最无奈的一个“缺陷”。

李郁的导师姓张，五十岁左右，妻子在另一个学院教书，夫妻俩关系非常好，举案齐眉、相敬如宾，是让人见了就会情不自禁说出“贤伉俪”的那种。大概是导师的榜样做得好，张老师迄今为止收的二十多个研究生中，结婚的大都婚姻和美，没结婚的除了几个年纪比较小的，其余的也都有稳定和谐的异性朋友。安芸的导师姓孟，和张老师相反，他已经离异两次，现有的第三次婚姻也是貌合神离，眼看着又要分崩离析。他的弟子们也都颇有其师之风，已经离异的有三人，家中常年战火不断或者冷战分居的又有几人，尚且在校的几个安芸的师兄师姐，个个或者性格桀骜不驯，或者相貌奇突，都是有名的独行侠。安芸入了师门之后，早早地带着宁乡在各种聚会场所展览一番，力图要从自己开始，打破孟门魔咒。

李郁不知道自己会不会沾到一点师门传统的好运气。开学没多久就开始有追求者，但个个都含蓄冷静，李郁稍微态度冷淡一点，他们就连忙撤军，下次再见了大家仍旧客客气气，好像从未发生过什么。到底研究生和本科生不同，年龄大了一点，荷尔蒙水准大幅度降低，面子似乎比激情更重要。李郁曾经很讨厌疯狂而浪漫的男人，现在，她处于一群彬彬有礼的绅士之中，却实在觉得有点惆怅了。

秋意渐深的时候，张老师有一个长沙的学术年会，问李郁几个人谁可以随同去，火车票可以报销一半，住宿自理，吃饭和会议费免交。李郁看了会议通知上的安排，两天会议，两天旅游，地点是凤凰。虽然学生的旅游费用全部自理，她还是马上毫不犹豫地要求参加。

凤凰。周秦给她的那只画着凤凰吊脚楼的鸵鸟蛋，仍旧端端正正地摆放在她的床头。安芸有好几次作势要把它扔掉，都被李郁拦住了。的确应该扔掉，但是，应该寻找一个合适的地方。她早就知道，总有一天她会到凤凰去。周秦已经从她的世界中彻底消失，她不讲道理地向往着凤凰。凤凰是她和周秦之间最后的一点痕迹，她去印证它，然后狠狠地消灭它，彻底地遗弃它。

于是，一切可以好好地归之于虚无。从虚无来，到虚无去。

李郁把鸵鸟蛋放在自己的行李箱里，怕它碎掉，又在四周塞满了厚厚的泡沫塑料。现在她的床头空了那么一块，鸵鸟蛋像是从未存在过。

因为费用的问题，大部分同学都不想去。让李郁没想到的是，同宿舍的女孩伍娟竟然决定去长沙。伍娟也是张老师的学生，从本省另一所大学考过来，一打眼就能看出家庭出身不太好，衣服干干净净，但就是那么替换的几件。开学没多久她就打了好几份工，每天除了上课、图书馆，就是在城市里奔波着工作，很少回宿舍。

伍娟不爱说话，一个人的时候看起来还是个挺自然的女孩儿，可是一旦有人找她说话，她马上就变得僵硬紧张，眼神里有掩饰不住的慌乱，虽然是竭力想要表现热情的姿态，但也足够让和她说话的人不舒服了。时间一长，主动找伍娟说话的人越来越少，她自己却仿佛很适应这种状态，越发沉默得像个影子。

伍娟平常几乎没什么消费，吃饭也很省，李郁和安芸常去校门口的饭馆打点牙祭，伍娟却一日三餐都在餐厅解决，永远是一份菜和一个馒头，连米饭都很少吃，据她自己说是从小习惯了馒头当主食，李郁私下里猜测大概也有馒头更顶饱的缘故。所以伍娟决定去长沙，让大家都有点小吃惊，不过有个伴儿总归是好的，虽说这个伴儿生活在一个李郁完全不了解的陌生世界中。

作为省会城市，长沙粗粗看起来和J市区别并不大。中国已经进入一个城市大同的世界，各地的传统和风俗正在慢慢被磨灭，最南边的城市和最北边的城市，可能会有一模一样的公共厕所，一模一样的商场，一模一样的街道。

听了半个上午的会，李郁已经觉得难以忍受。和大多数学术领域一样，李郁所属的专业也是一个男人的世界。这个专业的最高委员会，被几个野心和表演欲望特别强烈的男人所分割，每年一度的年会，就是这几个男人表演的绝佳舞台。观众乌压压的有一两百人，特别热情的有几十人，他们认真地观摩着这个领域的游戏规则，暗暗地计算着上升的道路和阶梯，期望着有一天能够进入权力的核心层。

最高委员会的副会长是个衣冠楚楚的五十岁左右的男人，他负责主持会议，端正地坐在舞台左侧的桌子旁。他的表情严肃神圣，犹如古代主持祭天仪式的大祭司，然而李郁的眼睛不小心溜到了他坐的桌子下面，那黑色的做工精良的西裤下面，露出了一截让人感觉很怀旧的左右两侧各有着两条白色竖杠杠的藏蓝色秋裤。

李郁忍不住噗嗤一笑。左右俱向她投来俨然的目光，李郁连忙知罪地低下头。

好不容易等到了中间的茶点时间，李郁迫不及待地冲出来，倒了一杯咖啡，小心翼翼地吃着一块抹茶味道的小点心。有人走上来打招呼，李郁以为遇到了熟人，仔细看，却并不认识，是一个戴着眼镜、清秀挺拔的男生。男生自我介绍叫陈劲松，在北京一所大学读研，是最后一年了。陈劲松问了李郁的导师，赞其学问做得好。礼尚往来，李郁也问了他导师的尊姓大名，正是那秋裤的主人。李郁又忍不住噗嗤一笑。诧异的是，陈劲松并不问她为何发笑，只是微笑地看着她，搞得李郁十分不好意思，连忙严肃起来。谈了一会儿不咸不淡的客气话，陈劲松忽然说："李郁，你不喜欢开会是吧？看你很不耐烦。"李郁没想到自己早就被观察了，脸色一红。陈劲松又问："你喜欢做学术吗？"李郁从没想过这个问题，对她来说，选择读研不过是为了暂时把丈夫、婴儿、尿布远远推开。做学术？那更是遥远的事。于是她淡淡地回应说："如果将来不得不做，那也只是谋生。"

铃声响了，会议继续。李郁和陈劲松一起走回会议厅，才发现他就坐在自己的侧后方，怪不得看得出她早就不耐烦。

第一天的会议结束，李郁的耐心完全耗尽。第二天一早她就借了本地做服务的研究生的自行车，一个人在长沙的大街小巷游来逛去。张老师到了会上也是如鱼得水，忙于和各种新老朋友叙旧聊天，根本顾不上自己带的学生。再说了，反正有好学生伍娟在一丝不苟地听会，还恨不得一个字儿不漏地记笔记呢。

李郁特别喜欢淹没在一个城市的感觉，完全的陌生，彻底地被放逐。人群一片一片地流过，对她而言，就像是潮汐，像是白云。

会议时间表上规定晚七点集合，大家一起坐夜车去凤凰。李郁赶回去的时候六点半，宾馆前已经停了几辆大巴送大家去火车站。李郁匆忙地带了自己的行李下来，刚走到大巴跟前，一双手接过行李，轻松地把它塞到了行李舱里。李郁抬头一看，是陈劲松。他着急地说："你怎么才来？跑到哪里去了？到处都找不到。"李郁连忙道歉，道歉完才回过神来，仿佛自己并没有向他汇报行程的义务。

自从发现世界上有耳塞这个圣物之后，李郁就喜欢上了在火车上睡觉。既听不到此伏彼起的呼噜声，又可以享受到摇篮摇晃的微醺。在梦中，那轻微的哐当当、哐当当的声音，像是一段又一段的音符，清澈而忧伤。一点又一点，她在接近她的凤凰，虽然没有周秦在那里等待。

一觉醒来，火车快要到站了。李郁连忙赶到洗手间去洗漱，拿起牙刷才发现没有带牙膏，正懊丧的时候，陈劲松像天使一样出现在眼前，拿着一管救命的牙膏。李郁连声说谢谢，正要接过来的时候，陈劲松却已经自然地拿过她的牙刷，把牙膏挤在上面。

李郁有点吃惊，她不声不响地接过牙刷低头刷牙，心里却有点怪怪的感觉。

也许，他喜欢她?

李郁很久没有人追求了，王迪不算，如果个体能够自追，王迪肯定不会费这个事儿去找别人。

但她不愿意在凤凰重新开始一段恋情。

这是她给自己画下一个句号的地方。

02

其实凤凰就是一个古城，和其他的古城——大理、丽江、周村没有太多区别的古城。现在的中国，不但城市都已经格式化，连各地的古城也已然如此，所有的古城都会卖一样的旅游纪念品、一样的大坛子炖猪肘子、一样的腊肉、一样的牛角印花刺绣。

但李郁看见沱江的时候还是有一点泪盈于睫的感觉。果然，和周秦画的是一个颜色，那么一种孤零零的清澈，即使有一万个游人在上面大呼小叫，它还是那么孤零零的清澈。与会人员的大队人马都在码头排队，浩浩荡荡地准备上船，李郁故意拖后一点，一直等到最后一只船才走上去，回头一看，陈劲松正在她身后微笑。

整个行程，她无数次地偶遇他。李郁不想跟在导游后面听讲，常常一个人掉在后面，急匆匆追赶队伍的时候，总是看见陈劲松等在前面，焦急地回头找人。

在古城里看各种小店铺的时候，李郁很喜欢那些色彩艳丽的粗布围巾，她拿了许多条挑来挑去，拿不定主意。陈劲松从门口经过，走过来说："李郁，我觉得你适合撞色，把艳红和艳蓝两条搭在一起肯定漂亮。"李郁依言一试，果然好看。

和其他古城一样，凤凰有不少卖老银藏银首饰的老太太，李郁对手镯格外没有抵抗力，她喜欢把许多手镯串在一起戴在手腕上，自以为是环佩叮当，但安芸听到这种声音常常嘲笑地说："我以为一头牛走过来了！"每当看到一个这样的老太太，李郁总是蹲下来埋头挑选，本来也不贵，五块钱、十块钱而已。陈劲松经过的时候，她刚好挑了一只五角星金属铜颜色的吊坠，配上粗犷的老银链子，有一种年轻人喜欢的别致的酷。二十一岁的李郁喜欢帅和酷。陈劲松微笑着看她，并不说话。不知道从什么时候起，李郁已经不太适应这样过分坦白的目光，她低下头，仿佛自言自语地说："不过是破铜烂铁而已。"

那么，他真的是喜欢她？

她的背包里放着周秦送她的鸵鸟蛋，这个时刻，她不愿意有别的干扰。上了船，李郁郁闷地蹲在船尾一声不吭。陈劲松知趣地躲得远远的，和别的人谈笑聊天。真好，这样，她可以专心致志地看江水了。

慢慢地，世界静下来，只有桨板划过清水的声音，一下，又一下。江面的涟漪柔和又缠绵，就像一个女子对一个男子全心全意的爱。李郁解下背包，从里面小心翼翼地拿出鸵鸟蛋，把它放在江水上面。她的手离开了它，而它在漂浮了一会儿之后，沉没在了水中。

即使这个世界上不会再有一个人，像周秦那样让她心动，那又如何？

错过就是错过。

属于她的那个周秦不再存在了，永远都不会再回来。

现实中的周秦正和那银白色小腿的主人在一起，天长地久。

大幕拉上，一切都结束了。

回到J市不久，李郁收到了陈劲松的一封信，信中有一张照片，正是船上她的背影，俯视的角度让她看起来只有小小的一个，黑色的长发几乎盖满了整个背，远处的水面上，正是那只即将沉没的鸵鸟蛋。

照片上能看到一点她的侧影，她自己也没想到会是这样的表情，在怅惘之后，似乎还有点终于松了一口气的感觉。

陈劲松的信是那种少女理想中的情书。仿佛他的长沙与凤凰之行眼中只有李郁，他记得她的每一句话，每一个动作。他说喜欢她的落落寡欢，仿佛一切都不重要，“学问”只不过是“谋生”，喜欢的首饰也不过是“破铜烂铁”。他说知道那照片里一定会有一个故事，但是他不打算问。他还像个文人那样絮絮地说：“北京今天下着小雨，我把照片放进信封之前又看了一会儿，觉得非常怅惘。不知为什么，也没有任何原因，你就在那里了，李郁。”

李郁自然开心收到这样的信，仿佛一块热毛巾抚慰了她的落寞，然而也止于此而已。她没有回应的热情和力量……很久都没有了，什么时候将会重新拥有，她不知道。

03

安芸和宁乡进入了精神和肉体的双重热恋。宁乡几乎每周都会开车过来，住在学校招待所里。课不紧，或者安芸的孟领导出差的时候，她也会分秒必争地赶去 Q 市。安芸觉得自己陷入了一种可怕又甜蜜的魔咒当中，这个魔咒就是，整个世界她都看不见了，因为这世界里只有宁乡。爸妈、四老、太姥姥，还有李郁，都成了模模糊糊的背景。她顾不上谴责自己的没良心，因为她得先自救，她每一丝力气都只能用在抵抗那强大的、周而复始的思念上，如果超过一个星期见不到宁乡，她就会像溺水的人那样，空气不能够进入到肺里，窒息到几乎下一秒钟就会死去，无论如何要抱住宁乡，钻在他的怀抱里，感受到他的两个胳膊那热气腾腾的力量，才能够重新回到人间。

安芸几乎没有时间回家。安爸爸是全家最不能适应安芸恋爱这个事实的人，打电话过来的时候总是诸多不满，安芸总是撒娇地说："太远了么，功课忙么。"安爸爸嫉妒地说："女生外相。去 Q 市你怎么不嫌远？回我们家两个小时，去 Q 市是四个小时！"安芸厚脸皮地嘿嘿笑。安爸爸痛心疾首：

"我告诉你安芸，女孩，贵在自重！"安芸委屈地说："我很重的爸爸，我都超过一百斤了……"安爸爸在那边半天没说话，恶狠狠地抛出一个杀手锏就挂了电话："你太姥姥的翡翠镯子不传给你了！"

不给就不给吧，那又有什么呢？这个世界上，唯有宁乡是安芸的软肋，他是她的父亲，是爱人，是儿子，是她最无价的宝贝，就静静地、软软地、热热地藏在她的心里。

深冬的一天，趁着孟老师北上开会，安芸又一溜烟地跑到了Q市。宁乡带安芸出去吃饭的时候，在饭馆门口正好碰上了他的助理赵琳吃完饭出来。赵琳是个挺漂亮的女孩，染成黄色的披肩长发，高挑的身材，因为不是上班时间，随意地穿着松松垮垮的厚卫衣和牛仔裤，可还是光彩照人，衬得她身边的一位猪头男毫无颜色。宁乡给双方做了介绍，不等安芸说话，赵琳就乖巧地说："宁经理，这就是你的女朋友呀，比照片上还要漂亮呢！"当然，宁乡的办公桌上要摆着安芸的大！头！照！安芸矜持地笑了笑。

晚上甜蜜过后，安芸躺在宁乡的怀里小睡了一会儿，醒来第一句话就是："宁乡，我好爱你啊好爱你！"宁乡仔细地把她更加抱抱紧："我知道呀宝宝。"可是安芸推开他的胳膊，猛地坐起来，气愤地说："我都爱死你了，为什么你还不是我生的?！"宁乡的大脑解不开安芸这奇异的逻辑，瞬间死机了。

安芸复又躺下来，眼睛看着天花板，幽幽地问："喂，今天白天咱们遇到的那个小姑娘，黄毛小姑娘，她喜欢你吧？”

宁乡奇怪地说：“赵琳？怎么会呢？你没看见站在她身边的男孩吗？她男朋友。”

安芸生气了：“我家宁乡这么好的男人，她为什么不喜欢？真是岂有此理！”

宁乡连忙见风使舵地说：“喜欢，喜欢的。”

安芸更加勃然大怒：“操！凭什么喜欢我的男人！”

宁乡绝望地闭上眼睛装睡，实在不行，装死也中。安芸趴在宁乡的身上，揪头发扯耳朵地忙活了一阵，未果，自己噗嗤笑了。她展开宁乡的胳膊，把自己的小身体舒舒服服地放进去，甜蜜地说：“我最爱吃醋了……你要按时让我有点醋可以吃……但是，你记住，必须是，放心醋……”

宁乡使出全身的劲儿才能憋住笑，等到安芸半天没有声音，呼吸逐渐平稳，才敢睁开眼睛，看了看身边那有着长长睫毛的小红苹果脸，轻轻地亲了一口。

待在学校里的时候，只要没课，安芸就把自己吊在李郁身上，李郁的身体是最强大的盾牌，可以帮助她抵抗思念的箭。这一天下午，孔老师临时取消了全部英文系研究生的公共课，因为王老师生病住院了。强悍的王老师竟然也会生病，而且据说是妇科方面的病，真令人吃惊。李郁宿舍的其他人都去了图书馆用功，安芸慵懒地躺在李郁的床上，有一搭没一搭地翻着她的影集。冬天的阳光温和地洒满了一张床，李郁舒服地斜靠在被子上，忽然有点恍惚，眼前这静谧的空间和时间，熟悉又陌生，仿佛这温柔的时光是在过去，又在未来，会永远像一条金色的河流那样滔滔地流淌下去。

安芸忽然说："我愁死了。"

李郁问："为什么？"

安芸说："我以后不能随便放屁了。"

尽管早就适应了安芸说话的不靠谱，李郁还是大吃一惊地问："为什么？"同时迅速地在脑海里搜索着导致不能放屁的各种病症……

安芸沉重地说："我嫁给宁乡以后，一辈子都不要当着他的面放屁。"

李郁点点头，边战边退："要得，要得……你不用解释了，我懂，我懂……"

安芸紧追不舍："也不会当着他的面吐痰、擤鼻涕、抠鼻屎。"

李郁已经准备夺门而出："非常好，非常好，希望你言出必行，说到做到，要不，从现在就开始练习憋屁神功吧。"

安芸松开李郁，一屁股墩在床上："我要一直当他心里的小仙女，当到死。"

多年后李郁寂寞的时候狂刷微博，看到某个在外交部工作的博主调侃说，所谓外事工作，精髓就在于"忍屁吞痰"。想到当年的安芸，忍不住微笑，同时又心中一酸。

而同一时刻的安芸，正在给女儿赵大碗读《皮皮放屁屁》。小青蛙皮皮一直放屁屁，朋友和家人都笑话他。于是他忍住不放，第二天早晨，皮皮的身体成了一个气球，飞到了天上。

赵大碗抬起头殷切地问：为什么呀妈妈？为什么他憋着

不放屁呀妈妈？

安芸没有回答女儿的问题，她静悄悄地出了一会儿神，然后拿出手机给李郁发了一条短信：我想你了。

04

时间真快，李郁和安芸的研究生一年级已经快要结束。又是春天，满世界的花都开了，白色，粉的，黄的，一个巨大的温柔乡。安芸准备在这个温柔乡里对宁乡发出温柔一击，她没有打电话，也没有在呼机上留言，果断地逃课去 Q 市探望宁乡。

逃的是孔老师的课。自从王老师得病以后，孔老师的课上得断断续续，他自觉不好意思，即使来上课也很少点名。王老师的病传说是子宫癌，已经半年没有上班了。如今孔老师的脸上再也没有那种让女孩流连的羞涩表情了，他面色焦黄，神情困顿，衣服穿得颠三倒四，头发和衬衣的领子常常是油腻腻的，奇怪的是却胖了不少。讲课也再无以前那种风采，枯燥乏味，应付了事，还经常会在讲述中忽然停顿下来，两眼无神地看着虚空，仿佛不知身在何处，也不知当下所做之事有何意义。平常大家八卦起老师，外校考进来的学生无法想象李郁和安芸她们对孔老师曾有的狂热，颇令人唏嘘。

这比雨中送伞更让女孩们明白，孔老师对王老师，那真的是真爱。

安芸坐出租车抵达宁乡宿舍楼下的时候是周五的下午五点，正常情况下，宁乡应该还没有下班。安芸用钥匙打开房门，准备好好地找个地方藏起来，打一个漂亮的埋伏战。可是，门一开，她愣了。

宁乡竟然在家，整装待发地站在门口，背着背包，看样子正要出门。安芸反应极快，她扔下包冲过去，吊在他的身上，高兴地说："宁乡你一定是要去J市找我的吧？是不是要给我一个惊喜？太危险啦，我们差点就要在高速路上擦肩而过了！"真戏剧！多么感天动地啊！可以和《麦琪的礼物》有得一拼，可以铭刻在安芸同学和宁乡同学的爱情圣经上了！不等宁乡说什么，安芸已经把自己感动得一塌糊涂。可是宁乡的表情却有点尴尬，他抱着她亲了一口，迟疑地说："我是要回家看妈妈。"哦，原来。安芸还是赖在身上不下来，她把小脑袋塞在宁乡的肩膀窝里，口齿不清地说："我都想死你啦，我来了你就不要走了哈。"等到她把脑袋揉搓了一个够，抬起头来的时候，却发现宁乡正为难地看着她。安芸回过神来，马上不乐意了，一咧嘴要哭："我来都来了，你要我一个人待在Q市呀？"宁乡说："宝宝，我给妈妈打过电话了，她晚上等我吃饭。"安芸说："那你再打一个电话告诉她不回去了呀。"宁乡说："不行，妈妈会很失望的。我一个月没去看她了。"

安芸从宁乡的身上跳下来，坐到沙发里，看着眼前这个亲爱的人儿。

宁乡很少和她谈到妈妈芷云。她只知道芷云已经从小学教师的工作上退休，自己一个人住，偶尔会到Q市来看儿子，住几天就回去。尽管安芸妈妈经常提醒女儿，芷云是他们关系的定时炸弹，安芸却不以为然——反正她这辈子是要和宁乡在一起的，别说是定时炸弹，就是原子弹，也阻碍不了她。何况，她爱宁乡，当然也会去爱宁乡所爱的人，这对于安芸来说从来不是问题。尽管她心里一直有着一种说不出的隐隐的不安，但她不怕。

安芸同学从来都是勇往直前的。

于是，安芸愉快地从沙发上站起来说："那好吧，我真是败给你啦，你带我一起回家见妈妈好不好？"

宁乡几乎不能相信自己的耳朵。因为当初安芸爸妈同意两人恋爱的两个条件就是：第一，不耽误学习；第二，在安芸研究生毕业之前，不能跟宁乡回家。

安芸当初可是保证了又保证，差点就写字画押了的。

开车走在高速路上，宁乡还在问："宝宝你怎么给阿姨交代？"安芸郁闷地说："宝宝为什么要交代？宝宝有病吗？宝宝不说的话，难道你会去说？难道你妈妈会去说？……喂，请问咱们两个到底哪个才是宝宝！"

宁乡的老家是一个地级市，从Q市出发，开车只要一个半小时的车程。到家的时候，天刚刚开始黑。宁乡拉着安芸的手上楼，敲响门的一瞬间，他放开了安芸的手，却被安芸反手紧紧抓住。

几乎没有停顿，门已经无声无息地开了，宁乡的妈妈芷云微笑着站在他们面前。芷云比照片上更单薄些，穿着灰色的格子衬衫，豆绿色的开衫，看起来非常安静。安芸连忙恭恭敬敬地喊了声“阿姨”，芷云的眼睛停在安芸的脸上有那么几秒钟的时间，后退一步，笑着说：“快进来吧，饭都摆好了。”

来之前宁乡打过电话，所以餐桌上的碗筷是三人份，海鲜乱炖、糖醋小排，黄瓜炒鸡蛋，清炒菜心，海鲜疙瘩汤。

安芸中午十二点就去车站坐车，这会儿早就饿得要命，她顾不上客气，放下包就飞奔到餐桌旁，夹了一大口菜塞到嘴里，急得宁乡连忙过来把她押送到洗手间洗手。芷云把他们的包放在门口的架子上，一一理好。

等到一通忙乱，坐下来吃饭的时候，安芸才注意到饭桌正对面的墙上挂着宁乡爸爸的照片。这倒没有什么，安芸向来是个粗枝大叶的姑娘，让她不舒服的是宁乡和爸爸长得太像了，眼神和微笑的表情都一样，如果冷不防一扫眼过去，还以为是她的宁乡被挂在了墙上。

安芸努力让自己不去注意那张照片，她问：“阿姨，反正你也退休了，干吗不搬到宁乡那里住啊？”问得有点假惺惺，她自己都有点起鸡皮疙瘩。

芷云说：“我小地方住习惯了，换个地方不适应。再说啦，儿子大了，怎么会喜欢和妈妈住呢？”

安芸说：“宁乡不一样呀，宁乡整天想着您。”鸡皮疙瘩继续蔓延，她忍不住对宁乡挤了挤眼睛，可是宁乡就像是没看见一样，专心致志地，眼观鼻、鼻观口地吃着饭。

芷云说：“将来你们结婚了，有了孩子需要我，我就去帮忙；不需要的话，我还是在这里住。”

安芸没话说了，只好夸芷云的饭做得好吃。芷云淡淡笑道：“那就多吃。”一顿饭吃下来，芷云不给宁乡夹菜，也不给安芸夹菜，但是宁乡想要放筷子的时候，芷云轻轻地说：“多吃点青菜，全是最嫩的菜心。”宁乡听话地又重新拿起了筷子。

晚饭后芷云到厨房刷碗，仔细地打扫厨房，一概不许安芸和宁乡插手。他们两个只好坐在沙发上看电视，何炅和李湘正在快乐地大本营着，看到可乐的地方安芸就笑得往宁乡的怀里直出溜，宁乡的表情就不自然起来。他把安芸摆正，然后跑到另外一张沙发上正襟危坐。安芸看了一眼厨房里的芷云，不满地说：“你妈在忙活着呢，她看不见！”宁乡紧张地说：“小声一点！”

芷云正在擦灶台，动作仿佛停滞了一下，安芸赶紧噤声。

谢天谢地，芷云一通收拾之后、终于坐到沙发上。这时已经九点，三个人坐在一起互相客套了几句，按说就该理所当然地去睡觉了。

安芸自然不敢奢望能够和宁乡在一个房间睡，芷云把她往西侧的一个小房间里领。安芸一边走，一边回头看着宁乡，满脸的哀怨。芷云并不看他们两个，仿佛对着空气说：“你们两个没有结婚，外面怎么样我不管，在家里还是分开睡，我得对芸芸父母负责任。”安芸脸皮再厚，也不好意思接口说：“您放心，我们在外面也没有一起睡过。”只好偷偷伸伸舌头，哑口无声。宁乡挠着脑袋站在客厅里，满脸都是尴尬的笑。

芷云打开小房间的灯说：“瞧，台灯在这里，被褥和床单、枕巾都是新换好的。”安芸连忙乖乖地说：“谢谢阿姨，阿姨早休息吧。”芷云说：“你坐了一天的车很辛苦，早睡吧。”

可是安芸翻来覆去地睡不着。一个陌生的空间，浸泡在青色的月光下，总是不知哪里令人不安，可是她又不敢溜出去找宁乡。不知道为什么，尽管芷云很客气，她还是不由自主地觉得束手束脚起来。也许是因为宁乡——宁乡在这里，仿佛变成了一个陌生人。他正儿八经地喊她的名字，而不是喊宝宝；他不和她有肢体接触，好像他们是纯洁的小朋友。

她偷偷地坐起来，摁亮了台灯，打量着四周。这个房间陈旧而清洁，让她有穿越到了八十年代的感觉。一张老式的床，床头的木板已经斑驳；一个双开门的老式橱柜；一只木漆都已经脱落的写字台，桌子侧面还刷着一个数字“25”，应该是芷云学校里淘汰下来的办公桌。

鬼使神差地，安芸打开了柜子。柜子有两层，下层摆放着整齐的被褥，上面有一个白布包袱。安芸使足劲儿才把包袱拿到了床上，解了半天才解开。

包袱里面全部都是小孩儿的衣服，从婴儿到五六岁的衣服，看起来年月不短了，可是叠得整整齐齐，洗得干干净净。还有袜子和小鞋子，有一双袜子只有安芸的手指那么长。不用说，这都是宁乡用过的。安芸把一个可爱的绿色肚兜紧紧地贴在胸脯上，闭着眼睛想象着宁乡穿着它的样子——无论如何也想象不出来。但是她的眼前浮现出了一个男宝宝，既像她，又像他，他远远地坐在那里，对着她手舞足蹈，开心地笑。

安芸偷偷地把这个肚兜塞到了自己乱糟糟的背包的最深处。

安芸再接再厉地进行她的探索。她打开那张破旧的桌子的抽屉，一张抽屉里放的是针头线脑，另一张里面全是影集。安芸连忙高兴地打开来看——她的百日照、开裆裤的照片都一一拿给宁乡显摆了，而宁乡小时候的照片她却从未看到过。影集里的照片按照时间顺序排列得整整齐齐，宁乡小时候是个胖宝宝，个子抽条后越来越瘦，清秀的脸上始终很少有笑容。全家福不算多，一共有四五张的样子，照片上的每个人都很严肃。有一张照片吸引了安芸的注意，应该就是在这间房子里照的，墙上已经挂上宁乡父亲的遗像，宁乡和芷云胳膊上都戴着孝，芷云用胳膊搂着儿子，宁乡那张十几岁的男孩的脸上全是茫然和麻木。安芸小心翼翼地拿出照片来仔细看，发现照片后面还有一行娟秀的小字：从今天，只有我和儿子两个人了。安芸感到一阵揪心的疼痛。

隔了这么多年，安芸也能感觉得到这照片里那哀伤沉痛的低气压。不知道为什么，安芸觉得那低气压从未远离，还徘徊在这房子里。每一个进入这个房子的人，都会马上被它俘虏。

一阵寒意涌上来，安芸赶紧把影集放回去，关好抽屉。

直到凌晨一两点，安芸才勉强地睡着了。一夜都是梦，梦中有一个赤身裸体的小婴儿，坐在路中央哭泣，路上的车“嗖嗖”地飞过，却没有一辆停下来。她朝着婴儿走过去，婴儿一看到她，便像见到妈妈一样，哭着向她伸出双手。她连忙努力地伸手过去，却发现，那是宁乡。

安芸一时间疼得心如刀绞，她的宁乡！她的可怜的宁乡！她在梦中使劲儿地哭，直到把自己给硬生生地哭醒了。

第二天挨到午饭后，他们才上车离开。芷云站在小区门口向他们挥手，终于，那单薄的身影在后视镜里越来越小，消失不见了。安芸这才觉得自己能喘过气来了，而宁乡也放松了，他转过头亲热地冲着她笑，伸出一只手揉她的脑袋——好吧，她的宁乡总算回来了。安芸如释重负，立马感到了阳光的重量和味道，它们透过车窗，噼里啪啦争先恐后地洒在她的身上。

一放松，失眠的困倦就压过来，安芸很快昏昏欲睡，但是她始终心怀鬼胎地紧紧抱着她的背包。宁乡伸手去拿包，说:“乖，把包放到后面座位上。”安芸赶忙紧紧抱着包说:“没事……没事，我抱着就行。”

好像她偷走的，不仅仅是一条绿色的肚兜。

在彻底沉入睡眠之前，她喃喃地说：“好吧，就是这样我也爱你，如果不是更爱的话。”

旧桑塔纳的噪音十分巨大，宁乡没听清楚安芸的话，转过头去问：“宝宝你说什么？”

安芸却已经进入了温柔乡，头歪在一边，阳光透过车窗照在她水蜜桃一样的脸上，仿佛轻轻一舔就有蜜流出来。宁乡放慢车速，轻轻地拿起被安芸抱着的背包，放在后座上。

第二天，安芸赶回了J市，回到宿舍的第一件事，就是拿起电话给宁乡的传呼留信息：宁乡，因为有我这个累赘，你必须车慢慢开，饭好好吃，觉好好睡。我要你为我好好过。

不知道为什么，放下电话之后，有一种突如其来的不安和难过，像一股强劲的旋风一样从心的深处猝不及防地奔涌而来，安芸把头埋在胳膊里，哭了。

05

住学生宿舍，最大的问题是洗澡。研究生宿舍比本科生宿舍好一点，虽然宿舍内没有洗手间，可是一个楼层公用的大洗手间里好歹还有几个隔开的冲澡间，但问题是温度——除了夏季，其余时间冲澡间完全是摆设。所以，洗澡问题，还是得跋涉到学校的公共澡堂去解决。刚上大学的时候，去公共澡堂洗澡是李郁的噩梦。她非常不习惯和熟悉的人赤裸相见，简直无法想象！太可怕了！大学头两年，她没有什么好朋友，洗澡都是独来独往，进了澡堂低着头谁也不看，洗完就撤，倒也没多大问题。可是和安芸好了之后，洗澡就成了大问题。安芸死皮赖脸地一定要求和她共浴，如果李郁拒绝，安芸就把“不和我一起洗澡”上升到“不想和我做好朋友”的高度进行批判。最终李郁妥协了，同意一起去，不过进去之后必须各洗各的，不能互相偷看，安芸笑嘻嘻地同意了。两个人一起走到澡堂，各自花五角钱买好了票，推开澡堂的门，热气马上“轰隆”一下扑过来。满屋子都是裸或半裸的女孩，李郁迅速地让自己淹没在人群深处。等到她脱好了衣服，好不容易抢到了一个水龙头，把长发打湿并揉搓得满是沫沫的时候，她感觉自己的后背被拍了一下。她以为自己挡了别人的路，连忙往旁边让一让，但是后背上那只手仍旧在。她疑惑地转过脸来，努力把眼睛旁边的沫沫拂开，好睁开眼睛看看这是怎么一回事——安芸笑嘻嘻地站在她的面前，大眼睛好无辜好纯洁地看着她。李郁呆住了。安芸热情地说："哇，好巧啊，真是太巧了，老熟人啊！"李郁反应过来，惊叫一声，落荒而逃。

那大概是李郁一辈子唯一的一次裸奔。她跑得太快以至于拖鞋都跑掉了，全浴池的女人都目瞪口呆地望着她，而安芸在后面几乎没笑休克。

岁月荏苒，现在的李郁不但能够坦然和安芸共浴，而且还能互相给对方搓背。研究生的课相对本科生少一点，她们一般都避开周末时间，否则要五六个人抢一个水龙头，摩肩接踵，洗完了觉得比没洗还脏。周三上午，两个人都没有课，于是一起去洗澡，偌大的澡堂里有十几个女孩，每人都能悠闲地用一个水龙头，十分舒爽。安芸洗着洗着，忽然说："喂，李郁，快看，那个女孩真漂亮！"一个女孩背对着她们正在洗头发，背影看上去像是中世纪的欧洲油画，粉红色的丰腴女体。李郁看了也点头称赞不已，安芸真诚地说："我好想带上宁乡的眼睛，让他也看一看。"

她的表情那么纯洁无辜，仿佛是吃到了一块美味的蛋糕，所以要和宁乡分享一下，看到了一部美好的电影，所以要和宁乡分享一下一样。

李郁被雷得外焦里嫩，彻底无语了。

忽然，那女孩向她们转过身来，原来是她们平时在食堂和图书馆常常会遇到的语法专业的研究生。安芸和李郁都有点吃惊，因为那女孩穿着衣服的时候有点微胖，完全是泯然众人。安芸点了点头，悟出了一个深刻的大道理："瘦的女孩穿衣服好看，胖的女孩脱了衣服好看。"然后，她抬起头，把学术的眼睛落在李郁的身体上，李郁又笑又恼，只好敲了一下她那稀奇古怪的小脑袋。

从澡堂里出来，李郁和安芸的脸蛋都红扑扑的，李郁的黑色长发刚刚洗完，更是惊心动魄的黑。安芸赞美李郁有点钟楚红的样子，但是，她强调，是毫无一点风情的钟楚红。再打量一眼李郁，她无情地下了结论："负风情。"

负风情的、刚洗完澡的李郁走在春天里，忽然，她发现路的尽头站着一个似曾相识的男生，这个男生背着行囊，正看着她笑。戴着眼镜，清秀挺拔……是陈劲松。

李郁觉得这个男生陌生又熟悉。凤凰的陈劲松有一种文艺范儿，而现在的他却平实了很多，衬衣仔裤，温暖敦厚的微笑，他不知道哪儿总是让她想起孙锐。

陈劲松是专门来看李郁的。他马上就要毕业，现在，到J市来是为了解决一个心事。

李郁帮陈劲松借了一辆自行车，让他自己在J市玩一玩，没课的时候她就陪他，一起骑自行车在城市里溜达。他请了一周的假。

陈劲松不太喜欢去景点，总是要求李郁带他在老城区随便穿梭。李郁自从来到J市，一直住在新城区，对老城区一点儿也不熟悉。这当儿她惊喜地发现，老城区像是一个完全陌生的城市，她根本就是在自己居住了五年的城市旅游。老城区的街道都特别窄，像穿越到了八十年代，路两侧的树都苍老而繁盛，有阳光的时候，投在街道上的斑驳的叶影简直是诗。房子们都很老旧了，曲径通幽，全部都是可以用来发生很多故事的房子。

在这样的街道上，忽然出现了一家精致的小咖啡馆，门口的风铃有一大捧蓝色的玻璃花朵，风一吹发出好听的叮叮的声音。陈劲松说："我们进去，聊聊天吧。"

他这次来，是为了得到李郁的一个回答。读了这么多年的书，他不想再继续了。导师倒是对他寄予厚望，想让他继续跟他读博，但是他不乐意。他想去体制外的公司，去做那些具体的事情，去和各种各样的人打交道、谈判、勾心斗角，去挣能够轻松养得活家小的真金白银。他对那书中的黄金屋、书中的颜如玉统统感到厌倦，他要从那些密密麻麻的文字中脱身出来，到真实的社会中去厮杀搏斗。

总之，他对自己过去作为一个书生的历史感到厌倦，然而，过去里面唯一不能够抛弃的，是凤凰的李郁。那女孩的美丽和忧郁在他的心里烙上了一个印章。

现在，这个女孩就坐在他的对面，看起来有点慌张。

他说："我在北京有两个工作的选择，都是外企，面试已经通过，有一个已经拿到录用通知，另一个还在等消息。但是如果你愿意让我来J市，我可以都放弃。"

李郁手足无措。她想到过陈劲松是为何而来，可是她一直逃避这一刻，因为总是觉得还没有准备好。

安芸也觉得陈劲松有一点孙锐的感觉。她说："真奇怪，为什么你总是吸引这一类男人？" 斯文的、靠谱的、温暖敦厚的，男人。

可是现在的她不再是大学二年级的懵懂女生，稀里糊涂地走进去，残兵败将地跑出来。对于重复一段历史，她没有那么多的勇气和渴望。

她几乎不敢看他的眼睛，终于诚实地说："对不起，我没有想好。"

陈劲松有点失望，但是他还是大度地说："没关系。"

李郁感到一阵歉疚，像是为了给自己辩护一样，她说："J市不像北京，没有那么多的工作机会，你不要到J市来。"

陈劲松说："其实李郁，你也可以考虑以后到北京发展。你毕业后可以来北京工作，也可以继续考博，我可以向我导师推荐你。"

李郁还有两年才毕业。她突然感到松了一口气，两年后的事，两年后再说吧。也许用不了多久，他就忘记了她。

回去的路上，两个人骑着自行车在路口等红灯。风吹过来，拂起李郁的长发，陈劲松忽然说："李郁，你很好看，你知道吗？"

李郁低下头。

她当然知道，因为有一个男孩这样说过。但知道又有什么用？她的美全部都是浪费，永远不再会被那个人看见。

意兴阑珊。

送走陈劲松，李郁有些怅惘，总觉得自己做错了什么。安芸说："你失去了一次特别好的结婚的机会。"然而，二十三四岁的女孩子，不会对这句话感到恐惧，在未来的漫漫岁月里，应该还有无数结婚的机会等待着她。

06

春天越来越深，有一点初夏的意思了。周五这一天，是初夏里难得的温柔天气，天蓝，风柔，不冷也不热。上午李郁还看到了安芸。她刚刚买了一件布满樱花的长裙，今天是第一次穿，所以尽管她在教学一楼上孟老板的专业课，而李郁在图书馆看书，她还是在两节课之间的班空时间特地跋涉千山万水跑到图书馆来得瑟一下。她只来得及提着长裙作淑女状转了一圈，就撒丫子很不淑女地跑了回去——孟老师特烦学生上课迟到，他迟到可以，学生迟到就十分生气，是一个只许州官放火、不许百姓点灯的主。

李郁看着安芸提着优雅的长裙、跑得却比兔子还快，不由地笑起来了。

中午吃饭的时候李郁去安芸的宿舍，舍友说安芸上午上课的时候接到一个传呼，没和任何人，包括孟老板打招呼就离开了，孟老师对着她的背影气呼呼地瞪了好几眼。李郁没有在意，就安芸的疯狂来说，什么做不出来呢？说不定已经跑到了Q市，就是为了让宁乡看看她那美妙的樱花长裙。

下午是研究生的公共政治课。李郁刚刚替安芸应付了老师的点名，传呼就响了，是Q市的号码。李郁连忙按断，政治老师非常马列的眼光已经扫过来。不到十分钟，传呼又响了，这次还加上了留言：请速回电话，重要事情！

好不容易熬到课间，李郁冲出去找电话打回去，那边是一个焦急的女声："请问你是李郁吗？你能不能到Q市东郊火葬场来一趟？安芸在这里！"

李郁的脑袋轰的一声，她大声地叫道："安芸怎么了？出车祸了吗？"

出车祸的是宁乡，宁乡死了。

东郊火葬场绿化很好，到处是缤纷的花树。李郁匆匆赶到的时候，一眼就看到穿着樱花长裙的安芸坐在一棵花树下的藤椅上，眼睛直勾勾地看着天空的某个方向，脸上还带着凝固的笑意。看到她跑过来，站在安芸旁边的一男一女松了一口气。女孩迎上来对李郁说："我是宁经理的助理赵琳，安芸从来到这里开始，一句话都没说过。我们领导不放心，让我们陪着，你来了太好了。宁经理的妈妈参加完追悼会就被送到医院了，现在还神志不清，家里也还有很多事要处理，你来照顾她吧！"

女孩漂亮的眼睛又红又肿，看样子也十分伤心。

宁乡死在深夜的高速上。那一段高速正在去J市和回宁乡老家的交叉口。他的车翻出护栏，翻滚了好几次，宁乡从车里甩出来，后脑受伤，凌晨四点被发现的时候，血已经流尽。

他出发之前没有给任何人电话。谁也不知道他半夜出发，是想要奔赴哪个女人的怀抱。

李郁蹲下来，泪眼婆娑地看着安芸，轻轻地摇晃了一下她的身体，说："安芸，我们走吧。"安芸的眼珠不动，半晌说："你来晚了，现在这个不是宁乡的烟了。"

声音嘶哑古怪，完全不是安芸的声音。

李郁顺着她的眼睛看过去，才看到火葬场那个最粗的烟囱里，正冒着一些淡淡的烟，淡到几乎是白色。

安芸的眼珠慢慢地转动，落在李郁的身上，她微微一笑，还有点俏皮的样子："宁乡的烟是青色的。"

李郁抱住她失声痛哭，大片大片的泪滴打湿了安芸裙子上的樱花，让那些花朵看起来有种马上就要凋谢的凌厉。可是安芸一滴泪都没有，她仍旧一动不动地坐着，手指尖紧紧地捏着一张照片，是她平常放到钱包里的她和宁乡两个人的大头照。李郁试着想拿开，但安芸紧紧地抓着不放，手指关节都是白的，泛着青紫，可见已经捏了很久。

安芸轻轻地说："李郁你知道吗？宁乡妈妈不让我把照片放到他的衣服兜里。她恨我。"

安芸乖乖地让李郁领着，坐夜班火车离开了 Q 市。那个华灯初上的城市在她们背后奏响了哀乐，然后一点一点地消失。对安芸来说，Q 市是一个巨大的暗沉的棺木，充斥着世界上所有的、一切的死亡，死得不能再死。要等她度过漫长的十年，才有勇气重新来到这里，抬起头，看看那个她和宁乡曾经住过的房间。

她们打车回到学校的时候，已经是深夜，李郁拉着她的手穿过大片大片的黑暗，早开的花朵都已经败落，铺了一地，踩上去是一声又一声的破碎。暮春的夜风鼓荡着安芸的长裙，李郁觉得自己在拉着一个没有重量、没有体积、空空荡荡的幽灵走路。

李郁替自己和安芸请了假，在宿舍里寸步不离地陪着她。安芸不拒绝吃饭喝水，可是一直不说话，也不睡觉。从白天到黑夜，她就静静地躺在床上，眼睛直直地看着天花板，半天也不眨一下，好像天花板能够给她一个解释，一个答案。安芸宿舍里的一个女孩子结了婚，一般不在宿舍过夜，李郁晚上可以睡在她的床上，可是她不敢睡。其他女孩子们劝慰的话说了一轱辘车又一轱辘车，安芸只是不肯说话。李郁本来就是不爱说话的人，这会儿急得更是说不出，一夜之间嗓子就红肿起来。第三天，李郁终于熬不住，让别人看着安芸，飞速地跑出去买了一点去火的中成药，然后，犹豫了又犹豫，买了一瓶佳乐定回来。她妈妈姚老师有失眠的老毛病，床头柜里常备这个药。

回到宿舍，难得安芸竟然坐了起来，靠在被子上，人小小的一团缩在那里。李郁小心翼翼地拿出两粒药，预备了一堆话要哄安芸吃下去。可是安芸二话不说，拿过来问也不问就吃了。而且，好像吃的不是安眠药，而是兴奋剂一样，安芸忽然来了精神。

她开口说话的时候李郁吓了一跳。

安芸说：“李郁，你猜，血流光了会不会很冷？”

李郁无言以对。

安芸又说：“他会不会很疼？他会不会想我？他躺在地上的时候，能不能看到那天的星星？”

李郁哭了，她走过来蹲在床前，用她那也已经嘶哑的声音说：“安芸，亲爱的，乖，我们睡一会儿吧。”

好像用了好大的劲儿，安芸才把自己的眼珠从那茫然的虚空降落到李郁身上，她说：“再给我两粒安眠药。”

安芸终于睡着了，长长的眼睫毛疲惫极了地散在脸颊上。李郁还是不敢睡，她紧紧地握着那瓶佳乐定，觉得放在哪里都不放心，好不容易睡着一会儿，睡眠却浅而碎，又被梦割得遍体鳞伤。

又一个清晨来到了。宿舍其他女孩子叮叮当当的洗漱声反而让李郁觉得安全，实在太过疲惫，轰隆一声，像是掉进了陷阱一样，她睡着了。

不知过了多久，她睁开眼睛的时候吓了一跳，安芸正坐在对面的床上，直直地看着她。这几天下来，她的眼睛完全凹了下去，眼睛下面的黑眼圈夸张得像是上了烟熏妆，脸上却有一片不正常的红晕。

李郁吃惊地跳起来，四处看了一下，应该是中午了，室内光线明亮。忽然，什么东西“砰”地顺着她的身体掉在了地上，骨碌碌滚出去老远。低头一看，原来自己的手不小心松开了，一直握在手里的药瓶掉了。李郁狼狈地去追赶那只药瓶，弯腰捡起它，还是紧紧地握在手里。

安芸看着那个药瓶，忽然幽幽地说：“你担心我自杀是吧？”

李郁说：“不，不是，忘了把它放起来而已。”

安芸冷笑：“真多余！我为什么要死？我死了能和他在一起吗？如果能我就死，如果不能我为什么要死？”

李郁不知道说什么好，只是本能地握紧了药瓶。

安芸却越说越激动，她赤脚从床上冲下来，摇晃着李郁：“你告诉我！为什么我要死！我死了能让他再抱抱我吗？我死了能让他再亲亲我吗？能不能啊李郁！”

李郁顾不上回答她了，因为冲上来的安芸的身体像个正在喷火的火炉。

她发高烧了。

安芸爸妈接到李郁的电话，四个小时不到就赶到了J市。两个中年人下了车，几乎是跑步冲进了女生宿舍。安芸妈妈的高跟鞋把楼层的地板踩得咚咚响，惹得其他宿舍的女生纷纷探出头来看。安芸已经吃过了退烧药，穿好外套，静静地靠在床上，脚边是李郁为她收拾好的行李，两只黑洞洞的大眼睛不知道在看往何方。看到安芸，首先哭出声来的竟然是安爸爸，他情绪激动地一把把安芸抱到怀里，哽咽得说不出话。安芸推开爸爸，低声说："别哭了，死的又不是我。"安芸爸爸一愣，安芸妈妈已经推开他扑上来，搂住安芸，喃喃地说着："芸芸受苦了，芸芸受苦了。"然后迅速地拿出一只翡翠镯子给安芸戴上："你太姥姥一定要马上给你戴上，好压压惊。"

安芸抬起手臂，漠然地看着那只自己曾经挖空心思想要占为己有的镯子。

百年的老翡翠，绿得沉稳，绿得浑浊……绿得残酷。

命运，这难解的谜。

看着安芸被爸爸半拖半抱进汽车里，李郁才觉得自己双腿发软。她疲惫地走回宿舍，宿舍里其他两个女孩一个去了南方访学，一个请假回家，只剩下了伍娟。真好，因为伍娟是完全可以让别人把她当背景的人，从早到晚，她几乎不发出任何声音。李郁没有胃口吃晚饭，她躺在床上，慢慢地消化着宁乡已死的消息，还是不敢相信这是真的。她一直觉得安芸是那种被神吻过的女孩，身上笼罩着一层会永远幸福的光环。现在，光环忽然失踪，黑夜里，露出了魔鬼那狰狞的脸。

她无力去想象安芸的痛。

当天晚上，李郁梦到了安芸和宁乡。他们两个穿着第一次和李郁见面时候的衣服，手挽着手，快活地朝李郁走过来。李郁目瞪口呆，她想问安芸，宁乡不是死了吗？难道是愚人节的玩笑？可是不管怎么拼命地喊，都发不出声音。安芸好像明白了她的意思，她的笑容忽然消失，同情地看着她，也开始张大嘴说话。李郁什么都听不见，呆呆地看着安芸的嘴，忽然她明白了：大家原来都搞错了，死的不是宁乡，而是——

那个皮肤微黑、眼睛细长、有一双长腿的男孩。

那个就是睡觉嘴唇也像是在微笑的男孩。

那个送给她一只恐龙蛋的男孩。

周秦……死掉的是周秦！

巨大的痛苦劈头盖脸地压下来，好像要把李郁压成纸片人，而她却无论如何也哭不出声音。

李郁醒过来的时候出了一身的汗，脸上都是眼泪。

其实这一段时间，她已经不那么频繁地想起周秦。以前想起他，就伴随着密集的、说不出的难过，现在偶尔想起来，却总是她刚刚认识他的时候，那些甜蜜的瞬间。

他的长腿两步就跨过了图书馆门口的台阶，头发被奔跑的气流吹拂得上下飘动。

在人来人往的食堂里，周秦举起他的白色搪瓷缸子向李郁致意，然后转身跑走了。

秋天的黄昏，银杏树下，周秦看着捧着恐龙蛋的她，露出洁白的牙齿笑了笑，黑乎乎的眼睛忽然一亮。

……

如果不是周秦，她不会知道自己是个如此长情的人。多年后她听莫文蔚的《如果没有你》，字字句句都砸在她的心上。

嘿 我真的好想你

现在窗外面又开始下着雨

眼睛干干的有想哭的心情
不知道你现在到底在哪里
如果没有你
没有过去 我不会有伤心
但是有如果还是要爱你
如果没有你
我在哪里 又有什么可惜
反正一切来不及
反正没有了自己

她不知道周秦在哪里，和谁在一起。也许，他永远不会再出现在她的时空；也许，他从来没有真正地存在过，只是少女的一个幻梦。

黑夜还在继续。伍娟睡在门背后的那张床上，忽然，她的呼吸急促起来，辗转反侧。李郁吓得坐起来，然后，她听到了伍娟梦中的呼喊。虽然模糊不清，但听起来像是个男生的名字。声音之绝望和凄厉，让人悚然而惊。

李郁重新躺下来，看着眼前大片大片的黑暗。这一刻她如此清醒，清醒到几乎能够把黑夜的颗粒一颗颗数清楚。

她从没想到过无声无息的伍娟和“爱”有任何关系。这个世界上充满了秘密，而她要让自己的秘密，永远待在黑暗里。

几天没有看信箱，里面躺着好几封陈劲松给她的信。信中写他已经开始在一家外企上班，工作很顺利。他欢迎她随时去北京。

她会去吗？也许会，也许不会。

07

李郁再见到安芸是在一个月后。宿舍有人敲门，李郁正敷着面膜，随手一开，没想到门外站的是安芸。她瘦了不少，鼓鼓的小脸蛋不见了，眼睛比以前又大了一圈，黑眼圈仍旧缀在眼睛下面，看样子是不准备走掉了。可是，有一种很特别的、以前没有的别致的美丽。

李郁呆呆地看着她，半天没回过神来。安芸搂住李郁的脖子摇晃着，笑着说："呆子，你真是越来越呆啦亲爱的。"

于是，她们又在一起亲密地生活，直到研究生毕业，仿佛什么也没有发生过——只有一次例外，安芸忽然提到了宁乡。

那是在一年之后的春天，安芸和李郁抱着书从图书馆出来，正是午餐时间，人流如织。气温已经攀升到二十度，所有的姑娘都争先恐后地穿上了春装，她们年轻饱满的身体里，汩汩地蒸腾着一种欲望：爱，被爱，就像枝头的绿叶，努力地钻出来，然后，无论如何，要长得大一点，更大一点。

无端地，李郁觉得自己老了。她扭过头去看安芸，安芸新近烫了头发，常常乱七八糟地挽一个髻在后面，人看起来成熟了不少。安芸看着前方，若有所思的样子。忽然，她扭过头来对着李郁一笑："李郁，宁乡妈妈是对的。"

这么久，大家从来没提过这个名字，所以李郁愣了一下。安芸自顾自地说："确实不应该让他带走我俩的照片。我要他忘了我，那他就可以找各种各样的女孩子谈恋爱。"然后抬起头，几乎是祈求地看着李郁："那边也是有好多女孩子的对不对？"

李郁看着安芸的大眼睛，她的那从此再也徘徊不去的黑眼圈，点了点头。

第七章 重逢

01

李郁从来没想过自己会继续读博。2001 年，研究生毕业找工作还相当容易，安芸没毕业就很顺利地签了一家效益相当不错的出版社，李郁也在电视台的一个栏目组实习了不短的时间，制片人对她挺满意，觉得她文笔不错，长得也好，文能做编辑，武能当出镜记者。只有李郁知道自己有多么不喜欢这个工作。不是工作本身不好，是这个工作太闹腾了，每天纷纷扰扰地和许许多多各式各样的人打交道，而李郁和陌生人说话的时候总是紧张，非得努力控制才会不口吃。两个月下来，李郁长了一脸青春期都没有长过的青春痘。最后，她决定不勉强自己，放弃。

已经是三月份，找工作的热季已经过去，正在茫然四顾的时候，李郁的导师主动找她谈话，说欢迎她继续读博，只要二外过关，就肯定要她。张老师去年刚刚晋升了博导，学校的牌子不是太牛，博士点也是新的，估计报考人数也不是很多。

尽管安芸和李郁妈妈姚老师坚决反对，爸爸李老师不置可否，李郁还是决定，就这么做吧。她开始为时一个月的疯狂攻读。

李郁不知道自己从什么时候开始爱上了读书。因为读书最安全，最踏实，她可以默默地和书里的人说话，而他们永远不会伤害她。只有读书的时候她觉得不焦虑，不惶恐，书里的世界，是她唯一可以控制的。

最后她以第一名的成绩被录取。

李郁宿舍里的四个女孩，除了她之外，只有伍娟考上了外地一所大学的博士生——作为一个节衣缩食的农村孩子，她竟然没有先工作，而是继续读博，这个选择让所有的人都很吃惊。另外两个女孩都找到了满意的工作。李郁从研究生宿舍搬到了博士房——所谓博士房，其实是学校角落里的几排楼房格式的平房，原本是给引进的博士住的，因为没有几个博士点，博士生也就那么几个，所以索性拨出了几套房子给他们住。李郁和另外一个女孩合住一套，有洗手间和厨房，可以自己做饭。2001 年，网络刚刚开始普及，姚老师给李郁买了电脑，在宿舍就可以上网。在一个僻静的、少有人来往的角落里，读读书、做做饭、写写论文、上上网，间或会被安芸带出去，怜悯地施舍给穷学生一顿大餐，李郁觉得这就是理想的生活了，就这样天荒地老地持续下去，也未必不可以。

博士开学不久，李郁参加了一次葬礼。去世的是孔老师的夫人王老师。她癌症治疗结束后曾经短暂地来上过班，整个人瘦脱了形，带着假发，对人客气了许多，看来，粗暴也是个力气活。然而一年之后，她的病转移到了骨头，短短三个月就去世了。李郁和几个老学生都参加了遗体告别，云娜作为留校学生，更是前前后后地张罗。因为同住一个宿舍的时候相处并不愉快，李郁和云娜虽然在一个学校，却没有任何来往，见面时打个招呼而已。葬礼结束，和孔老师握手告别的时候，李郁嗅到他身上浓厚的油脂味儿，不由地一阵心酸。他神采飞扬地讲解海明威的《永别了，武器》仿佛就在不久之前，然而，不过几年间，生活已经将每个人都彻底地改变了。

博士三年，李郁也有过断断续续的感情经历，浅而且少，就像三十岁女人眼角的鱼尾纹，只有这女人自己全世界嚷嚷，别人却都看不见。

她和陈劲松还断断续续地联系着，他早就辞了职，和几个朋友一起创业开了一间小公司，发展势头很是不错，忙得胡天胡地。他会隔段时间就给她发邮件，偶尔在 MSN 上遇到了也会聊几句，但是仅此而已。

李郁觉得自己失掉了和异性深入交往的能力。别人对她好，她紧张；对她不好，她也紧张。她只有一个人在屋子里看书，或者和安芸在一起的时候，才能彻底放松下来。一个人的时间用在哪里自然是看得见，读书期间李郁一篇论文又一篇地发，张老师见自己的开山弟子如此出息，喜不自胜，人里人外地夸。师母却替她着急，帮她张罗了几次相亲，每次介绍的开场白都是如此：李郁是个懂事的好姑娘，人漂亮，读书好，就是不太爱说话。

大概不好意思直接说她这个人闷、无趣。

几次相亲都不了了之，介绍人的回话都是差不多的意思：姑娘学历太高，人又太漂亮，给人的压力太大，都觉得把控不住。

和李郁完全相反，安芸却重新开始了走马灯一样换男朋友的生活。一起吃饭的时候她经常带着不同的男人，李郁还没有权利拒绝当电灯泡，必须闪亮出场。每次吃完饭，安芸都不客气地让男人先走路，她和李郁再一起溜达着去逛逛街，然后逼着李郁对男人们一一点评亮分。

这次陪侍在一旁的男士，安芸一上来就强调只是同事，据说是一位诗人，大概三十岁的样子，白净得过了头，有点小胖，大大的水波潋滟的眼睛，其中一只微微有点斜睨，格外妩媚。看起来他对李郁非常赞赏：女博士，偏又这么好看！不是说女博士是"第三种人"么？李郁自从读了博士，听多了这种论调，早就厌倦不堪，只好低头仔细地享受着自己的那份慕斯蛋糕。可是诗人却不依不饶，表示回去之后一定要为这样的美且有才的女孩赋诗一首。安芸在旁边不停地偷偷做鬼脸给李郁看。

吃完饭后，诗人非常不情愿地被请走，安芸和李郁到附近一家商场闲逛。安芸随手从货架上拿起一盒两百块钱的面膜，对李郁说："你看，这一盒就两百块，一共五张，你等于贴在脸上四十元人民币。”李郁莫名其妙地看着安芸，脸上的表情是：那又如何？安芸不紧不慢地发表着大论：“女人呢，到了这个年纪就得保养了。其实呢，与其花钱去保养，还不如和不算讨厌的男人调调情，听听恭维话，刺激刺激荷尔蒙，一分钱不用花，比贴面膜有用多了。”说完，她坏笑着贴到李郁的身边，小声地说：“上次那个画家男，是价值两百块的面膜，今天我这个同事，顶多五十块。你要是不喜欢，下次我再给你张罗一个极品面膜。”李郁想起诗人那妩媚的眼光，忍不住噗嗤一笑。

第二天，诗人直接把电话打到了李郁宿舍，约她一起吃晚饭。李郁一口推掉，挂了电话就打安芸的手机，告知此事。安芸在那边大喊大叫：“为什么不去？去！他人不坏，话说写诗的人能坏到哪里去，又没有什么胆子，正好拿来练练手……李郁，你知道你身上那清教徒的味道有多吓人吗？你还记得大学时候我们说过的‘老处女’吗？那就是你！”

李郁悚然而惊，“老处女”三个字对女人的杀伤力实在太强。诗人再约的时候，她犹豫再三还是去了。吃饭聊天倒也不讨厌，诗人在找话题方面是个高手。饭后诗人提议步行送李郁回宿舍，时间还不晚，不到八点钟。走了一半路，诗人忽然指着旁边一个小区，说自己在这里有一间书房，不如到上面去小坐，喝杯茶，他有几本绝版书，倒可以请李郁鉴赏一下。

这个突发事件不在李郁的计划之中，她的脑子瞬间有点死机，原本想习惯性地拒绝，但是她脑海里飞速地闪过了“老处女”三个字。不知为何，她突然想做一点以前自己绝不会做的事。但是她毕竟有点胆怯，悄悄地在手机里设了十五分钟之后的闹铃，可以冒充有人打电话，借口离开。

入得室内，诗人热情地泡了正山小种请李郁品尝，又拿出各种收藏的绝版书显摆，然后，郑而重之地打开电脑，朗诵他刚刚完成的写给李郁的诗。

李郁是个和诗没有任何关系的人，听着那些排比的文字她开始浑身不自在。而诗人却渐入佳境，他用斜睨的眼睛妩媚地盯着她，深情地朗诵道："我却无论如何/没有想到/在这里埋伏着/一双寒星一样的/眼睛。"李郁被他盯得毛骨悚然，如坐针毡，一个劲儿地看手机。终于，手机铃声大震，李郁像看到救星一样抓起手机作接听状："安芸，什么事？好，好，我马上到！"转身边往门外走边说："不好意思，安芸找我有点急事。"还没等诗人反应过来，她已经打开门，飞身下楼。

当天晚上，李郁给安芸的电话的核心思想是：誓把"老处女"的牢底坐穿！不要钱的面膜不能随便用！

就这样，李郁继续做鸵鸟，过着她与世隔绝一般的生活，假装不知道似水流年已经滔滔而过，逝者如斯夫，她和这个世界联系的重要纽带只有安芸。

有一天，李郁躺在床上看书，看累了，直接把书蒙在脸上小憩，手机突然铃声大作，吓了她一跳。安芸在电话里大声地说："呆子！你知道谁当上了我们的新的孔师母吗？"李郁奇怪地说："孔老师再婚了？没有听说呀！"安芸说："你猜。”李郁当然猜不对。

新鲜出炉的孔师母，是她们的大学舍友，蔡云娜。据说他们谁都没有通知，在同事之间撒了一圈喜糖就算是结婚了。

李郁想起毕业前云娜的神秘行踪，忽然的光彩照人、夜不归宿、本科的破格留校，也许答案就在这里，所谓一夜情的团委书记根本就是炮灰。然而她不愿意相信。她更愿意相信孔老师雨中给王老师送伞，任劳任怨地照顾王老师，直到她死；她更愿意相信那个在遗体告别仪式上满身油脂味儿的男人的伤痛是真实的。

任何人都有选择相信什么的权利。当然，以后李郁会明白，对男人这种生物来说，这根本不矛盾。他可以一边偷情，一边对妻子情深义重，这，从来都不是男人的两难选择。

李郁的房间背阴，后面是一条两头都堵着、从不过人的胡同。绿色植物们在胡同里自生自灭地疯长着，几株不知名字的藤慢慢爬满了李郁的窗户，从毛茸茸的枝芽，到绿得像水晶的叶子，然后枯掉，风一吹就碎。这样往复几个回合之后，李郁毕业了。

02

李郁离开了这所读了十年的学校，换了一家学校教书。她发现自己活到快三十岁了还从未离开过学校。家在中学的家属院，然后，从六岁开始，竟然一鼓作气地读了二十一年的书。二十一年，半辈子那么长，足以把一个新鲜的女孩，变成一个闷而无趣的文人。

多少算是个惊喜的事，和她一同过来工作的新人里面，竟然有老同学伍娟。她在外地读完博士之后，重新回到了J市。这个学校最近刚刚申请下了她们这个专业的博士点，士气大振，广纳贤才，颇入了几个资质不错的博士。

李郁还算喜欢她的新工作，学生对新来的女老师也比较新奇。但是现在的孩子已经让李郁感到陌生。首先，他们不会再像李郁她们当年那样，上课的时候顶多传个纸条之类，现在他们互相发短信，教室里常常是此伏彼起的各式滴滴声；再者，他们也不会像李郁她们当年那样，上课的时候一般不会出入教室上厕所之类，如果实在要出去，会十分不好意思地打报告。现在他们在课堂时间出入教室皆如入无人之境。李郁开始不习惯，以为学生不乐意听她的课，后来才知道这是普遍现象。和安芸一起吃饭的时候说给她听，安芸幸灾乐祸地笑了半天，然后极其不靠谱地建议她们学校在教室门口放置一架小型X光仪器，而且殷勤地为李郁老师设计好了各种师生对话——

老师："不行，你的膀胱还有一半的容量，不许去厕所！"

学生："老师，可是我的肠道满了啊……"

……

半晌之后，老师语重心长地："要养成每天起床后大便的好习惯。"

或者——

老师："糟糕！你怀孕了！对不起……"

学生："没关系啦老师，我就是想看看早晨的早孕试纸准不准……那我正好明天请假去流产啦，老师你一定要准假啊。"

安芸被自己的狂想逗得前仰后合，笑声惹得左邻右舍纷纷注目。安芸现在很少带男朋友和李郁吃饭了，她觉得无趣。某个晚上，从某个男友的床上爬起来上洗手间，安芸从镜子里看到了自己的脸。那张空洞而虚伪的脸吓住了她。

像是时间之流里突然伸出一只尖利的钩子，把安芸直接甩回到她记忆的黑洞里，她永远勒令自己不去回想的那一天。

安芸在洗手间里把自己哭得肝肠寸断，并固执地拒绝了闻声赶来的男友的肩膀和怀抱，穿好衣服拿起包，像逃难一样逃离了那个房子。

2005 年 2 月 22 日，李郁坐在一个装修得非常小资情调的餐厅里，愤愤地低头给安芸发短信：在这个非常二的日子里，你做了一件最二不过的事。你必须补偿我。

安芸放了她的鸽子。两个人约好一起来这家口碑不错的新开的餐厅吃饭，李郁先到，开开心心地等了好一会儿，结果收到了安芸不能来的短信。她正要出发的时候，领导下了一道死命令，要求她马上去见一位有在他们出版社出全集意向的大拿。

既然来了，那就自己吃一点吧。李郁跟服务生要了菜单，没情没绪地翻着。左邻右舍都是年轻的情侣，卿卿我我，唧唧哝哝，李郁觉得有点尴尬，孤独的人是可耻的。

李郁工作后，李老师和姚老师都着忙起来，尤其是姚老师，暗地里急哭了好几次，埋怨李老师纵容李郁一直读书，耽误了终身大事。二十七岁倒没有什么大不了，关键是头上有一顶博士的帽子，对女孩来说，这顶帽子不是赞美，是牢笼。而李郁没有了“学生”身份的掩护，也开始感受到越来越强大的压力。她，成为一名光荣的“剩斗士”。

有时候在失眠的深夜里，李郁会回忆那些从她的生命里经过的人，他们来了，又消失了，像从未真正存在过一样。她最怀念银杏树下的那个初秋，一次次企图在那里按下暂停键，然而生命的河流无法停留。

但河流兜兜转转，谁说它不会回到它曾经经过的地方？

这时，餐厅的一角传来熟悉而陌生的笑声，她的背僵硬起来，不用看，她也知道那是谁的声音。

但是她不敢看。不知不觉间，孤独已经把她侵蚀成这个样子，竟然会在光天化日之下，做这么可笑的梦。

她放下菜单，准备夺门而逃，可是那个声音从她的上方响起：“李郁，是你吗？”

真的是周秦。

大学毕业这么多年，李郁游荡在这个城市中，从未遇到过周秦。她听说他研究生毕业分了回来，在一家建筑设计所工作。她幻想能够遇到他，在这个城市的某个角落、某个拐角处，但是从来没有。

读研的时候有一个同级不同系的很丑的男同学，秃顶、戴着厚如瓶底的眼镜，从来不和任何女生谈话，走路的时候头要仰到天上去，鼻子几乎和地平线平行，经常哼着不知所云的走调的歌。外貌协会的李郁非常讨厌这个人，路上遇见了总要绕道走。但是奇怪的是，毕业后李郁总是在不同的场合中遇到他，有时候是在商场，有时候是在随便哪一条街道上。更可气的是，某次李郁和安芸去爬山，走到半山腰的时候，听到附近有人哼着走调的歌，不用说又是那位伟大的男同学。

李郁觉得很丧气。他是一个命运的符号，坏得不能再坏的运气。

周秦留给她的，只有那张画在绿色格子作业纸上的速写。安徽文艺出版社的《张爱玲全集》一直跟着她，从一个宿舍搬到另一个宿舍，但是她很少去翻第四册。在第四册《私语》的那一页，放着那张纸，已经发黄，发脆，碰一下就会发出脆裂的声音。

她以为今生今世和画那张画的人不会再有交集。然而，在这个二得不能再二的日子里，她，终于，遇到了周秦。

多年不见，周秦看起来正经了许多，没心没肺的样子不见了，算是一个正常的社会人。他看着她一笑，露出那两道像是左右括号一样标准的笑纹，眼睛还是那么黑。

他邀请她去他那一桌共同进餐。餐桌上除了两个男人之外，已经有两位女士。她们看到李郁走过来，马上就有了一种谨慎的矜持。一位女士戴着黑框眼镜，短寸头发，娇小白皙；另外一位是大洋马类型，十分丰满娇艳。桌子上放着一个水果蛋糕，原来这个如此之二的日子，正是周秦的生日。

一直到吃完饭，周秦送走其他朋友，带她到一家咖啡馆坐下，李郁都始终保持着一个礼貌而冷淡的微笑。周秦似笑非笑地看着她的眼睛，轻轻地说："李郁，现在没有别的人啦，你别老是这个表情了好不好？"她才如梦初醒。

周秦又问："李郁，你还好吗？"

李郁不知道该如何回答，她低下头默默地喝水，却发现"噗"的一声，一颗眼泪掉进了水杯。

03

作为引进人才的福利，学校分给了李郁一个二居室的小房子，算是半商品房，扣去博士引进费 8 万块钱，还要再付 15 万。李老师和姚老师二话不说就掏了全款。在住了十年大学宿舍之后，李郁终于有了自己独立的房子。安芸住得离她不远——她工作三年，出版社收入一直不错，安爸爸又支援了她二十万，全款买了一套好地段的九十平方米的公寓房子。2004 年，J 市的房价不过四千左右。周末李郁常常跑到安芸那里住，享受"女生之夜"，安芸有一间卧室永远是为她准备的。

这个周末的晚上李郁去得格外迟，快要十点了，安芸正在糊着面膜整理衣柜——自从她戒了男人，就开始用上了面膜，而且越用越频繁，几乎患上了面膜依赖症。她看到李郁进来，非常不满意地问："你又在加班写论文了？这么晚才来！"

她拿起一个经年不用的皮包给李郁看，那只皮包猛不丁看上去还好，可是皮子一碰居然就纷纷碎裂了。安芸说："看到了没有？别以为皮子的东西就结实！你那张脸也是皮子做的，不要老熬夜写论文啦，快三十岁的女人，再不保养皮子就完蛋了！"

李郁坐在床上看着安芸大动干戈地捣鼓，忽然说："亲爱的，我恋爱了。"

安芸正往身上比画一件蕾丝裙子，闻之一下把裙子扔出去老远，尖叫一声扑过来："啊？是谁？是谁横刀夺了我的爱？"

李郁说："周秦。"

安芸早就知道周秦回来了，这会儿听到这个名字，马上偃旗息鼓，做出一副心服口服的手下败将的姿态沮丧地躺在床上。忽然她又像打了鸡血一样跳起来叫道："周秦的那个小女朋友死哪里去了？"

李郁刚知道那银白色小腿的主人叫陶梓钰。他们读研究生之后不久就分手，陶梓钰爱上了同专业的J市老乡，如今两人已经双双结婚出国，据说连孩子都有了。

安芸又一次沮丧地躺回到床上。忽然，她坐起来，紧皱眉头开始思索："陶梓钰？这个名字好熟悉……"答案很快就找到，陶梓钰是安芸单位老大的儿媳妇。老大有一次闲聊说起自己儿媳妇和安芸是一个学校毕业的本科生，说不定还是一级，问安芸认识不认识。仅就这个名字而言，安芸当然不认识。

但安芸还是不爽。终于她又找到一个不高兴的理由："为什么你不早告诉我？你们重新见面是什么时候的事？你到底拿我当不当朋友？"

李郁不由得微微一笑，说："我们能见面，还不是托了你老人家的福。"

那天从咖啡馆出来，周秦一直把她送到她住的楼下才离开。回到房间，李郁不声不响地坐了两个小时才让自己平静下来。周秦现在是单身。周秦单刀直入地问李郁是否能做他的女朋友。李郁从来没有想到过，这辈子还会有机会，修正自己少女时代那太过矫情的错误。而今这机会送到眼前，却只有令她更为恐慌。

她不敢对任何人说这件事，包括安芸。只要说出来，这件事就会变成飞向空中的肥皂泡，阳光都能把它刺破。

第二天李郁到新校区开寒假开学的第一次系会，整整一上午她都心神恍惚。好不容易会才开完，她匆匆从小道抄过去搭班车，旁边是学校的运动场，冬天枯黄色的草坪上有一群人在踢足球。李郁喜欢这位于郊区的新校。城里还处在过年期间，四处炸响着鞭炮，空气混浊，这里却完全是清新的学院风。

忽然，一只球滚过来，停在她的面前。有人喊:“李老师，麻烦您给踢过来！”

李郁停住脚步，想了想，笑着扭过身来。

是周秦。

李郁的学校四周都是山。难得的一个冬季暖阳的好天气，一点风也没有。两个人有一搭没一搭地聊着天往山上走。周秦走在前面，长长的腿轻松地跨过枯草和石块，然后回头向她伸来一只手。她再自然不过地拉住，那么熟悉，仿佛中间多出来的这十年，早已经烟消云散。

他的手正是她想象中的样子，手指长而有力，暖暖的，干干的。李郁抬起头来看着周秦，他正低头对着她微笑，还是那双黑乎乎的细长眼睛，两道像左右括号一样的标准笑纹，除了沉稳一点，他几乎没有变。

两个人像幼儿园的小朋友一样，亲密地拉着手走了一会儿，一直走到一堵石头砌的墙下。在这荒凉的山上，忽然出现这么一堵像是女娲时代就已经存在的墙，粗糙的石头层层叠叠，石头缝里顽强地钻出来各种枯草，格外地老天荒的。周秦停下来，伸手把李郁拉进怀里，紧了紧她的围巾，端详着她的脸。李郁不好意思地低下头说:“不要看，我不好看了。”周秦说 :“不，和以前一样好看。”

什么都没有变，十年的时光也没有那么可怕。但是现在，没有了孙锐，也没有了陶梓钰，只有这闲散的山，山顶的暖阳，温和的几乎是怜悯的冬日。

再也没有什么能够把他们分开。

他吻她，也正是她想象中的那种吻，浸泡着阳光，是最纯正的、金黄的、花香馥郁的蜂蜜。他的胸膛，结实而宽广，她把头轻轻地靠在他的心脏的地方，隔着棉衣也能听到那强健有力的跳动的声音。在这金子一般的时刻，她觉得自己从长久的冬眠中一点一点地，重新活了过来。

李郁爱死了她的二十八岁。那才是她应该拥有的，真正的少女时光。

04

细心的学生会发现，当李郁老师讲完一个问题，让他们看着幻灯片做笔记的时候，她会一个人看着窗外微笑。当他们记完笔记纷纷抬起头来的时候，那微笑往往还没来得及藏起。看到他们惊奇的目光，李郁老师的脸就会慢慢地红起来，一直要悄悄地把耳朵尖都红透。每当下课，李郁老师看起来比他们还要愉快，她会“唰”地一下把所有的东西塞进包里，赶在他们前面跑出教室。真的是“跑”，她的马尾在后面一跳一跳，看起来就像一个小姑娘。

她要去赶最早的一趟班车。班车上只要没有孕妇，她就牢牢地坐在第一排，因为这样可以第一个冲下去。有时候周秦会已经在班车旁等，有时候周秦加班，她就会跑着去菜市场，买各种食材，欢天喜地地提回家来，认真又认真、斟酌又斟酌地对着菜谱做一桌又漂亮又好吃的饭，然后像第一次做了家务、等着妈妈下班回家表扬的小姑娘一样，甜蜜而又宁静地等着周秦回来。

一切都是新的，连季节都那么应景。这个春天各种尽人意，树的绿叶子成功地一点一点地顶出来，花儿们放心大胆地开放了，没有突如其来的寒流和狂风，连春雨也不再那么吝啬。一个雨后的清晨，林荫路的地面湿了，有一两处水洼反着光，像是晶莹的玻璃镜面。树顶的新绿倒影在水洼里，连空气里都是丝丝缕缕的清香的绿。李郁赶着去坐班车，她的鞋子清脆地踩在林荫道上，哆来咪，一步一个快乐的音符，这个世界，就像是她童年梦想过的绿野仙踪。

第八章 热恋

01

周秦的工作常常需要出差，好在是短差，最长的一次是一个星期。在这一星期里，李郁每天要看一万遍手机，她运笔如飞地在手机上打着字，她的短信集合起来可以变成长篇论文。手机被她摧残得一天要换好几次电池，为此她不得不随身都带着手机充电器。

周秦计划周日才能回来，一个美好的周六就这样要被浪费了，黄昏时候李郁本来要去安芸那里，最近她已经被安芸多次痛骂“重色轻友”，可是临走时候外面下起了大雨，只好退回来，抓着手机，缩在被窝里看电视。

连发了几个短信都没有回音，李郁开始胡思乱想。会不会出车祸了？生病了？还是在外面遇到了喜欢的女孩？李郁百爪挠心，实在忍不住，只好电话打过去，还是没人接。她坐不住了。

这些日子，在极度的快乐之下，一直蔓延着一股竭力要被她掩藏的恐惧。

有多爱，就有多怕。爱和怕原本是不能分离的双胞胎。

忽然，门被重重地敲响了，那么重，几乎让人误认为是雷声。

她飞奔去开门，周秦笑嘻嘻地背着背包站在门口，气喘吁吁，浑身往下淌水，地下已经积了一小汪。

他提前干完了自己的活儿，撇下其他人一个人坐火车回来。黄昏兼下雨的城市打车自然要排长队等，他不耐烦，也没有带伞，索性一路从火车站淋着雨狂奔回来。经常打球踢球的好身体派上了用场，不过用了一个半小时而已，就站在了朝思暮想的女孩面前。

李郁顾不上感动，也顾不上开心，她心疼坏了。忙着去开热水器，拿干毛巾，又懊悔没有早早做好一桌饭等着。周秦洗好了澡，穿着李郁的粉红浴袍，喜感十足地站在她面前，赖皮地要求李郁老师好好“表扬表扬”。一个吻不够，两个吻还不够，三个吻之后，周秦把李郁抱到了床上。

在那最后一刻,李郁知道自己终于也要明白什么是那“多大的事儿”了。出于奇妙的自尊，她竭力地装作并不生疏的样子，以和她二十八岁的高龄相配。所以当周秦发现她竟然是处女的时候，很是吃了一惊。他把她抱在怀里，轻轻抚摸着她的胳膊和肩膀，半天才犹豫地问：“那个，那个人，叫什么来着？”李郁好脾气地回答：“孙锐。”“对，孙锐。后来我去物理系找哥们打听过，都说他是一个好人。”

李郁的脑中轰的一声，眼泪奔涌出来："他是一个好人你就不肯再去追我了？为什么？到底为什么？"

原来，还是有深深的积怨，那十年的悔、痛、孤单。李郁一鼓作气地哭了两个小时，哭到几乎休克，吓得周秦手足无措，直到李郁自己哭累了，昏昏睡过去。

第二天李郁眼睛肿得几乎不能见人，周秦早早出门买了豆浆油条回来，拿托盘端到床上给李郁吃。看李郁吃得开心，赔着小心问了一句"昨晚干吗那么伤心？"，李郁放下油条，嘴巴一咧又要哭，吓得周秦赶紧说："不问啦不问啦，好好吃饭。"

她永远不会让他知道她的十年是怎么过来的，太羞耻了。

周秦在事务所附近租了一个一居室，离李郁的学校颇有一点距离。李郁不想让周秦住在自己这里，原因有两个：第一，四周都是同事，李郁还是不大情愿让所有人都知道她未婚同居；第二，李郁父母经常过来看女儿，如果进门发现一大堆男人用的东西……那实在是太尴尬了。于是，两个人讨价还价，最后李郁同意周末去周秦那里住，平时周秦下班到李郁这里来，但是最晚十一点前必须离开。

春天渐渐深下去，风越来越柔，越来越热，初夏来到了。

周六的懒觉总是格外香浓。李郁从周秦的床上爬起来，墙上的时钟已经赫然指向了九点。她睡眼惺忪地走进洗手间，刚一照镜子，就发出一声惊叫。床上的周秦翻了个身，懒洋洋地问："大早晨起来，发生什么血案了？"李郁冲出来，伤心地让他看她新长的一颗粉刺。周秦抬起头看了一眼，马上又颓然倒下，说："看不见，给我拿显微镜来。"李郁顿时破涕为笑。

洗好了脸，李郁打开手机，没想到信息滴滴响了好几下。和周秦在一起的时候，李郁对信息总是颇不耐烦的，可是她打开一看，顿时又发出一声更高分贝的尖叫。周秦笑着说："又怎么了？"这边厢李郁已经开始迅速地穿衣拿包，语不成句地说："我爸爸我妈妈，搞突然袭击，已经，马上要到我宿舍门口了！"

周秦赶紧跳起来穿衣服，边穿边说："不着急，我开车去送你。"周秦向朋友借了一辆旧车，就停在楼下。李郁恨恨地说："都是你，非要我到你这儿住。我才不要你送呢，大早晨被你送，我爸爸一看就知道我干坏事了！"周秦说："我只送你到学校门口。"

李郁不搭理他，打开门就跑，周秦跟着"咚咚咚"地跑下楼去。眼见着抓不住李郁，就要让这傻姑娘跑远了，周秦忽然大声地喊道："来人啊！抓小偷啊！"李郁远远地听到，笑得跑也跑不动了，"哎呦哎呦"地，半蹲在地上揉肚子。

这一笑李郁倒清醒了，可以撒谎说自己周末是在安芸那里住的嘛，所以大周末的清晨不在家。李郁定了神，上了周秦的车就开始给妈妈打电话，姚老师抱怨地说："打了好几个电话都关机！以后在宿舍里安个固定电话哈！"李郁对着周秦做了个鬼脸，心里想无论如何不能安。姚老师又说："那你叫着安芸一起来，中午一起吃饭。"

李郁又连忙给安芸打电话。安芸显而易见也是刚起床，接到电话就开始纠缠不休地算旧账：“不行，我不能帮你这个忙。重色轻友的家伙，现在倒想起我来了……”最后是“好好好，看着你可怜，这笔账记在周秦身上，让他认真严肃地思考思考怎么孝敬我。”

于是，中午在饭馆吃饭的时候，有李老师姚老师伉俪，有李郁安芸，还有一位神秘嘉宾，周秦。

大家都落座了之后，周秦拿着两瓶红酒满脸是笑地走进来，一进门就殷勤地喊着叔叔阿姨。姚老师有点晕，指着周秦问两个姑娘：“这是……”安芸抢着说：“阿姨，这是我男朋友，帅不帅？”姚老师脸上一阵掩饰不住的小失望。李郁噗嗤一笑，安芸这才笑着搂住姚老师肥厚的肩膀说：“哈哈阿姨，我和你开玩笑，叮当当，我来介绍这位帅哥，周秦，李郁的男朋友！”事出突然，李老师和姚老师都有点吃惊，不过到底李老师反应快一些，赶忙让周秦坐下，大家点头打过招呼。姚老师对刚才的失态有点不好意思，她使劲儿压住喜出望外的心情，先不去看周秦，反倒对安芸说：“芸芸，你也要抓紧时间，不能太挑。”安芸说：“阿姨，我不准备结婚了，一个人过舒服得很！”姚老师说：“那哪里成！你父母还不得担心死了？”安芸说：“没关系！我过得好他们有啥可担心的。”这一边周秦已经和李老师聊得热火朝天，李郁落了单，只能傻乎乎地陪笑，不过她开心得很，实在太开心了。所有她爱的人都在，梦想中的一幕。

酒过三巡，姚老师开始拐弯抹角地盘问周秦的祖宗三代，周秦十分配合。他也不是J市人，家在外地的地级市，父母都是公务员，有一个姐姐，大他许多，已经结婚生子了。姚老师开始对周秦有个姐姐这个事情很满意，因为私心觉得可以替女儿分担一大部分将来照顾公婆的重任，但转而一想又不满意起来，她说："这样的话，你们将来就只能要一个孩子了，只有郁郁是独生子哦。"李郁和周秦都没想到姚老师如此高瞻远瞩，不由地一愣，李郁转而脸又红到了耳朵尖。安芸插进来热络地说："这怕什么！反正我也不要孩子，我把我的那个指标给李郁，我只要当孩子的干妈就够了！"

等到坐上回程的车，姚老师努力把脸上的笑容压下去，矜持地对丈夫说："长得挺招人喜欢，家庭也算是门当户对，就是学历低了点。"李老师不由地大笑。往常她都是抱怨李老师纵容孩子读了个博士学位出来，弄得找不到对象，这会儿倒又说这样的话了，得了便宜卖乖。半晌李老师说："学历高低、家庭好坏、长得好孬都是小事。"姚老师崇拜地看着丈夫，等着他说下半句。李老师叹口气说："就怕这孩子还没沉下心来，没长性。咱郁郁转眼三十，经不起再折腾。"姚老师的心情顿时晴转多云起来，寻思着电话里得催着李郁赶紧把婚事定下来。

周秦是上帝给李郁的一个大欢喜，无处不让她开心，虽然这欢喜晚来了十年，但是那又有什么关系？如果他们当初相爱了，也许现在早就成为路人，就像周秦和陶梓钰。现在陶梓钰是什么？她变成了一本影集，塞在一堆周秦的破袜子里。

李郁没有课的时候常常去周秦那里，像一个主妇那样打扫卫生，洗洗涮涮。作为一个没心没肺的单身汉，周秦把屋子搞得像垃圾箱，李郁把里里外外的东西都整理了一个遍，包括大衣柜。陶梓钰的影集就是在大衣柜的深处发现的。

李郁第一次有机会仔细地打量那银白色小腿的主人。那女孩的照片，好看是好看，但是看一百张和看一张没什么区别。所有的照片都是头微微歪着，嘴微微笑着，身体微微扭着，千篇一律，总之就是这女孩对自己很满意，满意得不得了就对了。

李郁偷偷向安芸说："我光看她照片就腻死了，难为周秦还和她待了两年。"安芸嘴一撇说："这话你也就是和我说说，千万别和别人说，太丢人了，小家子气，满是醋味。"

李郁不觉得自己在吃醋。周秦都是她的了，而且永永远远都是她的了，还有什么好吃醋的？她以胜利者的姿态大方地把影集依旧放在原处，然后拿出贴纸，在大衣柜里一个隔断一个隔断地贴上：秋衣、秋裤、内裤、袜子。剩下的一个隔断放着自己的替换衣服，李郁先是在一个贴纸上写上：李郁的衣服。想了想，又撕下来换了一张：媳妇儿的衣服。

周秦喜欢喊她媳妇儿。

周一的清晨李郁格外要起得早些，因为有课，必须要赶到学校坐班车。李郁有一件连衣裙，很久不穿了，因为设计有点问题，拉链在背后，长长的一根，一直到腰下，必须要有人在背后才能拉上。今天早晨李郁准备穿它，套上之后，跑过来找周秦。周秦帮她拉上，一脸坏笑："在单位里你要是想脱衣服怎么办？"李郁嘟起嘴："我神经病了才到单位去脱衣服！"拉链又被拉了下来，"哧拉"一声。他摸索着她光滑的裸背，深深地吻她。她被他吻的时候，总是有一丝强烈的血压升高带来的晕眩感，不由地就化成一个特别小、特别小的小女孩儿，而身体里有一只手伸出来，抓住周秦，永远不想让他离开。

丧失意识之前她挣扎着说："我要迟到了。"周秦一边吻她一边含糊不清地说："没关系，我请假开车送你。"

李郁闭上眼睛，有一万朵花儿在心里此伏彼起地怒放。

你爱我吗？

爱。

你会不会永远爱我？

当然。

你不爱我了怎么办？

怎么会！

我要你永远爱我。

好。

02

安芸给李郁打电话，上来就问："我和赵长瑞很熟吗？他是不是喜欢我？"

过了半分钟，赵长瑞婴儿肥、好脾气、永远笑眯眯的样子才从李郁的脑海里浮出来，她不由地笑了：“怎么了？你见到他了？”

安芸说：“对呀，我在我们单位门口遇到了他，他欢天喜地地说，老同学这么多年没见过面了，约我周末一起吃饭。”李郁说：“好像他在哪家外企做翻译？”安芸不耐烦地说：“好像是吧。喂，快告诉我，我和他熟不熟。”李郁：“你忘了，咱们知道考研成绩之后那半年，走哪儿哪儿都有他，你还老挤兑人家来着，人家从来不生气。”安芸得意地大叫：“他肯定是喜欢我！怪不得呢，这人做出一副偶遇的样子，可是又语无伦次，满脸通红，一看就是早有预谋。”李郁说：“行了吧，你整天就是自作多情。”安芸说：“打赌！我肯定不是自作多情。周六中午十二点，巴山夜雨，你陪我去，见证一下。……不许不去，不去和你绝交。你输了要给我买那个我早就看上的贝纳通的包。”

李郁和安芸一进房间，赵长瑞“唰”地站起来，一下子把椅子带翻了。为了掩饰自己的窘态，他装作很自然地说：“啊，安芸，你怎么长高了？快赶上李郁了。”

安芸笑嘻嘻地把腿伸给他看：“穿高跟鞋了啊，漂亮不漂亮？”赵长瑞的脸红了。

安芸还不肯罢休：“瑞瑞你怎么瘦了？肚子都下去了？我高是因为穿了高跟鞋，你瘦是不是穿了紧身衣？快让我参观参观。”说完伸手就要去摸赵长瑞的肚子。

李郁拉了拉安芸说：“赵长瑞脸红得都快滴血了，你住嘴。”

安芸心满意足地坐下来，一拍桌子说：“点菜！饿死了！今天一定要把赵长瑞吃哭。”

陪安芸和各种男人吃了这么多次饭，李郁第一次觉得自己像电灯泡。赵长瑞倒不怎么和安芸说话，一个劲儿地和李郁聊天，可是当李郁认真地回答的时候，却发现赵长瑞完全心不在焉，而安芸只要喝一口水，他就赶忙屁颠颠地添满了。

李郁明白了。她知趣地上洗手间，安芸也要跟着去，被她死死按回到座位上。

李郁一走，赵长瑞就开始低头沉默不语，安芸忍不住从桌子底下踢了他一脚说：“喂，赵长瑞你以前就这德性吗？闷死人了！”

赵长瑞下定决心，排除万难地抬起头来，突兀地说：“安芸，我一直以为你，你早就结婚了，不结婚起码也有男朋友。”

安芸眨了眨眼睛，天真地说：“是啊，我是有好多男朋友啊。”

赵长瑞赶忙端起水杯喝水，被狠狠地呛了一下，把自己咳得红头涨脸，满头大汗。安芸不由地大笑起来。

正好李郁回来了，说：“安芸你又欺负赵长瑞了？”

安芸的笑刚刚止住，不由地又笑起来，她上气不接下气地对李郁说：“你输定了，我的包包到手了。”

作为大学教师，李郁本来没有什么周末的概念，对她来说，日子就分为有课的和没课的，一周除了两天有课的日子之外，所有的日子都是周末。可是自从认识周秦之后，周末的概念就日渐浮出来，因为周秦只有周末才有可能和她分分秒秒地厮守，而且还只是“有可能”，因为有时候他要加班，有时候他要看球，有时候他要和朋友们聚会或者去踢球打球。刚开始交往的时候，她只要被周秦抱一抱、亲一亲就可以开心很久，而现在，身体里滋生出越来越贪婪的欲望，想让他每一分每一秒都是她的，而且只是她的。

周六晚上，两个人刚从电影院里出来，周秦的短信响了，他看了看说：“董文静让我明天帮她去搬家。”

现在李郁对周秦的同事和朋友比较熟悉了，董文静就是他俩第一次相遇的时候，来给周秦庆祝生日的大洋马类型的女孩，丰满娇艳，气场十足，是周秦的同事。

李郁曾经赖着周秦说：“你喜欢大洋马吧？”周秦笑着把她从身上推开。李郁又说：“又高大又丰满，看着真气派，要我是男人我就追她。”周秦眼观鼻鼻观心，绝不上敌人的当。李郁没趣了，有点小恼怒：“叫什么不好，偏偏叫文静。文静的大洋马？”

周秦过来捏她的小鼻子：“不许胡乱编排我朋友。”

李郁嘟着嘴说：“我不乐意你有这么多女朋友。”

周秦说：“哦，那你也不要再和陈劲松联系了？”

李郁不说话了。陈劲松和她一直有邮件往来，他两三年前就结了婚，生意做得也不错，开始全国各地飞，前一段到J市来，李郁和周秦还请他吃了饭。

可是一会儿她又找到了新的茬，她说：“你看，我只有一个男性朋友，还是已婚的，可你有好几个未婚的女朋友，董文静，史诺杨……”

史诺杨是那次聚会中的娇小型戴黑框眼镜的姑娘。

周秦不耐烦了：“谁还没有异性同事啊？你有没有？”

李郁一想，也对，她也有不少男同事啊，但是大家虽然关系不错，可从没觉得对方是异性过。

可是李郁听到周秦要去帮董文静搬家的消息还是很不开心。回到家她坐到沙发上一声不吭，周秦洗完澡出来才发现不对劲，赶紧过来哄，李郁嘟着嘴说：“我不要你替她搬家。”

周秦说：“干吗呀，都是关系很好的同事，她也帮过我不少忙。”

李郁说：“搬家找搬家公司呀，干吗让我男朋友去当劳力。”

周秦说：“她应该找了吧，不过两头都得有人看着，她又没有男朋友。”

李郁歪了歪脑袋，胡搅蛮缠地说：“那她也不应该给你发短信，应该给我发短信，和我商量。因为你是我的。”

周秦笑了，把脑袋使劲儿地拱到李郁的怀里：“我是你的私有物品啊？你往我脖子上拴一套儿得了。”

李郁这次没有乐。大概是快来例假的缘故，她最近脾气比较焦躁，这次她决定较个真，也给周秦的那些女朋友们提个醒：周秦是有主儿的人了！别动不动就使唤人。

可周秦也别扭上了，都回了短信了，这会儿再说不同意多没面子，再说了不就是搬个家吗，顶多大半个上午，多大点事。

一来二去李郁恼了，站起来背起包拉开门就下楼。正好楼下好巧不巧停着辆出租，她想磨蹭一会儿给周秦一个机会都不成，只好坐上车回了学校。把周秦给气的，赶又没赶上，只好开车也跟着往学校跑，晚了一步，李郁到了自己家，“啪”地反锁上门，周秦有钥匙也进不去了。

周秦在门外好一番敲门，李郁就是不开，打电话也不接。周秦只好乖乖地倚着门给李郁发短信，李郁也不理。折腾到了十一点半，周秦没辙了，只好短信说：“好了郁郁，亲爱的，你别折磨我了，快开门，我不去给董文静搬家了好吧？”这回短信倒是来了，可是内容如下：“那也不行，你为什么不早同意？”周秦怔怔地看了半天，一晚上又是求爷告奶，又是打躬作揖的，都大半夜了，这是搞毛啊……没劲透了。

他站起来就走了。

其实李郁的手都已经放到门上了。从猫眼里看到周秦走了，她还不相信，打开门一看，门外早就空无一人，她气得“咣当”砸上门，坐在地上，哭了。

她决心死也不先给他发短信，打电话，要好好地晾晾他，谁让他这么不在乎她的感受。

第二天她就来例假了，李郁一直有点痛经，往常周秦总是算着日期，到了日期就发短信问一问，如果来了他必会到李郁这边来煮姜糖水给她喝。

这一次，一个短信也无，看来是真生气了。李郁自己给自己倒一个热水袋暖着冰凉的肚子，不由地自怜自伤地哭了。

人真是奇怪的动物。这么多年的痛经李郁都是自己挨过来的，大学时候更厉害，有一次还一头栽倒到厕所里，安芸和刘刘扶着她去医务室打了止疼针，那也没觉得怎么着。不过是被温柔对待了几个月而已，就已经受不了一个人对抗这疼痛了。

还有什么是比爱更毒的毒品呢？只要拥有过，就会上瘾，而这世上并没有爱的戒毒所。

到了第三天上，李郁实在有点沉不住气了，她人明显地憔悴了下去，眼睛下面一圈都是黑的，走在路上心不在焉，学生们喊"老师"她都听不见。她终于决定发短信。第一个短信是气愤地：喂！周秦没有回复。第二个短信更是怒火万丈：喂喂喂！！！！周秦没有回复。第三个短信就变得哀怨忧伤了：怎么回事？你是不是不爱我了？没有回复。第四个短信有点外强中干：你要是再不回复我就永远也不搭理你了……

没有回复。

李郁慌了。她把所有的可能性都想了一遍。周秦想要和她分手？不可能啊，她再不自信，也知道周秦爱她。他绝不会为了这点小事和自己分手。那么……是周秦出了事？

想到最后这一点她的心哆嗦了一下，脑海里迅速地闪过宁乡的脸。周秦周六的时候说过这周有个差要出的。她再也等不下去，拨通了周秦的电话。

忙音。再打还是忙音。

李郁慌了。她飞快地翻着她手机的通讯录，这才发现她除了手机号之外，竟然没有任何可以联系上周秦的方式，她没有他办公室的电话，也没有他家里的电话……慢着，那天吵架的时候她曾经愤愤地记下了董文静的电话，说要打电话质问她——是故意气周秦的。现在，只能打这个电话了。

董文静很吃惊地说："你不知道吗？周秦他们出差路上出了车祸。"

李郁放在耳边的手机一下子变成了炸弹，她脑子里轰的一声响，什么都听不到了。

董文静喂喂了几声没听到回答，赶忙解释："……我们领导伤得比较厉害，断了两根肋骨，周秦坐在后排座位，只是有点轻微脑震荡！"

李郁努力地把自己拼凑成一个人，像从云端里听到了几个字：……脑震荡。

那么，周秦还活着？

她哭着问："他在哪里？"

董文静也搞不清周秦是住院还是已经回家休养，答应替李郁问问其他的同事，先把电话挂了。

李郁放下电话，这才发现外面下起了瓢泼大雨。

过了一会儿，董文静的电话没来，周秦的电话却来了。他一如既往地嗨皮地问："亲亲，你不生气了？"李郁听到周秦的声音就开始嚎啕大哭。周秦吓了一跳，忙不迭地哄："郁郁我错了，以后你说什么就是什么，你不让我去搬家我就不去搬家，你要是把我关在门外面，我就是等到天亮也不先走。"

李郁终于可以说话了，她哽咽地说："脑、脑震荡。"周秦吃惊地说："啊？你知道了？谁告诉你的？我都好了。"李郁又哭了："……你什么都不跟我说！"周秦说："我怕你担心啊。其实一点儿事都没有，我们的车和一辆小货亲了个吻，我昨天拍了个片子，轻微得都看不大出来有脑震荡，医生怕有事，让我观察了一天，刚放我出来。手机在医院没电了，我回来换上电池，一看到亲亲的短信就心花怒放……”李郁打断他，哭着说：“我要去看你。”然后就挂掉了电话。李郁出了门，才发现打一把伞根本就不顶事，风大雨大，雨点从四面八方射过来，她很快就湿透了。学校门口开过好几辆出租都不载人，好容易有一辆停下来了，李郁赶忙钻进去。等到了地方她从车里跳出来，发现周秦也打着一把伞，直直地站在路边上等她。她在风雨中向他跑过去，感觉自己像是一只逆水而游的鱼。

周秦一把搂住她就往楼里跑。李郁边跑边问：“你干吗要出来！……你脑袋不震荡了吗?！……你都快成落汤鸡了！”等到终于跑到楼里面，周秦把雨伞折起来，笑嘻嘻地看着李郁说：“两个落汤鸡，比一个落汤鸡好。”

两个人拧成一根麻花上楼，恨不得变成热气球，径直地升到天空去，不要燃料，也不要方向控制器，就这么死命地飘，飘到宇宙的黑洞里去。

……

你是不是有一点不爱我了?

不，更爱了。

早晚有一天你会不爱我。

不，不会。

要是你不爱我了你就告诉我。

好……咳！都说了不会！

会的。

不会。

……会。

03

今天李郁上大课，阶梯教室，一两百号人。

李郁一边讲着，一边看着教室最后一排的一对恋人，两个人正你侬我侬地互相喂薯条吃，旁若无人。李郁决定忍了：好吧，如果他们认为爱更重要的话。反正在最后一排，也不影响其他人。

中间休息的时候打开手机，有安芸的五个未接电话，赶忙打过去，那边安芸一接通电话就哭了："李郁，你不要不管我。"李郁连问怎么回事，安芸一顿大咳，好不容易才说出话来："我发烧了，三十九度，咳嗽死我算了。"李郁还要问什么，安芸又哭了："难受，亲爱的你快来，我要死了。"李郁慌了手脚："不行啊亲爱的，你再坚持一下，我还有一个半小时就上完了，今天是快两百人的大课，我要是上了一半开溜就成教学事故了。"安芸不说话了，"咔嚓"挂了电话。

李郁一下子心乱如麻。安芸好久没这样过了，事实上，从宁乡死之后，她从没见过安芸哭。李郁到底还是跟系主任打了电话请假，向学生们说明情况，学生们一阵欢呼雀跃，一点儿都不避讳老师。李郁顾不上他们，跑到校门口，这个点没有班车，只能打个黑出租。上了车她再给安芸打电话就打不通了，急得李郁出了一头汗。快到市里的时候电话终于打通了，接电话的却是赵长瑞。他说："李郁你不要着急，安芸已经在医院了，急诊室打吊瓶呢。"

李郁赶过去的时候，安芸已经睡着了，赵长瑞兢兢业业地坐在床前，如临大敌地数着液体的滴数。看到李郁走过来，赵长瑞连忙站起来说："是肺炎，大夫一听就听出来了，都没让拍片，直接上了抗生素。刚刚打了一针退烧药，这会儿体温快正常了。"李郁连连说："谢谢你，谢谢你，多亏了你！"赵长瑞脸又红了。

他的公司离安芸的家近，接到安芸的电话他放下手头的活，十分钟就到了她的家。

急诊室里有三四张应急床，都很窄小，一米宽都不到，可是安芸躺在上面还是只有一点点的样子，脸色发白，头上都是汗。李郁看了一会儿，忽然很想哭。她自责，这段时间自己真是重色轻友，不陪安芸也就罢了，心里满满的只有周秦，谁也放不下。安芸看上去永远是又强大又嗨皮没心没肺的样子，当然李郁知道她不是。可是这一段时间，她假装忘记这一点，她骗自己，她假装安芸是从不用关心的，安芸咳嗽有好几周了，她从未提醒过她去看医生……她是个自私的坏朋友。

李郁拿出纸巾，正想要给安芸擦去头上的汗，安芸醒了。她怔怔地看了李郁一会儿，又转过眼去看着赵长瑞，说："赵长瑞不如我嫁给你吧。”

赵长瑞大惊，赶忙端起杯子喝水。安芸惊叫道：“那是我的杯子！你倒是挺不见外！”

……

安芸输了十天液。不顾李郁的反对，赵长瑞把年假都请掉了，每天接送兼陪护，连安芸上厕所他都跟到厕所门口。李郁去了两次，实在插不下手去，索性每天打个电话算完。

即使如此，李郁也从未把这事儿当真，这两个人的气场实在是不搭。赵长瑞应该就像安芸以前的那些男朋友一样，少则几个星期，多则三四个月也就自动消失了。所以当安芸闲闲地说起来如何跟赵长瑞去见他父母，赵家爸爸妈妈住的老城区如何破旧却又生活便利，赵家妈妈如何碎嘴能说的时候，李郁大吃一惊。

李郁说：“你们两个好就好了，干吗去见人家父母？”

安芸说：“见父母怎么了？我们准备结婚。”

李郁说：“别开玩笑。”

安芸说：“我没有开玩笑。我和一个对我好的男人结婚有错么？”

李郁被噎住了。半晌，她准备从另一个角度入手。她说：“你这样对赵长瑞不公平。”

安芸也停了半晌，然后说：“怎么不公平？我会对他好。”

一阵水汽从安芸的大眼睛里突然浮出来，满满地，好像一下子就要荡漾出来了，但是她二话不说，用意志力关上了眼泪的闸门。于是，她那黑洞洞的眼珠像是突然结了冰，又罩上了一层玻璃罩。

她说："我又不是不知道怎么对男人好。"

李郁什么话也说不出了。

每个深夜，躺在周秦的怀抱里的时候，李郁都有一种恐惧，恐惧眼前这个强健的身体会突然消失，她所拥有的一切都会突然消失。一切都是虚无，从无中来，再到无中去。她一遍遍地问：你爱我吗？得到对方肯定的回答后又自顾自地说：不，你不爱我。

她还总是一遍遍地秋后算账："为什么，为什么当初你不肯再努力一把去追我？就因为我有男朋友了？你以为我不是处女了？"

周秦总是笑嘻嘻地看着她，然后换一副小男孩的声口，可怜巴巴地说："姐姐，那时我还小。"他严肃地皱着眉毛，仿佛为此而深深苦恼。

李郁第一次听到的时候噗嗤一笑，第二次听到还是忍不住想笑。她爱他说这句话的时候的样子，是电影和电视剧里最招人喜欢的那种坏男人。后来她专门为了招他这句话，气势汹汹地问将起来。

这成了他们两人之间的一个游戏。

她想她永远都不会告诉他那十年间的思念和绝望，一生最大的耻辱。她把它压缩在那张早已经泛黄的、画在绿色格子纸上的速写中，夹在张爱玲的《私语》旁边。

04

星期天，安芸兴致勃勃地邀请李郁和周秦来她家包饺子。仿佛一夜之间，安芸突然对各种家务活比如做饭和收纳兴致大发，据说为了包饺子，先期已经把安妈妈的电话打烂了。李郁和周秦一到，安芸马上把周秦按到沙发上看电视，钦定赵长瑞作陪，而且殷勤地说："包饺子这是我们女人的事。"

这样的话从安芸嘴里说出来，实在只有搞笑的效果。李郁哭笑不得，只好手忙脚乱地和安芸一起商量着擀面、调馅儿，然后把馅儿想办法塞到面里去。其间赵长瑞不停地走进厨房探班，其实主要目的是给安芸端水喂水果，周秦却在客厅看球赛看得入了迷，屁股一秒钟也没离开过沙发。

李郁非常不满，趁着赵长瑞又进厨房的时候蹭到周秦旁边，找茬挑事儿。

"世界杯有什么好看的。"

"这不是世界杯。"

"欧洲杯有什么好看的。"

"这也不是欧洲杯。"

"那他妈的这到底是什么杯？"

"什么杯也不是。这是欧冠联赛……"

"不管是什么足球赛都不好看！"

周秦这才反应过来，眼睛从电视机上转开，扭头看了看厨房，回过头来和李郁亲了个嘴儿："不好看不好看，没有我媳妇儿好看。"

李郁有了这句话，心满意足地得胜回朝，继续和安芸一起为饺子而斗争。厨房里摆了一堆饺子，大部分都是残兵败将，半老徐娘，扶风弱柳。

安芸包着包着，忽然想起来什么，悄悄地对李郁说："你知道吗？陶梓钰离婚了。"

陶梓钰这三个字像是冒着泡泡，从水底下钻出来的一样，带着某种说不清道不明的刺激与阴险的味道。

李郁问："你怎么知道的？"

安芸说："我们出版社人人都知道了。大老板目前正焦头烂额，儿子在美国离了婚，前儿媳带着孩子回了J市娘家，却坚决拒绝孩子的爷爷奶奶探视。"

李郁说："哦。"

她想不出来还有什么好说的。虽然她对这个女人深深地感到好奇，并经常为此挑起话头，然而周秦却从来不肯和她讨论陶梓钰。从头到尾，他对陶梓钰只有一套滚瓜溜熟的外交说辞：她爱上了比我更好的，我们俩没有关系了。

而在那板着面孔、正儿八经的外交辞令背后的跌宕风云、天堂地狱、痛苦与甜蜜，他显然不准备与她分享。

安芸的尖叫惊醒了她。安芸说："你想要包包子吗？"

她这才发现自己摊在手心的饺子皮里放上了可以包包子的馅儿，并正在继续像搭积木一样往上累积。

深夜，当她再继续追问"你爱不爱我"的时候，忽然一阵心虚，仿佛周秦会直接回答："不，不爱。"还好，周秦只是心平气和地问："郁郁，我要怎样你才能相信我爱你？"

李郁在心里说："和我一起分享你的过去。"

可是话说出口却成了小女孩的赖皮和无理取闹："怎么也不信，你就是不爱我。"

周秦微微地一笑，把她往怀里更深地搂一搂。

日子还是一天一天地过。有时候晴天，有时候阴天。李郁的课有时候上得很顺利，有的时候一般。有的学生喜欢她，有的学生对她视若无睹。她和周秦在一起的时候，有时候很开心，有时候会争吵几句……一切都很正常，然而李郁内心的恐慌越来越泛滥了。她知道自己出了问题，然而，她找不到遏制恐慌的闸门。

周秦洗澡的时候，她鬼使神差地拿起他的手机来翻看信息和通话记录，这不是第一次，然而前几次都没有收获，周秦的短信信箱里堆满了她发的信息，其余人的很少，大部分都是各种工作邮件的提醒。

但今天却有一通来回几次的短信：

你还好吗？

还可以。你呢？

我还好。孩子很乖。

我听说了一点，希望你一切都好。

见个面吗？

好。

周六上午九点，你有时间吗？

可以。

那么就百花公园的桃花林，我带孩子在那里晒太阳。

好。

周秦在洗澡间大声喊："郁郁！帮我拿条新的浴巾！"

李郁手一抖，手机掉在地上。她打开浴室门的时候周秦奇怪地问："我的浴巾呢？"

她这才发现自己手里拿的是周秦的一条内裤。

周秦同意见面这事儿还在其次，最击中李郁的是周秦回应陶梓钰的问候的那句"还可以"。怎么会只是"还可以"？这是李郁平生最快乐的一段时间，天堂，蓝天，白云，一切的一切。她愿意用十年的阳寿来换取她的二十八岁长一点，再长一点，而他却给前女友淡淡地说："还可以。"

她有点好奇他会找什么借口周六上午出门，因为这是他陪她的时间。她猜他会直接说加班，因为他一向很懒。果然，周五的晚上周秦说："郁郁，明天加班。"李郁点点头，做出她早就准备好的标准反应："讨厌！赶紧回来陪我哈。"

在那一刻李郁对自己充满了厌恶。

她对自己的厌恶还在继续。因为周六的早晨，她在周秦出发之后，也非常利落地上了一辆出租车。等到她从公园后门悄悄地走到桃花林的时候，正好看到周秦走向一个推着儿童车的女人，烧成灰她也认得出来，那正是银白色小腿的主人。虽然生了孩子离了婚，可是她看上去变化并不大。她痴痴地看着两个人亲密地握手，聊天。然后周秦弯腰抱起孩子，那个女人推着儿童车，他们转身而去的背影，和所有幸福的家庭没有什么两样。

那一个瞬间，李郁才明白自己这几天的镇静，全部都是假象。

她想起多年前，周秦手里拿着的中式汉堡包和暖壶。

她想起考研时候，他们俩的军大衣情侣装。

原来，一切都没有过去。占有就是占有，时间抹不去占有的痕迹。

明明是艳阳天，李郁却觉得像是一个人孤独地站在瓢泼大雨中。冰凉的雨，漆黑的夜，看不到任何的光。原来这么多年，她一直没有长大，一瞬之间，她又跌回到多年前的那个夜晚，看到月光下那银白色的小腿的夜晚，那种痛、那种恨、那种怕。

她从百花公园一路步行往回走。一条街区又一条街区，人、车、艳阳、乱哄哄的红尘。回到学校她自己的小房子，反锁好门，第一件事就是寻找周秦上次放在这里的几瓶红酒。

和周秦重逢前李郁从未喝过酒。周秦有一次回来，宝贝一样拿着两瓶进口的红酒，说是好朋友从国外带回来的，正宗的法国货，哄着她喝了一杯。她从来没想过喝酒是这种滋味，仿佛在脑子里装了一个小型的电风扇，充满撩拨地吹着风，脑海里一阵晕眩，大海的风暴初起。

她很少留周秦在她房间过夜，那一晚却缠着不肯放他走，像藤一样缠在他的身上。事后被他嘲笑了很久。

李郁翻箱倒柜，越着急越找不到，好不容易在床底下找到了酒，却又一时找不到杯子。她索性拿起酒瓶，等不及似的直直朝着嗓子灌下去。

一阵狂咳过去，李郁忽然觉得舒服了。

她昏昏地躺在地下，却像飘在半空中。从未有过的轻松，从未有过的温暖，极乐之乡就在眼前。为了让这感觉持久再持久一点，她的手摸索到另外一瓶，费了九牛二虎之力启开，又直直地倒到嗓子里。

这下总可以放心了，总算拿到了极乐之乡的延时签证。她笑嘻嘻地躺在地上，举起手臂来看，那上面有一道浅浅的疤痕，是为了解决她第一个男朋友而划的。眼下这个男朋友显然需要更多。她的手在茶几上摸索，很快就找到了周秦送她的瑞士十字军刀。她笑嘻嘻地在手臂上轻轻划了一刀，皮开肉绽的感觉让人陶醉，好像是给她一个保证：那恨、那痛，那怕，再也不会来了。

她划了一刀，又划了一刀，看着血一点一点地从伤口里渗出来，像是争先恐后地给她保证：你再也不会痛了！你再也不用恨了！你，再也不用怕了！

李郁睡着了。睡梦中有电话铃声响起，轻飘遥远，是在她梦中天空划出一道一道白色印痕的飞机。她是被一声又一声的撞门声惊醒的，开始那声音像是重掌拍在水面上，后来却像是一拳又一拳击打在她的耳边，十分让人不爽。她挣扎着坐起来，几乎在一瞬间感受到汹涌而来的剧痛。地板上一小摊血迹，看起来十分瘆人。

门外传来一个男人的呼喊：“李郁，开门！”她愣愣地听了两分钟才想起来，这是周秦，她，李郁老师的现任男友。她本能地站起来，一阵晕眩差点把她砸倒。她打开衣柜胡乱地翻出一件外套披在身上，盖住那条罪证一样血肉模糊的胳膊。

打开门后，周秦跳进来，握住她的胳膊就问：“手机都打爆了，你怎么回事？”她痛得一下子蹲在地上，发不出任何声音，几乎同时，周秦发现了那摊血。

省立医院的外科急诊大夫对这种情况看样子是见怪不怪，甚至表扬了李郁几句：“关键时刻还是很有理智的，全部都是表皮伤，没有一刀划得深，也没有一刀往动脉和静脉上招呼。”说得李郁满脸通红。清洗了伤口，上了消炎粉，屁股上挨了一针破伤风，手臂被包裹得像木乃伊，李郁乖乖地跟着周秦回了家。

在床上，周秦急切地想要给她解释什么，可是她不让。她呆呆地看着周秦，夜色中他的轮廓仍旧是那么好看，这就是她此生最爱的男人。她用眼睛抚摸他的脸，眉毛、眼睛、鼻子、嘴，嘴边那两道标准的笑纹。她最爱他的嘴，被他吸吮的时候，就跌入宇宙的黑洞，肉身化为粉尘，瞬间被朔风吹散，万劫不复。趁着宿醉、失血的晕眩和伤口感染带来的低烧，她固执地要他要她。在那如约而至的高潮中，一伸手就可以触到死。

第九章 再见

01

李郁的胳膊上就此留下了阡陌纵横的伤痕，好在是冬天，经过第二年一整个夏天的暴晒，伤痕变得浅而淡，像是不小心从灌木丛中穿过留下的划痕。但是李郁的状态越来越糟。她总是失眠，一晚上一晚上地睡不着，然后一系列的毁容活动就此开场——掉头发，皮肤变得暗黄，斑点和痤疮汹涌而来，人越来越瘦，后来例假干脆也失调了，动辄两个月没有任何动静。

现在猛不丁看上去，李郁灰暗憔悴，几乎算不上是美女。

有好几次，她和周秦大清早惴惴等在医院化验室的门外，查是否早孕。周秦开始说："如果中奖了就结婚。"后来说："不管怎么样都结婚。"李郁只是不回答。

婚礼的时候，总得是美的吧？是幸福的吧？

她不知道自己怎么了，越来越焦虑，越焦虑越失眠，越失眠人就越难看，越难看她就越焦虑，彻底的恶性循环。她和周秦之间再也不谈起陶梓钰这三个字，周秦当着李郁的面删掉了她的电话，但这又有什么用？他心里有陶梓钰。退一万步，即使没有陶梓钰，还有赵梓钰、王梓钰、刘梓钰，这个世界最不缺的，就是层出不穷的美丽女子。

她的脾气越来越坏，几乎每天都需要周秦哄——好像只有这样才能证明周秦是她的而且只是她的。她的理智控制不住她的疑心，最糟糕的一次是偷偷拿了周秦的身份证，到营业厅去查他的短信记录——因为他的手机短信收件箱，每次被她看到的时候都已经被删得干干净净。自然也没有查出什么来，因为移动的女服务生不过是好奇地看了她一眼，她就红头涨脸慌不择路地逃跑了。但是很长时间她想起自己就感到厌恶，这样的女人是不应该被爱的，如果周秦口口声声说爱她，那一定是假的。她变本加厉地问："你爱我吗？你不爱我吗？"随便周秦的哪一种回答都会成为她忽然崩溃的原因。

她觉得自己完了。有人建议她去看中医，安芸听了大声嚷嚷表示反对："看什么中医？你的毛病你自己不知道？你早该去看心理医生了！"

李郁不想去。心，不是那么好医的。

秋天里周秦单位集体到美国去考察了一番，回来后洗出照片来一看，除了周秦的单人照，合影中总是有一个格外抢眼的女人，看着像上了四十岁，身材长相也说不上多好，但是脸上一双眼睛晶莹璀璨，隔着照片就感觉得到强大的气场。

周秦说：“这是我们新来的丁总。”语气里有解释的味道。李郁忽然不高兴了，张口就说：“你解释什么？心虚了？”周秦恼了：“谁心虚？这不是怕你想象力太丰富吗？”李郁冷笑道：“我想象力再丰富，也没想到你竟然连当小白脸吃软饭都准备好了。”

周秦摔门出去了，声音之大，震得李郁的耳朵嗡嗡响。还没回过神来，周秦又进来了。他靠在门上沉默好一会儿，忽然说：“要不，李郁，我们结婚吧。”

原来是“要不”？“要不”的意思就是，不得已而为之。

封建时代么？我哭着喊着要求结婚了么？

李郁说：“不，我们分手。”

许久之后，李郁听见周秦的声音飘忽不定地从远方传来：“那也好，分开一段时间吧。”

赵长瑞周末回了一趟父母家，他想跟他们商量一下买房的事。赵家父母都是J市一家老厂的退休职工，当初看势头不好，赶紧退休没轮到下岗，所以还都享受着说得过去的退休工资。房子也是厂子分的，在老城区，虽说老点旧点，但五十多平方米也足够老两口住了，周围社区又非常成熟，用不了五分钟吃喝拉撒都能搞定，更不用说四周遍布着几家羊汤锅贴包子的老字号，全J市的人都常到这里排队买吃的。所以老两口对这块风水宝地是格外满意。赵长瑞一说自己要买房，妈妈李玉霞一叠声地表示同意：“是该下手了！妈妈替你寻思好了一处地方，离咱们家走路也就十分钟，瑶水路边上的那个大盘，我前几天问了问价，5000一个平方！老城区里还能有这个价码不得让人抢了啊！你觉得怎么样？”

赵长瑞没吭声。他不想买老城区的房子，安芸的单位马上就要搬到开发区，离市区二十公里，他准备在那里买。虽说开发区刚刚开发，但因为环境好前景好，房子便宜不到哪里去，也得四五千。可他不准备直说：“妈，你把我这些年攒的钱拿出来，买房的事不用你操心。”赵长瑞工作五年，外企的工资不低，他大部分都是拿回家里，他爸爸赵建钢替他理财，偶尔在熟悉的朋友那里放个贷，这几年下来也差不多有小三十万了。

李玉霞不同意：“转那趟手干吗？多余。你等着去看看那房子，觉得差不多妈妈就替你下定金了。”看着儿子不吭声，李玉霞继续说：“离妈妈住得近你吃不了亏！以后下了班就能过来吃饭，结了婚生了孩子妈妈每天走路过去帮你看。”

赵长瑞只好说：“妈，我相中的房子在开发区。”

李玉霞像被针扎了一样跳起来：“你说啥昏话呢？那地方能住人吗？往前数上十年还是火葬场哩！”

赵长瑞不耐烦了：“给不给钱？不给我贷款去。”竟然站起来就走了。

李玉霞气得骂：“王八羔子！肯定是安芸给他出的主意！我算看穿了，养儿纯是白养！”

赵建钢比他儿还不耐烦，张口就呛她：“从生下来就这么骂，有完没完呀。”

李玉霞说：“你还看不出来？安芸那闺女，比咱儿精多了！玩他一玩一个准！”

赵建钢说：“你少管闲事。该他受的他就受，那是他乐意，更是他的命！”

顾不上和老伴儿拌嘴，李玉霞闭上眼睛算开了利息：“三十万，要是贷一年的话不到六个点，一个月得还……”没算完又开始骂“这个败家玩意”，一边骂一边拨了赵长瑞的电话：“臭小子你给我回来，你妈妈我才不稀罕你的钱，赶紧给我拿走！”

把自己的东西从周秦那里拿回来，把周秦的东西收拾好让他拿走——一切都高效地做完之后已经是深夜。周秦倚在门口，茫然地看着李郁不停地在屋子里走来走去，收拾着若干杂物。李郁经过他身边的时候一抬头，好像忽然才看见他的样子，笑嘻嘻地说：“你走吧。”周秦说：“要不，唉，咱们不玩这游戏了，好好过日子。”又是他妈的“要不”。他走过来，对着李郁伸开胳膊。那个怀抱，十年前的，十年后的。李郁推开他，笑着说：“去你妈的。”她笑得天真明快，痛苦被压缩成了标本，重重密封，然后“咣当”压在了如来佛祖的五指山下。周秦没有动，他默默地放下胳膊，低下头，然后下定决心似的提起地上的包，打开门走了。

看着周秦消失在门后，李郁第一件事就是奔到床上，闭上眼睛，就像被人从脑后重击一棍一样，她昏过去一样沉沉地睡着了。

她终于放了心。再珍贵的东西，也不会丢失两次。丢掉一次就永远不会再丢一次。

据说，得到一个东西的代价就是失去它。那么，失去一个东西的补偿，就是永远占有了它。

第二天她照常去上班，课讲得再正常不过。生活一切如旧，只有不用再去焦虑周秦——她晚上睡得很沉，像吃了大把的安眠药，甚至开始有人夸她气色变好了。

她都想不起来告诉安芸这个变故，直到几天之后安芸给她电话，问她这几天睡觉怎么样的时候，她才愉快地告诉她："我好了，我和周秦分手了。"安芸惊叫："真的？"得到肯定回答后，谢天谢地安芸没有问"为什么"，而是说"我这就过去。"在电话里，安芸的最后一句话是："你知道吗？我给你打电话，是想告诉你，我要结婚了。"

安芸的婚礼十分简单。她执意不要那种大型的请客婚礼，更可怕的是还要请一个不靠谱的二百五司仪在台上咋咋呼呼，以合法的名义嘲讽和夸张新婚的性行为，把新娘新郎捉弄得团团转。安芸的名言是："从来只有我玩人，哪里能让人玩我。"所以只有两桌简单的婚宴，双方父母，主要的亲属，极少的几个亲密朋友而已。

赵长瑞妈妈李玉霞心里自然是一百个不乐意。她私下里跟赵长瑞说："你爸我们俩半辈子随出去的礼，都指望你结婚拿回来呢，你租个假人也得给我把客给请了！"给儿子发狠自然没什么用处，到底是最后老同事老朋友们听说了此事，纷纷托人或者亲自到家里来一趟，把礼钱都拿了。李玉霞得意得很，逢人便说："啥叫好人缘？这就叫好人缘！"

婚宴上安芸穿了一件红色的改良旗袍。只有李郁知道，这不是新的。她们两个大学的时候，在一家小店淘得这件旗袍，盛惠九十大洋。当时，安芸饱满的小身体把这件衣服撑得鼓鼓囊囊，针脚都涨开了，于是不服气地放在箱子里，准备减肥成功再穿，一放就是十年。现在安芸瘦了很多，旗袍穿着空空荡荡，倒是有一种说不出的楚楚风致。

安芸妈妈看到赵长瑞，说了一句："长瑞你是个好孩子，对芸芸好点。"就掉了眼泪。安芸爸爸连忙递过面巾说："女儿的婚礼不能哭。"李玉霞连忙说："你放心亲家，俺们长瑞打小从来不和人打架，是个仁义孩子。就是他敢欺负芸芸，还有我呢。我就整天和我那些老姐妹们说，和媳妇闹别扭压得住媳妇算啥了不起，能和媳妇关系搞得跟亲闺女似的才叫本事呢。"说完看着安芸亲密地一笑。安芸点点头，也并不接茬。

李郁坐在另一桌，远远地看着安芸，这个她生命里最重要的朋友，结婚了。然而结婚意味着什么？永不孤独还是更大的、更彻底的孤独？她并不知道。

她想她永远也不会再有机会知道了。

那天晚上，安芸挂了李郁的电话，赶过去的时候，李郁已经在哭，没有开灯，就一个人倚着床坐在地下。安芸一到，李郁就扑过来，哭着喊："周秦走了！周秦走了！再也不回来了！"她看上去就像不小心弄丢了最心爱之物的小女孩一样。眼泪鼻涕在她的脸上奔流，眼睛里的恐惧像一口残破的井。

一张血肉模糊的脸。

安芸抱着李郁狠狠地哭了一场。

有谁能比她更明白，什么叫做“再也不回来”了呢。

02

哭过那一场后，李郁的痛感神经忽然复苏了。

每天早晨，周秦已经离开她这个事实，总是像闹钟一样把她惊醒，然后无情地把她直直地拖到海底，一直到窒息得要死的最后一刻钟，才大汗淋漓地浮上水面。

她又开始失眠，常常在半夜醒来，呆呆地直视着天花板，直到那诡异的黎明的青色像一个蓄谋已久的阴谋那样慢慢爬过来，斑驳地布满整个天花板。楼下的汽车渐次开始发动，发动机的轰鸣像一波又一波的浪。她常常想起周秦以前带她去游泳的那个池子。屋顶是玻璃的，金字塔的形状，黄昏时分阳光射下来，落在周秦淡黑色的身体上，闪闪发光。

跟着周秦学了一个夏天，还是只会带着游泳圈乱扑腾。周秦笑话她白长了一个傻大个儿，天生大小脑不平衡，什么运动也搞不定。于是她问出那个经典的问题：“如果我和你妈妈同时掉到河里，你先救谁？”周秦像是等待这个问题已经太久，愉快地大声回答：“当然是先救你！因为我妈妈是游泳健将！”在洒满金色阳光的碧蓝色池子里，李郁的幸福感将她膨胀成了晕眩着上升的水汽。

李郁和她的手机，现在是一种微妙的关系。分手之后，周秦发过几个语焉不详的短信，半问候半试探，然后，不知道从什么时候开始，短信消失了。

夜晚的时候，李郁常常在床上一个人和手机默默相对。她早就删除了周秦的号码，可是那一行数字早就刻入了她的骨头，她的肉。有几次别人问她的号码，她恍恍惚惚道出来的，却是他的。每次那水滴一样的短信的声音响起的时候，她的心脏都会暂停一下，然后奋激地像鼓点一样跳动起来。然而，却再也不是那一个最熟悉不过的陌生号码。

她改掉了短信的声音，从水滴的声音改成木头的，然后又改成风声、鸟鸣、蟋蟀声，再然后，所有的声音、哪怕是门被风吹动的声音都会让她心律失常。

有一次她在洗澡，如今她洗澡也十分潦草，匆匆一冲就算数，她对她的身体视而不见。忽然好像手机响了一下，她不由自主地侧耳倾听。她想要接着把澡洗完，可是一瞬间又改变了主意，抓起浴巾披在身上，湿淋淋地闯出去。

真冷，深秋，暖气还迟迟不来。

手机上果然有一条信息，内容如下：“还没有汇钱吗？那张卡坏了，请发到这张卡上，卡号……”人们想钱想疯了。当然，她也是疯子。

她呆呆地看着那条短信，满肚子的愤怒咕咚咕咚地涌上来，一万句恶毒的话就在嘴边，她气得手直打哆嗦，直到未关的窗户里吹进一阵冷风，才清醒过来。

她的感冒持续了两三个星期，层层叠叠，缠缠绵绵，好像全世界的感冒都来了。

好了之后，她把短信的声音调到了静音。从此李郁的手机变成了沉默的炸弹。

03

安芸结婚第二年就怀了孕。李郁眼见得她一点一点胖起来，果然像吹了气的气球一般。与她的胖相比，肚子倒是小意思。但是六个月后，肚子也开始争先恐后日新月异了，让安芸看起来像是一个小圆球。每当她捧着肚子哀怨地说走不动的时候，李郁都建议她滚着走，可能会更轻松些。

赵长瑞请不下假的时候，李郁常常陪安芸去产检，她坐在B超室外一堆孕妇里，默默地等待着安芸出来。孕妇们彼此打量着，很快地就开始了接头暗号："你几个月了？"然后就兴奋地聊起天来。有一次，李郁也这样被问候了。她说："我没有怀孕，我陪朋友来的。"对方是一个红脸蛋动不动就满头是汗的孕妇，她立马用公鸡那样高亢的嗓音道起歉来："真不好意思真不好意思！不过我告诉你，孩子还是早要的好，你看我都二十七了才要孩子，我的同事这个年纪孩子都会满地乱跑了！"李郁报之以微笑，她今年三十一岁。

安芸从 B 超室里走出来，象征性地跳了两跳，指挥李郁马上给赵长瑞打电话报喜：孩子骨骼内脏发育一切正常，一个心脏、两个肺、两个肾，就是脑袋壳大点，这肯定是像他爹……“都怪你！……不，怪你妈！”电话里撒完了娇，安芸搀着李郁的胳膊往医院门口走，看到马路牙子还企图站上去沿着走，被李郁没好气地拉下来。这是安芸交了高个子好朋友的后遗症。安芸傲娇地说：“B 超大夫又夸我的肚子长得好了！她量了头围就说了，这么大的头围，搞不好得剖腹产，可是这么一个雪白滚圆的肚子，一点妊娠纹都没有，谁舍得下刀啊！”

没过几天，一大早李郁的电话就炸响了，安芸在那边哭喊着说：“完蛋了！完蛋了！”李郁一阵紧张，连声问是不是要生了。安芸才抽搭着说：“我的肚子完蛋了！刚刚我觉得肚子下面好痒，挠了几下，疙疙瘩瘩的不大对劲，赵长瑞趴下去一看，下面全都长满西瓜纹了！正往上蔓延呢！呜呜呜！你快来参观参观我的西瓜皮肚子吧！”

安芸和赵长瑞早就搬到了开发区的新家，等李郁赶过去的时候，安芸却已经躺在床上一边喝酸奶一边看书。看到李郁进来，大大咧咧地掀起衣服说：“请参观！就这么回事，不就是皮肤被撕裂了之后的疤痕么？有啥大不了的？这样也好，我可以剖腹产啦，反正肚子已经毁容了。”

果然最后还是剖腹产。安芸在待产室等了八个小时，催产素打了两瓶，疼得把赵长瑞的手都挠破了，胎儿还是不出来。最后到底是乖乖地被推到手术室挨了一刀，是个七斤半重的女孩。

麻药劲儿还没完全过去，安芸看着躺在婴儿床上顶着一个大脑袋的小家伙，迷迷糊糊地说："这么折腾你娘，你娘和你没完……给你取个女孩都不喜欢的名字……赵大碗！……小屁孩头长得比碗都大！"

李郁光荣地成为赵大碗的干妈，她目瞪口呆地看着五谷不分四体不勤的安芸变戏法似的成了另外一个人——一只手举着奶瓶，另一只手已经完成了给赵大碗擦屁股、换尿布的工作，嘴里还走腔拉调地哼着：赵大碗，小臭臭……等李郁反应过来，去帮着拿奶瓶的时候，奶瓶早就已经塞在赵大碗的嘴里了。

曾经颇为小资情调的安芸和赵长瑞的新家，变得狼藉遍地。因为相距太远，李玉霞和赵建钢只好搬过来住，很快，属于李玉霞的杂七杂八的东西就蔓延出了他们住的卧室，堆满了一客厅。一开始赵长瑞以为自己的任务就是逗逗孩子，一切都有爸妈呢。很快他就知道全然不是那么回事。晚上正睡得香，他被安芸一脚踹起来："换尿布！热奶！"安芸的奶不大够，半夜里总还要加一顿。赵长瑞闭着眼睛喂完同样闭着眼睛的赵大碗的奶，正想睡觉，安芸又叫起来："竖着抱好了，拍嗝！"

无奈，赵长瑞只好继续闭着眼睛抱着赵大碗拍嗝，可是那个嗝太难等了，赵大碗的小呼噜都打起来了，其嗝还仙踪难觅。赵长瑞只好小声地哀求起来："闺女，打嗝，亲闺女，打嗝……小王八蛋，打嗝！"嗝没打出来，赵大碗的口水把他爹的膀子头都打湿了。

第二天晚上，李玉霞抱着自己的被子进来了："安芸，今天晚上我和你睡哈，晚上我给大碗喂奶拍嗝，他爸爸白天上班怪累，让他上书房睡去。"安芸赶紧着往外推："别介妈，您打呼，我睡不着，睡不着奶就不好。"

"我保证不打呼。"

"那也不行。当爹哪有那么容易？他是会生啊还是会养啊，什么都不会喂个奶拍个嗝怎么了，这样他才能体会到当爹的不容易，将来才能更好地孝顺您二老呢。"

"赵长瑞小的时候我从来没让他爹半夜里起来过。"

"不是我说，妈您真是太惯着爸爸了，你看他动不动就和您顶嘴。"

"男人们在外边挣钱，回到家咱娘们儿就让他们松快松快。"

"妈，我挣的比赵长瑞多，我就是休产假光拿基本工资都不比他少。"

李玉霞还要说，安芸已经尖叫起来："赵长瑞！"

赵长瑞应声跑过来，连哄带劝地把李玉霞推出了门。

安芸恨恨地问："是你让你妈来的？"

赵长瑞连忙说："我哪儿知道？"

安芸说："哦，原来你妈是志愿军。我告诉你赵长瑞，咱俩早就说好了，谁的妈谁搞定，这是最后一出！"

那边厢李玉霞愤愤地放下被子，恨恨地说："这丫头还怪厉害！厉害怎么只会生闺女？"

赵建钢正躺在床上听电台里的热线节目，打电话给主持人倾诉苦情故事的听众被主持人冷嘲热讽了一番，他听得正过瘾，于是笑嘻嘻地建议长瑞妈：“你也打个热线过去，让人家训一顿就浑身舒服了。”李玉霞恨得往他胳膊上使劲儿地拧了一把。

赵大碗趴在安芸的怀里，吃完了睡前的一顿奶，吧唧吧唧嘴，睡着了。安芸亲了一下女儿粉红色的小脸，小心翼翼地把她放在小床里盖好被子，扭身搂住赵长瑞，把头放在他的肩窝里。

04

周四下午照旧是系里的例会，李郁坐在角落里，照旧走着神。领导的嘴一开一合，说的也是汉语，但是她听不懂。旁边坐着一个她的男同事，穿着一双其乐的鞋子，其乐也是周秦的最爱。忽然，她觉得那就是周秦的脚，像树一样延伸上去，长出了她的周秦。

最近李郁陆陆续续听到各种热心人传来的消息。有一次一个朋友闲闲地说，在路上遇到了周秦，牵着一个女孩儿的手，那女孩儿挺年轻的。另一次另外一个朋友说，据说周秦在二环路买了房子，大概想要结婚了，结婚对象不知道是不是那个女孩儿。

她也陆陆续续地相过几次亲，但每次相亲好像都是周秦和她一起去的。仿佛他在她耳边说着悄悄话："瞧他那瘦弱的小身子骨，遇到坏人了，你俩谁救谁？""这人是男是女？娘炮一个。"

她在这两年里再迅疾不过地憔悴下去，掩饰都掩饰不住。她把长发剪了。那曾经的一头凌厉的黑发，笔直，浓密，黑得惊心动魄，现在变成了贴头皮的短发，泯然众人。有一次她听见两个新来的女同事在说话。一个说："据说她年轻时候很漂亮。"另外一个说："是么？现在倒看不出来。"她疑心说的是她。但是不是，究竟也无所谓了。

安芸现在把她这里当成了避难所，常常喂完奶之后就迅速地跑到她这里来，享受一两个小时的轻松时光，进屋就嚷着累，"咣当"往床上一躺。床总是"吱呀"一声，承受她那产后变成了一百四十斤的沉重身体。

这几天安芸的情绪不大好。她侧躺在床上，看着歪在沙发上用笔记本看碟子的李郁，忽然笑嘻嘻地说："赵长瑞一个月没碰过我了。"李郁抬起头看着她，和她变成一个胖子同样进程的，是她迅速膨胀的胸，原来不过是B罩杯而已，现在看起来就像是两只碗扣在胸脯上。李郁说："以后别叫你闺女大碗了，你叫大碗得了——你都这么大碗了，赵长瑞还不碰你？"

安芸说："光有胸有什么用？那不过是他闺女的粮仓罢了。你看见我的肚子成什么样儿了吧？比碗大多了，是倒扣的锅！还像是怀孕五个月的样子。前几天我去商场给大碗买奶粉，售货员殷勤地问我预产期是什么时候……去他妈的！

长的什么眼睛！气得我扭头就走，买谁家的也不买他家的！我这肚子大是大，可是肉皮全是松的，一道花一道花的，我自己都不愿意看，还能强迫别人看？赵长瑞下了班吃完饭就和他妈在客厅里看电视聊大天，能不回房间就不回房间，大概就是怕看我。”说着说着安芸忽然笑了，她说：“我早就猜到了会是这样儿。结婚就是这样儿，生孩子就是这样儿，一个男人和一个女人，也只能这样儿。真好。”李郁奇怪地说：“好什么好？”安芸的脸上，那个笑容陌生而诡异，她强调着说：“真好。”

一阵沉默之后安芸又说：“可是还得结婚。生孩子多好呀！我爱赵大碗，为她死我都愿意。”说完之后打量着李郁：“亲爱的你都三十多了……就是为了找个精子库也得结婚啊，咱继续再接再厉相亲吧，我手里有个优质男，赵长瑞的同事，一起吃过饭，看起来蛮靠谱的。周末你们俩约着一起喝个茶吧。”

果然是个优质男，看起来很体面，而且肯撑场子，看李郁不说话，自己就喋喋不休地，像点唱机那样一段又一段地说下去。

李郁又走了神。

和周秦分手的时候，他有一件橡皮红的旧T恤落在了她那里。它隐藏在一堆待洗的衣服里，一团皱。李郁把这堆衣服统统放在洗衣机里，看它们在轰鸣的机器里纠缠不休，抵死缠绵。甩干了拿出来的时候，它们还纠结在一起，袖子和袖子缠在一起，衣襟和衣襟缠在一起。李郁一点一点地分开它们，像分开已经死去的、僵硬的罗密欧和朱丽叶。

周秦没有来要这件T恤，李郁也就把它放在了自己的衣橱里，一放就是一两年。

刚刚出门前，李郁拿手机的时候不小心碰洒了一大杯子的水。水在地面上飞速地流淌开来。李郁对着那摊迅速扩大的水发了一会儿呆，转身打开衣橱，准确地摸到那条T恤，毫不犹豫地把它按在了水上。橡皮红慢慢变成了深红，李郁在水槽里把它一点点拧干，然后，趁着痛感正在飞驰的路上尚未到达，她把它重重地掷在了垃圾桶里。

周秦穿着那件T恤的样子，真好看。橡皮红很衬他。

此时，他们喝茶的桌子在窗户旁边，外面凉，玻璃上一片雾。她哈了一口气，那片雾有了轮廓，是周秦的脸。微黑的皮肤、发亮的黑眼珠、像左右括号一样标准的狡黠的笑容。

忽然，她听到优质男问："李郁，你在写什么？"

李郁吃了一惊，这才发现自己在那片雾上画着什么。

优质男读道："周——秦。是个人名吧？"

她仔细一看，果然是。于是抱歉地说："对，是我前男友的名字。"

……

她在电话里给安芸道歉，嬉皮笑脸地说："我错了，我错了。"安芸说："你根本不觉得自己错了。太感人了，大情圣，等着周秦给你立个贞节牌坊吧！"李郁说："我真的不是故意的。"安芸说："是啊，你不是故意的，你是特意的。李郁，你别让我瞧不起你。周秦有什么好？不就是能给你高潮，还能让你笑？有什么了不起的？……多大点屁事儿，没完没了了还！”

安芸说得对。李郁低下头，看着自己正在看的碟子，《邮差》。那个神经兮兮的邮差正在向聂鲁达倾诉：“我坠入了爱河。”聂鲁达说：“放心，有解药。”邮差连忙着急地说：“不不不，我不要解药，我要继续病下去。”意大利语听起来铿铿锵锵，像含了一嘴正在互相摩擦的小石子……邮差有病，她也有病，而且早已病入膏肓。

赵长瑞下班的时候，老两口正在客厅里逗着大碗玩儿。如今大碗会坐了，正抱着自己的脚丫啃，口水淌了一胳膊一脚丫。赵长瑞洗了手，喜不滋儿地逗了一会儿孩子，这才想起来问：“安芸呢？”李玉霞说：“喂完奶就走了，这会儿也该回来了，都三个小时了！大碗早饿了！”忽然又想起来什么，对赵长瑞说：“儿，再给你妈生个孩儿。趁着你妈还年轻，把两个孩子一块给你看大嘛。一个孩儿多孤单！”赵长瑞说：“这个才多大呀，又要生，都累死了。”李玉霞说：“你累啥，又用不着你！你看你三姨家的弟弟妹妹，岁数就差十一个月吧？你三姨就是月子里就怀上了闺女，咱老家话叫喜满月。”

赵长瑞没好气地说：“我可没那本事。再说了，生个孩子……你直接说生个儿子得了，你不就是嫌我们生的是闺女。”

“……我想要个孙子怎么了？我这不都是为了你着想？

我告诉你，就这一个姑娘，将来连给你上坟的都没有！”

“你死了我给你上坟，我死了谁给我上坟不用你管。”

“你个臭小子！不把你妈气死你不甘心啊……”

赵建钢正在认真地读晚报，连报纸中缝的广告都一字不落地看。闻得此言哈哈大笑，鼓励地拍了拍儿子的肩膀，说：“一物降一物。你帮你爸爸把这辈子的气都出了。”

李玉霞恨恨地抱起大碗走开，一边走一边说：“大碗咱们不理他们，男人没一个好东西。”

大碗看着她，像听了一个可笑的笑话那样咯咯地笑起来，满脸的口水闪闪发光。

05

第二天没课的日子，李郁常常磨蹭到几近黎明才肯上床。青灰色的晨光里，四邻里勤快的人们开始像冬眠初醒的小虫那样窸窸索索地活动，上上下下的马桶轰轰地响起来，外面有汽车驶过路面的“唰唰”的声音，对面楼上的老人大声地咳嗽着，清理着宿痰。整个世界都在慢慢苏醒，李郁终于可以放心地去睡了。

独居了两年，她越来越害怕一个人的夜晚。睡觉前，她常常要把整个房间巡视一个遍，门锁检查了又检查。她不好意思跟人说，怕人家以为不过是恨嫁的借口。

她也害怕面对自己的身体。她有一种越来越“枯”的感觉，从里到外。但“枯”的下面又埋藏着火焰。她的身体是一个大海，却没有岸。海浪们形成了潮汐，一遍遍出发去寻找着陆地，寻找着沙滩，这个世界却只有空无的黑暗。海浪们筋疲力尽，呜咽着，翻滚着，无穷无尽的死海，世界末日。

安芸有一次开玩笑说 :“结婚伴侣老是找不到……要不先找个床伴好吧？”床伴？真够形象，两个人笑了半天。顾长卫的《立春》里,那好心又多事儿的女邻居对王彩玲说:“女人没有性生活,长痘痘,还会变老。”她买了一个振荡器送她，偷偷摸摸地拿过来。

她想念她曾经有过的那些高潮。在高潮里，那种轻松，那种绝望，那种顿彻，那种虚无，那种脱离了肉体的惶恐而又轻灵的感觉……

只有周秦。床伴不行，振荡器也不行。

在失眠的夜里她想到过死。多亏还有死。人唯一的自由就是选择如何死亡。

当然她不能死。还有李老师和姚老师呢——现在李郁最不愿意接到姚老师的电话。姚老师打电话常常是这样的开场白 :“唉”一声长叹。然后是“妈妈又不敢打电话，又想打”，再然后是 :“有什么好消息告诉妈妈吗？”李郁总是说 :“有啊，好消息就是，我活着呢，这还不够吗？！”

死对于她显然太过奢侈。她把“死”珍惜地放起来，就像小时候得到一块美丽的巧克力，舍不得吃，放到自己最珍爱的丝绸围巾里，轻轻地盖上一层又一层。

想到还有它在，就觉得放心。

不管活着多么难，还好人总会死。

人生除死无大事。

上网的时候看新闻，全世界的悲喜剧都一行行在屏幕上排好队等着她去浏览。有时候死了很多人，有的时候改变历史的大事件发生了，她都很淡漠，看过就算。她看不到这个世界，她在她自己的时代里享受着她自己的瘟疫，自己的地震，自己的火山爆发，自己的世界末日。

如今，安芸家的早晨常常是这样开始的。

“赵长瑞，请以后直接把臭袜子扔到脏衣服篮子里，不要扔到地板上。”

“安芸，以后洗完澡，请自己把掉的头发都收起来，都堵了几回了还不接受教训！”

“赵长瑞，你说的没错。但是当我指出你的一个错误的时候，请直接回应这个错误，改还是不改，而不是马上用另外一个错误来转移话题。我的头发堵塞了下水道，并不意味着你就可以把臭袜子扔在地板上。”

“好……但是别以为，你永远都是对的！”

“赵长瑞，我再次提醒你，作为一个男人，你要学会就事论事。”

……

安芸家的夜晚常常是这样结束的。

“赵长瑞，我都累死了，你为什么什么都不做，什么都不管？”

“我干了 1、2、3、4，你为什么都视而不见？”

“1、2、3、4 都是你妈替你做的好不好，这到底是你的家，还是你妈妈的家？”

……

安芸绘声绘色地把对话学给李郁听，像说单口相声，逗得李郁直笑。

说完了安芸也反省：“可能我对赵长瑞是苛刻了些。大碗怎么折腾我都没问题，怎么做我都心甘情愿地侍候她小人家。总之一句话，不是亲生的就是不行。”

等到李郁笑完从地上爬起来了，安芸继续说：“看，这就是婚姻黑社会。”李郁说：“少来这一套。婚姻不黑社会的时候也多了去了，你们高兴的时候都偷着乐，才不和我说呢。”她心里想的是，家里人多，夜里的那浓重的黑，就能被切成一小块又一小块，就没那么要命、没那么令人恐惧，对她而言，这就是婚姻的最大好处。安芸说：“那当然了，婚姻要是没点甜头，怎么才能骗得人们前仆后继嘛。”

06

这一天，李郁接到了陈劲松的电话。他们一直有邮件联系，几乎从未打过电话。冷不丁听到他的声音，她有穿越一般的不适感。不再是一个清秀的带有文艺范儿的青年男子的声音，而是成熟平常的男声。她知道他生意做得很顺，但是离了一次婚，他也知道她和周秦分手，还曾经写过好几千字的邮件来安慰她。

李郁不是一个善于和人保持长久联系的人，除了安芸，她丢掉了几乎所有的旧人。而陈劲松是一个例外。他给她的第一封信里就说："你可以把我当作你的生活的一个敲门者。想要轻松一下的时候，就打开门和我聊聊天。"果真如此。

陈劲松在J市出差，约她一见。

赴约之前她哭过一场。找衣服穿的时候，她在衣橱角落里发现了那件拉链超长的连衣裙。周秦和她在一起的时候，她颇穿过几次，每次都是周秦替她把拉链拉上拉下。抱着一点说不清的自虐心理，她穿上了这件连衣裙。当然，她几乎把胳膊扭断了，也没能拉上拉链。挫败感像浪潮那样涌过来，她无法抵挡地尖叫起来，暴怒地脱下裙子，揉皱了扔在角落里。趴在床上痛哭了半天才去洗脸，镜子里的那张脸太过可怕，她愣愣地看了很久。

她想起十几年前那个月华如水的夜晚，镜子里的少女的脸。那少女对这个未知的滚滚红尘充满着憧憬。

这些憧憬一一变成现实，再一一变成笑话。这就是她过去十几年经历的一切。

不能这么下去。这么下去，连她自己都不能不承认她是一个疯子。

陈劲松看着她走过来，说："你哭过了。"一句话又打开了李郁眼泪的阀门。真奇怪，她会在这个一共没见过几面的男人面前哭。她哭得鼻头发红，刚刚还算精心打上的粉底一塌糊涂，好了，现在，他可以清楚地看到这几年她的所有收获：色斑、皱纹、痘痘。

陈劲松镇定地看着她哭，递纸巾，倒水给她喝。服务员端上一份提拉米苏，他放在她的面前说："先吃点，攒点力气继续哭。"李郁破涕为笑。她拿起叉子低头便吃，几口就吃完了，然后泪眼蒙眬地抬起头来说："还要吃。"

陈劲松笑道："这就对了。"

李郁回去的时候已经很晚。打开门，房间里黑洞洞的，打开灯，似乎还是黑洞洞的。李郁喝了不少红酒，脑子里在经历着轻微的地震。她一直在想着刚才陈劲松的话，他说，人活着觉得苦是正常的，不必太过在意。人之生存于世的三个基本事实，就是孤独、死亡、无意义。她记得他说到这里的时候顿了一下，笑着说：你看，这几个词，长得就像兄弟姐妹似的。

她听到这句话的时候忽然觉得被打动了。当然，后来她才发现，所谓"打动"，无非是要给自己一个借口。你被"打动"，是因为你需要、你渴望被"打动"的感觉。

分手的时候陈劲松说："我等你联系我"。

她倚着床坐在地下想了一会儿，然后打通了他的电话。十五分钟，他的车就到了她的楼下。

他们拥抱的时候她很平静，仿佛以前就拥抱过很多次，又仿佛这个怀抱就是那一个，也并没有什么太大的区别。他吻她的时候她才像终于找到了回家的路的迷路小孩，那条通往奇异仙踪的道路瞬间清晰可见，而她已经与它暌违太久。她的鞋踏上那条路，发出清脆的响声，那响声在远处激起回声，而回声就层层叠叠地在她的身体里荡漾。

如果再多一秒钟，她想她就会……爱上他。

忽然，陈劲松的电话响了。他愣了一下，还是松开她去接。阴沉着脸听了一两分钟之后，他突然破口大骂，用李郁永远都想不到的词汇……破口大骂。

“对，我是陈劲松。大爷得罪人关你屌事？”

……

“好呀，我在公司等你，你要是不敢来你是王八生的！”

……

李郁呆了。这个正在破口大骂的男人是谁？她不认识他。

陈劲松放下电话，看到李郁的表情，一点难堪的微笑浮上他的脸。他说：“是一个勒索电话，已经是第二次打过来了。你不知道李郁，这样的电话我接到过很多个，如果你不马上压倒他，他就要继续恐吓你。”

李郁点点头，同意地说道：“是，做生意真是不容易。”

他走过来，重新拥抱着她。但是那条路又重新消失在黑暗中，再也找不到了。她把头放在他的肩窝那里，静静地待了一会儿，他说：“对不起。”她说：“谢谢你。”

她和他，就缺了那短短的一秒钟。

第十章 死灰

01

周三下午是李郁的公共课，阶梯教室里黑压压的，挤了一两百号人。四节课下来，李郁的嗓子都哑了，学校的设备老化，扩音器早就不好用了。

等到学生们都走得差不多了，李郁才收拾好东西慢慢往外走。门口站着一个姑娘，老远就在打量她。李郁没当回事，作老师的，首先要过的一关就是学会无偿被学生打量。两个人要擦肩而过的时候，姑娘张口说话了，她问："你是李郁吗？"

李郁诧异地停下来，回答说："是。你找我有事？"心里九斤老太地想，现在的学生真是不懂事，连声"老师"都不叫。这个女孩长得不错，白皙的皮肤，细长的丹凤眼，背着双肩背包，T恤短裤，一双夹脚拖鞋。也许是她未曾谋面的毕业论文的指导学生，来找她签字请假之类？学校里规定，大四的学生要想请假，必须找论文指导教师签字。今年李郁分到了十个学生，还没来得及召集起来开小会呢，这一级她没教过，一个都不认识。

女孩听到回答，表情瞬间变了，双眼眯起来，像一只突然发怒的猫："你就是李郁？"

李郁警觉地后退一步看着她。

女孩冷笑一声说："你也不过如此。"

李郁问："你是谁？"

女孩并不回答，自顾自咄咄逼人地说："这么老，也不好看，你好在哪里？"

李郁确定她是一个莫名其妙的神经病，转身就走。当老师当久了，见过各色学生，她对千奇百怪的青少年心理没有兴趣。

女孩并不追，而是朝着她的背影喊道："我是周秦的女朋友！"

李郁继续走，像没有听见一样。

现在李郁常常在学校食堂里凑合一顿之后再去赶班车，否则回去一个人还要开伙，她嫌麻烦。现在的大学食堂和李郁当时读书时候已经截然不同，供求关系完全反过来了。李郁读书时候，食堂大师傅是呼风唤雨的人物，他手中的勺子满一点或者欠一点，全看当日心情。整个食堂没有几个窗口，去晚了就得排长队，说不定还啥都吃不上。现在学生是上帝。食堂仿佛是一个全球美食汇，土耳其鸡肉饭、西班牙海鲜炒饭、陕西的臊子面、桂林米粉……各个窗口的食堂师傅笑容满面，大声吆喝，小心伺候，价格呢，当然翻了不止二十倍。

李郁买了一份白米饭，一份菜，一杯豆浆，坐在角落里慢慢吃。眼前来来回回地走着时髦的男生女生。怪不得电影电视剧里一拍到回忆就用黑白或者旧黄色，她印象里的自己的大学时代，也已经统统变成黑白色。在一片黑白色中，穿着白衬衫和牛仔裤的周秦大步走过来，对她说："等了你一上午！有课对吧？"不等她回答，周秦已经边倒退着离开边大声说："下午等你！"

……

在班车上李郁打了一个小盹，她又梦见了周秦常带她去游泳的那个池子。玻璃的尖顶，夏天的黄昏，淡金色的阳光照在他们身上，他们的皮肤上缀满水滴，像一粒粒水晶。远处游泳的人们带动的水浪，一波一波温柔地撞击在他们的身体上。他的胳膊搭在她的肩上，放置得那么稳妥，天衣无缝。他们看起来像是一对连体婴儿。

地老天荒。

回到家，打开灯，李郁破天荒地决定这个夜晚全部用来睡觉。她洗漱完，把自己塞到被窝里，那弯弯曲曲的黑暗的被窝里隐藏着无数秘密，有无数的通道，可以带领她前往所有她想要去的时空。

可是电话响了。李郁闭着眼睛摸到手机，说："喂？"那边的人明显犹豫了一下，说："李郁，你在睡觉吗？"

是周秦。

李郁说:“你好。”然后，不等他说话就自顾自地说下去:“没关系，你不用道歉。你女朋友没有伤害到我。”

滚瓜溜熟。说出来才知道，这句话一个下午一个晚上，已经在心里翻滚了一万遍。

周秦说：“我道歉。不过那是我前女友，我们分手已经两个月。”

李郁说：“分手就分手，那也用不着嫁祸于我。”

到底没有忍住。

周秦略沉默一会儿,转移话题说:“我想请你帮我一个忙。你当初不是帮着安芸装修过房子吗？我刚买了一个房子，还没有装修，你帮我出出主意吧。周末没有安排的话，我来接你到新房子看看？”

02

周秦的新房子在二环路上，很僻静，小区的环境格外好。周秦带着李郁走过小区广场的时候，她竟然想，如果养个孩子，放在这里玩儿倒是挺好。

她不由地失笑，是，太可笑，谁的孩子？

周秦扭身看她,问:“笑什么？”李郁连忙回答:“没什么。”

见面的瞬间，她就知道周秦见到她很失望。她知道自己最近老得厉害。可是周秦同样变老了，说不清是哪里老了，就是整个人没有那么硬线条，松垮了一点点，圆了一点点，一点点而已，可是人整个地变了。

她问：“你现在不踢球了？”周秦马上就明白了她的意思，笑了笑说：“忙。”

应该是。据说他也已经是事务所中层，忙是必须的。

来之前她给自己包裹了一层一层的铠甲。她同意来的目的就是为了告诉周秦，没有你我也很好。见面之后，却觉得自己似乎多虑了——铠甲用不着。不知道什么东西变了，她说不上。也许是因为两个人都老了。

就像一对多年不见的老朋友重逢。

房子很大，是她喜欢的顶层加阁楼。以前她曾经给周秦说过，如果买房子，一定买阁楼，开一个天窗，天气好的时候可以躺在床上看星星。

“以前”是多久的“以前”？居然还要“看星星”。李郁羞愧到不想承认那是曾经的她说的话。

周秦问：“你觉得地板用什么好？”李郁说：“客厅用复合好了，好打理，将来有了小孩，可以在地上爬，偶尔尿在地上也不要紧。”

这是当初帮安芸装修的时候，安芸的原话。李郁顺口说出来，却觉得一万个不自在，她的脸红了。周秦却自然地说：“好，那就用复合吧。卧室你喜欢用实木对不对？”

李郁这会儿清醒了，她停了停说：“我也就是给个建议，到底用什么你自己拿主意。”

周秦说：“没关系，你喜欢就好。墙壁你喜欢什么颜色？

或者贴墙纸？现在的墙纸很好看，你们女孩子肯定喜欢。找个时间你帮我一起去挑好不好？”

两个人一起吃了晚饭。谈到和前女友的分手，周秦淡淡地说：“她大概是嫌我老。”他的脸很平静，这句话说不上是写实还是自嘲。接下来的一句话大概是真话，他说：“你们女人，总归是觉得男人爱她们不够。”李郁笑道：“听起来怨念真深。来，喝一杯，你受苦了。”

周秦一笑，那笑容是温和平静的，笑纹还在，却再也没有年轻时候那明亮的狡黠。

他们喝了一瓶红酒。

从来没有想到过可以拿来开玩笑的事，现在用来当了下酒菜。

李郁十分轻松，又有点怅然，不敢细想，无法细想，否则那该是多么难堪。

周秦把她送到了楼下。回到房间，淡淡的酒意涌上来，她想起她那唯一的一次酗酒。鲜血从白白的伤口里面涌出来，正是红酒的颜色。王朔写一个女人割腕自杀，手腕上的伤口像是一张“婴儿的嘴”。

多么恐怖的意象。

李郁不知道该如何处理她所有的记忆，她的这十几年。当荷尔蒙退潮的时候，优美的波浪消失了，斑驳的沙子和碎石铺了一地。她的故事从琼瑶式的凄美的爱情戏，变成了一出因为拷贝过于衰老而斑斑点点的黑白默剧。尽管看不清楚，人们还是知道那戏真是荒诞极了，他们看得哈哈大笑，眼泪都流下来。

因为知道会彻夜无眠，索性也就不睡了。李郁拿了几张碟子，半躺在沙发上看。她迷上了看电影，一个又一个人生，一个又一个故事，电影里的人都是真的，因为他们大方地在镜头前哭泣、叫喊，让人看到他们不戴面具的脸。

电话响的时候，她吓了一跳。深夜太寂静的缘故，电话铃声回响在干枯的深井里。整个世界里只有这一个电话铃声。从往世一直响到来生。

周秦说："郁郁，我还坐在你楼下，你没有熄灯，有点冷，能上去吗？"他的声音有点沙哑，沉沉地压在耳朵边，是一个永远也醒不过来的梦。

那晚有月光，看上去旧旧的，从半开的窗帘里，隔了十几年的时光照在她的身上。她闭着眼睛，也能觉得那月光灼热得像太阳。

在他的怀抱里她问："那句话那么难说出口么？"

"你明明知道了，还要我说？"

"要。"

"好吧。我一直爱着你，我忘不掉你。"

"我不信。"

"这是真的。"

"这不是。"

"是。"

……

“谢谢你还肯骗我。”

03

再自然不过，李郁恢复了和周秦恋爱时候的生活规律。周末的时候她常去周秦那儿，不过这事儿她谁都没说，包括安芸和父母。这让她觉得自己像是在偷情——奇怪的是，偷来的反倒让她觉得稳妥，也许是因为这本来就是额外的吧，失去也可以不再可惜。

周六的夜晚发生了一个意外事件。时间早就过了十二点，李郁已经睡熟，忽然听到有人在撞门。

“周秦，你给我开门！”

“周秦……我后悔了！你出来！”

“我知道那个女人在里面！我知道！”

“周秦！周秦！”

“你不出来我就死在你门口……”

对门邻居休假不在家，李郁听见楼上的邻居开了门，拖鞋摩擦水泥地面的声音，然后门又重重关上了。

周秦和她都坐起来，忽然从梦中被惊醒，他们都有点发懵。

那个女孩的绝望，听起来和她曾经的一样。这个世界上，绝望都是同一种东西。有的人在绝望的时候一声不吭，有的人则歇斯底里。但绝望的核是一样的，就是不再相信自己的行为有任何意义。哪怕抓，哪怕挠，哪怕用全身的力气扑打一扇即使打开也毫无意义的门。

知道没用，却无法停止。

上帝给人在身体里上了一个发条，然后，观看这无止无休的荒诞剧。

窗外没有星星，月亮也看不见。城市的天空就是这样古怪，常常是古铜色的，发锈的古铜色，月亮、星星和云，藏在了远古时代。

远古时代的丛林里，到处行走着庞大的恐龙。上帝恩宠它们，给它们巨大的身体，却配上小得滑稽的头颅。由此它们非常安全，不幸福也不痛苦，死亡和灭绝对它们来说，也只不过是一个外观惊心动魄内心却平静麻木的过程。

人类却正好相反。

周秦开始穿衣服，她也想要穿，却被周秦按回到床上。“对不起。”他说。

门外一声闷响，一声又一声，应该是女孩以头撞门的声音。李郁一下子坐直了，披上衣服下床，周秦打开卧室的门快速地走出去。响声却在此时戛然而止，门外的世界变成了远古的荒漠，无声无息。忽然，不知从何处传来一片麻将牌的声音，一声高喊：胡了！

周秦打开门，李郁从他肩膀后面看过去，门外空空荡荡，像是什么也没发生过。

04

李郁约好和安芸周末一起吃饭，让她带上大碗和赵长瑞，她特别强调说要给她一个“惊吓”，而不是“惊喜”。

结果，李郁和周秦在餐馆里等了半个小时，才看见安芸和赵长瑞气鼓鼓地抱着大碗驾到，两个人比赛看谁的脸拉得长，谁都不理谁。

赵长瑞看到周秦，喜出望外地过来和他握手，直呼“没有想到没有想到。”安芸鄙视地看了他一眼，说：“你们男人就是笨，这有什么想不到的。”然后转过头来笑着对周秦说：“我就不奇怪，这有什么奇怪的。因为自从我变成一个靠谱的好人之后，李郁同学就越来越不靠谱了。”

赵长瑞说：“哇，你还靠谱……安芸你要是靠谱，我……我以后就头朝下走。”

安芸说：“我怎么不靠谱了？我不就是丢了一块大碗的积木么？为了一块破积木你至于把整个家都翻一个个儿吗？它还能飞了不成？”

赵长瑞说：“这不是一块积木的问题……”

安芸逼问道：“那这是什么问题？赵长瑞你这辈子还究竟能不能学会就事论事？”

大碗坐在他俩中间，左看右看，像看闹剧一样，开心地咯咯笑起来，拉着赵长瑞的胳膊站起来，伸手就去揪他的头发。

赵长瑞连忙左闪右闪，避开他闺女的无影手，连声说：“不要揪了！不要揪了！爸爸的头发本来就不多……多乎哉？不多矣！”

大家都给逗乐了。李郁抱过来大碗亲了又亲，安芸嚷嚷着：“别毒害我闺女。我一看你就知道你又开始涂脂抹粉了，都蹭我们脸上了！来，大碗，你干妈臭美我们不理她。”

周秦说：“下次我去你们家作客，非得偷拿大碗一块积木不可。”

安芸说：“好！赵长瑞会疯的！他有强迫症！”回过头来继续砢碜李郁：“你的那些粉啊口红啊什么的不都放过期了么？又置办的新的吧？看样子不便宜，周秦你可得给她报销。”

事实上，涂脂抹粉也没有用，李郁还是觉得自己老了。脸上还能修饰一下，而对于爱人来说，身体是无法遮掩的。她的胸虽然没有经过哺乳，但是也开始微微下垂，大概是坐得太多，缺乏运动，小腹那里也开始堆积脂肪。周秦对她的身体远远没有以前那么迷恋。她甚至不好意思在他面前裸露身体。早晨起床的时候，她总是第一个冲到洗手间去刷牙洗脸——以前，她嫌弃自己的油性皮肤，可是周秦常常醒来就抱着她左看右看，而且喃喃自语：我最喜欢你这张发着光的小脸。

如果是喜欢的，那么什么都好；如果不喜欢，好的也不会觉得好。

同样，周秦也变了很多。首先让她感觉到的是，周秦的话比以前更少了。常常一个周末待下来，李郁忽然发现两个人几乎没说什么话。他们一起做饭，收拾厨房，看电视，做爱或者不做，搂着睡或者各朝东西地睡……似乎没有哪一样需要交谈。

有好几个周末，他打电话说有应酬或者出差，会回来很晚或者不回来，李郁也就不再过去。想起以前他曾经为了提前见到她，冒雨狂奔一个半小时，那些激动、那些热切、那些咕咚咕咚疯狂发酵的荷尔蒙……都是前尘往事。那个周秦和现在的周秦，是一个人又不是一个人。

得到一个人的代价，就是永远失去了过去的他。

她忽然明白，周秦的前女友，那个年轻的女孩搞错了一件重要的事。他不是因为仍旧爱着李郁才和她分手，他们分手是因为，周秦不再想要花力气去爱任何女人。如果女人想要向他索要爱，她表现得越渴望，越疯狂，他离开她只会更快。

她深深地为那女孩不值。

她和安芸说起来的时候，安芸热烈恭喜她，说这次他们肯定没有问题，可以顺利走向婚姻了，因为“起码他不装了。而且一个人越成熟，就越自私，越自私，就越稳定”。她举出她的老姥姥的例子来说明自己的论点：“李郁你看，我老姥姥活了一百零五岁了，还很健康。年轻时候她是个地母范儿的人，看大了自己的孩子，又去看孩子的孩子，现在她越来越自私，孩子们的悲欢她充耳不闻，更不去体谅孩子们的辛苦。在咱们这个孝为先的国家里，她子孙满堂，不用讨好任何人，不用爱任何人就有的是争着侍候她的。所以她坦坦荡荡地谁也不爱，只爱她自己。”

李郁说："安芸，怪不得你当年论文写不好。你的论据和你的论点十万八千里。一个一百多岁的老太太的自私，和一个新中年男人的自私能比较么？"

可是安芸不理她，自顾自地说下去："我希望我的大碗，在还没有变自私以前，狠狠地爱，多多地爱。"安芸的眼睛忽然变得空洞，仿佛那里面储满了此生再也说不出的悲哀。李郁不知道她在看向何方。

夏天安芸带着父母和大碗在Q市度了一个几天的小假。这是宁乡死后十年间，她第一次到Q市来。火车到站的时候，安芸爸爸妈妈都小心翼翼地瞧着安芸的脸色，可是她招呼着大碗，若无其事地随着人潮向前流动。他们这才小心翼翼地暂时放下心来。

海总是那个海。大碗第一次见到大海非常诧异，海浪打过来扑在她肉乎乎的小腿上，她吓了一跳，蹲下来仔细研究，第二个浪头把她打得一屁股蹲在沙滩上。可是她不怕，她不顾大人的阻挠，勇敢地向着海浪爬过去，"啪啪"地用她那嫩嫩的小手反击着它。

大碗的勇气把安芸感动得想哭。

安芸给她穿的，是当年她从宁乡妈妈那里偷偷拿回来的、宁乡小时候穿过的绿色兜肚。

晚上她一个人去了当年宁乡住过的小区。那家烤肉店居然还在，只是优雅的韩国大叔早就仙踪无觅处。小区仍旧和以前一样脏乱，满地都是垃圾，却不会再有人提醒她躲开。她站在宁乡的楼下痴痴地往楼上看，那个窗口半掩着窗帘，亮着温暖的光，她的宁乡就在里面，她也在里面，在另一个平行时空里，生儿育女，度过她和他相爱相伴的一生。

05

这个夏天J市的雷雨格外多。周四下午李郁有一场监考，中午的时候天沉得几乎要掉到地上来，李郁皱着眉头去赶班车，心里默默祈祷雨不要太大，否则J市肯定会堵得一塌糊涂，三个小时也出不了城。好在一直到李郁冲进教室，大雨才“哗”的一声泼下来，真的像是有人在用超大的洗澡盆，一盆水一盆水往下泼。世界回到了远古时代，没有时间，也没有空间，只有白茫茫混沌未开的一片。

遇到这样的天气真是学生的福音。监考老师们站在门口观雨，学生们正好抓紧抄袭。一个女生把答案抄在大腿内侧，她不时撩开裙子看一下，然后又盖上。李郁明明看得一清二楚，可是实在懒得去管——最近她越来越觉得懈怠，打不起精神，对万事都没有兴趣。何况光天化日之下，怎么去掀开一个女生的裙子？旁边坐的都是男生。

雨不管不顾地下了三个小时。李郁出了教学楼，准备搭班车回去的时候，吓了一跳。世界变了样子，地上的积水没过了小腿，夏天的树叶居然也被雨水打掉了很多，在积水中到处漂流。李郁想起来应该问候周秦和安芸一下，他们在城里上班，就J市那糟糕的排水系统，积水还不得没过大腿？

开车也会有危险的吧？在包里摸了半天，才确认今天压根忘记带手机了。

如果没有事的话，有时候她和周秦一两天都没有电话和短信。想起来她曾经像写长篇那样发短信给他，电池带个备用的还不够，干脆随身带着手机充电器……那一定是上辈子的事。

李郁默默地坐上了班车，看着车像帆船一样缓缓地开动起来，在两侧留下翻滚的水浪。

车走到城市边缘的时候彻底走不动了，整个城市已经变成一个巨大的停车场。收音机女主播的嗓子因为紧张而变得尖利单薄，警告着大家不要出门，尤其不要去护城河附近，据说有一辆车已经被冲入了河里，司机和乘客生死未卜。李郁一听就紧张起来，周秦的公司就在护城河附近，他现在又都是开车上下班。左右看了看，李郁发现一个同系的同事在车上，借了电话打给周秦，却始终没人接通。又打电话给安芸，安芸接到电话就抱怨给她打电话打不通，白白担心一场，让她到了家赶紧给她回个话。她自己倒是没事，大碗有点拉肚子，她请假在家，这会儿正逗孩子玩儿呢。

挂了安芸的电话，又一次打给周秦，还是不通。李郁的心里七上八下，同事的手机电池也不多了，不好意思再打，只好干坐在位子上。前后左右此起彼伏的电话声，到处都是报平安的声音："车没事儿，就是堵住了……别担心……""你没事儿吧？这雨大得邪乎，千万别出门了，我到了给你回电话。"

李郁的邻座看起来是个刚毕业的女孩儿，特别年轻，一直在接手机，声音轻得像鸟语，微微地撒着娇，又温柔又甜蜜。

在这样的青春面前，李郁感到了深深的孤独和恐惧。

如果让她此刻见到周秦，她一定会抱住他，说："不管怎么样，让我们和以前那样，再爱一次吧。"

窗外一道闪电闪过，过了很久，大家都几乎忘记闪电这回事儿的时候，天边才传来闷闷的雷声。李郁心里清楚不过：再也不可能了，再也不会有那样甜蜜而疯狂的爱。

眼睁睁地看着它消失，却没有任何有效的办法。就像生命。

这样的悲剧，每一分钟每一秒，都在每一个空间里发生。

收音机里的新闻还在继续，听起来情况越来越糟，整个城市变成了水城，据说大水淹没了一座大型的地下购物商场，有市民陆续打热线进来，诉说自己的各种惊险遭遇。窗外的天渐渐黑透了，雨又开始下起来，路上的水面开始蹭蹭地涨，司机抱怨说再这样下去车子就不敢打火了——水会进到引擎里面。班车里的气氛越来越紧张，旁边的女孩又开始打电话，说着说着小声地哭起来，听得出那边的男孩在不停地安慰着她。

好在雨终于停了，马路上的车龙开始挪动，四个小时之后，班车终于像诺亚方舟一样挪到了学校门口。班车下面早就等了一堆人，有年轻的男人或者女人，见到爱人下了车就径直奔过去，搂抱在一起；也有中年男人或者女人，安安静静地站在一边，等爱人走到身边，便互相扶持着趟水走回家去。

当然没有人等待李郁。

李郁趟着水趔趔趄趄地回到家，打开门，扑向她的手机。除了安芸的未接电话，手机上空空如也。她的心继续往黑暗的地方沉去。

周秦一定是出了事，否则，怎么可能一个电话都不打给她？

她手忙脚乱地拨了周秦的电话，谢天谢地终于接通了。一阵乱哄哄的噪音中，周秦的声音一如往常平静地响起："郁郁？我在酒吧。车开不回去，和同事到这里避一避，晚一点水退了路通了再回家。"

李郁绷紧的神经松弛下来，她听见自己干巴巴地说："那就好。"

然后呢？然后她扣掉了电话。

没有事就好，他活着就好。

李郁安慰自己。

呆呆地躺了好久，她打开电视，只有本地台还有信号，是一部劣质的电视剧，一对中年夫妻在吵闹，男的说：你除了会吵、吵、吵，你还会什么？女的歇斯底里地喊叫着：你变了，你以前不是这个样子的！你不再爱我了！

李郁几乎是奔过去关了电视。

她到底还是打电话给他，哭着问："你真的一点儿都不担心我？你知道我有多担心你吗？你知道今天我在路上被堵了四个小时吗？"

真没有出息。李郁一边哭一边在心里骂着自己。

这样要来的关心，有意思吗？

周秦赶到的时候李郁早就平静下来，周秦站在门口笑着说："郁郁，你真好，我以为你又要我在门外罚站。"

李郁不由得苦笑。

罚站？让一个看起来没精打采的、不再年轻的男人，在门外罚站？

还要他表演拼命敲门、高呼爱人名字的戏码？

又不是琼瑶电视剧。

周秦试图想要拥抱她，她微微抗拒了一下，也就接受了。周秦说："真对不起，郁郁，别生我的气，最近可能是工作太忙了，千头万绪，偏偏做什么事情都提不起精神来，你说我是不是有一点抑郁症？"

"抑郁症？"安芸听了李郁的转述，哈哈大笑起来。"那天我抱怨赵长瑞不够关心我，你猜他怎么说？"

李郁幽幽地说："抑郁症。"

安芸说："可笑吧？男人们都被我们逼成了抑郁症。我们比洪水猛兽还厉害呢吧？"

两个人都沉默下来。

安芸甩甩头发说："没啥了不起的。他们愿意抑郁就去抑郁吧，我们还有彼此呢，我们还有赵大碗呢，对不对？"

李郁点点头。她最近和赵大碗的感情持续升温，赵大碗对干妈比对亲妈还好，看见李郁就吊在她的身上，慷慨地把口水都蹭在她的衣服上。李郁也是见了她就不撒手，脸蛋屁股一律亲个没够。直到安芸嫉妒地指出来：“赵大碗自己会走。”李郁还是不撒手。“你阻碍了人家自己探索这个世界！”这才棒打鸳鸯地把两个人分开。一个看不见，人家干母女俩又像水蛭那样紧紧地吸在一起了。

李郁越来越觉得自己的臂膀空虚，要放上大碗那个肉乎乎的小身体心里才算踏实下来。她抬头看着安芸，忽然发现安芸那曾经晶莹无暇的面孔上，布满了或浅或深的斑，眼角有了淡淡的鱼尾纹，那自从宁乡死后便从未离开过她的黑眼圈，浓得像是画上去的。

她知道自己只有更糟。她们都不再年轻了，永远。

有一个窃贼，偷走了她们的爱，偷走了她们的痛，偷走了她们蓬勃旺盛、带来无数创造和幻想的荷尔蒙，而还她们以疲惫、以麻木、以色斑和皱纹。

06

周二李郁没有课，所以被电话惊醒的时候颇有点恼怒，还不到九点呢。

电话是安芸的，她的声音听起来有点古怪，瓮声瓮气地：“李郁，到我的老房子来。”

安芸的老房子这几年一直租给一个韩国人，最近韩国人回国，下一个租客还没有找好，房子暂时还空着。李郁奇怪地问:“你不去上班,去那里做什么?”安芸只是说:“你快来。”

她只好起床穿衣。

早晨起床的时候安芸和赵长瑞又闹了点小别扭。他们现在住的房子有两个洗手间，安芸一直在大洗手间里梳洗。这天早晨安芸打开洗手间的门就闻到了异味，她马上退出来，一边打开抽风机，一边不满地喊道:“赵长瑞我给你说了多少遍了，早晨你大便去小洗手间！弄得这里臭烘烘，我怎么洗漱啊！”

赵长瑞已经带好了领带准备出门，看样子不准备接招。可是走到了卧室门口他又回过头来，很突兀地问:“安芸，你一直拿我和那个人比吧?”安芸开始没反应过来，本能地问:“那个人?谁?”心里紧接着明白了，轰的一声巨响。

那个人。

安芸静静地站了一会儿，忽然嫣然一笑，赵长瑞吓得起了一身鸡皮疙瘩。她笑眯眯地说:“你不会还要吃一个死人的醋吧?”他还在愣神的工夫，她从他身边匆匆挤过，顺手还暧昧地摸了他的屁股一把。

赵长瑞愣在那里，半天没回过神。

李郁推开门的时候，安芸已经把自己灌了一个半醉。李郁吃惊地说:“大上午就喝酒，疯了！”安芸抬起泪眼蒙眬的脸，笑嘻嘻地说:“李郁，你知道吗，宁乡是被我害死的！”

李郁听到这句没头脑的话，心里却一下子踏实下来。李郁从未见过安芸为宁乡之死而哭。她不哭，宁乡之死便像是没有完成。时隔十年，那第二只靴子才“哐当”一声，掉了下来。

李郁低下头在包里找纸巾，越着急越找不着。

安芸半个身子沉甸甸地压在她的身上，直愣愣地看着她的眼睛，酒气热腾腾地喷在她的脸上：“他真的是被我害死的！是我心里想让他死，他才死的！”

李郁一边敷衍着：“我知道呀，我知道呀亲爱的。”一边把安芸往沙发上拖，好在安芸休完产假上班后就迅速地瘦了下来，否则她一个人真是搞不定。

安芸靠在沙发上，仍旧倔强地仰着脸：“你不知道李郁，你不知道我有多想让他死。他死了就永远是我的了，永远不会背叛我，永远爱我，永远都不会变老，谁都夺不走。”

李郁僵住了，她看着安芸的眼睛，那眼睛疯狂又冷静。

忽然，一阵深深的哽咽像是从她的胃里冲出来：“李郁，然后，然后他就死给我看了！”

安芸嚎啕大哭。李郁干脆不找纸巾了，腾出手抱着她。她哭得浑身是汗，头发丝都搅到了嘴里，她用衣袖给她擦泪擦汗，把头发丝一根根地拉出来。

有一根是雪白的白发。李郁的手抖了一下。

安芸缓过一口气来：“李郁，有一天晚上，我梦见赵大碗出车祸死了，就在宁乡死的那个地方。我在梦里就哭死了，宁乡他肯定恨我！”

李郁流下眼泪来：“安芸，宁乡他爱你，一直到死他都那么爱你。”

安芸又爆发出一阵嚎啕，翻肠搅肚，像是要把心都吐出来：“不，我不要他死！我要他活着！我宁愿他又老又胖！我宁愿他不要我，和别的女人好，我只要他活着！”

李郁抱着安芸，哭得说不出话。

她不知道自己是该庆幸、还是失落。周秦竟然还活着，一直活到他们的爱情全部被时间糟蹋掉，像群蚁腐蚀掉了一只散发着香气的苹果，或者是一只有着透明翅膀的蝴蝶。

07

几乎是倏忽一瞬间，夏天就漏到了时间的无底洞里，秋天匆匆过去，又一个冬天来了。周秦的房子早就装修好了，家具也都买好，只是两个人都没有提结婚的事。周秦借口新房子的味道大，还是住在出租房里。周末的时候两个人在一起，做点吃的，上上床，解决一下饮食男女的问题，其余时间各过各的，李郁觉得这样也不错——除了她又开始顽固地失眠——直到那个周六。

那个夜晚一直到十点之前一切都很正常。他们像往常一样有商有量地做了几个菜，两个人还喝了一点酒，看了一会儿电视。之后，他们洗澡上床，循规蹈矩地做了爱。

在高潮带来的一点晕眩中，李郁摸着周秦结实的胳膊，忽然有一点伤感。这个男人，这么近，那么远。这个此时此刻大概就是天长地久。但是女人，也许都有点痴想，想要把一瞬间的天长地久真的过成天长地久。

楼上的一声闷响打断了她的“三屉馒头”（setimental，多愁善感），应该是茶杯类摔在地板上的声音。他们明白，这是战争将要打响的号角。楼上是一对不算年轻的夫妻，多年来一直保持着定期打架的优良习惯。果然，一个激情澎湃的女高音像机关枪一样噼里啪啦地震响起来，一个瓮声瓮气的男低音则像是飞机上投下的炸弹那样隔几分钟就轰然炸响。伴随着的是更多越来越有气势的声音，估计是，书橱的书噼里啪啦地倾倒出来，桌子上的餐具同时飞行了起来，等等……各种不同体积、重量、材质的东西有节奏地掉落在地板上，发出千奇百怪的声音，听起来是一首颇有后现代意味的交响乐。

在不急不缓按部就班走向高潮的交响乐中，李郁忽然笑了笑，异想天开地说：“周秦，我们也结婚吧？”

这真是一个最为荒诞的求婚的时机。

周秦昏昏欲睡，眼睛都没有睁开，翻过身去说：“困死了，明天再说。”

他大概觉得她比楼上的鏖战夫妻还令人厌倦。

哐当当当当！

应该是一只陶瓷脸盆被砸到了地板上，四处打着滚儿，发出挑战人的耳膜的连绵不绝的嗡嗡声。

这盆子像是直接砸到了李郁的头上。她看着黑暗，黑暗也看着她。有那么一瞬间，她觉得自己的魂灵飘了出去，俯视着这个小世界。有一对夫妻在打架，那大概是一种舞蹈；有一对情人静止地躺在床上却似躺在坟墓上，那，也是一种舞蹈。人生就是一种表演，在没有边沿的舞台上。而她，却突然丢失了自己的角色。

她爬起来穿好衣服，窸窸窣窣地摸黑收拾自己带来的东西。

而周秦一动不动，像是真的睡着了。

在他半醒半睡的梦里，所有的声音都被磨钝了，变得那么模糊，一样的音阶，一样的节奏。他知道她在收拾东西，但就是醒不过来。那声音就像是一个啰哩啰嗦的小夜曲，没完没了地。

过了一会儿，门“咔嚓”一响关上了，非常清脆。

真是一把好锁。

李郁背着包，茫然地站在门外，走廊的窗户里穿过刺骨的冷风，她打了一个寒噤。

像是一个完美的配合，楼上的门也发出同样毫不逊色的清脆声响，咚咚的下楼声响起来，还没等李郁看清楚，一个披头散发只穿着毛衣的女人狂奔下来，很快地消失在楼梯的拐角处。

现在流行的是女方的出走么？

李郁默默地下楼，在寒风中等了十分钟才等来一辆出租车。车里正放着信乐团的《天亮之后说分手》。她坐在车的后座上，抱着自己的包，呆呆地听着。

天亮以后说分手。如果等不到天亮怎么办？如果等到天亮会怎么样?

也许天亮了，他们就会爬起来，整理行头，跑到民政局领结婚证也未为可知。

李郁一路把黑暗和绝望带回家，带回到自己的那张床。然后它们联合起来，在脑后给了她沉重的一击。

【伍娟的故事】

WU JUAN DE GU SHI

第一章 死亡

01

车子冲向那一潭深水。

伍娟正沉浸在一个有关童年的梦里。

关于童年的梦全部都是夏天，铺天盖地的茂盛植物，热烘烘到处贴着人粘着人、带着点腥气味儿的空气。

好像是黄昏时候，村子里到处是那种烧柴火煮米汤的味道，说不出是什么味儿，被暮风一吹，变稀薄了，若有若无，甜丝丝的香。

不知道从哪个角落里传出来奶奶的呼喊声，越来越近，越来越近，一直痒痒地走到耳朵根底下。“妮儿，大妮儿，回家喝汤啦！”

伍娟老家那块儿称晚饭为“喝汤”。大概是以前穷的时候，晚饭不吃馒头只喝汤的缘故。

伍娟有记忆的时候，就三天两头地往奶奶家跑。伍娟家住村东，奶奶家在村南，撒丫子跑过去也用不了五分钟。爷爷瘫痪了好几年，在伍娟两岁的时候没了，奶奶一个人过，有时候也过来和伍娟爸妈一起吃饭。伍娟还有两个姑姑，都嫁到别的村了。

四岁多的时候，伍娟妈妈刘玉芝给她添了个弟弟。那天半夜里，伍娟忽然惊醒了，屋子里灯光大亮，好几个婶婶大娘跑来跑去的。她咕咚爬起来，还以为自己又梦怔了。母亲玉芝斜靠在炕头上，轻一声重一声地哼哼，二婶子彩玲专门给她擦汗喝水。

说是二婶子，认真论起来，亲戚关系早就出了五服。彩玲和玉芝是同一个村嫁过来的闺女，关系很亲密。比较起来，伍娟其实更喜欢二婶子，人幽默开朗，喜欢热闹，到哪儿都是笑声；而妈妈平日里脸上总是阴云密布，也就是二婶彩玲敢开她的玩笑："又摆脸子给谁看啊嫂子？谁欠了你二百大吊不成？"

当然是伍国梁欠她的。伍国梁是伍娟的爸爸。玉芝人长得不错，性格好强，要面子，可是家里穷。伍娟爷爷活着的时候有正式工作，在村子里算是宽裕的，但伍娟爸爸长得不好，矬，人又木讷不会说话，玉芝瞧不上国梁。自从嫁到伍家，谁都看得出她一日比一日阴郁。

"狗日的伍国梁！我说不要了，他非说要……"

是玉芝的声音，听起来和平时不大一样，嗓子都哑了。

彩玲说："省省劲儿吧嫂子！喝口水，别骂了！国梁哥家里都是三代单传了，能不要吗？"

玉芝说："三代单传有啥了不起……有本事他自己生。"

彩玲嘿嘿地笑："咱别说那没用的行吗？他就是说不要，你也得要！谁甘心这辈子绝户啊！老了受罪嘞！你看看赵奎家的！"

赵奎家的，是一个腰和地几乎平行的老太太。伍娟有点怕她，因为她从不看人，也不说话。天气好的时候，就一个人坐在墙根底下晒太阳，脸上的皱纹像蜘蛛网，颜色也像，里面全是经年不洗的黑泥。别的老太太老头都扎堆说话，胡聊八聊，开开玩笑，或者凑个方桌打小牌。她从不，就像个木乃伊一样默默地坐在那里。据说她一辈子就生了一个闺女，嫁到了东北，好多年不通音信，不知死活。村子里有人议论说她闺女肯定是死了，要不但凡活着，能忍心不管老娘？赵奎前几年货真价实地死了，就剩她孤身一个。五保户，饿是饿不死。不知道得了什么病，腰一天比一天弯，她没钱看也懒得看，慢慢地就弯成了九十度。

在这一片儿，别说只生了一个闺女，就是生十个闺女，没有儿子也叫"绝户"。

二婶子继续唠叨着："咱当娘们的就是这命，早不受罪晚受罪！"

玉芝改口了："我说歇几年再生，生大妮儿时候的疼劲儿还没忘呢，他说赶早不赶晚，早生早心净——反正不用他狗日的受罪，站着说话不腰疼！哎呦呦！"

四大娘在旁边嘿嘿笑："跟了哪个男的都这样，国梁算是疼媳妇的了，这都隔了四年了。省省劲儿吧。快点快点！

冒头了！看见头发了！”

四大娘年轻时候当过赤脚医生，这一带的人但凡节俭点的，生孩子不舍得去医院，就请她家去，尤其是二胎三胎。

伍娟妈叫起来："我的亲娘！疼死我了唉！混账王八蛋的伍国梁！”

一群女人又“轰”地围上来看。

农村的炕大，能占半间屋子。伍娟自觉地滚到炕的最里头，好不碍她们的事，紧挨着墙，迷迷糊糊地又睡着了。不知过了多长时间，等她再清醒的时候，炕上多了一个小娃娃，呱呱地哭，乱蹬跶腿儿，几个女人正手忙脚乱地拿着小被子裹他，一会儿就卷成了个小粽子。玉芝靠在炕头喘气，伍娟从没见过她妈累成那个样子，头发都湿透了。

她坐起来，一片茫然，这忽然到来的小娃娃打乱了她的世界。

四大娘从厨房里端着碗挂面鸡蛋出来，伍娟老远就嗅到呛鼻子的香油味儿，有点饿了。四大娘看见她呆愣愣地坐在炕上，笑着说："哟，娟醒啦！看见炕上的小娃娃了没有？是个带把儿的！以后有你弟弟了，你娘不疼你咧！”

伍娟咬着下嘴唇，一声不吭。看看没人注意自己了，跳下床，找到自己的鞋，一路寻到厨房里，果然看到奶奶正坐在灶前边烧火。她也不说话，就往奶奶身上偎。奶奶一边往灶里塞柴火，一边说："妮儿，离远点儿，火烤得慌。”

伍娟带着哭腔喊了一声“奶奶”，奶奶回头一看，“唉哟”了一声，把伍娟横着抱到大腿上，拿起围裙给她擦眼泪。那围裙带着一股草木灰和面粉的味道。

伍娟记得奶奶说:“别怕，奶奶不管啥时候都最疼俺娟。”

草木灰微呛的味道，夹杂着面粉淡淡的甜香。

每个人都是需要被“最”爱的。没有那个“最”，有一万个“比较”“很”……都没有意义。

02

伍娟家的村子叫赵集，赵姓居多，伍家是小姓，多少年都被欺负，因此特别重男嗣。二婶子彩玲一连生了两个儿子，大儿子伍振亮和伍娟一样大，二儿子伍振军比伍娟小两岁，二叔早早地就当上了两个小子的爹，说话做事都觉得腰杆子硬。伍娟家里已经是三代单传，玉芝生二胎之前伍国梁有生以来第一次尝到了失眠的滋味，已经连续半个月睡不着觉，得了个小子之后顿觉扬眉吐气，让伍娟奶奶煮了一大锅鸡蛋，染上红颜料，满村里送。满月席上伍国梁在几个堂兄弟的簇拥中到处敬酒，别人没醉自己先醉得拉都拉不起来，被人扶着送回炕上去。等清醒了，玉芝和他商量给儿子起名，他眯着眼睛说:“就叫个强。俺们就要事事比人强。”

玉芝“嗤”的一声冷笑:“就凭恁那怂样，做恁的春秋大梦！恁全家就没个带出息样儿的。”眼睛一斜，顺带看了伍娟一眼。

就这样，伍娟有了个叫伍强的弟弟。

伍娟从小就喜欢黏奶奶。奶奶爱讲故事，过年的时候家家户户蒸枣窝窝，奶奶就讲：从前啊，有一户人家，男的叫王二捣鼓，最怕老婆了。这一天，他们家蒸了枣窝窝，媳妇让她去喊她娘来吃，还说，你要请不来俺不愿意你！王二捣鼓慌慌张张地跑到丈母娘家，大叫，不好啦！不好啦！恁闺女吃一口吐一口！丈母娘一听这还了得，赶紧地跟着女婿跑到女儿家，一看女儿正好好地吃枣窝窝呢，吃一口，吐一口——枣核。

伍娟就笑得前仰后合的，冷不防被妈妈从后面戳了脊梁，差点从凳子上一头摔下去。

妈妈抱着弟弟，恨恨地说："咧着大嘴嘎嘎地笑，一点姑娘样儿没有！将来看谁敢娶你！"

伍娟不吭声，跑到奶奶跟前，拉住奶奶的手。奶奶也不说话，从枣窝窝里抠出一个枣给伍娟吃。

枣那腻人的甜味充满整个口腔，而全身却是惴惴不安……那滋味真是难以描述。

懂事后，伍娟从来没怀疑过自己不是亲生的，没有怀疑的机会。她和妈长得太像了，都是白白的团团脸，大眼睛。能怀疑真是一种奢侈，起码有一个能解释一切的理由。伍娟甚至羡慕那些知道自己不是父母亲生的人。没有理由的不爱，才令人绝望。

伍娟恨不得天天腻在奶奶家，奶奶家自在，没有妈恨恨的眼神，挖得人藏都没地方藏。她平常和村里的小孩在外面疯，一到饭点儿就往奶奶家跑。她最好的朋友得唤作三姑——说是三姑，其实就比她大两岁，伍娟家辈分小，在村子里走不了半里路，就得碰上几个姑爷爷、姑奶奶的。

奶奶家门口有个大园子，里面都是爷爷在的时候栽的树，最粗的伍娟两只胳膊都抱不过来。

她和三姑天天在园子里探险，拿尿淹蚂蚁，拔蚂蚱的大腿。男孩子敢玩儿的，她俩没一样不敢。这一天，三姑撅着腚在那里挖一个知了猴的坑，越挖越深，三姑越挖越兴奋，口水都流下来了，稀溜溜亮晶晶的老长，她都顾不上擦。

挖知了猴这事儿需要技巧，要是不小心挖塌了，就前功尽弃，啥也找不到。

伍娟还小，不会挖知了猴，就站在三姑的屁股后面瞧，瞧着瞧着觉得很无聊，她不看知了猴的坑了，她看三姑的腚。

三姑就穿着一条小裤衩，屁股上还破了一个洞。里面的肉红红的、鼓鼓的，看上去跟奶奶偶尔焖的红烧肉一样，真好吃。

她对着三姑的腚就是一口。

三姑冷不防被咬了一下，蹲在地上捂着腚大哭，边哭边喊："臭妮子！死妮子！我告你奶去！"

伍娟嘿嘿地笑，不就是咬了口腚么，我又没使劲儿，她想。

三姑哭着跑了。伍娟很无聊，一个人在园子里溜达，这个园子从南到北二十步，从东到西也二十步，方方正正的。种的啥树都有，榆树、槐树、柳树，居然还有一棵榕树。榕树在北方是稀罕物儿，整个村就这么一棵。

二婶子家的大小儿振亮不知道从哪儿钻出来，站在榕树底下神秘地对她招手，她赶紧跑过去看个究竟。

振亮长得像彩玲，一张清秀的小脸，细长的眉眼，薄薄的嘴唇，看起来总是笑眯眯的，其实他是村里最捣蛋的小坏孩。

顺着振亮的手指头看过去，榕树的一根树杈子上挂着一根花花绿绿的绳子，她好奇地走近了看，冷不防被振亮从后面一推，一下子撞到绳子上。她站稳了一瞧，妈呀，是一条大蛇！

她吓得哭都哭不出声了，没命地往园门跑，一头扎进正走进来的奶奶的怀里。三姑气势汹汹地跟在后面。

奶奶本来要打她，看着不对劲，一弯腰把她抱起来，连声问“咋了”。她哭着说：“蛇！蛇！”，指给奶奶看。

奶奶半信半疑地走过去一看，说：“什么蛇啊，是个蛇蜕。”小心翼翼地拿下来，“给三柱儿拿到城里药店里卖了，好药材呢。”

伍娟愣愣地问：“那蛇呢？”

奶奶说：“蛇走了啊。这是它的衣服，扔了不要了。”

三姑也跟过来瞧。

伍娟惊魂未定，半信半疑地还在抽噎。奶奶一边安慰她，一边抱着她蹲在地上叫魂：“妮儿起来！妮儿起来！”

农村人认为小孩儿吓着了会生病，最好的办法就是在哪儿吓着了，就在哪儿叫魂，把魂儿叫回来就好了。“起来”

的意思大概就是“回来”。

坏小孩振亮早就跑得无影无踪。

半日伍娟不哭了，奶奶带着两个小孩一起找知了猴。三姑心事重重的样子，老偷偷看奶奶，后来奶奶终于想起来了，揽住伍娟的腰，手放到她的屁股上：“三霞你看好了，我可是打大娟啦！你看着！”

奶奶的手高高地扬起来，伍娟不害怕，偷偷地笑。奶奶打她一向是手扬得高，落下轻，看上去是打，其实是抚摸。反正满院子的知了叫得声嘶力竭的，也听不清那手和腚的接触声脆还是不脆。

没完没了的知了的嘶叫，耀眼的阳光，绿得发金色的树，五彩斑斓的蛇蜕，一切都是永恒，地老天荒。

那是伍娟唯一一次看到蛇蜕。多少年后她还经常想起它，脆、薄，但的确是一条完整的蛇皮。从一个自己不喜欢的躯壳中爬出去，应该是个崭新的开始吧？伍娟是个眷恋生命的人，断不会自杀，她羡慕蛇有那么一个几乎是重生的机会。

成年后三姑远嫁，伍娟有一次趁出差的机会去看她，隔了十几年未见，两个人陌生又亲切。三姑对刚会走路的小儿子笑嘻嘻地说：“你妈屁股上还有你娟姐的牙印儿呢。”

“唰”的一声时光流转，知了声铺天盖地地轰然响起，伍娟好像又感觉到奶奶那轻轻落下来的温暖的手，一瞬间眼泪充盈了双眼。

03

春季的一天，伍娟正和三姑在奶奶家门口跳皮筋，就两人，人数不够，皮筋一边用一个死沉死沉的高杌子撑着。皮筋其实就是穿在裤腰上当腰带用的松紧带，在小孩子看来是稀罕物，奶奶掐了好几天的草辫子才和货郎换来的。赵集有一个常来的货郎，姓孙，河南口音，推着一辆金鹿牌大轮自行车，车座子两侧扎着两个柳条筐，中间竖着一个棍子，上面捆着一个拨浪鼓，车子一晃荡就拨浪拨浪地响起来。柳条筐里什么都有，针头线脑，布匹头花，各种新鲜货。

拥有一条长长的可以跳皮筋的松紧带，而且是崭新崭新的——是很多小姑娘的梦想。掐草辫子是八十年代初的农村不多的副业之一，天气好的农闲时分，赵集到处可见晒着太阳掐草辫子的老太太，原料是废物利用——晒干的小麦杆，掐了辫子可以做草帽，专门有人收，按斤卖。奶奶是掐辫子的好手，用不了几天就是一筐。奶奶用草辫子给伍娟换过皮筋，换过梨膏——就是糖块，最简易的那种，椭圆形，厚厚硬硬的一小块，不知道为什么叫梨膏。伍娟舍不得吃完，回家塞到枕头最里面，每天晚上看看，闻闻，再放回原处，觉得自己是世界上最大的富翁。后来梨膏放黏了，招了蚂蚁，被玉芝发现后狠揍了一顿。

童年时代，伍娟对这个世界所有美好的感受，都伴随着疼痛。即使成年后很久，每当她感知美和愉悦的同时，还是顽固地伴有一种莫名的恐慌和生理的不适。

伍娟和三姑的游戏渐入高潮，皮筋顶到了机子的顶部，一边已经到了三姑的胳肢窝，伍娟要使劲地翘着脚尖才能够到皮筋，正是最考验技巧的时候。

这一天太阳不错，赵奎家的在不远处的墙根下独自晒太阳。别人早已经脱下冬衣，伍娟和三姑跳热了，脱了夹袄只穿着秋衣。伍娟的秋衣是用玉芝的旧秋衣改的，袖子长出来的一截补在了肘部。因为肥大，伍娟把下端束在了腰里，显得腰和屁股鼓鼓囊囊；而老太太还穿着洗褪了色的黑色棉袄棉裤。她一动不动地坐着，不仔细看的话，还以为是墙角堆的经年的木头垛。忽然，老太太拄着拐站起来，径直朝着一棵小树走去。经过她们身边的时候，伍娟嗅到一股陈年汗臭的味道。老太太旁若无人地走到小树跟前，慢吞吞地转过身来，摸索着解开裤腰，她的腰和树正好成九十度角，竟然就这么拉起屎来。伍娟从没见过人用这种姿势拉屎，不由地走过去，站在她跟前眼巴巴地看，三姑过来拉她都拉不动。老太太像没看见她一样，拉完了把屁股在树皮上蹭蹭，提上裤腰，拄着拐走了。

就那么坦然，仿佛拿自己当一个动物，一只狗，或者一头驴。

三姑没好气地把伍娟拉回来，嘟囔着：你傻呀，离那么近不嫌臭呀！

伍娟没说话，仿佛刚才的场景里。有什么东西震撼了她。虽然描述不出来，也感觉得到。

季节恰是春天，各种颜色的绿争先恐后地往外冒，然而这个世界和老太太完全无关。

老太太活得心平气和，活得心甘情愿，只等着活完就算完。

也许这个“完”就在下一秒，也许还要绵延许多年。

老太太无所谓，也无所畏，她要做的只是等待。

生命是一件多么奇怪的事。悲伤，平静。肮脏，洁净。

伍娟正愣怔着，忽然听见三姑的尖叫和咒骂。原来振亮带着一群臭小子呼啸着经过，一脚踹翻了杌子，又跑走了。

04

振亮虽然是个公认的捣蛋鬼，但是特别会玩儿，比如他会捕鱼。村子南面有个坑，多年积水慢慢成了一个水塘。赵集的人从来都是以种田为生，不习惯吃鱼，嫌腥气，振亮捕鱼还是为了好玩儿。他把木棍子上套个网兜，边上用钢丝撑住了，站在水边兜鱼，旁边围着一群小孩看。有一次他兜上来一条鱼，虽然不大，但是有花翅，鱼鳍发蓝，振亮满村里呼啸着跑，炫耀了一圈，谁要都不给，最后生生放臭了，扔到垃圾堆里算完。不过大部分时候没有鱼，倒是经常能捞上蚌来，蚌壳五颜六色，像是雨后天晴的虹，带着浓厚的水腥气。小孩子们稀罕蚌的壳，往往一拥而上跟振亮讨，这是他最得意的时候。伍娟也喜欢蚌。她尤其迷恋那味道，神秘、浓郁，来自一个她完全陌生的未知世界。有一次，伍娟也扑过去和他们抢，把振亮团团围在中间。振亮吆喝着要大家不要挤，结果大家更加奋勇，挤成一锅糨糊。伍娟正挤得高兴，忽然觉得手心里被塞了一件东西，赶紧撤出来，跑出去好远才敢打开手心看——竟然是振亮刚打捞上的蚌！伍娟开心得要命，回到奶奶家用刀把蚌撬开，蚌肉扔掉，蚌壳洗干净晒干，保存了很多年，直到那个热到人窒息的夏天，她把蚌壳粉碎，然后深埋。

有关蚌的事，对于伍娟来说是个神圣的秘密，她甚至连三姑都没有告诉。

这一年伍娟和振亮八岁，在村里的小学读二年级，还是同桌。三姑本来该上四年级，因学习不好，当了留级生，还读三年级。

第二天上课的时候伍娟殷勤地感谢振亮，还带了一块梨膏给他吃，他矜持地拿走了梨膏，却绝口不提蚌的事。仿佛就是从那天起，振亮慢慢不再是充满暴力和邪恶的坏小孩了。桌子上用粉笔画的三八线不知道什么时候不见了，偶尔她占的地方大了一点，他也不会再粗暴地用胳膊肘把她顶回去。他们可能会互相使用对方的铅笔或者橡皮，互相帮忙在对方的手腕上画上惟妙惟肖的手表，或者一起对付老师。总之，他们开始变得友好，但同时也有点矜持和客气。这就是长大，但成长中的人却并不知道。

伍娟从小知道玉芝不待见她。六七岁以后她就开始学着干活儿，擦桌子、扫地、拉风箱、照看弟弟，放了学忙得都没时间再出去玩。但是妈仍然不喜欢她。

有一天放了学，伍娟搬了张小桌子在院子里写作业，弟弟扶着院墙咿咿呀呀地走。忽然，弟弟脸对着墙，停住不动了，伍娟还没反应过来，弟弟打了个喷嚏，“咣当”一声头撞到了墙上，碰了一片红印，顿时嚎啕大哭。伍娟赶紧去抱他，一边哄一边觉得真好玩，不由地笑弯了腰。

正在厨房做饭的玉芝走出来，对着伍娟就是一耳光：“没看好弟弟还好意思笑！还好意思笑！”这成了日后伍娟妈经常数落伍娟“毒糙”的证据。

伍娟低下头，赶紧走开。玉芝正在洗青菜，手上湿漉漉的，带着淡淡的青菜味道。她的一边脸被打的仿佛往下滴水，她不敢擦，怕玉芝以为她哭了。

打骂之后是不许哭的，否则就是委屈，就是不服气。玉芝会提高嗓门说：“你说说哪里打你不对了？”

玉芝的高嗓门是伍娟的噩梦。二婶子就住在隔壁，振亮会听到。她宁肯挨揍，也不愿意挨骂。

伍强小时候很乖，每天黏着她，看见她放学了就高兴地尖叫。但是稍微大一点了，就会学着玉芝的声音叫她死妮子，声调都和妈的一样。玉芝听了笑得要命，还专门学给彩玲听，用以证明儿子的聪敏。再大一点，伍娟开始害怕弟弟，因为他动辄会用尖利的嗓子大叫：“我要去告我妈！”这句话威力无比，轻则会带来一场辱骂，重则是一顿揍。

他说的是“我”妈。伍娟羡慕振亮，因为振军喊他吃饭，总是说：“哥！咱妈叫你回家喝汤。”

有一次伍娟在坑边儿帮着玉芝洗衣服，妈用搓衣板搓，她在另一边负责涮干净。玉芝一边干活一边和彩玲聊天，不知道说起什么想起她来，恨恨地挖她一眼说："俺家这大妮儿从小就毒糙。你记得那回不？她弟弟还没一岁的时候我带他俩回娘家，马上就要到咱村口了，大妮儿看我抱着他弟弟，哭着不走，非要我抱抱。叫我上去踹了两脚才不哭了。"

二婶子回头瞅了一眼伍娟。伍娟低头装作没听到，头发垂下来，罩住她的脸。她努力一心一意地冲着衣服，弄得坑里的水哗啦啦地响，这样别人就听不见她抽鼻子的声音。

除了奶奶，她从不愿意让人看见她哭。眼泪其实好掩饰，不好弄的是鼻涕，一掉眼泪，就跟着流鼻涕，真是件要命的事情。多少次被爹娘在饭桌上训，训了又不许哭，头发遮得住眼泪，却无法遮住抽鼻子的声音，让妈听见了，常常又多出一顿揍来。玉芝的铁血逻辑是：训你训得不对？不服气？要不你哭啥。

这边玉芝继续跟彩玲叨叨："你说她咋那么不懂事？跟弟弟争什么？"

在抽鼻子的间隙她断断续续地听见二婶子说："你小声点，让娟儿听了难过。对小子好，也别太难为了闺女。等你老了说不定还是闺女孝顺你。"

玉芝把手里的衣服一摔："俺自己有儿子，不指望她孝顺我！"

彩玲说："我就稀罕有个闺女，你不喜欢就送给我。"

玉芝说："行，白送你给振亮当媳妇儿。"

彩玲说："求不得哩……"

水面略一静下来，她的那张小脸就浮上水面儿，一脸的凄惶和茫然。她的眼泪砸上去，那张小脸就被涟漪冲散了。

"说不定将来还是闺女疼你。"这样的话奶奶也跟玉芝说过。玉芝当时没说啥，奶奶一走，她的手就扭上了伍娟的耳朵。

"我咋欺负你了，你奶奶说这话来给我听？生你养你，供你上学，吃的喝的，你妈我哪一点对不住你，你整天作出一副受虐待的样子来恶心我！"

伍娟捂着耳朵不说话。

玉芝继续说："我就是给你说下，咱家没亏着你。你一个闺女家，给你和你弟弟上一样的学，拿一样的钱。别老觉得跟受了多大委屈似的。要再喊委屈让人家笑话我和你爹，回家就揍你。"

05

伍娟从没有想过奶奶会死。在小女孩的心里，世界奇异而决绝地划分为天堂和地狱，奶奶是天堂，妈妈是地狱。一边温暖，一边寒冷，没有过渡带。她早已经在天堂和地狱中找到自己的平衡，枉然地以为这就会是永久。

奶奶死在伍娟的十岁。

初夏的一天，风从教室里溜溜地穿过，伍娟正在座位上摇头晃脑地背书，杨朔的《荔枝蜜》。老师嫌学生们喊得不响，敲了好几次黑板，叫着：再大声点！再大声点！声音越大越记得牢！

"砰"的一声，教室的门被撞开了，二婶子家的二小子振军站在门口，满头是汗，看口型是在嗷嗷叫，就是喊的听不见啥。振军急得跳脚，又不敢往里闯。

农村孩子上学晚，振军快八岁了，还没上学，整天瞎跑着玩。

王老师拿黑板擦使劲敲桌子，大家才把声音渐渐低下来，有那迟钝点的还在声嘶力竭地喊：你——会——觉——得——生——活——都——是——甜——的——呢！

王老师说："二小，你有啥事？找你哥啊？"

二小顾不上回答，直接对着伍娟喊："你奶奶毁了！你奶奶毁了！俺娘让我喊你来！"

伍娟"唰"地站起来，他们教室都是长条凳，两个人合坐一条，她猛地一站，和她坐一条凳的振亮"咣当"一声摔在地上了。有几个男生哄笑，被老师走过去用教鞭打了头："人家家里死人了，你们还笑！还笑！"

伍娟脚不离地地往奶奶家跑。

二小的拖鞋跑掉了一只，一边跳着脚穿鞋一边喊："姐，别跑恁快！别跑恁快！等着俺！"

那日的风，明明是夏天，可是刮得她的脸生疼。河沿上的白杨，只只眼睛看着她。

有若有若无的知了声，也许是幻觉，是耳鸣。

那是她童年里最后的一丝风，最后的一丝阳光，最后的一丝夏天的空气。

奶奶拉着拉着风箱，往旁边一歪，就没了。

伍国梁哭得一哽一哽的，二叔劝他："这是老人不知道修了几辈子的福修来的！自己没受罪，也没让儿孙跟着受罪！俺大姑做事一辈子都干净利索！"

没人顾得上管伍娟。伍娟站在炕沿底下，农村的炕高，她长得矮小，刚比炕高一个头。从乱糟糟的人的身体和腿脚中，她看见奶奶躺在炕上，一动不动。

忽然众人听见一声尖锐的童音："奶奶，你可不能没了，你没了谁管我！奶奶！奶奶！"

彩玲听了抹眼泪。玉芝却脸一沉。

伍娟这会儿顾不上看妈的脸色了，她四肢并用往炕上爬，她要爬到奶奶身边叫醒她，就是叫不醒，让奶奶带自己一起走也是可以的，这样把她一个人甩在这里算是怎么回事！

彩玲抱住伍娟，伍娟拼命地扑腾，拿手去抓彩玲的脸，彩玲按住伍娟，抱着她往门外面拖，一边拖一边说："妮儿，你奶奶死了！婶子知道你难过，可再难过也没用！你是个好孩子，别给大人添乱！"

彩玲把伍娟放到院子里的香椿树下，揉揉她的头发，拍拍她的脸蛋。伍娟满头是汗，两眼发直，一声不吭。彩玲蹲着看了她一会儿，叹了口气。

不知道坐了多久，有人端过来一碗水，伍娟抬头看，是三姑。已经到了中午，学校放学了。振亮远远地站在门口看着她，书包都没摘。

院子里人来人往，搭孝棚的搭孝棚，剪纸钱的剪纸钱。院子外面隐隐传过来唢呐声。

伍娟一把抱住三姑，碗里的水一斜，洒了她一身："俺奶奶没了！俺奶奶没了！"

伴随着滔滔的眼泪，伍娟这才相信：这是真的，不是噩梦。奶奶真的死了。

奶奶埋在了村南的坟地里。奶奶家的木头门上挂上了一把大铁锁，成了伍娟家的粮食库、杂物库。伍娟不敢向妈要钥匙，爬墙过去了几次，一个人坐在灶间的地上，闻着那草木灰和面粉的甜香。

奶奶死了，同时带走了她的童年。奶奶死了，世上不再有"最"爱她的人。奶奶死了，死得那么彻底，仿佛从来都没有活过。过去的一切统统消失，而现在也只是虚无。

大人们给奶奶换老衣的时候，从她的裤兜里找到了十块梨膏，玉芝顺手放到了抽屉里。葬礼过后的某个晚上，玉芝和国梁在油灯下算着各项开支，国梁忽然看见了那几块糖，说："那是咱娘给娟儿换的，让她吃了吧。"伍娟在床上悄悄听着，玉芝说："不给她吃。她就是个穷命，上次把梨膏放到枕头里放黏了，招了多少蚂蚁？反正枕头不用你洗，你做什么好人？"

隔天晚上，伍娟在伍强的书包里找到了那几块糖。她偷了一块，在手心里握了一个晚上，第二天一大早跑到奶奶的坟前，剥下糖纸，挖了一个小坑，把糖埋了。

夏天天旱，坟地里的浮土老高。伍娟的眼泪在土里砸了几个小坑，风一吹，也就看不见了。

她拿着那张糖纸，一个人摇摇晃晃地回了家。

第二章 依恋

01

伍娟再去上学的时候，胳膊上戴着黑布做的孝。她走进教室的时候，脸色苍白到几乎透明，眼神有点呆滞。对她来说，世界已经完全毁破，然而这个地方却一点儿也没有变。小孩子们在教室里窜来窜去，吱吱地叫着，阳光透过碎了几块玻璃的窗户洒下来，金黄色；风溜溜地穿过教室，带着暖融融的细绒毛——什么事都没有发生过。伍娟心里在狂叫：这怎么可能？这怎么可能？但她脸上什么表情也没有。

世界末日来到了，但只是她一个人的。

伍娟坐下来，默默地打开书包，书包是奶奶缝的，正面是用碎布拼出来的彩色几何图案。但她不想哭，奶奶的葬礼提前支取了她半生的眼泪，此时只是觉得累。身边的振亮倒一反常态地不太说话，小脸上也一副挺严肃的样子，有男孩过来招惹他，打他一拳碰他一下的，他也不还手。上课的时侯老师布置了作业，她写错了一个字，打开铅笔盒找橡皮，他拿了自己的给她用，而且强调说“是有香味的。”伍娟用完了之后，闻闻自己的手指，果然有淡淡的香。

没有了奶奶，居然也能活下去，伍娟非常惊奇。但是一日一日，她也就这么长大了。小学快毕业的时候，伍娟个子越长越高，已经到了玉芝的肩膀。玉芝现在倒不经常打骂她了，只是淡淡地。彩玲和两个儿子总是很亲密，经常高声笑骂，闹着玩儿的时候还用手打他们的屁股。伍娟常常听见隔壁院子里传来的振亮的笑声，他开始变声了，不再像小公鸡的声音那么尖锐，而是有点嘶哑的粗。她喜欢听他的笑。玉芝和伍强也很亲密，伍强七八岁的时候，晚上睡觉还经常要求“摸妈妈”，“妈妈”即乳房的意思，玉芝一边笑，一边也不拒绝，提起衣襟让儿子摸。

伍娟和他们早就不在一个炕上睡，她爸爸另给她打了一张小木床。晚上睡觉前看到这样其乐融融的场景，她总是自觉地把头埋到被子里。被子里的黑暗中仿佛有奶奶的一双手拥抱她，她假装自己仍然被深深地“最”爱着。

赵集没有人种果树，大片的地都用来种麦子高粱玉米这类能果腹的粮食。能吃饱肚子就不错了，水果是太奢侈的东西，夏天倒是有人种西瓜。小孩们很少有机会吃水果，平常吃个嫩玉米或者刚刨出来的新地瓜新花生都满足得很。这一年秋天，开始有小贩到村里卖苹果，据说离赵集十里地的芦庄集体弄了个苹果园。吃过苹果之后，再吃玉米显然不能满足了，于是对孩子来说，苹果成了和梨膏一样的圣物。

这天放学的时候，振亮偷偷地问伍娟要不要一起去芦庄偷苹果，伍娟当然愿意，冒险、美味……还能和振亮在一起。当天晚上伍娟早早刷完锅，扫完地，一溜烟地跑到三姑家，叫上三姑一起，一口气跑到村口。振亮和五六个男孩都已经等在那里了，几乎每个人手里都拿着个筐。

去芦庄的路很好走，不过他们不敢走大路，六七个贼头贼脑的小孩，每个小孩手里都拿着个筐——实在是太其心昭昭。振亮白天就已经侦察好了路，带着大家在各个田间小径上穿行。好在刚刚过了八月十五，月亮特别大，天地一片亮堂堂。本来他们也不害怕，八十年代末的农村还很安全，没有坏人，不，只有他们是坏人。

坏人们脸上都带着压抑的快乐，小脸蛋一个个像月亮一样发着光。

振亮负责维持秩序，不停地小声吆喝落后的小孩赶上来，或者招呼前面的人别走太快，保持队形。谁要是说话声音太大了也不行——总之有振亮忙的。秋风已经有点凉，他还是一头一脸的汗。

伍娟和三姑合着提一个筐子。她们一落后振亮就过来讽刺她们：你们女的就是不行，早知道就不带着你们了！

三姑好强，拉着伍娟想快跑，伍娟偏偏故意慢慢走。她愿意让振亮过来催她们，然后陪着她们一起走。他正在变音的嗓音有点嘶哑，特别好玩。他身上有一股刚开始上浆的玉米棒子的味道。

终于到了苹果园。园子周围用栅栏围着，不过振亮白天已经发现了栅栏的缺口。孩子们一个跟一个地从栅栏缺口处跳进去。苹果长得真密，枝条都压弯了，一蹦就能够着，更不用说这些小孩平日里都是爬树高手。振亮小声叮嘱人家使劲儿往里走走再摘，路边上怕让人发现了。他们悄悄地往里面走，小偷一定不少——园子里都被踩出了一条小路。

伍娟和三姑手忙脚乱地摘苹果，振亮又跑过来叮嘱她们别乱摘一气，太小的苹果摘了也没法吃，能酸掉牙，要捡那些一只手握不过来的摘。

摘了一气儿，振亮又忙着号集大家赶紧撤，时间长了怕被人发现，摘得太多拿不动也是浪费。回去还有十里地呢。

大家推推搡搡、你拉我扶的，好不容易扛着苹果越过了栅栏。

振亮根本没带筐子，就在衣服兜里装了几个苹果。三姑夸他大公无私，振亮很得意地说共产党员都这样。空筐走路和满筐走路的感觉显然不一样，伍娟和三姑走了一里地就累得受不了了，把篮子放在地下，两个人呼哧呼哧喘粗气。有几个男孩为了减轻负担，已经开始啃苹果，还有的开始拣小的扔。忽然，前面小路上出现了一个大人，骑着自行车，晃晃悠悠的，还哼着《朝阳沟》的小曲，看样子是个刚喝了酒的醉鬼。振亮赶紧让大家进庄稼地里，旁边是刚收完的棉花地，棉花棵子还都立着，他们个头小，顾头不顾腚地钻在里面，不仔细看也看不出啥。大家屏住呼吸蹲了一会儿，那个大人仿佛觉得不大对，从自行车上下来，左顾右看了一会儿，才一蹁腿，上车走了，留下淡淡的酒味。

人一走远，伍娟哭出声来了。

不是吓的，是她忙着往棉花地里藏的时候，被人踩掉了一只鞋，又光脚踩在了一根断了茬的棉花棵子上，疼得钻心。刚才死忍着不敢出声，这会儿赶紧看看，一看不要紧，整个脚丫都是红的了，血还在一滴一滴地流。

三姑看到了也手足无措，一叠声地喊振亮来看。振亮也傻了眼，半晌想起来脱了外面的小褂子，又扒下里面的背心，光着背蹲下给伍娟缠脚。伍娟又疼又不好意思，眼泪啪啦啪啦地掉。振亮窄窄的光脊梁就在她的眼皮底下，因为太瘦了，一条脊梁骨高高地顶出来。

现在这支队伍看起来像是散兵游勇了。三姑倒了半筐苹果，一个人趔趄着提着，振亮背着伍娟走路。伍娟还在哭，泪珠一滴一滴的，都掉进振亮的脖子里，弄得振亮好痒。忽然，振亮说："伍娟，你别哭了，回头我让我妈跟你妈说，都是我的错，不让她骂你。"

伍娟顿了一下，哭得更厉害了。这个村子的人都知道伍娟的妈不喜欢她，对她凶，动不动就是打骂。每当玉芝在院子里对她大声吼叫的时候，她都希望自己的家是个密不透风的碉堡，不要让别人听见，尤其是不要让他听见。

振亮不再说什么，低头默默走路。他们抄近路，从一片玉米地里钻出来的时候，前面是荞麦地，刚刚开了花，一大片银白色。伍娟刚刚流过泪的眼睛还有点模糊，冷不丁抬头一看，吓了一跳。荞麦花在月光下发出银白色的金属光泽，美到令人讶异，令人哀伤。振亮本能地停住脚步，她的心脏紧贴着他的，感觉得到那里正在剧烈地跳动。一瞬间，所有的孩子们都悄无声息，被这突如其来的美，结结实实地迎头撞击了一下。

那片棉花地估计刚打过农药不久，伍娟的脚第二天就化了脓，高烧不退。伍国梁用自行车驮着女儿到村里的卫生室，卫生员用针管子把脓抽了出来，整整一大管子。伍娟足足瘸了一个月才好。

因为这事儿，振亮被他爹狠狠地揍了一顿。伍娟在屋子里听见那边二叔一边追打振亮，一边骂："我叫你能！我叫你能！"难过得伍娟百爪挠心。

都是她不好，他一定不会再喜欢她了。

可是，他，喜欢过她吗？

小小的心里，忽然悚然一惊。

烧退了她瘸着腿去上学，振亮看见她还是那样，不冷淡，也不是特别热情。她才悄悄地放了心。

她常常会想起月夜下那令人眩晕的荞麦花，想起和她的心一起怦怦跳的另外一颗心。

那是她珍藏的记忆。她一贫如洗，唯有记忆是她的宝藏。

02

三姑上完五年级就没有再上学。她家里人说她反正成绩差，不睁眼瞎，认识自己的名字、会算账也就行了，三姑没反对。她本来就不愿意上学，别人轻松学会的东西，她总是跟不上，但她干地里的活儿是一把好手。锄地、打药、摘棉花、割麦子，哪一样儿活她都比别人干得干净利落，在土地里她才找得到自尊。

伍娟平常上学，放了学要写作业，干家务，常常好几天也和三姑打不了一个照面。每次见到了，都觉得三姑好像有点什么变化。十四五岁的姑娘开始爱美，三姑换衣服的频率越来越高，简单的衬衣汗衫，穿到她的身上总是很好看。伍娟发现三姑的胸脯变高了，穿衬衣的时候，第二颗纽扣和第三颗之间总是被微微地撑开一点缝缝，露出里面白嫩的皮肤。伍娟觉得真好看。晚上睡觉的时候她也摸过自己的，还是平平的，里面一个硬硬的核，像是藏着一个沉默的小核桃。

有一天，她看见三姑用好几根五颜六色的皮筋一起绑三个马尾辫。红绿蓝黄都有，那些颜色衬着她乌黑一大把的头发，更显得鲜艳好看。三姑说是从集上买的，五分钱一小把，啥颜色都有，矜持地拿给她看，皮筋用写字的纸仔细地包了好几层。三姑让她随便挑几根，说不出是什么心理，伍娟拒绝了。

但她很想得到五分钱，也买这么一小包皮筋儿。

晚上吃过饭，伍娟收拾完，在吃饭的桌子上摊开书本，准备做作业。家里新拉了电灯，度数不高，整个屋子是淡淡的昏黄色。伍强也在桌子上写作业，一笔一横地写着拼音，他上一年级，不像伍娟，从来没考过一百分。伍娟有点三心二意，想的是怎么张口跟妈要五分钱，又不至于挨一顿骂。奶奶在世的时候有时给她一点钱，玉芝从来没给过。可是她好希望头发用五颜六色的皮筋捆上，也许振亮会喜欢。

这个卑微的希望越来越膨胀，像是灯泡下面的人黑魆魆的庞大的影子。

玉芝过来弯着腰看了一会儿儿子写作业，取笑他写的“q”像大头蝌蚪，伍强捂着玉芝的嘴不让她说。笑闹完，玉芝转身去厨房端了一碗水给儿子。回头看了看伍娟，停了一刹，又走回厨房去。

伍娟的手有点僵硬，仿佛纸面上有胶水，黏住了她的笔。她很恐惧，害怕妈妈也给她端水来。

好似过了很久，玉芝走过来，果然也端了一碗水给她。仿佛很随意地往桌子上一放，马上走开了。那“咚”的一声，碗和桌子撞击的声音，让她打了一个哆嗦。

伍娟使劲低着头写字，头发帘儿都扫在桌子上，谁也不会看见她的脸。半晌她确定妈不在这屋子里了，才慢慢抬起头来。手心里出了一层汗。

她端起碗慢慢喝了一口水。

一直冻惯了的人，倒不一定会欢迎别人给披上的大衣。因为不知道这大衣什么时候会被要回去，那时候只有更冷。

伍娟一口喝完了碗里的水，又放回厨房里去。她决定不开口要五分钱，怕被拒绝，怕被嘲骂，怕那碗水带来的幻觉太快就消失不见。

离赵集最近的镇叫七里铺，逢三逢八有集市。这次集市正赶上周末，伍娟一个人去了集上。各式摆摊的都有，人特别多，骑自行车的、拉地排车的，熙来攘往。伍娟在集市上走了一圈，果然有很多卖三姑那种皮筋的，一小把一小把地摆在摊位上，特别鲜艳好看。

她像游魂一样在集市上转了一圈，然后就空手回来了。

03

小学毕业的那一天，伍娟收拾好书包离开学校，心神不安。村子里没有初中，只能到七里铺上去。她不知道爸妈能不能让她上，还能和振亮同桌更是奢望。

她放下书包就去地里割杂草。她心里想的是，要是你们让我上学，我就好好干活，将来还要给你们养老。

可是面对爸妈，她什么也说不出来。不知道从什么时候开始，在家里她就像是一个哑巴，一个木头人。做什么都是错，说什么都是错。她就是这样一个笨拙的人。

扛了一筐杂草回来的时候，走到灶屋窗下，伍娟听见爸妈的对话。

国梁说：“三妮儿小学毕业就不上了，要不也让娟儿下地干活儿算了。”

伍娟一阵头晕，她变成了空气，背上的杂草筐直接压在了心尖儿上。

半晌之后才听见玉芝的声音：“不行，让她上，上到上不去了算完。”

她的眼泪猛地升上来，呛得鼻子一阵酸。她不敢想，但是也许，妈有一点点爱她？

玉芝接着说：“不让她上，外头的人更该说我们对她不好了。一堆吃饱了撑得放臭屁的闲汉！”

伍娟垂下头离开，放下草筐子，从里面挑出来鸡肯吃的，洗一遍，甩净水，放到案板上咚咚地剁。

从此她最恐惧的事情便是燃起希望——因为希望之后必然是灭亡。她最擅长的，便是在火苗燃起之前，熄灭它。

这样她才觉得安全。

04

伍娟初中和振亮不同班。他们常常在上下学的路上遇到，有时候打个招呼，有时候结伴骑一段儿。偶尔伍娟没有自行车骑，振亮还驮着她上下学。不过年龄大点之后，仿佛更拘谨些，伍娟现在说话都不好意思看振亮的眼睛，振亮也对她比以前客气得多。坐在振亮车子后面的时候，伍娟尽量抓紧车子座，不去碰他。眼前的这个脊背还是很瘦，却显然比前几年宽阔了一些。那根脊柱仍然是突起的，随着蹬车的频率，背上的肌肉一跳一跳。

有一次振亮驮着她的时候，躲闪对面来的一辆车，自行车剧烈地扭动，伍娟情不自禁地叫了一声，抱住了振亮的腰。然后，像触电一般松开了。

伍娟恨自己。

完全可以很自然地松开啊。完全可以开几句玩笑话啊。

就是不松开似乎也不是不可以。

可是伍娟不会，不能。

因为，做什么都是错，说什么都是错。

少年男子的腰腹磁石一样坚硬。抱住他的一瞬间让她感觉自己像某种金属，正本能地朝着那渴望已久的欲念飞速地移动。

安宁、恒久、永不消失的“最”爱。

那渴望是如此强烈，而带来的恐惧更为强烈，是翻着白花的巨浪淹没了船。

05

振亮看上去是个男人了。伍娟自己的身体也发生了变化，胸前那颗小核桃开出了花，每月一次，也开始有例假。尽管有三姑的榜样在前，伍娟对身体的发育还是感觉猝不及防。她为胸前的膨胀感到羞耻，自己拿手绢缝上了两条松紧带勒在胸前，平平的胸脯让她留恋，是少女，是童年，是草木灰和面粉的味道。在她不知第几次偷偷摸摸地晾晒那条已经洗得发灰的小手帕的时候，玉芝终于看到了。第二天她放学的时候，看见玉芝在蹬缝纫机。她贴着墙根放好自行车，去厨房做饭，玉芝并无话对她说。她们母女之间除非必要，否则没有对话。

玉芝在村子里算是缝纫高手。伍娟小时候，玉芝给伍强做了一件蓝色的条绒罩衫，胸前用布块特意拼成红色的小船和黄色的太阳的图案。伍强穿上，村子里人人都说可爱。过了几天，玉芝又开始踩缝纫机，是红色的布料。伍娟想：这次得是给我做的吧。然而，隔一天伍娟放学回家的时候，看见四大娘带着她的二闺女芳芳，正在试那件红罩衫。四大娘不住口地夸奖玉芝，心灵手巧，做什么都是一遍成功，从来不用改。看见伍娟回来了，四大娘总像哪里不大对劲一样，千恩万谢，急着带芳芳走了。

当然拿走了那件红罩衫。

伍娟做好了饭，端出来晾在院子里的石桌上，伍强从外面跑回来，玩得满头大汗，进门就要水喝。玉芝赶紧站起来，给儿子去倒水。他现在十岁了，是个胖乎乎的半大小子，有着和妈妈一样的圆脸大眼睛。伍强经过缝纫机的时候，顺手去拿那放在缝纫针下的白色布块。伍娟听见玉芝用很少见的严厉语气对弟弟说："不要动！"

晚上，伍娟准备睡觉的时候——她已经从父母的房间搬出来，在偏房住了，玉芝推门进来，把两条布带一样的东西往她的床上一扔，说了声"试试合适不合适"，就关门走了。

伍娟拿起布带来端详，确认这就是属于她的第一条乳罩。

第二天是周末，伍娟戴上乳罩去找三姑。尽管她努力勾着身子，三姑还是敏感地发现了她胸部的异常，笑嘻嘻地拿手去碰，伍娟赶紧躲开了。

三姑打开衣橱，让她看自己的胸罩，是在集市上买的，尼龙面料，有弹性。关键是，好像比她的大得多。三姑很笃定地说："你的还要长，长得跟个发面面团似的，才不长了。"

伍娟真心真意苦恼地说："我不想让它长。"

三姑说："这你说了不算。"

她们开始讨论电视剧《红楼梦》。村长家里买了村子里的第一台电视机，晚上就摆在院子里，大家随便进去看。这一段时间正在播《红楼梦》，村子里的女孩，下到七八岁，上到二十几岁，全部迷恋坏了。每天六七点就到村长家去占位子，小木头凳子一霎间就排得满满的。三姑是每集都不落，伍娟隔二偏三地看过几集，没捞上看的就拜托三姑复述给她听。

三姑疯狂地迷恋林黛玉，甚至把眉毛拔得像陈晓旭那样，薄薄的柳叶形状。但是她不喜欢贾宝玉："贾宝玉有什么好？我要跟男人，就得跟一个只对我好的。在我男人看来，只有我是女的，就没有什么别的女人。哪能像贾宝玉那么黏糊……我就奇怪了，怎么都说这人好？"

伍娟听得愣愣的，这个话题离她好像十分遥远。三姑让她觉得陌生，还有一点点害怕。她从未奢望过振亮只会喜欢她一个人，连喜欢都似乎不可能，她这么不好，这么笨拙，自己都讨厌自己，怎么可能让振亮喜欢？

三姑对自己的不再上学和伍娟的继续上学，好像总有点不服气似的。她经常说：“别以为你读了书将来才能出去，我不读书也能出去。我才不会在这破地方待到老死，像赵奎家的那样。”

赵奎家的，那腰弯到和地面平行的老太太，终于在一个冬天死了。她临死前几天已经不再出门，村长让赵家的几个远房侄子、侄媳妇轮班守着，说是“死了没人知道，咱们村面子上不好看”。据说赵奎家的死得悄无声息，没有睁眼看看谁，也没有说什么话。她想要看的、想要说什么话的，大概都已经不在这个世界上。她等这个死等了很久，现在它总算是来了。葬礼是村长主持的，一个八岁的远房侄孙子摔了孝盆子，一切看起来都很完美。赵集原是孔孟之乡，仁义之地。

九十年代初的乡村，比以前热闹些。经常有走乡穿巷的生意人过来卖东西，卖什么的都有，布料、皮货、首饰，那货郎倒是早就不来了，据说改行种了大棚。每次做生意的人一来，在村口的打麦场上摊开自己的货品，就“呼啦”围上一圈女人，拿着东西翻来覆去地研究，即使不买，也能磨蹭个把小时，欢歌笑语，一个女人是一千五百只鸭子。村长家也格外热闹，有外地人过来商量着开砖窑厂，小轿车开到村子里好几次，每次一左摇右摆地开进来，小孩子就前簇后拥地跟着跑，喝风吃土都不怕。

……

初中生活十分枯燥。伍娟已经确定了她唯一的出路便是考出去，学习十分刻苦。她的教室和振亮的教室相隔两排房子，平常很难见到彼此，除了上下学。

从学校回家下坡多，十分钟；从家到学校上坡多，十五分钟。

十分钟，十五分钟；十分钟，十五分钟；十分钟，十五分钟。

有时候家里其他人要用自行车，振亮就驮着她回家，起码需要二十分钟。

这二十分钟的每一秒，于她却都是忐忑，都是折磨。每当她从振亮的车子上跳下来，都情不自禁地松一口气，然后，再盼望着下一次二十分钟旅程的开始。

伍娟的初中在这淡淡的涟漪中很快过去，她和振亮都考上了县城的重点高中一中。振亮初三之后成绩嗖嗖地升上去，中考成绩竟然是全县第五名。伍娟分数没那么高，但他们小小的镇中学，考入一中的只不过十几个人。玉芝说话算话，虽然看着不大高兴，开学前仍旧是把学费给了伍娟。伍娟白白担了一个暑假的心。一个暑假她起早贪黑地干活，快赶上一个壮劳力了，怕的就是不让自己继续读书。上高中可以住校，对伍娟来说，这简直等于新生。

第三章 失望

01

高中开学的第一天，伍娟就注意到了孔晨。她留着柔顺发亮的学生头，白色海军衬衫，蓝色短裤，白袜子，蓝色球鞋。她的皮肤洁白细腻，眼睛闪闪发亮，嘴唇像是花瓣。

事实上，不仅伍娟注意到了孔晨，全校同学都在注视着她。有的是艳羡，有的是嫉妒，有的是爱慕。她就在这群体的注视中微微地笑着，明亮而清新。

孔晨是一中开学典礼的女升旗手，男升旗手是振亮。选中振亮，是因为他考学的名次靠前，个子高，模样也说得过去。他穿着彩玲专门拜托玉芝做的白衬衫蓝裤子，笔直地站在旗杆前，和旗杆一样瘦、一样严肃。他清秀而黝黑的脸在夏末太阳的蒸烤下流下汗珠，蜿蜒流过眉毛、眼睛、嘴唇，直至顺着脖颈消失在衣服领子里。

伍娟站在台下看着振亮，看着他背上的汗渍扩得越来越大，紧张得双手拧在一起。这是一个让他们陌生的世界，和赵集、七里铺完全不同。没有绵延的棉花地、玉米地，郁郁葱葱的杂草和白杨树，只有房子和人。他们以前的同学和他们一样，都是农民子弟，黝黑、粗鲁，可以肆意地打闹，但是一中有不少是城里的孩子，他们的名字不像伍娟、振亮这样俗气，他们叫刘阳、王珏或者赵腾。他们肤色白皙，衣服得体，自行车干净漂亮，说话也没有他们这么重的乡音。

孔晨在一夜之内几乎成为全校男生的梦中情人。

伍娟分在了三班，振亮是四班，好在两个班相邻，能够经常在课间遇到。振亮当上了班长，比她要忙得多，见面了常常只是一个匆匆的招呼。

一中的食堂还没有建好，住校的学生都是在教室里吃饭，由班里男生轮流值日抬来馒头和汤。有一天，伍娟在教学楼门口遇到振亮，他和另一个男生抬着一筐馒头向前走，头却扭向一边。伍娟都走到他的身边了，他还是视而不见。伍娟鼓起勇气，想要开一个玩笑。她走过去拿起一个馒头说："喂，看什么呢？馒头被我偷走了都不知道！"振亮吓了一跳，回过头来，脸上却陡然红了。伍娟不解地顺着他看的方向望过去，正好看到一个穿海军衫的女孩拐过屋角，那线条美丽的雪白小腿一晃而过。

伍娟放下馒头。

多么笨拙的一个玩笑。她对振亮笑了笑，继续低头走她的路。

孔晨在五班。她是走读，放学的时候，常常有人站在二楼三楼偷看她。她比谁都清楚这种礼遇，所以她走路走得特别好看，脸上总是带着一点若有若无的微笑。

伍娟最羡慕她洁白的皮肤和修长的小腿。农村出身的姑娘，因为长期干农活的缘故，皮肤黑而粗糙，小腿因为站立时间过长而变得粗壮有力。而孔晨皮肤洁白、身材娇小，双腿看起来特别修长。她像一头小鹿，骄傲而美好。

学校一周一次升旗仪式，都是孔晨和振亮搭档。每一次，都是孔晨将红旗交到振亮的手中，对他微微一笑，然后，振亮在国歌声中慢慢地把旗升上去。伍娟总是捏着一把汗，生怕国歌结束了，旗还在半空，或者旗已经升上去，国歌却远未结束。但这种情况从未发生过，孔晨和振亮一起练习过多次。

不，伍娟从不嫉妒孔晨。那是另一个世界的女孩，她和她无关。孔晨不会真正喜欢振亮，就因为振亮不叫刘阳、王珏或者赵腾，却有着农民黝黑的皮肤。伍娟担心振亮，她像圣母那样担心他。担心他受伤害，担心他荒废学业，担心他高中三年又重新回到赵集，娶妻生子，脸朝黄土背朝天。

当然她知道，没有谁需要这样一个多余而可笑的圣母。

一中后面有个小树林，多少有点曲径通幽的意思。常有学生把这里当作露天自习室，拿着书本来此处背诵。也有男女学生结伴来此处聊天，其意昭昭。伍娟常来，是前者。

这一天她拿着几本书在树林里走，听到女孩好听的笑声，抬眼却看到一个最熟悉不过的背影。她曾经伏在那个背上面，眼泪滴在上面，那些事情像是发生在上个世纪。振亮和孔晨面对面站在一小片空地上，振亮听到脚步声扭过脸来的时候，还带着伍娟从未见过的笑容。

很难形容那笑容，不全是开心，也不全是愉悦。在开心和愉悦之中，还有惊喜、荣幸、珍惜。

振亮的笑容在看到伍娟的一瞬间凝结，他尴尬地举起手里的英语书，说："我请孔晨帮我纠正英语发音。"

说完，振亮自己似乎也意识到这解释实在多此一举，不由得有点沮丧和生气，他把英语书卷成一个筒，重重在手中一敲。

孔晨则一声不吭，轻松地倚在树上，就那么笑眯眯地打量着伍娟和振亮，仿佛对眼前的这一切很感兴趣。

伍娟的书从她的指缝间漏下去了一本，她慌忙去捡的时候，另外几本也掉了。振亮本能地蹲下帮她捡。阳光透过枝叶，在书本上投下斑斑点点的阴影。孔晨仍旧一动不动，伍娟感受得到她那居高临下的目光。

伍娟沉默着转身走掉的时候听见振亮对孔晨说："她，她是我的老乡。"

伍娟为这句话感到耻辱，是替振亮感到耻辱。

02

开学一个多月后，天气渐凉，伍娟准备回家拿换洗衣服和生活费。想了想，还是去问问振亮要不要一起回去。正是上午一二节课和三四节课之间的大课间，大部分同学都在教室外面的栏杆旁聊天玩耍，振亮一个人坐在教室后面，双手在脑后交叉，两眼望天，不知道在想些什么。伍娟在教室外面叫了好几声他才听到，恹恹地走出教室。伍娟和振亮说话的时候，感受得到黏在后背上的目光，肯定有不少女孩喜欢振亮，但没有人把她当作对手。

她不会是任何人的对手，无论是喜欢振亮的人，还是振亮所喜欢的人。

振亮不打算回家，他托伍娟帮他拿几件秋天衣服和生活费回来。

搭了大巴坐到七里铺，再坐三码车回到赵集，用了伍娟两个小时的时间。不过一个多月而已，伍娟却感觉赵集有点陌生了。村西的砖窑厂已经开工，满地的红色鞭炮碎屑，村里的壮劳力差不多都去了，田地反而变得空荡荡。伍娟一路走过村子，经常有三码车轰隆隆地从她身边驶过，上面是刚摘下的苹果或者新鲜的蔬菜。拉车的驴子或者牛很少见了，它们被遗弃在路边的圈里，麻木地咀嚼着枯草，等待着必将到来的屠杀。远处的地里建起好几个塑料大棚，像是绵延不断的蒙古包。

童年记忆里那种弥漫在村子里的黏稠而懒散的空气已经荡然一空，虽然是秋凉时分，却有一种莫名的燥热。

回到家里，玉芝正在厨房和面，从窗户里淡淡地和她打了个招呼。伍国梁也在家，出来帮伍娟把包拿到了她的偏房里。伍强在堂屋里写作业，抬头喊了一声“姐”。一时间，伍娟站在堂屋正中间，有点手足无措，仿佛站到了别人的家，主人没有招呼，她就不知道该把手脚放到哪里。

家里也有变化，院子里搭了一个猪圈，养了两头猪仔，风一吹，有点淡淡的臭味。

还没等伍娟到隔壁振亮家去传信，彩玲已经听到动静跑了过来，张嘴就问：“娟回来啦？你振亮哥呢？”伍娟转告了振亮的话，彩玲的脸上明显地带着失望，遮掩着说：“臭小子就是没良心啊！还是闺女好，闺女都恋家。我没闺女，命没你妈的好。”玉芝一边揉面，一边说：“好什么好？再恋家，也不是伍家的人。”伍娟垂着眼睛不吭声。彩玲连忙圆场：“你妈就是说话难听，不噎死人不过瘾。”回头又对玉芝说：“管她是不是伍家的人，又不耽误疼你。闺女疼娘是天经地义。”玉芝还要说，被彩玲堵住了嘴：“娟，我回去给振亮准备东西，你明天走的时候别忘了从二婶子家里过。”伍娟赶忙答应了。

现在再听到玉芝这样的话，伍娟已经没有什么感觉。既然伍家不把她看作自家人，那她自然和伍家也没什么关系。一个多月的高中生活虽然不全是愉快，但起码告诉了她一件事：靠自己的努力，她早晚可以远远地走出去。从现在开始，走出赵集，走出这个不喜欢她的家，是伍娟最重要的事，当然她知道这会是一次艰难的旅程。然而想起振亮，她心里针扎般地一疼。

显而易见，他拒绝当她艰难旅途的伴侣。

一直熬到吃过午饭，伍娟来找三姑，一屁股坐到她的床上，才觉得舒坦了。三姑刚从集上卖菜回来，脸蛋晒得黑里透红。前一段三姑家里专门拿出一亩地种菜，西红柿茄子黄瓜，什么都种，然后拿到集市上卖，她现在颇有一些钱，是伍娟眼中的富婆。三姑得意地打开抽屉让伍娟参观她的宝贝，抽屉里有两支口红，一块粉饼，一支眉笔。三姑娴熟地一一在伍娟脸上操作，很快她的脸便花红柳绿了。伍娟拿着镜子照来照去，两个人笑得前仰后合。三姑很笃定地说："伍娟你不难看，就是你老觉得自己很难看。"

这个，真没有办法。伍娟向来能不照镜子就不照镜子，她不喜欢自己。喜欢自己也是需要某种能力的，伍娟欠缺这个能力。但她真心实意地觉得三姑越来越好看，说不出哪里好看，就是特别吸引人的眼睛，仿佛眼光落在她饱满茁壮的身体上，就格外舒坦似的。

三姑躺在床上，露出一块白白的肚皮，她微微一笑说："娟，你喜欢振亮吧？"

不知道为什么，伍娟在三姑开始微笑的时候，就猜到她要问这个问题。她的体内早就设置了各路岗哨，拦截那由身体各处往脸上奔腾的血流。她说："不喜欢，喜欢不起。"

三姑欠起身子来追问："到底是不喜欢，还是喜欢不起？"

伍娟没回答。

三姑失望地仰回床上去，看了半日房顶，忽然幽幽地问："娟，我走了你想我不？"

伍娟并不觉得这个问题奇怪。童年结束了，赵集将要在她们的生命中成为一个背景。她要离开，三姑也要离开，生命就是一个不断失去、不断分离的过程。伍娟在奶奶去世的时候明白了这个道理，又在以后的时间中一次次地印证它。

但她仍然不知道该如何回答。

晚饭的时候，伍国梁和玉芝商量着托人给伍强转学。伍强现在在七里铺的初中读初一，学习不好，天天和一群小混混在一起。玉芝的一个远房亲戚在县教育局是个科长，玉芝想托他把伍强转到一中的初中部读书，一中管得严，校风好，即使伍强学习还是跟不上，起码也不会再和那群混混有什么来往。

玉芝说："就这么定了，过几天我就去教育局找仁军哥。吃过饭你到供销社去买两瓶酒、两盒烟，别贪便宜，买好的。"伍国梁愁得饭也吃不下去了，圪蹴在一边抽烟。玉芝没好气地问："你还有啥想法？说呀，不说谁知道你肚子里是啥货。"国梁半晌才说："孩子才这么小。"玉芝"啪"地把手里的碗狠狠地墩在桌子上："等到初中毕业倒是不小了，那时候你想管也管不了了！"伍强低头喝汤，一声不吭，伍国梁也不说话。玉芝口气缓和了一下说："这不是还有他姐在那里嘛。吃饭穿衣的伍娟多照看着点，再怎么着也是姐呀。"

伍娟赶紧点点头。她好像越来越不爱说话了，找不到必须要说话的原因。没错，"再怎么着"，她也是姐姐。

吃过饭，伍娟收拾餐桌的时候，伍国梁还蹲在地上抽烟，碗里的汤满满的还没动。伍娟问："爸，汤你还喝吗？"伍国梁说："剩下吧，喝不动了。"玉芝不耐烦地端起碗走出去，恨恨地说："剩什么剩，你不喝，我倒给猪去！"

伍娟真心实意地觉得伍国梁只是伍强的爹。每当她看到伍国梁注视着伍强，就体会到父爱真的也是一种很强烈的情感。他看着儿子，满脸的慈爱，不大的眼睛里全是一个不怎么会表达感情的农村男人所能够表现出的最大程度的深情。

伍娟得感谢伍强，否则，她连参观这伟大的父爱的机会都没有。

伍娟从未得到过那深情，她也不稀罕。一个在村子里、在家里都窝囊的男人，不是有了儿子，就可以去当一个真正的男人。

第二天一大早，又是不等伍娟过去，彩玲就送来了捎给振亮的东西，一个包袱，还有两瓶冒着香气的西瓜酱。彩玲说："早晨我刚炒好的西瓜酱，放了不少猪肉块，你和振亮一人一瓶，当咸菜吃。"伍娟不好意思，正要推脱，彩玲说："让你个姑娘家扛这么大的包自己搭车走，真是难为你了！振亮太不懂事了，下次回家我得训训他。"

伍娟就不说话了，等到彩玲和玉芝聊完天，她才说："放心吧，二婶子，我到了学校就把东西给振亮。"

03

但是伍娟到处找不到振亮。他不在教室，也不在宿舍。

男生宿舍按说女生也不能进，但是看宿舍的阿姨兼职开了个理发店，学校外面的店里，男生理头要一块钱，她只收五毛。好坏不说，理短是没有问题。生意忙或者心情好的时候，有女生上楼也装作看不见。不过小地方民风闭塞，肯主动去男生宿舍的女生也是寥寥。伍娟把东西放在了振亮宿舍的床上，回教室上晚自习，却心神不安地看不下去书。十月份天短了，八点多已经黑透，振亮能去哪儿呢？他们家在县城又没有什么亲戚。教室里也不像平时那么安静，一片“嗡嗡嗡”交头接耳的声音。伍娟平时很少和人打交道，也从不凑热闹，但这“嗡嗡”的声音让她格外心烦意乱。坚持到两节自习之间的休息时间，她到底忍不住走了出来，在振亮的教室外面看了看，振亮的位子仍旧空空如也。路过五班的时候，孔晨正和一个高个子、穿着时髦的男生站在走廊外有说有笑。伍娟认识那男生是八班的班长张栋。他也是伍娟这一级的风云人物，学习好，家庭好，爸爸据说是副县长。不知道是不是多心，伍娟觉得孔晨的目光在她的身上停留了一会儿。她浑身不得劲儿，一直到走出教学楼，才感觉清爽了一些。

在夜空下静了一会儿，她索性走出校门，到学校后面的小树林去看一看。

伍娟从未在晚上来过小树林。秋天已经到来，地上铺了一层碎碎的枯叶，踩上去是一片又一片碎裂的声音，在寂静的夜里，这声音倒是很好听。

伍娟发现振亮首先是因为一片白。在夜里，白色原来是那么显眼，像一块反光板一样，嵌在一片沉重污浊的黑色中。

伍娟吓得后退了几步，听到振亮闷闷的声音："不要怕，是我。"

振亮受伤了，头上包着厚厚的白色绷带。他闷头蹲坐在树下，无论伍娟怎么追问，都一声不吭。终于伍娟放弃了，退而求其次说："那你跟我回宿舍吧。"振亮还是不动，伍娟伸手拉他的胳膊，拉到第三下，没想到的是，他居然就顺从地站起来，跟着她走了。

伍娟心里一软：振亮像一个走投无路的小男孩。

第二天是周一，女升旗手照旧是孔晨，男方却换了张栋。他的白色衬衣一看就不是玉芝的手艺所能比的，熨帖舒服地塞在腰带里。他看着孔晨微微一笑，红旗随之慢慢升起。

伍娟不看红旗，她在人群里搜索那个白。

振亮没有来。

午饭之后，伍娟去宿舍找田霞，田霞是她和振亮的初中同学，现在和振亮都在四班。伍娟开口问振亮的伤，田霞奇怪地说："你不知道？周六晚上，学校里来了几个外边的人，把振亮拉出去打了一顿。"伍娟又要努力在身体的各处设岗，堵截那奔腾而来的血流，好半天才能正常张口说话："谁打的他？"田霞说："不知道……都说是张栋找的人。"

那事情真是再明白不过了。

振亮伤好之后没有再作升旗手，连班长的职务也一并辞去。伍娟现在倒是常常能看到他，和几个朋友打打闹闹，满口粗话，或者打篮球打到浑身湿透。他不再是刚开学的时候严谨认真勤勉的五好少年的面貌，而是带着点颓废的坏。那点坏伍娟倒是不陌生，像是振亮逆生长，又回到了不负责任的童年。期末成绩出来，伍娟在班里是中上，振亮勉强算是中下——可他原本是他们班里的第一名。

孔晨和张栋早就分手，现在和她走得近的是李少阳，不用说，照旧是一枚在灰头土脸的高中生中很突出的少年。据说张栋和李少阳也曾经大打出手，甚至惊动了校方，要给两个人处分，最后是双方势均力敌的家长出面灭了火。对孔晨而言，少年为她而起的争斗等于她胸前的勋章。她像所有的士兵一样，对挂满勋章的大胸充满向往，并为此而勇往直前。非常奇怪或者毫不奇怪的是，她胸前的勋章越多，她越是在男生心中光芒四射，他们舍生忘死、前仆后继，孔晨是他们堕入滚滚红尘之前的第一块男性魅力的试金石。

等他们和她被互相试验过之后，有些人会有淡淡的说不出的耻辱感……但这感觉会随着时间而消失，等到中年来临，试金石会变成钻石，闪闪发光地镶嵌在他们的青春之上。

04

伍娟家里花了一千多块钱，到底把伍强转到了一中初中部借读。玉芝为此不知道跑了多少遍县城，猪仔没等养大就杀好宰好送给了李仁军科长。伍娟倒是感谢伍强，如果不是弟弟的存在，她大概没有机会见识到自己的父母和其他人的父母一样，也是为了孩子鞠躬尽瘁的好父母。初中部和高中部离得不远，伍娟经常去看一看，伍强刚转学过来环境不熟悉，独来独往，看起来十分老实，一中学风纯良，也并没有什么不良少年可供他勾搭。伍娟也就放下心来。

一个周末，伍强拿着一瓶香油、一袋红枣来找伍娟，说是玉芝来过留下的，他和伍娟一人一份。伍娟难免心里一凉，既然来了，来看女儿一眼都不肯？但她马上又平静下来。伍娟非常感谢繁重的课程，一张又一张的试卷紧紧地压着她，不让她有时间去思考其他的东西。她一遍遍地读着它们、操练着它们，从里面寻求一遍遍的肯定和赞许。

学业让她维持平和的心态。有时候她会在书本上抬起头来，允许自己做一点白日梦。有人伸出温暖的臂膀拥抱她，反复对她说：你真好，你真可爱，所有的人都爱你。

说一万遍，一亿遍，说到地老天荒。

很多年后，班车翻掉的那一天，那个她梦想了那么久的臂膀，忽然覆盖在了她的身上。

要是在那一瞬间死去，人生就完美了。

伍娟需要香油和红枣。食堂伙食很差，她的脸色越来越苍白，教语文的谢老师有一次遇到她，担心地问她是否贫血。谢老师微胖，说话慢条斯理，从不发火，有一对可爱的儿女，后来还专门拿了一瓶补血药来要她吃。伍娟很感激，每日都记着吃药，据说贫血会影响记忆力，那太可怕了。伍娟不是特别聪明的孩子，成绩不错凭的就是刻苦和记忆力。她也开始在条件允许下尽量吃得好一些。鸡蛋不舍得多吃，肉又太贵了，但是可以经常从校门外的小摊上买一块生豆腐，拿回来在搪瓷缸里捣碎了，放上盐，点上一丝丝香油，就是无上的美味。

工作后伍娟还是喜欢香油的味道。她到朋友家作客，看到她们做凉菜的时候倒很多香油，本能地觉得心疼。香油多么珍贵啊，只要小小地“点”一下就好。

伍娟拿着这一瓶珍贵的香油，想着要分给振亮半瓶。这才想起来似乎有很久没有见到他。

伍娟用报纸包住香油，塞进书包里，去男生宿舍找振亮。看门的阿姨生意兴隆，笑容满面，排队等着理发的男生站满了屋子。伍娟低着头一路畅通地走了进去。振亮住在三楼，伍娟刚想敲门，门自己开了，田霞从里面走出来，手里提着一个袋子。两人一照面，田霞仿佛更加吃惊，她的皮肤黑，脸红倒不至于，但是站不住脚似的，看样子寒暄也不肯了。伍娟侧身让她过去，看见袋子里垂下来一条衣袖，正是玉芝给振亮做的那件白衬衫，早就不白了，是脏污的黄白色。

没想到田霞会自荐当洗衣娘。

伍娟迟疑地站在门口往里望，振亮大大咧咧地光着脚躺在床上，手里拿着一本《书剑恩仇录》。看见伍娟后他眉毛一皱，仿佛是讨厌伍娟打断了他享受金庸的家国情仇，而且看样子也并不准备坐起来。伍娟一时语塞，半天才蹦出一句根本没想问的问题：“你吃饭了没？”

振亮懒散地往床头一努嘴。床头上摆着一只白色的保温瓶，看起来非常眼熟。伍娟因为紧张而变得迟钝的神经，这才嗅到在男生宿舍浓厚的汗臭油腻味儿之上，还有一股隐隐的包子香味。她想起来了，保温瓶是田霞的。田霞的家离七里铺二十里地，她一直是住校的，经常用这只保温杯从家里往学校带吃的。保温杯是田霞在部队当兵的叔叔送给她的，乡下很少见到这种东西，所以印象很深。

……那就没什么好说的了。伍娟落荒而逃。

走到楼下的时候，伍娟才想起香油忘了拿出来。

她完全可以在床头坐下来和振亮聊一会儿天，至少可以聊聊《书剑恩仇录》。伍娟虽然不像别的男生那样是武侠迷，可是这本书她暑假里看过了。男人的家国大义，她看过也就忘了，整个故事对她而言，不过是陈家洛爱霍青桐。

可是她却就这么笨拙地、手足无措地在门口站了一会儿就走了，振亮会觉得她很可笑吧。

是的，长久以来，对于她来说，就是说什么都是错，做什么都是错。

她注定是世界上最笨拙的那个人。

回到女生宿舍，她把半瓶香油倒回去，又爱惜地舔了一下瓶口。香油就是香油，是一丝也不能浪费的。

当晚，伍娟在教室里一鼓作气地做了三份数学模拟试题。她把一条小手绢捆在头上，埋头做题，做得满头大汗。做完一份就迫不及待地和标准答案比对一下。“对，对，对。”她几乎是出声地念着。每一个“对”都像是一个安慰，一个拥抱，一声赞美。

很多年后伍娟去商场给同事的孩子挑礼物，服务员给她演示一款学习机，把卡片放进去就可以做题，有一个热情的女声不停地说着："对了，错了"。做完之后，如果不到六十分的话，这个女声就说"你要加油哦！"，六十分以上则是各种赞美夸奖："你太棒了！你真是一个聪明的孩子！"如果得了一百分更不得了，还要伴随着欢呼和掌声。

尽管价格比预算高了一点，伍娟还是毫不犹豫地买了下来。

就当是买给当年的自己。

因为太过投入，伍娟一点儿也没意识到下课铃已响，同学们已经纷纷离开。也许她已经疯狂，只是看起来还是一个正常人。当全楼的灯光一下子全部都熄灭的时候，一瞬间伍娟还以为是自己失明了。她惊恐地抬起头来，两眼前面有一片光亮留下的最后的幻影，然后，"嗞嗞"地彻底熄灭了。十分诡异，像是脑神经短路、断裂、彻底烧毁了一样。

她静静地坐在凳子上，感受着一晚上那疯狂做题的歇斯底里的情绪慢慢退潮，周遭的世界也逐渐从黑暗中显现出来浑浊的轮廓。她站起来，径直地走下楼去。通往宿舍的路上路灯也已经熄灭，应该是农历初一左右，连月亮也看不见。大片的黑暗像是浓雾，她幽灵般地在里面穿行，觉得前所未有的自由和舒展。

宿舍也已经熄灯，好在宿舍楼门还没关，她侧身进去。

一楼左侧就是她的宿舍，同宿舍的女生都已经躺在了床上。她摸黑进去，不小心踢翻了一只搪瓷洗脸盆，发出“仓啷啷”的巨响，上下左右一片抱怨声。伍娟浑然不顾，只脱了鞋子，衣服也没脱，掀开被子奋不顾身地把自己投入到那永恒而温暖的黑暗中去。

第四章 私奔

01

一鼓作气，期中考试的时候伍娟第一次考了全班第五名。振亮相反，已经掉到倒数第十名。中午吃饭的时候伍娟看见他，照旧是和一群男生大声嬉笑着走路，手中的搪瓷缸子敲得哐哐地响。伍娟心里的那个圣母又膨胀起来，但她叫住了他，磨蹭了一会儿，张嘴问的却是："星期六你回去收麦子吗？"

过几天就到麦收了，七里铺初中年年放麦假，让学生们回家帮忙麦收，一中从来不放。伍娟准备请几天假回家去帮忙。伍强还小不顶事，伍国梁也托村长在砖窑厂要了份活儿，麦收时候恐怕不能天天下地。伍娟这次考试考得不错，老师大概不会难为她。

看样子振亮从未想过要回家帮忙的事，他斜着腿站着，对伍娟说："你跟我妈说我缺钱花，要两百块钱，别让我爸听见了。”说完了自己也觉得有点过分，正要解释的时候，一个男生从后面过来，打了他的脑袋一巴掌，一边尖声吹口哨，大概是嘲笑他和女生说话。振亮笑骂了一声，撇下伍娟径直追了上去。

下午课间的时候，学习委员李蕊把一张明信片放到了伍娟的课桌上。伍娟一愣，李蕊说：“你的信。”学生的信件都一律地由收发室分到各班班主任那里，然后再由学习委员发放给个人。高中上了快一半了，伍娟从未收到过任何人的信。她倒是满怀热情地给三姑写过几次信，三姑不但从不回，见了面还嘲讽她的信写得酸。“快别卖弄了，俺一个小学毕业生看不懂你那些高级词。”她总是半嘲弄半玩笑地这么说。说了几次，伍娟也就不写了。

于是，世界上就没有伍娟需要写信的人了。

多么干净冷清的一个世界。

伍娟诧异地翻过来这张明信片，背面上写着几个七零八落的大字：娟，咱要好好过。

没有署名。但这字她再熟悉不过，当年三姑的作业本上，就是这样七零八落、看起来马上要散架的大字。

伍娟看了看邮戳上的时间，就在昨天。那么说昨天三姑来县城了？因为只有县城的邮局才有明信片卖。那她怎么也不来看我，反而跑到邮局去花钱邮这个东西？还笑话她酸呢，真是的。

不管怎么样，这是伍娟此生收到的第一封信，虽然只是一张明信片。她珍惜地把它塞到语文课本里。等周末回了赵集，她得好好问问三姑是咋回事。

伍娟去办公室找班主任钱老师请假的时候，正好教语文的谢老师也在，她扭着有点微胖的身体，费劲儿地从狭窄的办公桌的缝隙里穿过来，把当天晨读迟到的学生名单交给钱老师。得知伍娟请假是要回家帮家里人麦收的时候，谢老师“啧啧”地赞叹伍娟是个孝顺孩子，伍娟的爹娘真是上辈子修了福才得了这么个乖女儿，学习又好又顾家。夸奖完又顺手从兜里拿出两个煮好的鸡蛋，非要伍娟拿着，说是早晨给一双儿女煮的，结果起床晚了，两个小兔崽子坚决不肯吃饭就跑了，追都追不上。伍娟拿着两个鸡蛋，尴尬又感动，不知道说啥才好，半晌才憋出一个蚊子哼哼似的“谢谢”。钱老师很痛快地准了假，伍娟赶紧撤，还是出了一身的汗。

第一次有人说她是个“孝顺”孩子。她当然知道自己不是。她回家帮忙，是因为觉得欠了家里人的债。高中的学费一年好几百，玉芝嘟囔归嘟囔，发脾气归发脾气，每次都按时给她。同样是女孩，三姑早就是家里的主劳力了。还有，她父母生了她才不是前辈子修的福，生了伍强才是。要是三代单传毁在伍国梁手里，他不得气成神经病？

02

现在伍娟回家不用在七里铺转车了。年前的时候，国道修到了赵集，从村子中间穿过去，把赵集一分为二。在县城的汽车站坐上车，可以一路坐到家门口。伍娟和振亮放寒假的时候一起坐车回家，下车的时候彩玲早就候着了，高兴得眉开眼笑，说这大马路就是为了他们两个学生修的。可是伍娟不喜欢这条路，白天黑夜大卡车一辆又一辆，尤其是夜晚，“唰唰”而过的轰鸣声把黑夜割得遍体鳞伤，风声、虫鸣、树叶摇摆的声音都被淹没了，那让她觉得最安全的、堡垒一样浓厚的夜，再也找不到了。

修好公路后，砖窑厂是最大的受惠者，每天雇好几辆大卡车来回拉货，村长是股东之一，眼见着人越来越胖，横着走路了。

今天伍娟乘坐的这辆中巴年纪不小了，引擎声惊天动地，车体不知道哪里出了毛病，一片“吱呀”乱响。快到赵集的地方有一条和主干道成十字形的乡间小道，大巴车经过的时候，突然从乡间小道上蹿出一个人，仰着头，左右都不看，径直一溜烟地骑车穿越主干道。

大巴车司机猛地刹车，按响喇叭，那人才像梦醒了似的吓了一跳。司机是个红鼻头、看起来脾气暴躁的中年人，居然没有伸出头去骂人——显而易见是对这类事情早就习以为常了。

农村人对大公路和汽车始终不习惯。他们用几千年延续下来的速度和节奏生活——牲畜拉车、手工劳动，可是这个世界已经完全改变，并把侵略的触角长长地伸过来。那个一直封闭的混沌的空间被迫打开，里面的每个人都不得不重新面对自己的命运。

伍娟多少有点晕车，刚刚下车，还没回过神来，就见彩玲急匆匆地向她走过来，脖子上搭着一条看不出颜色的毛巾，头发上都是红色的砖头屑。这一年她都在砖窑厂打工，什么活儿都干，是厂子里不多的女工之一。彩玲看了伍娟又去看已经开走的中巴车，确定回家的只有伍娟一个人，那张脸一下子黯淡下来。

伍娟十分不忍心。她很少敢直视玉芝的脸，所以也从未觉得母亲已经变老。对她来说，玉芝永远是强悍而健壮的。然而眼前二婶子的这张脸的确是老了，黝黑的皮肤已经下垂，脸上不知道何时出现了这么多的皱纹，现在，每条皱纹里都写满了失落。

伍娟小声说："二婶子，振亮他有事……得补课，不回来了。"

彩玲好像还没反应过来，那曾经清亮慧黠的眼睛现在是一片浑浊。

伍娟狠狠心又跟上一句："振亮说想要两百块钱。"

彩玲这才反应过来一样，打开自家门上的锁，把伍娟拉进来，又关上门。振亮家的院子比伍娟家的大，以前彩玲收拾得井井有条，半边院子种菜，还专门在一角垒了花坛，虽说种的不过是些夹竹桃指甲花红薯花，但正儿八经的花坛在农村是个稀罕物儿。彩玲请人在院子里打了一口压水井，不用老远跑到村子里的水井里担水了。以前振亮振军经常撅着屁股轮流在院子里压水浇菜浇花，彩玲在菜地里忙活，开着儿子们的玩笑，经过的时候还动不动拍屁股一下，吱吱呀呀的压水声音伴着欢声笑语，传出去老远。有一次上学的时候振亮嘴唇肿得老高，课文都没法读，据说是被压水井的井把打的——不小心脱手了，打在了嘴唇上。班上的女生们看见了笑得要命，私下里说嘴唇肿成那样，简直是男版山口百惠……山口百惠当时红到了中国的每一个角落，伍娟格外迷恋她的肿嘴唇，在此之前，公认的审美是大眼睛和薄薄的小嘴。而山口百惠的单眼皮和厚嘴唇合起来却是那么好看。振亮也是清秀的单眼皮，配上肿肿的嘴巴很别致。伍娟大概是从那一天起才发现振亮是个好看的男生。

伍娟好久没有到振亮家来过了，院子里大变样，简直认不出来了，菜地里空空荡荡，横七竖八地插着几根搭黄瓜的竹竿，花坛里只长着一点农村人叫作“死不了”的野花。虽然是春天，却很萧条。

彩玲和伍娟面对面站着，伸手把伍娟的背包拿下来，放在旁边的花坛上，又随手把伍娟的一丝垂下来的头发捋到耳后。

伍娟不习惯和人亲近，只能使劲儿忍着，别让人看出自己的尴尬。

她能做到的也只有这些。让她像班里其他女生那样，好起来勾肩搭背，连去厕所也要拉着手，那是没法想象的事。和任何人的肉体接触想起来都让人恐惧。

彩玲说：“娟儿，你给二婶子一句实话，振亮他是不是有相好的了？”

伍娟的脸“腾”地红了，不知道该说什么好。

彩玲说：“娟儿，你也知道二婶子疼你……你看看咱这院子，二婶子急得都没心思收拾了。振军没出息，初中都没上完就去砖窑厂干活，家里就指望振亮能考上大学。可是打他上了高中，能不回家就不回家，回了家就是要钱，跟我就没别的话说。我白当妈了！”

彩玲说着说着眼泪就往下流，伍娟紧张得手足无措，说：“二婶，我真不知道振亮是不是……谈恋爱了。我们学校管得挺严的，他不会的。”

彩玲用手背抹了一把脸，对着花坛擤了一下鼻涕，继续说：“娟儿，要是振亮没相好的，我就不明白了，怎么他成绩就能那么差呢？从小人人说他聪明，他就是考不上大学，已经读了这么多年，我还能甘心让他去打工啊。听说现在能拿钱上，要不我也不天天在厂子里跟一群大老爷们抢活儿干了！能给他攒一点是一点。”

伍娟无言以对。彩玲忽然贴近她，亲密地说：“娟儿，与其让振亮跟别人好，还不如你俩好呢。二婶子看着你长大，知道你是个好孩子……”

伍娟耳朵中一片轰鸣，她只知道彩玲最后说的是：“他要是有什么事儿，娟儿你别瞒我，二婶子只能指望你了！”

伍娟不知道自己是怎么从彩玲家逃出来的，推开自家的门，玉芝看见她，第一句话就是：“你自己回的？伍强呢？”

若干年后，伍娟读到张爱玲那著名的一句：“女人一辈子讲的是男人，念的是男人，怨的是男人，永远永远。”不由地苦笑。

是夜伍娟很晚才睡着。小时候奶奶搂着她睡觉，那臂弯就是一个密实的黑甜乡，没有过去，也没有未来，亘古恒有。奶奶去世之后，她习惯于把自己塞到被窝的深处，裹到紧得不能再紧。然而，现在乡村的夜却充斥了卡车的轰鸣声和一条条的车灯，在伍娟慢慢消散的意识里，它们变成了可怕的巨大怪兽，一步一步无法抵挡地碾压过来。

第二天一大早她就下了地。现在农村都用上了联合收割机，但是还需要人跟在后面捡零碎的麦子，捆麦个子，扬麦子。伍娟家的机器约在了上午九点，在地头等着的时候，伍娟不停地扭头看着西面。西面那块地是三姑家的，不知道为何，三姑一家人始终没有出现。麦子都熟透了，沉甸甸地低着头，风一吹，发出整齐的“唰唰”的声音。

玉芝提着一桶绿豆粥从家里过来，忽然淡淡地说：“不用看了，你三姑跟人跑了。”

奇怪的是，伍娟一瞬间就无师自通，准确地领会了“跑”的含义。

03

三姑跟着常来卖皮货的内蒙男人跑了。那个人伍娟见过，和山东本地人十分两样，一眼就能从人群里挑出来。瘦、高，很少笑，两只眼睛喜欢逼得紧紧地看人。天还很热的时候就会打赤膊，露出精壮的肌肉。

那么，这就是为什么会有那张明信片。

三姑一家到了晚上才知道这事儿，带着几个亲戚到县城车站找，哪里还有踪影。第二天全村人都知道了这消息。三姑奶奶受不住，逃回娘家去了，三姑爷爷则闭门不出，割麦子都顾不上了。

返校后，伍娟紧张地搜寻她的语文课本，还好，明信片还在。她把它拿出来，放到自己最珍贵的小盒子里，那里面有一只仍旧晶晶亮的蚌壳，是振亮给她的。还有一张皱巴巴的糖纸，奶奶留给她的。隔着七八年的时光，它们还在分泌着腥味儿和甜味儿。现在，又加进去了一张薄薄的、只有几个字的明信片。

不知道为什么，伍娟十分接受三姑的选择，仿佛再天经地义不过。如果村子里有一个女人私奔，那个女人也一定是、只能是三姑。健康、茁壮，让人把眼睛放她身上哪儿都舒服的三姑。

她没有难过，也没有担忧，反而有一种莫名的兴奋。

十几年后她才重新见到她，已经离婚、再婚，带着一双同母异父的儿女。

这是三姑的命运。

现在，她爱的、爱她的人都已经纷纷离开，却并没有出现新的人。人生那么荒凉，是冬季被冰冻的田野。她开始的时候恐慌，后来却坦然。这同样是属于她的命运，无法选择。

第五章 丧母

01

因为是初中同学，伍娟和田霞还算是关系比较密切的熟人，碰到了总会聊几句，偶尔田霞也会约伍娟去操场散散步。但自从上次在振亮宿舍碰见之后，田霞就躲着伍娟，伍娟倒仍旧是无知无觉的样子。

周六晚上去上自习的人不多。平时学校管得严，晚自习都要点名，到了周末大部分人都赶紧放松放松。伍娟打了热水去洗手间洗头发，擦着湿漉漉的头发回来的时候，却发现田霞笑嘻嘻地坐在她的床上。

时间快要进入盛夏，宿舍里闷热不堪，两个人到操场上散步，边走边聊。操场上有一些老师带着家属、孩子乘凉，黑暗中是此起彼伏噼里啪啦打蚊子的声音。聊着聊着，田霞忽然直言不讳地说："我们班的孙晓玲，天天给振亮带一个煮好的鸡蛋。"伍娟说："哦。"一副下定决心不肯捧哏的姿势。田霞只好自顾自说下去："孙晓玲课桌在最前排，振亮在最后排，每天早操结束的时候，振亮都能在课桌里摸到一个熟鸡蛋。开始他不知道是咋回事，还问是谁把鸡蛋忘在了这里。"伍娟继续说"哦。"如果不能够转身逃跑，那么当然也就只好挺身听下去。田霞继续说："振亮不肯吃，别的男生知道了就来闹，一群人在教室后面又笑又抢的，最后谁抢着了谁就吃。孙晓玲坐在前排看书，跟没听见一样，第二天还是拿鸡蛋来。"

伍娟知道孙晓玲是谁。那是一个小鼻子小眼睛的清秀姑娘，常常一个人独来独往，虽然是城里人，但家庭条件不见得有多么好。

田霞言简意赅地总结道："我觉得孙晓玲真是够不要脸的。"说完了定定地看着伍娟，等着她表态和她同仇敌忾。

但是伍娟显然拒绝作她同一战壕的战友，她停下脚步，如梦初醒似的说："操场上都没人了，我们赶紧回吧。"

田霞的一张脸，像被阉了一样黯淡下来。

暑假的时候，伍强拿了一张倒数第二名的成绩单回来，伍娟的是正数第二名。伍国梁看见儿子回来了，高兴得眉开眼笑，亲自下厨炖肉，说孩子瘦了，要好好补补，至于成绩单那不算啥，因为"俺儿还小呢，才十四五，心眼还没长全"。

这种语法的话伍娟将要在以后经常听到："俺儿还小呢，才十七八……""俺儿还小呢，才二十五六……"

所谓爱，不就是不管事实如何，都觉得他弱小、需要保护？由此可以鉴定，伍国梁对儿子，是感天动地的真爱。

倒是玉芝，看了看伍娟的成绩单，说了声："哟，考得不孬啊。"态度上多少更客气些。伍娟只在家干了一个月的活儿，就回学校参加暑假尖子补习班，开学就是高三了，学校抓得紧。给玉芝要五十块钱学费的时候，玉芝居然也没说啥，痛快地就拿了钱放行。以至于伍娟一路坐车到了学校，还觉得不真实——先前她不敢跟家里提补课的事儿，足足担心了一个月。

02

暑假后正式开学没几天，伍娟在食堂遇到了田霞。她劈头就说："你不知道？振亮他妈死了！"这一次，伍娟到底让田霞如愿以偿了一次，她再也无法镇静自若，惊讶得话都说不出来，拿着搪瓷饭盆的手直发抖。

伍娟从来都没想过二婶子那么喜庆一个人，会用这种方式死去。她在砖窑厂干活的时候，被倒车的卡车碾死了。司机和厂子里的工人喝了一肚子酒才准备上路，倒车的时候压根没看后视镜。看见的人都说，人惨得不能看了。农村人的命不值钱，最后法院判下来，只赔了不到五万。

伍娟周末赶回去的时候，二婶子已经下葬。据说棺材入土之后，振亮不停地磕头，直到把额头磕得鲜血淋漓，谁都拉不住。

伍娟也去二婶子的坟上磕了几个头。这个世界上，让她感觉温暖和亲切的人本来就不多，现在又少了一个。从二婶子的坟前爬起来，她在坟堆里绕七绕八地走了一会儿，找到了她奶奶的坟。赵集里的伍姓本来就不多，祖坟都在一起。也不知道这些人在地底下，是不是还能时不时地串个门，拉上几句呱。

前几天下过一场大雨，奶奶的坟头被冲垮了一个角。伍娟拿出准备好的铁锹，把塌了的角补起来，又把周围的杂草除了。

伍娟在奶奶坟前坐下来，喊了声："奶奶"，喊完了又不知道该说什么好。这个世界这么大，但是伍娟的心其实还是有秩序的，这小小的坟头就是她的圆心，她的根。除此之外，这世界给她的全部都是空空落落。

默默坐了半天，伍娟说："奶奶，俺走了。您保佑俺考个好大学吧。"

03

高考分数出来后，振亮考得倒比伍娟还要好一点。高三这一年，周围的人没见他笑过，在桌子上一趴就是一天，整个人都被书埋住一样。伴随着他成绩节节升高的是他的少白头，多半年下来，振亮的头发白了一半。从后面看是一个货真价实的老头，从前面看却还有着一张少年的脸。

但那少年头上的白发并不特别触目，在这所县城的重点中学，顶着一头花白头发的少年并非只有他一个。在改变命运的背水一战面前，白发算不了什么牺牲。

振亮的所有志愿都填了医学院。虽然他妈妈是什么样的医生也救不回来的，但振亮没有道理地觉得上医学院会让他好受点。伍娟的所有志愿都填了师范类学校。师范类学校学费低，每个月还给学生补助，基本上吃的就够了。高考考完后伍娟就在村子里的砖窑厂干活，拉砖兼做饭，除了去七里铺置办上学用的行李，几乎一天没歇。两个月下来，厂长给了她八百，有两百是村长建议多给的，说这孩子不容易，一个女孩家赶得上一个男劳力，再说村子里考上大学生也算是光彩事，恢复高考十几年了也不过考了不到十个而已，算是村子里的奖励。振亮不要这两百块钱，因为彩玲的事，砖窑厂的大门他从来不进。师范大学学费一年五百块钱，住宿费一百块钱，再加上乱七八糟各种费用，一共交了七百块钱。玉芝又另外给了她三百块钱当生活费。尽管玉芝啥也没说，伍娟还是暗自发誓，这是从家里拿的最后一笔钱。

农村孩子报志愿保守，振亮和伍娟没有任何悬念地进了第一志愿，分数都高出录取线一大截，一个是省医学院，一个是省师范大学，都在省城J市。录取通知书出来之后，振亮专门跑到县城不多的几家有复印机的门市，复印了一张通知书，在彩玲坟上烧了。

临开学前，伍娟去了奶奶的坟，好好地认真修整了一番，以后她再回来一趟就不容易了。要想回一趟赵集，得先从省城坐车到他们县所属的地级市，转车到他们县城，再从县城坐车回来，少说也得六七个小时，路费也贵，得十好几块。伍娟坐在奶奶的坟前，前后左右都是老槐树，已经是夏末，树上的知了没有几天的活头了，叫得有气无力。一时间她觉得空空落落，心里不知道是悲是喜。赵集对她的唯一意义就是这方圆不到一米的小坟头，她的奶奶，世上唯一给过她“最”爱的人。她知道自己的离开就是彻底的离开，就像很多年前，她在园子里看见的那个蛇蜕一样，她要把过去的事像一层皮一样褪下去，无情地抛在身后，然后一个人面对一个新的世界。没什么可怕，但要命的是她觉得孤独。这真是没有办法的事。她可以努力考上大学，但没有办法努力逃脱孤独。她忽然觉得难过，说不出的大委屈铺天盖地地压下来，像一场骤雨，或者暴雪。这一会儿整个世界都欠了她的，欠了她一个让她不孤独的怀抱。她像个孩子那样任性地嚎啕了。

第六章 打工

01

J市的大学开学时间差不多，伍娟和振亮一起离开家，坐上了开往县城的汽车。振亮还带了一个跟班——振军，负责提他们提不了的行李。据说省城的物价贵，所以他们连脸盆暖壶毛巾肥皂都是在七里铺上买好的，再加上被褥衣服，一个人提着实在是费劲儿。

汽车很快就飞驰着把赵集和七里铺甩在后面。他们的初中就在马路边上，不过是几栋砖瓦平房，看起来小而寒酸，几秒钟就闪了过去。伍娟偷偷看了一眼振亮，他不往路两边看，面无表情地直视前方，刚刚染过的头发黑得有点不自然。

伍娟低头看着自己随身带的小包，包里放的都是最重要的东西，钱、大学通知书，还有一只小盒子。盒子里放着奶奶最后留给她的那张糖纸、三姑的明信片儿，还有小时候振亮偷偷塞给她的那只蚌壳。因为怕压碎了，她在蚌壳外面厚厚地裹了一圈草纸。年深日久，蚌壳那曾经神秘的绿色荧光已经黯淡，但内壳却有一层珍珠似的光润。

可是，她已经完全感觉不到，这只蚌壳和眼前这个面目阴沉的少年，有任何的联系。

伍娟跟着哥俩转了几次车，好不容易到了J市汽车站，又挤上了18路公交车。这路车直达他们两个的学校，先是振亮的，后是伍娟的。到了医科大学，振亮和振军先下了车，伍娟挤在车窗看着哥俩提着东西，蹒跚地消失在人群中，眼中一阵酸楚。哥俩的肤色明显比周围的人黑得多，他们走路的样子也和别人不一样，他们犹疑地、试探地，一步一步地，走在这一块和他们所熟悉的农村完全不一样的土地上。

好在伍娟大学的门口就有接新生的老生们。伍娟被他们带着，几乎像没头苍蝇一样晕乎乎地交钱、领被褥、领饭票、领书。正奔走着，忽然在人群里看到了振军，他正茫然地在大太阳底下左看右看。伍娟赶忙走过去扯扯他，他看了半天伍娟，才像刚认出她来一样说："娟姐，俺哥说他一个人就行，让俺过来帮你。"

一个月的军训对伍娟是小儿科，烈日下颇有几个娇小白皙的城市女孩中暑晕倒，伍娟几乎有点羡慕她们——晕倒是美丽时髦的女人的专利，像她这样的女孩，只能毫无办法地强悍下去。

军训结束后才上了两周的课，伍娟就心中有数了。大学的课对她来说并不难，她的目标很明确：首先，她要争取科科拿好分数，好挣奖学金。师范大学的奖学金虽然少，但有一分就是一分；其次，她要打工挣钱养活自己，还要挣出剩下几年的学费，如果有可能的话，她还想把自己这几年的学费都还给玉芝——两不相欠。其实她还有一个目标，但她不情愿去想——那就是，如果有时间，她希望一个星期能见振亮一面。一个星期不可以的话，两个星期也成。

这一片是J市的大学区，大学密集，因此他们的学校离得并不远。骑自行车的话，去的时候是下坡，十五分钟；回来的时候是上坡，二十分钟。这段路程常让她想起他们的初中，从七里铺回赵集，是下坡，十分钟；从赵集回七里铺，是上坡，十五分钟。如果振亮用自行车载她的话，就得二十分钟。

可是环境是完全不同的。初中的路，两侧都是白杨树和麦田，现在的路，全部是高楼、人群和车。她已经顺利地逃离了赵集，但是却发现自己并不能顺利地融入城市，她的孤独症只会更深。每天她只有想着振亮才能入睡——伍娟越来越发现活着是一件很麻烦的事，因为必须要有一点让人想起来觉得温暖的事情才可以，仅仅有吃有穿还远远不够。如果有一点办法,伍娟也不愿意去想振亮。但是眼下,她没有办法。

那偷偷塞到手中的河蚌壳,那月光下白得耀眼的荞麦花,那两颗紧贴在一起激烈蹦跳的心脏，那脊梁骨突出的脊背。

夜深的时候，她难免对自己有点小纵容。

02

伍娟打工的计划进行得并不顺利。师范学院的学生，要想打工当然首推作家教。学校门口的天桥上，常常有学生摆地摊，前面放着纸牌子，上面写着家教的种类和价格。伍娟也去天桥上静坐，但是有家长过来一问是大一的，就摇头而去。后来伍娟学聪明了，她把自己的高考成绩通知单拿到复印店里去复印了一份。她的成绩各科都不错，英语和数学又特别好，高考试卷满分120分，伍娟的英语是108，数学是112，相当出色。现在的家长，都很重视英语和数学成绩。这天下了课，她照旧到天桥上来，正好看到一对母女模样的人在咨询，当妈妈的染着黄头发，烫得卷卷的，浑身上下是各种金光闪闪的首饰，脸上的面相在农村人看起来是相当的"凶相"，横肉一条一条；女儿则是个胖姑娘，看起来大概十五六岁，满脸都是厌倦和不耐烦，一看就是被强迫着拖来的。伍娟犹豫了一下，还是鼓起勇气走过去打招呼。她不能再等下去了，已经开学两个月，几乎每天都在天桥上浪费一个小时，虽然这一个小时她用来背单词，但效率和在图书馆不可同日而语。她拿出学生证和复印好的高考成绩通知单给这对母女看，一再保证自己对数学和英语的学习相当有经验和方法。当女儿的漫不经心，眼睛的焦点从始至终都没有落在伍娟身上；当妈的则上下打量着伍娟，问："你家是农村的？"伍娟点头。倒也没再多问什么，当下就敲定了每周补习一天，按六个小时算，价格是每小时五块钱，管中午一顿饭。

好运都是一起来。没过几天，伍娟发现学校附近开了一家她老家特色的饭馆，生意一上来就相当红火。她鼓足勇气进去，操着乡音问是否要打工的学生。老板娘姓郑，四十多岁，攀谈起来后才知道原来她是郑家庄的，离赵集只有十里地，和伍娟算是货真价实的老乡。店面不大，只有一个跑堂的，忙起来的时候老板娘一起上阵都不行，再找一个全天候的工人又有点不值当的，伍娟答应每天晚上六点到八点半过来帮忙，老板娘觉得正合适，工资按月结，请假不超过两次的话一个月给150块。

伍娟欢天喜地。这样的话，她一个月就有近三百块的收入。九十年代中期，在她老家的县城，一般的公职人员工资也就是四百块钱左右。她算了一下，她吃饭很省，每个月学校发的饭票都用不完，剩下的还够在学校小卖部里买牙膏洗衣粉卫生巾。这样的话，她每个月的收入，除了攒起来付后面三年的学费和玉芝的钱之外，还可以认真挑选几件像样的衣服了。伍娟宿舍的女孩们，上了大学之后的每个周末，差不多都是大家约好去逛街，一到黄昏，就纷纷地有说有笑地提着一堆购物袋回来。而伍娟几乎没进过商店，商店里的衣服动辄八九十、上百块，她想都不敢想。所以直到现在她还穿着在县城地摊上十几块钱买的衣服，带着廉价的化纤的亮光，一眼看上去就是个刚从农村出来的姑娘。

这方面男生就有优势得多。振亮上了大学，没多久就脱胎换骨了。他刚染过的头发剃成了短短的平头，看起来十分精神。男生的衣服本来就样式少，他照葫芦画瓢买了几件，穿在他的高挑身材上，相当舒服顺眼。至于皮肤黑——男生皮肤黑本来就算不上缺点，倒显得振亮脸部的线条格外硬朗，和那些城市里的小白脸男生比起来倒更有味道些。

伍娟去找过振亮几次。振亮带着她去食堂吃饭，遇到同学一律介绍：这是我老乡。大概有避嫌的味道，伍娟倒没觉得太不舒服。他们就是老乡呀，不是老乡是什么？

吃饭的时候他们会聊一聊老同学，他们的高中虽然是县城重点，升学率也只有百分之三十左右，大部分同学都考不上，只能各寻出路。有的复读，有的参军，有的就只能回家务农，家在县城的就托关系找门路，在机关或者厂子里找个工作。

田霞和曾经一天给振亮偷偷带一个鸡蛋的孙晓玲都没有考上。田霞花钱上了一个电大的委培专科，孙晓玲则顶了她妈的班，到国棉厂当了三班倒的工人。

她们的命运，毫无疑问，她们和振亮从此就是永不相交的平行线了。

振亮提起她们的时候语气淡淡的，脸上也没有什么表情。不过他俩像约好了似的一样，从来不提孔晨。孔晨成绩一般，最后上的是上海一所学校的委培专科，一年就要四五千的学费，学校里颇有几个富家子弟走了这条路。

振亮学校的食堂比伍娟那里的种类多，价格也贵一点。每次伍娟去，振亮都自作主张地买炸丸子。在赵集，炸丸子是奢侈的食物，除了过年之外，顶多就是麦收后再吃一次。在伍娟家，每次炸的丸子都几乎是伍强一个人的独食，伍娟夹上几个尝尝也就是了。振亮把一盘炸丸子都推到伍娟面前，说:“多吃点，别光顾着打工。看你又瘦了，挣钱不在这一时。”

03

怎么能不瘦，现在伍娟是整个宿舍最忙的人。为了保证不落下功课，她每天早晨要比其他人早起一个钟头，到操场上背英语单词或者温习功课；晚上从饭馆出来，就直奔图书馆，还可以再读一个小时的书，图书馆九点五十才熄灯。周日一天都得去做家教，伍娟的雇主、女孩的妈妈叫顾建敏，在他们家小区对面的一家小型商场卖内衣袜子之类，女孩叫宋其佳，读初三，成绩稳稳盘踞在全班后十名，数学英语从来没有突破过六十大关。钱不是好挣的，一到周六晚上伍娟就心事重重——宋其佳和她妈妈都不是好侍候的主儿。

宋其佳看上去有严重的厌学症。伍娟拿着书，掰开了揉碎了地给她讲，她却总是一脸茫然。让她做题，手里的笔动都不动，直接说不会，一副死猪不怕开水烫的坦然。更要命的是她几乎不住嘴地吃，不是吃瓜子就是吃饼干，嘴巴没停过。伍娟着急的时候，那永不停休的咀嚼声简直能把她逼疯。顾建敏很少在家，周日是她们卖东西最忙的时候，中午饭都没时间做，总是叫了外卖回来。偶尔在家的时候，她就一趟趟地往女儿屋子里跑，不是送吃的就是送水，而且从来都是只招呼女儿吃喝，连客气都不和伍娟客气一下，还时不时地敲打伍娟几句：“伍娟啊，如果囡囡下次考试成绩能上升十个名次，我是要给你包个红包的。”囡囡是宋其佳的小名儿。伍娟每次听了都发愁得很。宋其佳这个样子，成绩不退后就算好的了，伍娟担心这个家教做不久。

她的担心不久即成事实。

做了一个月后伍娟才第一次见到男主人。这个周日的上午，她骑自行车去做家教——为了节约时间和乘车费，她花五十块巨款买了一辆二手自行车。到了楼底下锁车的时候，一辆旧桑塔纳也停在了楼门口。她上楼的时候，开桑塔纳的男人也尾随着她上了楼。她停在 301 门口敲门，那男人也跟在她身后。伍娟正奇怪着，门开了，顾建敏站在门口，看见他俩站在门外，表情马上就不对劲儿了，张口就问：“哟，你俩已经认识了？”

伍娟没反应过来，一头雾水，后面那男人却已经满脸堆笑地上下打量她：“你就是那……囡囡的小伍老师吧？我是她爸爸！”说完还伸出手要握手。

伍娟犹豫了一下，别扭地伸出手去和他握了一下，那只手手心里潮热多汗，涩得很，好像使劲儿抽了一下才抽回来。伍娟拼命抑制住自己想要把手在裤子上蹭蹭的冲动。

顾建敏“哐啷”把门打开，恶声恶气地说：“快进来吧，满显得你礼数多！”那男人“嘿嘿”地笑着进来，大喇喇地往沙发上一坐。

伍娟赶忙进了宋其佳的房间，她不喜欢这个男人的面相，脸短，来不及有下巴似的，嘴下面就凹进去了，直接是脖子。

不笑还好，一笑就像一只猫。

一个上午伍娟都没有进入讲课的状态。先是男主人笑呵呵地端着一盘切好的苹果进来聊天，热情地招呼“小伍老师”一起吃。他在发“小”的音时好像要格外缠绵曲折一下，听得伍娟心头直起腻。他热情地询问“小伍老师”的老家，伍娟回答后他激情洋溢地说：“哦，我去年还去那里跑过一个单子！”原来他是跑销售的，怪不得常年不在家。伍娟说：“我们那里穷。”他说：“很好很好！民风淳朴！”

宋其佳干脆离开了书桌，躺在床上跷着二郎腿，斜着眼睛看着伍娟和她爸爸——不知道为什么，伍娟觉得那双因为肉太多而被挤得很小的眼睛里的眼神十分讽刺。伍娟赶紧站起身来说：“宋其佳，你怎么躺到床上去了？这道题目才讲了一半，快过来！”话音未落，顾建敏推门进来了，扫视了一圈，冲着女儿大吼一声：“囡囡！你别拿妈妈的钱不当回事！妈妈把钱给人家，不是让人家和你爸爸聊大天的！”伍娟的脸火烧火燎地红起来，这是什么意思？眼下的情况完全超离了她所有的人生经验，她一时间不知道该怎么做，就愣在了那里。

宋其佳一边慢腾腾地像一座肉山一样从床上挪下来，一边叽叽咕咕地说：“有邪火往我身上发算什么本事，有本事你管好我爸呀！”

顾建敏闻言大怒，冲上去给了女儿一耳光，宋其佳就势一屁股躺回到床上，打着滚儿地嚎啕大哭。伍娟目瞪口呆，看着夫妻俩在女儿的大哭声中你一句我一句地爆吵起来。他们的语速极快，伍娟只听懂了几句。顾建敏说："宋建国，你王八蛋改不了吃屎，是个女的你就像猫见了腥，上次给你的教训还是轻，记吃不记打的货，上辈子你肯定是个被阉的死太监！"男主人说："你就是个实打实的疯娘们，我和孩子老师说几句话你就抽风，看见你就恶心，明天就离婚去！"他刚才的猫脸魔法一样消失不见，现在看起来像一只咆哮的龇牙咧嘴的老鼠。

伍娟慌乱地收拾东西放进书包里，准备夺路而逃。她转过身的时候，忽然听到一个冷冷的声音，是宋其佳的，她突兀地停止了哭泣，对伍娟说："伍老师，你的水杯。"

是伍娟的塑料水杯，被她慌乱中遗忘到了书桌上。

伍娟跑下楼，拿钥匙开自行车锁的时候，手一个劲儿地打哆嗦，半天才打开锁。正推着自行车要走，楼梯一阵咚咚响，宋建国跑下来，半个身子刚钻进桑塔纳里，抬头看见了伍娟，一下子满脸堆笑，猫脸又出来了。伍娟的鸡皮疙瘩哗地涌上来，低下头就要上车逃跑。宋建国几步赶过来，口中喊着："小伍老师，小伍老师，等一等！"伍娟只好停下，低着头站着。宋建国走到她跟前，在口袋里一顿乱掏，拿出一堆纸钞，然后从里面拣出两张十块的递过来，说："小伍老师别生气，这娘们没文化，动不动就撒泼，让小伍老师受委屈了。今天的家教费还没给吧？"伍娟不肯接，他就亲热地把钱往伍娟的书包里塞，塞完了又把肥厚的手放到伍娟的肩膀上拍了拍："让小伍老师见笑了！"说完之后，那只手还在伍娟的肩膀上猥琐地停留了几秒钟，确定挣回了二十块钱的本儿之后才把手拿下来。

伍娟赶紧地骑上自行车飞快地跑了，直到骑出了两条街区，她还觉得肩膀上黏黏糊糊不舒服。

回到宿舍里，伍娟越想今天这事儿越说不出的窝囊难过，平白无故地遭了一番羞辱。她冲出宿舍，到门市部公用电话那里，想要打一个电话给振亮——除此之外，她不知道自己还有什么可以做。振亮的宿舍楼传达室有一部电话，看楼的老头心情好的时候，肯帮人到宿舍里叫人。电话接通了，运气还不错，老头和颜悦色地让她稍等，她拿着话筒却开始后悔。

跟振亮说些什么呢？说她受了委屈？她说不出来。她从来没有和振亮诉过苦，她和他之间不存在这个通道。

这个世界上，没有一个可以让她诉苦的人。

意识到这个问题的伍娟只觉得一阵茫然和疲倦。她下意识地放下了话筒，梦游一般重新回到宿舍，躺在床上。好在长久的身体透支挽救了她，她昏昏沉沉地坠入了睡梦之中。

在睡梦中，那头发染成黄色、满身金首饰的凶恶女人是一头狮子，那肥胖怪异、有一双冷冰冰的小眼睛的女孩是一头猪，那有着令人发腻声音的男子是一只巨大的猫。

那二十块钱伍娟当然不舍得丢，够她一周的生活费呢。其中一张十块的折着一个角，还有几个写得歪歪扭扭的小字："刘艳芳你是个婊子！！！"

和伍娟出师不利的家教生涯相比，她在饭馆的工作却异常顺利。老板娘郑姐挺喜欢这个小老乡，端盘子洗碗这些活儿对干惯了重活的伍娟来说也不在话下。一个月干下来，伍娟请了三次假，一次是因为身体不舒服，两次是因为老师调课到了晚上，开工资的时候郑姐还是给了她一百五十块，伍娟想要退回点她都不肯要。

家教的工作一丢，还钱给玉芝这个事儿，仿佛又遥远了一点。伍娟常常会想到那一幕，她从书包里掏出钱来，递给玉芝。玉芝会有什么反应呢？

这一幕对于她而言是加油站，而且，格外会有一种刺激的快感。想完了，她就会“腾”地站起来，去学习、去打工。

在想象中，玉芝有的时候会哭起来，有的时候会看着她不说话。

但即使在想象中，她也没有直视过玉芝的眼睛。不知道是不愿意，还是不敢。

04

伍娟请振亮在自己打工的餐馆吃了一顿饭。起因是郑姐问伍娟有没有对象，伍娟说没有，说完了不知怎么又添了一句，说有一个关系挺好的一个村里长大的邻居兼同学，也在这一片儿读书。郑姐就说：老乡呀，那就一起过来吃个饭呗，也认识认识。

于是，趁着一个下午没课的中午，伍娟把振亮带到了郑姐的小餐馆。快一点了，小餐馆的人流高峰期已经过去，郑姐有时间坐在旁边陪他们聊天。伍娟发现振亮比自己想象的还要成熟，他很自然地回答着郑姐的各种问题，夸奖着郑姐的能干，而且还十分诚恳地说："我这个妹妹在这里，多亏了您照顾。伍娟经常给我念叨您的好。"伍娟坐在旁边一句话也插不上，看得目瞪口呆，眼前的这个振亮，又熟悉又陌生，不知道是不是背景变了的缘故——这里不是赵集，也不是七里铺和县城，而是J市。郑姐被夸得眉开眼笑，不但给他们加了两个肉菜，而且坚决要自己请客，不让他们拿一分钱。

晚上八点之后，店面里人就不多了，只有两个小包间里还有客人。伍娟擦好了桌子，又把地拖了一遍。郑姐在柜台后招呼她："娟，别忙活了，过来说两句话。"

伍娟听话地走过去，趴在柜台上。郑姐笑眯眯地打量了她半天没说话。伍娟不好意思起来，问："郑姐你不是有话说吗？怎么又不说了呢？"

郑姐说："俺们娟是个实诚孩子。"顿了顿又说："振亮也是个好孩子。不过你俩不合适。"

伍娟的脸火辣辣地红起来，多此一举地澄清着："我和他本来就不是那关系。"

郑姐说："娟，姐和你说点真心话。振亮这孩子心眼多，比你能，你降不了他。再说了，咱农村考上来的，在这城市里一块砖一片瓦都没有，要人没人，要地没地。真要将来留在这里过日子，还得找个城里人。你找个城里小伙儿，振亮找个城里的姑娘，你俩都能少受十年的罪。"

伍娟不知道该说什么好。郑姐描述的生活离她太遥远了，她还没有想过。

郑姐又说："你看看我，我和你李哥都是农村出来的，在人家的地盘上开个饭馆多不容易，哪尊神都得罪不起。你李哥会啥？都是我一个人顶着。"

郑姐的丈夫老李在一家银行当保安，不值班的时候就到店里来帮忙，什么粗活都干，是个老实厚道、也知道疼老婆的男人。但是的确像郑姐说的那样，老李顶不了什么事。有一次税务局戴着大檐帽的一群人来查，老李明明正好在店里，却杵在那里一句话说不出来，前前后后都是郑姐一个人招呼应承下来的。

郑姐叹口气："娟，你听我的，别老顾着振亮一个人了。你周围的男同学什么的，平常多说说话。"

伍娟做不到。大学读了这么久，伍娟几乎没有和班上的男生说过话。她不敢看他们的眼睛，连男生走近她她都觉得紧张。从小到大，伍娟生命里的男性只有振亮。作为父亲，伍国梁没有像玉芝那样打骂过她，但是他的眼中只有儿子。这个父亲对于伍娟而言，就是四个字：不用指望。宿舍夜谈的时候，伍娟听着其他女孩子口中不停地蹦出几个字："我爸爸……我爸爸……"，"爸爸"两个字听起来甜蜜又清脆，像是冒着香气的爆米花，或者刚出锅的糖炒栗子。隔着夜晚沉重的幕布，伍娟也能看见说出这两个字的女孩那自豪和幸福的发光的小脸。周围没人的时候，伍娟尝试着吐出这两个字："爸爸。"那声音陌生而空洞，像某种腐蚀性极强的溶液一样，刺激得她几乎要尖叫起来，一瞬间起了满身的鸡皮疙瘩。

第七章 放弃

01

因为丢了家教的工作，伍娟的时间充裕了一点儿。周日下午只要没有很急的功课，她就骑自行车去振亮的学校。振亮参加了学校的足球队，每周日下午天气允许的话，都有训练或者比赛。伍娟感谢有这么一个机会，可以让她合法地、长久地看着振亮。

伍娟完全不懂足球，但也能看得出振亮的技术不错。他奔跑着，争抢着，高声和队友互相呼喊交流着。在这个世界里他从容而自信，是能够掌控一切的主人。不知道是不是锻炼的缘故，振亮比起高中时候要强健很多，胳膊上、腿上都看得出一条一条的肌肉，背从后面看上去宽宽的。伍娟想起在七里铺读书的时候，振亮骑车带着她上下学，那少年的脊背又瘦又窄，坚硬如铁，脊柱骨高高地顶出来。

时间过得真快。就像手中沙，握得越紧，流得越快。伍娟知道早晚有一天，振亮会将她抛在身后，走出她的生活。

这一天振亮踢完球，跑过来招呼伍娟留下来一起吃饭。他的球友从他身边跑过去，一边好奇地打量着伍娟，一边对振亮说："别忘了晚上八点学生会开会！"振亮答应着，带着伍娟往食堂的方向走。

正是吃饭的时间，通往食堂的路上人来人往。伍娟和振亮走在一起的时候总是专心致志——专心致志地体会那种"和振亮在一起"的感觉，所以几乎没有听到振亮在和她说话，等到她意识到这一点的时候，振亮已经说完了，正低头看着她。她又尴尬又着急，说："太乱了，你说什么？"振亮说："我让你看看这些人，好多都是城市人，对不对？"伍娟这才去打量着四周的人群。医学院的学生，明显在穿着打扮上比师范院校的学生要好。很多人一眼可见，是从城市里长大的。师范院校大多都是农村读出来的孩子。起码在大学的头两年，城市孩子和农村孩子的区别是非常明显的。伍娟点点头。振亮又问："你觉得我比他们差吗？"伍娟不由得笑了。怎么会？振亮永远是最出色的那一个。他站在人群中，黑色的皮肤、强健的身体、明亮的笑容，振亮是一个看起来非常棒的、有力量的……雄性。

振亮拉着伍娟边走边说："伍娟，我觉得自己比他们谁都不差，可是……"他停下来，不再说下去。伍娟静静地等着，振亮却摇头自嘲地一笑，说："王侯将相，宁有种乎？……废话，他们当然是有种的。"伍娟没有听懂这句话，振亮已经把话题一转，引到她的身上："伍娟，你也别光顾着死读书，平时也得注意和老师搞好关系。否则你考得再好，也未必能得高分。你又不爱参加活动，综合测评本来就不沾光，这样怎么能够拿到奖学金？挣奖学金总比你苦哈哈地给人家跑堂好吧？”

伍娟没说话。她愿意“苦哈哈”，因为这是她能做到的。和人尤其是老师打交道，是她无论如何强迫自己都做不到的。

正想着，振亮忽然用手拍了一下她的肩膀，笑着说：“伍娟，我才发现，你今天穿了一件新衣服。”伍娟的脸红了，原来他“才”发现！

这是伍娟有史以来最贵的一件衣服。嫩绿色的连衣裙，公主袖，棕色的丝绸腰带，花掉了她足足一百块钱。她下了一个月的狠心才把这件衣服带回来，这正是她小时候最渴望拥有的那种裙子。今天是第一次拿出来穿，刚穿上的时候舍友评论说：“原来你喜欢的是田园少女风！”伍娟不懂得什么是田园少女风。听到“少女”两个字倒是有点心惊。什么是“少女”？她从未觉得自己曾经是个“少女”，奶奶去世的一瞬间，她就已经老了。

振亮说：“伍娟，你早该打扮打扮自己了，这样多好看！”伍娟有一句话就在嘴边，差一点就要说出来了：“这是穿给你看的。”

多亏没有说。振亮笑着说：“伍娟，你该找个男朋友了吧？要不要我帮忙？”

伍娟只觉得耳中“嗡”的一声轰鸣。她还有点本能的侥幸，希望他不是那个意思。振亮拉着她在一棵树的树荫下停下来，推心置腹地说："伍娟，你找男朋友一定得找个城市男生。你们学校城市男生少，我在我同学里帮你物色一个吧？你放心，保证品质好，我先给你把第一关。"

今天天气真好。五点多了，阳光还是从树叶的缝隙里一滴滴地漏下来，在振亮的脸上留下一块块的光斑。那张伍娟再熟悉不过的脸，忽然变得十分陌生。

伍娟茫然地看着他，并努力让自己在十几秒钟内恢复理智。

她懂了他的意思，他在用对她关心的方式表达着拒绝。当然她也可以豁出去一次，哭着喊着告诉他，我不要别人，我只要你。

短短十几秒钟而已，伍娟脑子里已经是一片废墟。她最后能说出的话就是："我今天一点也不饿，不想去吃饭了。"

看着振亮诧异而又怜悯的眼神，伍娟居然又笑嘻嘻地说出一句话："晚饭不吃正好减肥呀，城里的女孩不都是喜欢减肥的吗？"

说完这句话，伍娟几乎对自己肃然起敬。

伍娟觉得自己的运气不错。那天从医学院回来，宿舍里已经等着一位专门来找她的大四学姐。这位学姐在郑姐的饭馆吃饭的时候认识了她，这次来，是要把自己做的家教转手给她，因为她马上毕业，要离开这个城市了。

家教对象是个留守小孩，父母都在美国读书，跟着爷爷奶奶生活。两位老人年纪大了，平时接接送送还可以，周末一直陪着孩子就有点吃不消，所以家庭教师还兼有点保姆的意思。学姐一再和伍娟说，两位老人特别好，对家庭教师就像对自家人一样，小姑娘人也乖巧可爱。伍娟十分、十分感激。

她是真的太需要这个家教了。不仅是钱，还因为她必须要让自己充分地、像个陀螺那样快速地转动起来。

忙碌了一个晚上，终于可以躺在床上的时候，伍娟命令自己：不要思考，也不要哭。

伍娟的床在上铺，天花板就在她一米之上。她使劲儿地盯着天花板，眼珠一动也不动，仿佛这样就可以用世界上最强效的胶水，把思维牢牢地粘在天花板上，从而静止不动。

02

新的家教果然做得非常顺利。小姑娘叫斐斐，刚刚七岁，读一年级。斐斐的爷爷奶奶退休前都在机关工作，人非常温和讲道理。很快，国家开始实行双休日，伍娟周六周日都在斐斐家度过，斐斐奶奶常常在周末包饺子蒸包子什么的，还总是让伍娟带回去给宿舍同学吃。伍娟一边读书，一边打着两份让人心情愉快的工，这是她自奶奶去世后最快乐的日子——她很少想到振亮。

这个周日的下午，斐斐的爷爷奶奶准备带着斐斐去老朋友家聚餐，下午四点伍娟就可以提前离开了。斐斐奶奶一边硬把一些水果放在伍娟的自行车车筐里，一边半开玩笑地说：

“我们一到周末就把娟娟给霸占啦，也不知道耽误你找朋友没有？”

猝不及防，伍娟的心里一阵没着没落的恐慌和疼痛。

她心神恍惚地骑着自行车往回走，几只苹果和橘子在车筐里晃来晃去，那样鲜艳而突兀的颜色，不像是这个世界应该有的。街上的人一贯是那么多，高矮胖瘦，男女老少，一个充满人的世界，然而哪一个都和她没有关系。

忽然，她调转车头，朝着医学院骑过去。如果振亮还保持着踢球的习惯，这个点儿，他应该还在足球场上。

足足有两个月没有见过他了。而当这个名字一旦浮起，就像带来了一阵汹涌的潮汐，推动着她不由自主地奔去见他。

人活在世界上，总得有一个人，像锚一样，把他的船拴住。当船在大风浪里越漂越远的时候，总得有点什么，让他觉得这个茫茫的世间，还有一个有着不一样意义的地方，可以思念，可以停留。

不管伍娟多么不乐意，振亮还是她的船锚。

振亮果然在足球场上。伍娟找了一个角落，偷偷地坐下来，两个月未见，振亮好像又强壮了一点，他像一匹雄性的烈马那样在球场上左右厮杀，连续晃动几下闪开对手，射进了一粒球。看台上传出一阵欢呼，欢呼声中夹杂着一个女孩子清脆好听的声音：伍——振——亮！伍娟一个激灵，扭过头去寻找那个声音的来源。一瞬间她以为自己看到了孔晨，一样的白皙皮肤，娇小身材，一样骄傲而发着光的脸庞。那个女孩叫完了振亮的名字，仿佛还意犹未尽，又把手指放在嘴里，吹了一个尖利的口哨。

振亮笑着转过身来，朝着女孩这边挥了挥手，女孩兴高采烈地抛了一个飞吻过去，引得周围的人一阵尖叫。

趁着振亮和同伴们拥抱庆祝胜利，伍娟迅速地溜走了。

真好。振亮的世界这么愉快。

伍娟骑在自行车上，飞快地朝着自己的学校奔去。天气仍然很热，滚烫的风像是某种凝滞的实体一样，一波一波地打在她的身上。

她拔下了那根锚。从此她的世界，一片令人心平气和的空空荡荡。

03

大三的暑假伍娟回了一趟赵集。她一般寒假才回去住几天，因为过年期间宿舍会关闭，不允许学生住宿。这次之所以回去，一是因为斐斐被美国的父母接走了，她一时没有找到新工作，空了下来；再就是想回去看看奶奶的坟。今年夏天雨水特别大，她担心坟里进水。还有一个原因是，她攒够了一笔钱，想把它还给玉芝。这个计划从拿到大学录取通知书那一天就开始酝酿，现在终于可以实现了。

从县城到赵集的中巴似乎从来没有换过，永远是那么破旧，引擎发出声嘶力竭的轰鸣声。从中巴下来的一瞬间，伍娟一下子掉进了时光洞里。从她走后，赵集就被上帝遗弃在了角落，再也没有什么新的东西出现，只是一日比一日静悄悄地衰老和陈旧下去。砖窑厂的热闹劲儿早就过去，如今村里的年轻人，能到城市打工的都出去了，村子里只有老弱病残。

时值黄昏，赵集的街道上空空荡荡，有几个老妪坐在树荫底下乘凉，一两个娃娃在互相追逐戏耍着，那高而尖的童音竟然带着长长的回音。

伍娟惆怅地在街口站了一会儿，往家里走去。刚推开门，就听到一个冷冰冰的陌生女孩的声音："你找谁？"伍娟吓了一跳，这才发现从厕所里刚走出一个女孩，穿着吊带衫和超短裤，这会儿正一边系着短裤的扣子，一边面无表情地上下打量着她。

伍娟一时云里雾里，还以为自己走错了地方。正踌躇的时候，背对着门口压水洗衣服的玉芝回过头来，诧异地说："哟，怎么这时候回来了？"刚才那女孩闻之马上换了一副笑脸："呀，这是娟姐吧？整天听人说，总算见上了！"说着就亲密地挨过来，接过她那简单的行李，搂着她的胳膊往屋里走。

伍娟从来没和人这么亲密过，一时觉得很局促。进了堂屋，伍强正叼着烟，半躺在床上翻一本破烂的武侠小说，看到伍娟回来也吃了一惊，站起了叫了一声"姐"。

伍强前几年考高中，分数是录取分数线的三分之一。还是托在教育局工作的远房表哥，玉芝把伍强送到了县城里一家技校。两年毕业后，又找关系进了一家厂子当合同工。

伍娟这才想起来今天是周末，伍强休班。

女孩是伍强的女朋友，叫周玲。

把行李放在她以前住的偏房里，她有点不知道该干什么。想了想，走到院子里，对玉芝说："我来洗衣服吧。"玉芝好像有意地把洗衣盆往旁边藏了藏，说："堂屋里喝口水，歇会儿去。刚坐了一大天的车。"

伍国梁吃晚饭的时候才回来，开着三码车，车厢里堆着一堆草。看见伍娟也说了些诸如"喝口水，好好歇歇"之类的客气话。

因为回来得少，家里人都把她当客了。

这样挺好。

晚饭是伍娟和玉芝一起做的，夏天吃饭还是在院子里的石头桌上，大家分别搬几个马扎散坐在四周。周玲拿着碗凑在伍强旁边，两个人边吃边调笑。周玲的吊带衫尺度不小，清楚地看得见里面的大红胸衣，一片白花花的胸脯。伍国梁本来坐在周玲的对面，这会儿坐不住了，端着碗跑到了门楼底下蹲着吃。伍娟瞟了一眼那大红胸衣，想起来刚才玉芝洗衣盆里花花绿绿的衣服，忽然明白了。她有点不忍。

玉芝和伍国梁都见老。尤其是玉芝。她原来以为像她那样石头一样冷漠的脸，是永远不会老的。

吃完饭，伍娟把碗筷拿到压水井旁边洗刷，伍强端着吃完饭的碗走过来，伍娟小声地问："强，玲玲干啥工作的？"旁边的玉芝听见了，好像突然僵了一下，似乎要阻止伍强似的。伍强大喇喇地说："没啥正经工作，理发店里给人家洗头。"

伍娟读大学后，她原来住的偏房放了农具，床倒是还留着。伍娟原本以为周玲会和自己一起睡，谁知道人家和伍强早早地关了屋门。伍国梁吃了饭就出去了，还没回来，玉芝一个人在屋子里，正是个好时候。伍娟打开自己随身带的小包，拿出一个信封，里面是两千块钱——她给自己另外留了一千。三年打工的积蓄。

其实她也不必非如此不可，玉芝从来没说过让她还钱的话。但是，她就是想要这么做。

玉芝看到那个信封先是有点诧异，打开看到是钱，马上眉开眼笑："哎呀，娟这么能干，还上着学就能顾家了！"

和伍娟设想过的哪一种场景都不一样。她一时有点反应不过来。玉芝接下来的动作更让她想不到——她左手拿着那摞钱，朝着右手大拇指啧了口唾沫，娴熟地数起钱来。

伍娟目瞪口呆地看着这个在昏黄灯影下数钱的女人，她的妈妈。

显然玉芝对这个数字非常满意，以至于她破天荒地想跟女儿说说心里话："娟，虽说你俩都大了，家里最近倒是更紧了。你看伍强这个样儿，得赶紧托人给他介绍个正经对象。玲玲这样的拿不出门，丢死老伍家的人了！说是洗头的，谁知道是干啥的！伍强就是个傻孩儿！介绍对象没房子咋行？

人家一听说你连住的地儿都没有，见也不肯见呀。城里的房子哪是咱农民买得起的？就指望你毕了业帮衬你弟弟了！”

……

第二天伍娟去奶奶的坟上待了一上午。也是害怕水冲了坟，伍国梁在坟边上埋了一圈半头砖。伍娟拔了拔杂草，又往坟头上添了点土，完了又烧了几刀纸。

又是夏天。又是铺天盖地知了的嘶鸣声。

坐了很久之后伍娟说：“奶奶，你看见了吧，我过得很好。”半天又说：“……他们，对我也很好。”

伍娟想起来童年见过的那根蛇蜕。现在，她终于可以像那条蛇一样了。把一整张皮完整地蜕下来，抛在身后，再也不用回头。

当天下午伍娟就返校了。第二天一大早，伍娟就等在了书店外面，书店一开门，她就冲进去，买了所有考研需要的书。以前她从没考虑过要考研。现在，还有半年的时间，就是累死，她也要考上研究生。

多亏她给自己剩下了一千块钱，这些钱足以支撑她到考试完。

04

伍娟的研究生学校依山而建，很漂亮。学校后面就是蔓延的山脉，从宿舍里、教室里都看得到。一转眼，伍娟的研究生生活已经是二年级，又是一个盛夏，宿舍里照旧只剩下了伍娟一个人。天黑下来的时候，伍娟正在一个深深的梦里。

她刚完成了导师给她找的活儿，帮一个公司翻译外文宣传页，要得非常急，她不分昼夜地赶了三天三夜，下午才把校正好的稿子交给了导师——一共挣了八百块钱。

回来之后才觉得累，简单冲了个澡就一头扎在了床上，很快便进入了梦乡。

梦里的童年总是在夏天，铺天盖地的茂盛植物，热烘烘到处贴着人粘着人、带着点腥气味儿的空气。好像是黄昏时候，村子里到处是那种烧柴火煮米汤的味道，说不出是什么味儿，被暮风一吹，变稀薄了，若有若无，甜丝丝的香。不知道从哪个角落里传出来奶奶的呼喊声，越来越近，越来越近，一直痒痒地走到耳朵根底下：妮儿，大妮儿，回家喝汤啦……

梦里她都感受到那种不好形容的——“终于放下心来”的感觉。太好了，奶奶还活着，她不是在叫我回家喝汤么？

伍娟撒腿就跑，可是怎么跑也跑不动，她焦虑得简直要哭出声来。自己老是不回家，奶奶会担心的！忽然，前面有一个老太太挡住了路，她努力地抬头一看，这不是赵奎家的么？她不是罗锅腰么？怎么挺得这么直？赵奎家的那张面无表情的脸离她越来越近，她没处可躲。忽然，一个尖锐的男孩的童音响起：“接着！”她抬头一看，是振亮，振亮甩给她一条绳子一样的东西，她连忙伸手去接，摸到了却觉得凉飕飕的，定睛一看，是那条蛇蜕……

伍娟吓得“哇”的一声哭出声来。忽然背后传来三姑的呵斥声：“振亮，你要是再欺负娟，看我不拿石头砸你！”

咣！咣！咣！

是三姑真的拿石头砸振亮了么？

伍娟把自己急醒了。她出了一身汗，天已经黑透了，四周一点声音也没有。忽然，“咣咣”的声音又响起了，原来是有人敲门。

伍娟擦了一把汗，下床打开门，一个男人斜倚在门框上，一阵酒气扑面而来。

伍娟吓了一跳，宿舍没开灯，走廊里只开了一盏昏暗的小灯，冷不丁看不出是谁。那男人瓮声瓮气地说：“娟，是我。”

原来是振亮。

伍娟退了一步，打开宿舍的灯。灯光照亮了那男人的脸。

果真是振亮。

这两年伍娟见过振亮两次，一次是过年的时候在赵集，一次是老乡聚会。聚会的时候振亮带了女朋友一起去，正是那在球场上吹口哨的女孩。多亏人多，挤了满满一屋子的人，伍娟也只是远远和振亮打了一个招呼。伍娟不知道那女孩的名字，她给她起了一个代号，就叫孔晨Ⅱ。听其他人说，振亮女朋友的家庭背景特别好，父亲在省政府任要职。振亮已经考上了硕博连读，又竞选上了学生会主席，导师是校内大牛，特别赏识他，据说已经被内定留校了。说的人酸溜溜的，伍娟却无动于衷。

这几年，她早就练好了足够的功力，能随时给自己裹上厚厚的铠甲。

宿舍里实在太闷热，两个人在校园里散步，不知不觉地走到了山坡上，越走越高，风有了一丝丝凉意。振亮找到一块石头，招呼伍娟坐下来。从这里可以看到半个城市，亮晶晶地铺在他们眼前。

振亮看样子是喝了不少酒，但是意识还算清醒。他沉默地坐了半天，忽然说："娟，看，这么大一个城市，没有一盏灯是我们的。"

伍娟淡淡地说："会有的。"

振亮忽然把头埋在臂膀里，哭了。

伍娟又感觉到一阵因为刚从梦里被惊醒的晕眩。她身体的一部分轻飘飘地飞出去，看着自己的肉身冷酷地坐在痛哭的振亮旁边，一动也不动。

振亮抽泣着说："你别这样对我，娟，别对我这么冷淡。我知道除了你，这世界上就没人疼我，没人对我好。"

是吗？真的吗？伍娟嘲讽地想：那么孔晨Ⅱ呢、他一定是被孔晨Ⅱ抛弃了。

没有孔晨Ⅱ，也会有孔晨Ⅲ、孔晨Ⅳ。

郑姐说得对，她降不了他。但她起码可以要求自己不去作替补。

振亮抬起头，忽然扳过伍娟的肩膀，低声说："伍娟，娟，我不是人，我不是东西。等我将来混好了，一定不会让你到处打工，让你和那些城里女人一样，吃得好，穿得好，啥都不缺，让你爸妈和你弟弟眼馋死。”

伍娟耳朵里轰鸣一片。只有一句话像乌云上的雷鸣一样在反复地滚动：

千万不要信。千万不要听。

如果听了，信了，你就会因为失望而死。

振亮的头忽然低下来，嘴唇碰到她的嘴唇，他猛烈地吮吸着她。

这个世界上，从来没有人碰过伍娟的嘴唇。她也早就没有了这种奢求。活到这么大，伍娟终于明白，只有自己是靠得住的。奶奶是靠不住的，因为她会死去，死就是最无情的抛弃；三姑靠不住，她会和人私奔；振亮靠不住，他会有孔晨以及孔晨的接班人们；玉芝更靠不住，她只是伍强一个人的妈。而只有她自己，永远不会抛弃她自己。她想要考上大学，就考上了；她想要考上研究生，也考上了。她是她自己最忠实的朋友，最牢靠的一切。

然而，眼前这个人，这样不要命地吻着她，让她几乎窒息。吻原来是这样的一种滋味……再也想象不到。伍娟耳朵里响起的，是黄品源那首《你怎么舍得我难过》的前奏。第一次听到这首歌是在学校的小卖部，伍娟听得愣在了那里，半晌才觉得灵魂找回了自己的身体。后来她半个月的早晨没吃饭，用省下来的钱买了这盘磁带。

那钢琴声，既急促又绝望，一声又一声，把人带到别无他路的悬崖边。

她感到一种致命的危险。如果再多一秒钟，她身体内的那个小女孩就会奔跑出来，像要糖果一样地，疯狂地要着爱，要着一切。

你想要，你当然就可能受伤害。

因为给不给，那权利在别人的手中。

而“别人”都是不可指望的……在所有的“别人”中，振亮是最危险的一个。

伍娟用尽自己所有的力量推开振亮。她浑身发抖，她迸出她能说出的最后几个字：“你骗我！你是……骗子！”

振亮愕然地看着她。她转身飞快地向山下逃去。忽然，在藏蓝色的天幕中，一片流星雨滑下。伍娟猝不及防地站住，傻了一样愣愣地看着天空。隔着满眼眶的泪水看过去，那流星雨有着湿漉漉的雨水的反光。

她想起很多年前，在那个少年的背上哭泣时，看到的一大片在月光下发出银白色金属光芒的荞麦花。

人生的美景突如其来的时候，偏偏她都是在哭。

这大概就是她的命。

没有在这一秒钟死去，是值得遗憾一辈子的事。

第二个夜晚，伍娟又独自去了那个小山坡，她取出珍藏了多年的蚌壳，用石头砸得粉碎，然后埋在了山坡上。

伍娟一气儿读完了博士才工作——其实博士倒不一定非

读不可，玉芝在伍娟上了研究生之后，就放弃了让她帮衬伍强的梦想。伍娟研二的时候，伍强和家里人不辞而别，带着周玲去了深圳，两年没和家里联系。第三年周玲自己回来了，丢下一个叫果果的女孩让玉芝养，接着又跑回了深圳。

玉芝和伍国梁在小女孩身上焕发了自己的第二春。他们大概幻想着自己是这小孩子的爸爸妈妈，有着无穷爱心耐心的爸爸妈妈，没有偏见、没有私心，全心全意地爱着她。

伍娟回过几次家，看着玉芝和伍国梁兴兴头头地为果果忙东忙西，顺带着老两口的感情都变好了，你疼我爱的。她这才发现自己不被爱，原来不只是因为父母重男轻女。果果不是女孩么？而且还不是他们自己生的。

为什么，偏偏是自己得不到爱？

这个问题，大概比天问还难以找到答案。

伍娟没力气去寻找这个答案。有的人就是父母缘薄的，伍娟认命。

好在父母不爱，她也终于长大了。新世纪刚开始的时候，博士学位还算值钱，起码，她谁都不用靠，这辈子也能养活自己，独自在城市里扎下根来。

伍娟找工作出奇的顺利。即将毕业的那个冬天，她回到J市找工作，在一个学校网页上看到招聘老师的消息，随即打了一个电话过去，对方让她发一份电子简历过来。她那天正好没事，心里想不如直接送过去更显郑重些，反正离她借住的地方也不远。她马上出发，找到办公室敲门进去。正是课间时间，办公室学生老师纷纷进出，一片繁忙。她紧张到嗓子发干，问清楚了谁是办公室主任，把简历送过去。主任是个三十岁左右的年轻男人，拿到简历后看了一眼，扭头笑着说："赵老师，这里有你一个校友。""赵老师"正背对伍娟看电脑，他的头发已经花白，比一般男人长一点，但十分清洁。闻声扭过头来，却是一张尚算是中年人的脸，黑框眼镜，眼神冷漠，仿佛没有焦点。他敷衍地拿起简历翻了翻，在第一页的籍贯处停留了一下，抬头看着伍娟问道："你老家在赵集？"伍娟点点头，她早已经满脸通红，办公室里暖气太热，她的羽绒服拉链拉得太高，连鼻头上都是细细的汗珠。他打量着她，并不说话，脸上却逐渐露出一个温暖的笑。

第八章 乡下

01

赵致舟当年知青下乡在芦庄，赵集的邻村。许多年过去，芦庄的味道早就从他的生活中彻底消失，而这个女孩子的突然出现，又把过去的一切带到了眼前。

她不知道什么地方，长得有一点像凤霞。

致舟在家中是长子，下面还有一双弟妹。他隔壁中学规定所有的长女都下乡，长子都留城，而他的中学正相反。从给他收拾行李开始，致舟母亲就开始唠叨：早知道这样，还不如去隔壁中学读书。其实他们家算是好的，致舟去的地方虽然穷，但起码还在省内，不算远。致舟的同班同学，父母成分不好，“文革”一开始就被轮流批斗，一双儿女都被勒令下乡，小女儿才刚刚 12 岁，而且分配的都是最差的边远地区，一个去云南，一个去陕西，最后一家子四口喝了农药，死总算死在一起了。

芦庄的知青点用的是原来芦庄小学的教室，小学本来也不大，两间教室，一间偏房。一间教室住女知青，另一间住男知青，偏房用来作厨房。致舟因为临走前生病耽误了几天，去得最晚，男知青人多，大通铺住不开了，他年纪又最小，最后被分到了村民家里去住。这一家姓孟，人口简单，从上往下数，年纪最大的是老太太，快八十了，寡居了五十年；再往下是孟家夫妇，都是壮实的中年农民。孟家爸爸老实木讷，小名唤作锅馏——那时候食物要想放得久，只能常在锅里馏一馏。小孩子生下来，为了好养活，就象征性地在灶里烧一把火，锅里放上篦子，把小孩子包裹好了，往篦子上放一放，马上拿出来。据说叫锅馏的孩子都是大人特别娇惯的。因此致舟就跟着村子里的人一起，唤孟家夫妇为锅馏叔和锅馏婶子。孟家夫妇下面一双儿女，弟弟红卫和致舟一样大，姐姐凤霞比致舟大两岁，早就不上学了，都是发育得十分好的孩子。凤霞比致舟还要高一点似的，饱满的脸蛋上有着鲜艳的红，遇上陌生人就更红一点。

他们堂屋前面有一间偏房可以留给致舟住，屋子里居然有一张在农村十分少见的木头床。他们自己都是睡土炕的——虽然木工看起来十分粗劣，但胜在朴素结实。致舟住进来的时候是初夏，偏房门朝东，有点返潮，铺盖里有一种浓浓的潮湿的味道。屋子角落里堆满了农具和化肥，还有一袋半袋的碎粮食，半夜里常常有老鼠窸窸索索的声音。门口倒是有一个钩子可以勾上门，外面的人进不来，不过致舟第一晚住进来的时候忘了上钩子，刚想睡着，红卫“咣当”推门进来，拿了两把铁锹就走，说明早要挖河沟，怕早晨致舟起得晚，铁锹拿不出来。以后致舟反而不好意思挂钩子了，孟家人也不见外，常常推门便进，除了凤霞。但这都没什么，困扰致舟的事情是如厕。

孟家自家院子里没有盖厕所，大门外路边有个茅厕，墙十分矮，人站在里面还能露出头来。致舟第一天住到孟家，就见识了锅馏婶子一边在厕所里解裤腰，一边热情豪爽地和经过的生产队长大声打招呼的场面。轮到他就不能这么自如，刚搬过来时，足足有三天没有大便，每天晚上拿几张草纸就往地里跑。有天晚上凤霞遇上了一回，问他黑灯瞎火的干吗去，致舟躲躲闪闪的样子像是做贼。

第二天早晨致舟吃过早饭出门的时候，看见凤霞在厕所旁边和泥，问她干吗呢，她只是笑着不说，脸上的红晕好似更浓些。等到天西致舟回来的时候，发现厕所的墙垒得有一人高了，旁边地上还有淡淡的泥印子。

致舟老想找个机会给凤霞说声“谢谢”，但是她不给他这个机会。吃饭的时候大家都在一起，肯定啥也说不成，有时候在院子里遇见了，致舟刚开口喊一声“凤霞”，凤霞就跟受惊了一样躲出好远，脸上的红颜色浓得皮肤都要兜不住了。

02

生产队长也很照顾致舟，刚开始让他先“熟悉农村生活”，没有下地，去帮生产队养猪。就致舟对芦庄的观察，他觉得猪圈是芦庄最“洋货”的地方。因为要向部队学习科学养猪的方式，猪圈都是用水泥抹好的，特别干净结实，比所有农民的房子都好。致舟觉得就凭这一点，芦庄的猪是死得最值的，过年被杀的时候应该欢天喜地才对。致舟的工作是打扫猪圈，兼每天割苜蓿喂猪。芦庄家后的野地里，一片一片的都是苜蓿，上面的嫩芽人可以吃，下面的猪吃。这活儿不算累，因为是一个人，还可以经常偷偷懒。致舟割草割累了，就直接在草地上躺下来，看着蓝天白云，想想家里妈妈和弟妹们都在干什么。致舟七岁爸爸就去世了，他对他没有太多的印象。因为爸爸出身地主，又在国民党政府做过事，遗像都不敢挂，只能藏在大立柜里。有时候致舟在大立柜里翻找衣服，忽然摸到那冰凉凉的镜框和玻璃，总是心里一凛。父亲长得比他好，清秀的长脸，黑框眼镜。不知道为什么，致舟常常觉得那眼睛里有对他的责备。每年过春节，妈妈总是不声不响拿出一副碗筷，端端正正地摆在饭桌上，致舟和弟妹们都不敢说话。每年的年夜饭，都吃得格外压抑悲伤。

因为没有父亲，他又是家中长子，母亲其实是拿他当半个当家人来看的，所以致舟也不觉得自己有过童年。从记事儿的时候起，他就已经老了。虽然才十六岁，因为常常皱眉的缘故，眉心里已经隆起一个川字，看上去就像一个已经活得有点厌倦的中年人。

芦庄的家后有一条土路通往七里铺，除了赶集的日子，芦庄少有人经过这里。有一次，致舟远远地看着凤霞骑着他们家唯一的一辆大金鹿从土路上趺趺撞撞地驶过来，车后座两侧绑着两桶刚从集上买回来的农药。大概是刚学会骑车，她骑得格外费力，小脸紧绷，腰上下扭动。夕阳的光打在她的身上，那寒酸的打着补丁的衣服也变得不那么刺眼了，风把她的刘海撩起来，露出光洁的额头，两根麻花辫也被吹得飘起来。致舟突然发现凤霞很好看。

凤霞看到致舟，下了车，又小跑了一段才把车子停下。她支好车子，看了看致舟仍旧半空着的柳条筐子，拿起上面的镰刀，弯腰就割起苜蓿来。凤霞拿镰刀的架势十分地道，她弯着腰，半天不起身，胳膊和背有规律地一起一伏，一会儿致舟的筐子就满了。

致舟看得发呆，都忘了道谢，看到凤霞把筐子往车子旁边拽才回过神来，赶紧跑过去，把筐扛起来放在了车子后座上。

凤霞在前面推着车子，致舟在后面扶着筐，一路走到猪圈去。

居然一路上两个人一句话都没有说。

第二天致舟再去割苜蓿的时候就出了事。不知道为什么，他老是想到凤霞。她弯腰割草的时候，他从她的衬衣里面看到了一小块鼓出来的白。那块白是如此的细腻润泽，惹得他老是想，如果把手放上去会怎么样。想着想着，像是一个警告，一刀下去，镰刀砍到了手上，瞬间翻起两块白白的肉，里面的白骨都露了出来。头天晚上凤霞刚刚帮他把镰刀磨得锃亮，果然快。致舟吓得愣在了那里，只一瞬间，血就浸透了白色的肉，汩汩地流出来。致舟慌忙拿出自己随身带的擦汗的毛巾裹住了手，可是血还是流。他知道村子里没有卫生室，要想包扎得去七里铺，骑车子也要十来分钟，他的手这个样子，自然是骑不了车子。他用那只好手攥紧毛巾，匆匆地往凤霞家跑。他妈妈给他专门备了一只药盒子，他从来没翻过，不知道里面是不是有绷带和止血药。

跑到大门口的时候，凤霞正准备锁门，扁担放在地上，里面是刚烧好的绿豆水、咸菜和馒头。这是准备到地里去送饭。看到致舟这副狼狈样子，凤霞连忙帮他找出药盒子，里面倒是有一小瓶紫药水和药棉，可是毛巾一打开，致舟就傻了眼，伤口太大太深，毛巾一松就开始汩汩流血，显然不是紫药水和药棉可以搞定的。

凤霞跑出去推出大金鹿，示意致舟跟她走。

一路风驰电掣。农村姑娘的劲儿真大，明明是顶风上坡，后面还有一个大男人。致舟坐在车后，几乎忘记了手的疼痛，因为风吹过来，他闻到了一股凤霞身上的味道，像是青草和苹果混合的香气，淡淡的，却又郁郁葱葱、蓬蓬勃勃。

这味道比止疼药都管用。

七里铺的卫生室关着门，叫了半天，才从旁边跑出来一个看起来像农民的人，好在打开门进去，这人披上白大褂，顿时有了一点医生的样子出来。他看了致舟的伤口就说，口子太大，必须缝合，否则不好止血。但是致舟没有想到，七里铺的卫生室连标准的缝合针都没有，而且更要命的是，没有麻药。他眼睁睁地看着这个人拿出一根像兽医用的那么粗大的针，就这么在他的伤口上面穿针引线起来。

他一只手握着风霞的胳膊，咬着牙根，汗出如浆。

致舟的伤口一个月才算好利索，而且永久地留下了四个缝合针眼的疤。

受伤后致舟的衣服都是凤霞洗，致舟谢她，她只说是应该的，谁让她把镰刀磨得那么快。只有内裤，致舟总是趁人不注意，用一只手胡乱揉揉冲冲算完。内裤里有他的秘密，早晨起床，常常发现内裤僵硬得像是刚浆洗过，才知道晚上的梦不仅仅是梦。

他已经 16 岁，自然不是第一次遗精，但从没有像现在这样，梦里自始至终只有一个人。

03

秋收到了末了的时候，知青们受不了了，开始消极怠工，早晨生产队长常常亲自上门，将他们一个个从被窝里拉出来。致舟养好伤后，早就丢了喂猪的好活计，和其他知青一样下地干活。这天大家在地头树荫底下休息，年长的知青说昨晚上隔壁张炉村放露天电影了，要队长派人去请放映员到芦庄也来放一场。队长被哄闹得受不住同意了，抬头看见致舟站得远远的，一副与已无关的表情，于是吆喝说："致舟，你人小干活不出数，去张炉请放映员吧！"致舟答应着转身就走，这才想起来自己不认路。生产队长听了也挠头，正预备着换个人，恰巧凤霞从地头路过，队长就说："凤霞，你认识去张炉的小路，带致舟走一趟，把放映员给请回来。"

致舟故意不抬眼皮，他猜想凤霞脸皮薄，肯定不同意。有几个油头滑脑的知青已经在互相递着眼神，准备起哄了。没想到凤霞怔了一下，马上小声说："中。"人群里顿时一片起哄的笑闹声，有几个人还对着致舟拍拍打打，凤霞早就闷头开步走了，致舟愣了一下，赶紧地小跑几步跟上。

从芦庄到张炉倒是有条土路，骑车子要半个小时。前几天下雨，土路被冲得坑坑洼洼，车子受不了。从家后过去，绕过一个小山坡，有条近路，虽然窄而崎岖，不能骑车，但走快点二十多分钟也就到了。致舟和凤霞沿着山坡上的小路一前一后地走，一路上一句话也没说。到了张炉村，凤霞在村口的槐树底下等着，致舟找人去商量正事。倒是顺利，当下就商议好了放映员后天带电影过去，又交代了如何拉电支杆子的事项。

因为事情完成了，回来的路上两个人就轻松了不少。凤霞不走那么快了，看见旁边有野花还要摘几朵，又随口哼哼几句小曲。致舟走在凤霞的前面，又嗅到背后传来那青草和苹果的味道，心里只觉得痒得没着没落。忽然，他停下，猛地转过身来，凤霞收不住步子，差点撞在他的身上。致舟的心跳得要窜出胸膛，他担心凤霞会生气，会一个人跑走——但是居然没有。凤霞连身体也没有挪动，只是低下头。正是黄昏，夕阳的光打在凤霞光洁的头发上，像是笼罩上一层温润的光环。风吹过来，那青草和苹果的味道一阵阵地袭来，致舟感到一阵像是百米赛跑之后的头晕。他痴痴地从凤霞手中拿过一朵野菊花，插在她齐肩的辫梢上。想也没想到的是，凤霞不但没有生气，反而抬起头来，对致舟微微一笑。

那一笑就像是打开了一个饱满的水库的闸门。

致舟猛地抱住凤霞，两人趔趄了几下，靠在了山坡的石头上。致舟试着去亲凤霞的嘴唇，凤霞的身体扭动了几下，却并没有反抗。这扭动却提醒了致舟更重要的事，他低下头，笨拙地解开凤霞的衬衣，没想到女孩的衣服这样麻烦，衬衣里面还有背心，背心里面还有一块裹得紧紧的布。他急坏了，头顶上迸出大颗大颗的汗珠，在努力奋斗了一阵之后，凤霞的一只乳房像太阳从地平线上升起一样，"嘣"的一声，从那块莫名其妙的布里跳了出来。

致舟全身的血液都涌到了头上。

太漂亮、太精致的一只乳房。形状就像一只饱满的苹果，然而在尖上又有一颗粉红色的珍珠，嫩得像是刚出生的小鸟的喙。

致舟捧着这只乳房，简直不知道该如何是好。等他反应过来，才发现自己正把整只乳房都贴在脸上。没错，这里就是那青草和苹果味道的源头。

04

当晚致舟失眠了。在前半夜的燥热之后，致舟忽然想到了父亲那黑框后的眼睛，母亲脸上那孤清抑郁的神色。他的燥热渐渐退去，而冰凉的冷意一点点袭来。

母亲出身大户，嫁给父亲后除了带孩子，完全不懂管家，甚至连家里的户口本和粮票布票都不知放在何处。父亲三十四岁急病死亡，最小的妹妹才刚刚三岁。记忆里母亲很少笑，教育他们兄妹常说的一句话是：别给家里惹事。

弟弟十二岁上“惹”过一回事，被同学的家长找上门来，还带着那眼睛被打肿的儿子。叫骂挖苦了一番离去时，还不忘记扔下一句话：“别指望没爹的孩子有教养。”

“没爹”这个事儿抑或这句话，是致舟的噩梦。所有人都可以随时随地地拿这句话来羞辱他。

当晚母亲让弟弟跪在床前，打折了一根鸡毛掸子。不管弟弟如何哭诉明明是被对方反复骂“没爹”，而且是先被对方的拳头揍了几下才被迫还击的，妈妈一律不听，翻来覆去就是几句话：“叫你给家里惹事！叫你给家里惹事！”

打到后来，母亲披头散发，声嘶力竭，致舟夺去鸡毛掸子，母亲扑在床上不管不顾地嚎啕大哭。

昏黄的灯光下，大哭的母亲，三个手足无措的孩子，那是致舟心里永远不愿意回想的场景。

后来弟弟偷偷给致舟说，出手揍人，不光是被人侮辱“没爹”，还因为对方辱骂母亲是“婊子”“破鞋”。但是，就是再打折几根鸡毛掸子，这话也是不能告诉母亲的。他们害怕她会自杀，总不能没了爸爸，又没了妈妈。

如果和凤霞好上，这就是给家里“惹”了事。1976 年初，知青点陆陆续续有几个知青返了乡，虽然回去也没什么正经工作，但总比待在村里修理地球强。知青点里人心浮躁，大家都已经无心干活。上封信里母亲还说，叔叔帮他联系了一个厂子，说是有招工指标，过几天让他申请探亲假，回去看看。

他是不可能带凤霞回去的。这么一个大活人，放在哪里合适呢？家里一共两间平房，一大一小，小的只够放下一张床，他妹妹和母亲住，大点的房间也只够放下一张上下铺的床和两个柜子、一张桌子，他和弟弟住，兼作客厅，当然他们家也没什么需要接待的客人。厨房都是在门口用砖和雨棚搭出来的简易房子。

他也不能想象凤霞离开村子和土地之后还能干什么。青苹果长在她的身上，而她长在地里。

他更不能想象自己一辈子待在芦庄。

那么，为什么他还是控制不住自己，要去寻找那只苹果？天快亮了的时候致舟哭了。大概是要下雨的缘故，手上的伤口隐隐作痛。

05

天不亮致舟就起床了，预备趁人都睡觉的时候出门。但是他把门打开的时候，发现凤霞已经站在堂屋门口蘸着水梳头。她的长发黑魆魆地披下来，衬得一张脸容光焕发。凤霞一看到他，马上展开一个等待已久的笑容，致舟没有勇气承受那笑容，急匆匆地往门口走，边走边说："晚上饭我也不回来吃了。"

整整一天，他都觉得凤霞那困惑的目光，一直黏在他的后背上。

下午果然下了雨。他赖在知青点，等到快十点了才往凤霞家里走。快走到的时候，凤霞忽然从树底下走过来拦住他，她没说啥话，但就是在夜里致舟也看得见她眼睛里满是痛苦的询问。致舟定了定，感受那青草和苹果的香味儿的袭击，然后让自己尽可能漠然而平静地说："知青点那边又走了两个人，腾出地方来了，明天我就搬过去。"

凤霞愣在那里，致舟从她身边走过，越走越远，身后静默无声，凤霞变成了空气，或者从未真正存在过。

第二天一早，孟家夫妇和红卫都来帮致舟搬家，连孟家老太太都拄着拐棍站在院子里，她近一段身体不好，很少出来。致舟的东西简单，一辆地排车就搞定，要离开的时候致舟终于忍不住问了句："凤霞呢？"锅馏婶子说："大早晨起来，非说要去姥娘家。"凤霞的姥娘家在另一个乡，离此地四十里地。

致舟心里一阵轻松，紧接着又是说不出的失落，但他只能赶紧地回过头来，架住地排车的两个把手，红卫在后面推了一把，地排车移动起来。就这样，致舟离开了住了半年多的孟家。

没几天致舟的探亲假批下来，他回城里待了整整一个月。叔叔带着他跑前跑后，终于落实了工作。厂子规模不大，制造各式木头家具。致舟母亲特别知足，难得地露出笑容，买了一只鸡炖了，饭桌上还喝了一点酒。妈妈说："咱家总算又有顶门户的男人了。"

致舟一直琢磨要给凤霞买点啥。他去供销社里晃荡了好几次，除了些生活必需品也没啥稀奇东西。有一次去了，却正好碰到供销社进了一件红衬衣，在一堆灰扑扑的商品中格外显眼。致舟狂奔回家，偷偷地拿了家中几尺布票，又拿上自己攒的所有私房钱，百米赛跑地跑回来。好在衣服还在，没让别人抢了去。

既然叫"霞"，总得有一件红衣服。在孟家住了这么久，致舟见凤霞每季就两身衣服，不是蓝，就是黑。

致舟重新回到芦庄的时候，发现知青点的两间房子又冷清了不少，陆续都有人探亲或返乡，大通铺现在空落落了。黄昏时候致舟把红衬衣塞在书包里，蹲在家后的苜蓿地里等着凤霞，他知道她喜欢从这条路回家。等了好久，才看见凤霞骑着大金鹿从远处过来，他从地里跳出来，站在路中央，好让她看见。凤霞吓了一跳，差点从车子上摔下来。

她掌控自行车的能力有所提高，下车的时候不需要小跑那么久就能够停住了。看着她怯怯地远远站在那里，致舟忽然发现凤霞比他记忆里的要矮小很多。他越走近，越觉得凤霞显得那么小，她的衣服都那么肥大，身体在衣服里可以忽略不计。越走近，致舟越觉得步子黏稠，眼睛酸涩，好不容易站在凤霞的跟前，他发现，的确如此，不知道什么时候的事，凤霞比他矮了半头。

两个人一时无语。凤霞贪恋地直直地看着他，眼睛里渐渐蓄满了泪，眼珠在眼眶里凝滞不动，像是漂流在湖的中央失掉了桨的小船。半晌她小声说:“还以为你再也不回来了！”

致舟的心被磨得最锋利的镰刀削去了一半。他低头拿出红衬衫，塞到凤霞的手里。凤霞看了半天，才意识到是给自己的，不由地浮现出惊喜的笑容。她笑着抬起头来，搜寻着致舟的眼睛,却马上明白,这衣服不是定情物,而是一个句号。

他，真的是再也不回来了。

致舟听见“噗噗”两声,有两滴硕大的泪滴掉在红衬衣上，洇出一大片惊心动魄的鲜红。

许多年后，城市里流行一首叫《小芳》的歌，致舟最听不得它，走在大街上和这首歌猝不及防相遇的时候，他都皱紧眉头匆匆逃离，恨不能捂上耳朵眼。

如果唱这首歌的那个所谓艺人李春波站在他面前，他恨不得能赏他两耳光，然后问他，是谁给他权利，这么轻佻地、浅薄地、虚伪地来消费他们那一代人的苦难。

这首歌侮辱了他，也侮辱了凤霞。

凤霞那两滴“噗噗”落下的泪滴，声音在他的心里回响了那么多年。

但是居然这样的烂歌就红到了人人都会哼的程度，致舟觉得匪夷所思。人到中年的时候致舟发现，这个世界越来越像一出荒腔走板的戏。

他对它兴趣寥寥。

第九章 妻女

01

致舟在朋友、同事和学生圈里，算是一个出名的“各色”人。在大学里，女学生崇拜男老师是优良传统，每一届都有尊重传统的女学生前来打擂台，但是在赵致舟这里，用不了几个回合就头破血流铩羽而归。甚至有女生和同宿舍女生打赌，三天搞定赵致舟。三个月后，为了给自己找个台阶下，这个女生搞定了致舟的某个男研究生。渐渐致舟的“恶”名就出去了，女学生们对他爱恨交织，爱他渊博有范儿兼冷幽默，恨他不懂得怜香惜玉。败北的女生们共同搭了一个冠冕堂皇的台阶，说赵老师之所以当柳下惠，因为对师母是真爱。

传来传去，致舟和妻子范洁，在学生口中成了著名的“贤伉俪”。

二十世纪九十年代和二十一世纪初的大学校园，同性恋还不流行，否则赵致舟这么不近女色，非得“被基”不可。

朋友们也都知道致舟的“冷感”。有一次他帮一个朋友的妻子翻译了一篇要在国际会议上宣读的论文，这个朋友一定要请吃饭，又临时招呼了几个朋友作陪。几个人坐定后，主人环视一圈，觉得这个饭局攒得有点素，一水儿大男人。也是为了炫耀自己交游广阔，魅力无限，朋友打电话叫了一个据说是电视台主持人的女子来助酒兴。此女一看就是场面上的人物，陪酒劝酒的技巧高超，一进来就主攻坐在主宾位置的致舟。一来二去不知怎么地致舟就不高兴了，推开已经靠在身上的女子，站起来就走。女子粉面通红，气急败坏，连声问：“这个人是不是有病？”主人大窘，一边安慰她，一边又赶忙追出去对致舟解释道歉。

致舟只说有急事要走。

他倒不是清高。他是受不了那女人身上的味道，浓烈的香精味儿，一阵一阵汹涌地扑过来，熏得人想吐。

回城这么多年，他从来没在女人身上嗅到过那种青草加苹果的淡淡香味儿。

和范洁恋爱的时候，有一次他突兀地问：“你是不是每天都洗澡？”范洁被问得一愣，敏感地抬起胳膊嗅一嗅，以为自己有什么不好的味道。不是不好的味道，而是完全没有味道。即使在盛夏，范洁的身体也没有味道——没有任何味道。

九月份开学后，伍娟正式成为了Y大学的教师。在本学期第一次全体会上，系主任介绍几位新来的同事，伍娟被叫到名字的时候好像吓了一跳，忙不迭地站起来，手足无措。好在系主任是个爱说话的老头，叽里咕噜地把伍娟清楚明了一口气读下来的学位介绍了一遍，用不着伍娟自己说什么。

致舟对伍娟很有好感，不是因为伍娟漂亮——她不算漂亮。同时分过来的另一位新同事李郁就非常漂亮，可是致舟对她没感觉。他喜欢伍娟是因为她的那点慌乱和手足无措。

就像凤霞。

而范洁就太镇定了，从认识到结婚二十年，她从来都是那么镇定，甚至在床上。

02

他和范洁恋爱，是对方主动的。1983 年致舟考上大学，范洁是班里的团支书。开学伊始，范洁组织了几次集体活动，致舟都没有参加。只要不上课，致舟就回家陪母亲，她的情况一度非常不好，情绪不稳定，几次想要自杀，换了好几个医院看，才有一个大夫不太确定地说应该是抑郁症。吃药效果也不好，白天情绪低迷，昏昏欲睡，晚上却又格外亢奋，折腾得一家子人都睡不成觉。

范洁来找致舟单独聊思想，致舟也就客客气气招待。范洁走了又来，致舟理解为是团组织对这个不合群的学生的关心。谈了几次后，范洁说："致舟，我觉得你不像个青年。"这句话非常入致舟的耳，让他有知己之感。他当然不像个青年。生下来他就已经老了。谁知道范洁接下来说："我想让你做点青年该做的事，我们处处对象怎么样？"致舟吃了一惊，而范洁仍旧是淡淡微笑着看着他，镇定自若。

范洁算不上是美女，但也不难看，眉目清秀，特别瘦，瘦到看得见额头和脖颈的青筋。

致舟一时不知道该怎么回答，他的脸涨红起来。

"没关系，你可以考虑一下。如果不同意也没有关系，我们还是好同学。"范洁仍旧保持着微笑，伸出手来，把他放在桌上局促不安的手按了一下，转身走了。

致舟看着她的背影，因为瘦的缘故，她的背影看着比正面小很多，简直就是个小女孩——其实她比他还要大两岁的。

03

致舟和范洁大学毕业后都去了Y大学。致舟分在了系里，范洁去了研究所。其实原本系里想要范洁，但是范洁自己要求去研究所，因为致舟是个男人，系里空间大，更能"扑腾"开。致舟只能接受范洁的美意，虽然他自己心里清楚得很，用八十年代流行的文体说就是：天空再大，而他早就不再有翅膀。工作落实后两个人就领了结婚证，单位分房的时候，因为是双职工的缘故，他们领到了一套当时人人称羡的两居室的钥匙。

致舟母亲的情况只有更坏。致舟兄妹三人中只有妹妹还留在家里，可是晚上妹妹不敢单独和母亲在一起，母亲要么不睡，要么在睡梦中呓语连连、“梦怔”不断，常常狂呼小叫。致舟和弟弟只好轮流晚上回家陪母亲。母亲的梦话内容全都是他们兄妹尚幼时候的事：“你们三个，再不回家，以后想回都回不了了！”“赵立民，我撒手不管了，爱谁谁去！”赵立民是致舟父亲的名字。这些话半夜里听起来格外凄厉。但是如是两年，母亲情况不见好转，兄妹三人多少都有点疲沓。好像是预料到了子女早晚会有嫌弃之心，1989年的夏天，致舟母亲突犯肺栓塞，五分钟不到。

处理完了母亲的后事，三个人一起收拾母亲遗物的时候，在母亲的衣柜里发现了一套手工做的婴儿小衣裤，看上去还是崭新的。

妹妹说：“哥，这肯定是咱妈给你做的，你和嫂子要个孩子吧。”

三个人都掉了泪。小上衣上绣着一只浮水的小鸭子，兄弟三人都再熟悉不过。他们小时候母亲给他们一人做了一件绣着小鸭子的罩衫，妹妹的是红色，弟弟的是绿色，致舟的是蓝色。那时候他们的父亲还在，母亲还是一个优雅亲切的母亲。

这套衣服是黄色，男孩女孩都能穿。

在致舟生命中存在了三十年的母亲忽然消失了，只剩下照片和这套小衣服。致舟把父母亲的遗像和小衣服抱回了家，放在了大衣柜里。找衣服的时候手碰到镜框，就穿越到了童年。

04

范洁三十多岁了，却还是一直避孕。她的理论是女人要了孩子再做事业的时间就有限了，所以得先打个好基础，把副教授的职称拿下来再说。她干活拼命，文章一篇接一篇地发，还出了一本专著。按资历她三十四岁那年才可以参评副教授，可是她提前两年就开始冲击破格评选。可惜，评职称这事儿从来都不只是写文章、做科研、做项目这么简单。

但范洁要孩子一样心切。学校每年九月份评职称，提前三个月开始她就预备着评上职称后的要孩子大计。进入六月份，致舟就被迫戒烟戒酒，而且别想睡懒觉了。早晨六点钟范洁就摇晃他："致舟，起床，我们一起去跑步。""我要再睡一会儿。""不行，运动要想有效果，起码要四十分钟以上。今天我俩都有课。七点之前必须结束锻炼。"致舟知道范洁是不达目的不罢休的，只好乖乖起床。

而且，每年从六月份开始，致舟就不被允许再吃任何垃圾食品。运动回来，致舟冲了个澡，出来发现饭桌上已经摆好了大米粥、馒头和水煮鸡蛋。致舟说："我去楼下买两根油条。""不行，"范洁严肃地说，"从现在起油条不能上咱家的饭桌了。明矾超标，会影响胎儿的神经系统。""那我去买份白吉馍。""更不行。腌制的肉类都有超标的亚硝酸盐，吃多了会致癌。我们要对孩子负责。"致舟只好郁闷地坐下来，吃他最讨厌的白水煮蛋。

这样坚持到九月份，范洁就会自信满满地把一布袋材料扛到学校的人事处，而到十月份，再失望地把一布袋材料扛回来。

如是者五年，布袋越来越大，结果却从未改变。

每次结果一出来，范洁都会沉思半晌，然后坚定地说："明年再来。"而致舟的第一反应则是抽烟喝酒，吃油条白吉馍，睡懒觉，干一切范洁不允许做的坏事。

范洁三十七岁的这一天，当评职称失败的消息又一次传来的时候，她照旧表现得特别镇定。一周后，致舟路过药店，买了一盒避孕套——九月份的某个夜晚，他们行夫妻之道的时候，致舟发现床头柜里只剩下了最后一只避孕套。范洁特别强调说："别急着买，要是这次评上了，我们就用不着工具了。"但是现在，看样子避孕套还得用下去。

致舟对范洁的身体从一开始就兴趣不大。范洁在这方面是个保守的人，她将贞洁保存到了举行婚礼的那一天。当致舟触摸到她的身体的时候，遗憾地发现她摸起来比看起来还要瘦。她瘦到让人觉得和她上床对她都是一种摧残。

但是没有办法。青年男子的性欲和食欲一样，定期会达到一个顶峰，如果没有一个发泄，就会浑身鼓胀难受。性欲这个东西强烈到了一定程度的时候，就和一切精神上的行为分道扬镳了。"爱""喜欢"甚至"好感"都不是必需的。

时间推移，当那段荷尔蒙的分泌高峰期终于过去之后，致舟觉得轻松多了——被荷尔蒙所累的人生显然是不自由的。

那天晚上，当致舟拿出避孕套的时候，范洁忽然说："我们不用工具了。”致舟疑惑地问：“你确定吗？”范洁说：“确定。先要孩子吧。否则，年纪太大的话，胎儿畸形的几率会增大很多。”

从此之后，范洁每天早晨第一件事情就是量体温，然后在从医院拿来的一张表格上密密麻麻地填上致舟看不懂的数字，致舟进行性生活的权利就完全由这些数字所支配。当致舟被荷尔蒙驱使着提出要求的时候，范洁不一定会同意，她会和颜悦色地说：“养精蓄锐。古人造的词都是有道理的。”而某一个刚刚量过体温的早晨，范洁在看到数字之后一跃而起，伏在还没睡醒的致舟身上说：“快点，我们来一次。”致舟哭笑不得，他说：“我不是畜生，说来就来。”范洁说：“这和是不是畜生没有任何关系。你要就事论事：我的排卵期到了，这个时候受精怀孕的几率最大。”

仗着年轻身体好，致舟好歹交了作业。但是晚上上了床，又要被逼迫着重复一遍早晨的程序。范洁说：“女性排卵期非常短暂，要抓紧时间多做几次。平时让你养精蓄锐就是为了这一时。”坚持做完了之后，范洁又要求致舟抓住她的脚踝，把她倒着提起来。理由是“我是子宫后倾，用这种方法可以加大怀孕的几率。”

半夜里，刚刚做完重体力劳动的致舟，站在床上，倒提着披头散发的范洁——这个场景可以单独拿出来，作为一个国产恐怖片的海报。

第二个月如此，第三个月如此，第四个月还如此。

致舟觉得自己被阉割了。他的荷尔蒙分泌急速降低，基本上不再有主动的诉求，每到范洁排卵的那几天，他就焦躁不安。

他对范洁原本就不够诱人的身体完全失去了兴趣。

时间推移到第二年的夏天，致舟的头发白了一半。在好不容易完成了一次任务之后，致舟一边像刚上岸的鱼那样大口喘气，一边说："我扛不住了，不干了。"

他以为范洁会生气，如果他是女人一定会生气。又不用你生，也不用你养！就是贡献几个精子的事，有那么难吗？

没错，致舟知道自己的自私和不负责任。

没想到范洁不但不生气，反而很笃定地说："再过一周你帮我买试纸回来，我有预感，这次差不离。"

范洁估计评职称的结果从不准确，估计是否怀孕倒是一次就中，女人还是对自己的身体更敏感、更了解。而且，愈发鼓舞人心的是，不但范洁高龄受孕成功，九月份评职称时，范洁和致舟竟然同时升了副教授。

致舟松了一口气，母亲做的那套小衣裤终于能派上用场了，虽然小鸭子早已褪色。

眼看着过不下去的日子，现在又润滑地运转起来了。

不过，女儿出生之后，致舟曾经偷偷地担心过很久。那么没激情、没质量地做爱做出来的孩子，会不会是孤独症？或者有其他的问题？还好，女儿一天比一天健康地长大了，越来越活泼可爱。而且，他从未想到过一个孩子能够给他带来那么多。他以前认为，自己这辈子，有关"爱"的功课都已经将近尾声，没想到，女儿的到来启动了一个宏大而崭新的“爱”的功课：让他爱到不知所措，爱到无所适从。

致舟成为一个超级温柔、细心、耐心的模范爸爸。

而且，致舟慢慢发现，生了儿子的男人和生了女儿的男人是不一样的。他从此，竟然完全看不得女人受苦了。有一个夜晚，他梦到凤霞低着头站在他的面前，手上托着那件红衬衫。他焦虑紧张，害怕凤霞抬起头来和他对视，然而当凤霞抬起头来的时候，他却发现那是女儿的脸。

梦醒之后他失眠了，偏偏刚又一次戒了烟，只好跑到阳台上枯站一会儿。当年他没有为凤霞掉过眼泪，现在却发现眼角是湿润的。

是女人大概都会受到伤害。他不是上帝，他连一个有力量的男人都不是。他能做到的，就是对自己的女儿疼爱一点，再疼爱一点。

据说凤霞后来和邻村的一个男青年订了婚，不多久男方却主动退了婚。在农村，遭男方退婚是非常耻辱的事情。再后来，凤霞和同村的金波结婚了。致舟记得那个男孩，似乎比凤霞还要小几岁，致舟走的时候，金波还是一个没长够个子的半大小子。凤霞和金波结婚后要孩子不顺利，怀一胎就滑掉，再怀一胎还滑掉，到处吃药看病，一直到三十多岁才相继要了两个儿子。

这些事情辗转了多少人才传到致舟的耳朵中，听起来一点儿也不真实，像是说书人口中代代相传说了几辈子的别人的戏。

05

五月份，致舟所在的系有一个到另一个城市同类院校的出访计划。致舟年纪最大，作领队，男教师多一点，女教师只有伍娟和李郁。她们尚未结婚，不拖家带口，说出差马上就能出差，没有什么拖累。

到达目的地后照旧是开会，致欢迎词和座谈。致舟在座位上坐得无聊，漫无目的地四处观望。伍娟坐在他的不远处，从他的角度看过去，正好能看到她的四分之三侧脸。她的脸上骨骼匀停，光线照在上面，淡淡的蛋壳清，眼睛里是一种特别的孤清，像是杨维梅尔的那幅《戴珍珠耳环的少女》。致舟正看她的时候，旁边有人拍了一下她的肩膀，她吓了一跳，脸上马上出现那种紧张而惶惶然的笑容。

致舟发现伍娟一个人的时候，脸上的神情总是安静和从容的，而一旦和别人说话，她马上就变得紧张，不知所措。大概这就是她为什么没有朋友的缘故。

因为会议室里是屏蔽手机信号的，所以中午在餐厅等待上菜的时候，各人的手机都短信来电响个不停。致舟闲闲地坐在桌子边，手机干脆都没有拿出来。他和范洁没有出差每天互打电话的习惯，除了有重要的事情，范洁不会给他电话。至于其他的电话，都是可接可不接的。现在对致舟而言，最重要的是安静而安心地吃一顿饭，如此而已。伍娟坐在他的左手边，他俩是唯二不看电话、也不打电话的人。致舟给伍娟的杯子倒上茶，伍娟又像是被吓了一跳似的站起来，脸涨得通红，连连说:“应该我给赵老师倒茶。”他示意她坐下来，微笑着说：“不要那么紧张，给我一次作绅士的机会。”伍娟听话地坐下来，对他回以微微一笑。

李郁坐在桌子的另一边，先是低头按键发短信，这会儿又在接电话，满脸毫不掩饰的甜蜜和欢喜，一看就知道是在和男友通话。致舟知道伍娟比李郁还要大一岁，农村孩子总是上学晚一点。不过伍娟看样子还没有男友。正私下猜测着，伍娟的手机也响了。伍娟吃了一惊一样,拿出手机看,是短信。她看了很久才把手机慢慢放回去，而且没有回复。

菜上来了，大家纷纷拿筷子开吃，伍娟却仍旧一动不动。致舟说：“伍娟，怎么不吃？”她才如梦初醒一样，对他笑了一下，拿起筷子夹了一些菜。那苦涩的笑容让致舟心中一动。这姑娘是遇到了什么事吗？伍娟用筷子在盘子里胡乱拨着那几根青菜，忽然下定决心似的，放下筷子，迅速地站起来走了出去，半天才回来。

致舟确定她哭过了，虽然脸上带着微笑，但是眼睛和鼻头都是红的。致舟的心中升起一股温柔的怜悯。他的女儿爱哭，每次在外面受了委屈，都会回来抱着老爸痛哭。致舟安慰女儿的方法永远是：带出去吃点心店的甜食或者冰淇淋。

各色的甜食和冰淇淋是这个世界的天使。女儿一吃它们就眉开眼笑，天大的委屈都忘掉了。

负责招待他们的友方正好到邻桌去应酬了。“服务员！”致舟挥手把穿梭在几个桌子之间的服务员叫过来，问：“你们这里有没有甜品？”服务员稍一犹豫，会议餐都是定好的套餐。致舟说：“我来付钱。”

几分钟后，一盘金黄色的榴莲酥上来了。致舟特意夹了一块给伍娟，叮嘱道：“多吃点。”

伍娟没有说话，看致舟的眼神却充满了感激。

致舟接着把盘子转到了李郁面前，示意李郁夹一块。李郁欢天喜地地说：“谢谢赵老师，您真是太绅士了。”

这个世界上，没有几个不喜欢甜品的女人。

振亮结婚了。

短信只有几个字:伍娟,我结婚了。你一定要开心。好运。

尽管早就知道振亮有个未婚妻，并且预备结婚，伍娟看到这个消息的第一个感觉仍旧是疼痛，然后孤独涨起潮来。

走了这么久，她还是一个人，未来可看见的日子，估计还是如此。

前一段学校的高层宿舍楼竣工，伍娟和李郁都可以分到一套二居室的房子,除去博士引进费 8 万,还需要再交 15 万。伍娟一度想到过放弃，她这么多年一直没断了打工，除去各种花销，手头不过有两三万块钱而已。伍娟读博士后就不再去郑姐的饭馆打工，但也经常联系，郑姐算是她在这个城市里为数不多的信得过的朋友。听说要买房，郑姐爽快地借了五万块钱给她。她十分感激,但显然还远远不够,直到有一天,她忽然发现自己的工资卡上多出了十万块钱。

她知道，一定是振亮给的。伍娟一个同事的老公，和振亮在一家医院。

这些年她没有和振亮直接联系过，偶尔会听老乡提到他。振亮博士提前一年毕业，分到了一家三甲医院，振亮找的女朋友漂亮，家境又好，两个人预备结婚了……

她总是像听一个与己无关的传奇人物的故事一样，不动声色。直到有一天一个老乡忽然吃惊地说："听说你们是一个村子的邻居？小初高都一起的？你怎么不把他搞定呢？"看着替她捶胸顿足叹息不已的老乡，她淡淡地说："我们怎么可能？我们不合适。"

电话打过去，振亮说："听说你缺钱，怎么不找我要？"伍娟心里想的是：怎么会找你要？找全世界每个人要，都不会找你要。嘴里却说："我能凑得够钱。"振亮说："别犟了。钱你拿着，不用还我。"说完了又补充上一句："我自己挣的钱。"大概是想说和女朋友无关。伍娟说："……好吧，我先用。我会尽量早还你。"

看到振亮结婚的消息后她一个人在洗手间哭了半天，不为振亮，是为自己。也许根本什么都不为，只不过是例假前的周期性情绪低落。

回来的时候，坐在她旁边的赵老师点了一盘榴莲酥，并特别夹了一只给她。不知道为什么，她心里笃定地知道，这盘榴莲酥是专门点给她的。

她难得有这样自信和踏实的时候。

人和人的缘分真奇怪。大家都说赵老师性情古怪，难以接近，她却从来没有这种感觉。事实上，她觉得他温暖、亲切。

她在学校里看到过他和女儿走在一起，他的女儿很漂亮，一直抱着致舟的胳膊走路，马尾巴在脑后一翘一翘。同事们都知道致舟是一个好爸爸。对伍娟而言，“爸爸”只是一个纸上的词，她的生活和这个词没有任何关系。然而，当她偷偷看着致舟和女儿的背影时，忽然有一个非常陌生的念头冒上来：如果自己能有这样的爸爸，就是马上去死都是愿意的。

吃过这顿难熬的饭，他们一起上电梯回房间。和伍娟同住一屋的李郁说要出去散心，吃过饭先走了。他在九层，她在十层，其他几位在四层、五层纷纷下了，电梯里就剩他们两个。致舟淡淡一笑说：“伍娟，今天不开心吗？”

她一愣，随即笑着说：“没有啊赵老师。”

他给她一个格外温和的笑：“那就好。”

九层到了，他挥挥手和她道别，电梯关上，把她一个人悄无声息地送到十层，最高层，几乎没有房客，死一般的寂静。关上房门，她迫切地寻找着安慰，像男人这个时候常常要寻找烟和火机一样，她寻找她的手机和耳机。戴上耳机，找到黄品源的那首老歌，像急着要吸救命的氧气一样打开，听到那沉沉的钢琴的声音，一下，又一下，像锤子一样敲碎了她的心。《你怎么舍得我难过》，这首歌伍娟听了快十年，每个版本她都有，黄品源的、黄小琥的、动力火车的。而在这一天她有一个重大的发现，“你怎么舍得我难过”，这个“你”是谁？她以前从未想过这个问题。现在她明白了，在她的世界里，根本没有这个“你”。以前没有，现在没有，可预见的将来也不会有。

她低下头，迅速地删掉了所有版本的这首歌。

窗外是这个陌生城市的天空。她把脸紧紧地贴在玻璃上，让自己只看这片天空。于是天空简缩成一个小牢笼，透明、透亮的一小块玉。太阳苍白疲弱，淡淡地在云朵里穿行，是一个小小的泪珠。

06

范洁比致舟还早一年带研究生，一般而言，导师和自己的学生一年起码要吃两次饭，第一次饭是导师请客，欢迎新生入学；第二次饭则是学生毕业的谢师宴。致舟和范洁所带专业方向接近，学生之间彼此都熟悉，所以索性这两次饭都合在一起。人多热闹，还多一点同学间交往的机会，学生们也乐意。

据说已经有两人的学生彼此之间开始“郎有意、妾有情”，准备像两位导师那样，成为一辈子的革命战友。这是好事，不是吗？

女儿也经常一起参加饭局，而且每次必坐到致舟旁边，哝哝交头接耳地秀亲密，走路时还故意把胳膊搭在他脖子上，作哥们状。致舟觉得好玩。女儿那孩子气的举止里，颇有一些向别的女孩（女研究生们）炫耀的意思，潜台词是：“这个男人不错吧？可是他是我的老爸，我、一个人的、老爸！”

饭局上，学生们轮流夸奖导师伉俪不但举案齐眉，而且互相帮助，事业精进，真是神仙眷侣。大家轮流说祝酒词，一个女生的祝酒词是："希望我将来能像老师那样，找到自己最合适的另一半。"

致舟听到类似话的时候总是自嘲地微微一笑。"最合适的另一半"！真有想象力。事实上是，他已经好久没有碰过这个"最合适的另一半"了。有一次他和女儿过马路，斜刺里忽然出来一辆车，他本能地把女儿拉到自己的怀里，好在那辆车"嘎吱"一下刹住了。女儿从他的怀抱里钻出来，大呼小叫要去买盒冰淇淋压压惊。他除了后怕之外，心里还有点异样感受。十四五岁的大姑娘，开始发育了。女儿的身体软软的、肉肉的。刚刚想到这里，致舟就开始在心里痛骂自己。

老……流氓。

一直以来，致舟拥有一个非常有效的弗洛伊德所谓的"超我"。可是现在，在他庆幸自己已经摆脱了荷尔蒙的控制的时候，他忽然对那种软软的、肉肉的女性的身体产生了不可遏制的向往。他庆幸得太早了。

范洁那年轻时候就过于瘦削的身体，在五十岁的时候已经不怎么具有女性特征，骨头越来越突出，一点点肉皮松弛地挂在上面，摸起来比看起来更惨。很可惜他不是圣人，不能从这衰老中激发出怜悯和爱，他只有厌倦和逃避。而且，她已经进入了生理上的更年期。大概依赖于强大的理性的缘故，迄今为止她在精神上一直很稳定。

到了知天命之年，致舟才明白，他当初几乎没有犹豫地决定和范洁处对象，正是因为她那和自己母亲完全不同的镇定。他怕了母亲的神经质和脆弱。人们追求一段关系，常常是为了弥补上一段关系带来的伤害，而当下的关系是不是饮鸩止渴，那是顾不上的。

致舟发现他迫切需要展开一段新的关系，不靠谱的、充满肉感的关系，给他此生长期被压抑的荷尔蒙来一个狂欢节似的闭幕式。

但尽管如此，在公开场合，致舟还是很乐意给人表演一下贤伉俪的感觉，何乐而不为？娱乐大家，也娱乐自己。他微笑着说："范洁，敬你一杯，你是我们家的定海神针。"在学生们的欢呼叫好声中，范洁配合地和他碰了杯，一饮而尽。

女儿笑眯眯地在一边看着，然后趁范洁和学生们碰杯、无暇他顾的时候，悄悄地说："赵致舟，你太虚伪了。"她向着他仰起向日葵一样无邪的笑脸，致舟却心里一凛。

致舟推了一下女儿，扶她坐正，说："这么大的姑娘了，坐没坐相，站没站相。"

女儿努着小嘴，等着他哄。可是他装着看不见，和别人应酬起来。

07

致舟那场闹剧一样的外遇就发生在他五十岁那一年。他平时很少用QQ，上QQ就是为了给学生布置作业，也从不加陌生人。有一天上来的时候，滴滴声响起，有陌生人想要加他，名字是"鱼儿"，头像是一个女人的背影，看起来是一个完美而优雅的花瓶。

手一抖，他点了同意。

再接下来的事就顺理成章、快马加鞭了，结婚二十年没办过的事，两星期就办成了。致舟和“鱼儿”上了床。

“鱼儿”比他想象中的好一点，多少有点文绉绉的气质，竟然还戴着一副眼镜。致舟想象中的网恋对象，和眼镜没有一点儿关系。“鱼儿”自称和丈夫订好了游戏规则，各玩各的，两不相扰。他俩第一天聊天，“鱼儿”就绘声绘色地给他描述，某一天她早下班回家，发现丈夫正在床上和情人搞得入港，她悄没声地回到自己房间，关上门，还是听到各种各样的音响断续传过来。她本来没事儿，听了一会儿，居然有点想哭。

就是最后一句话，让致舟找到了和这个女人上床的一点借口。

没有和“鱼儿”见面之前，致舟对于和陌生女人上床这事儿充满了幻想。一个还算年轻的女人的身体，湿润、饱满，像刚被捞出水面的鱼儿一样在网里上下翻腾。致舟那回光返照的荷尔蒙具有无上的艺术创造力，帮助他在眼前这个乏味无聊的世界里，再开辟出一个平行的世界来。

在那个世界里他就不是这个各色别扭的他，他要全身的细胞都注满了能量，健康热闹地重新活一回。

但是事后，致舟终于承认，一切还都是放在想象中比较好。和“鱼儿”做爱没有什么问题，双方在事后都友好地表达了对对方的赞美。

但是，要命的是，他觉得索然。回光返照毕竟是回光返照，闭幕式就是闭幕式，再紧着敲锣打鼓，也是意兴阑珊，永远成不了那青春生命的开幕式。何况，他的开幕式也就是那么回事。

这么看来，人生那么多事情，未必一定都要去做，对于万事来说，“等待”就已经足够。活着就是对死的一场等待。

但理论的致舟和行动的致舟常常是两个人。他和“鱼儿”有了第二次，又有了第三次。没有第四次，是因为范洁发现了这件事，打印了 QQ 聊天记录，并且摔在了他的脸上。

范洁说：“赵致舟，真没想到还会有人看上你。”

致舟很吃惊。吃惊的是，他只知道自己早已经不爱范洁，但从来没有想过范洁是否爱他。

这一句话就再明白不过，那还有什么好说。致舟不由地苦笑了。

就二十多年的婚姻生活而言，这是范洁最不镇定的一次，但如果和其他女人做横向比较，恐怕范洁还是能在镇定上面拔得头筹。

致舟对外遇这回事，考虑过安全问题、名誉问题，但是从未考虑过道德问题。在这个他玩不转因而瞧不起的世界里，他认为道德是最被人高估的东西——上帝制定的游戏规则，用来调戏人类的，但是，他终于说：“别生气，这就断了。”

要不能说些什么呢？难道像成龙那样说：“我只是犯了一个全天下男人都会犯的错误”？说什么都是无耻，索性就不说了。

范洁终于没有把眼泪流下来。她半晌像训学生那样说：

“你自己想想，为了那点事，把后半辈子的名誉、女儿的面子都搭进去值不值。老也老了，怎么就忍不住了？不就是那点事么？”

致舟苦笑。的确，就是那点事而已。搞来搞去，也没有搞出比“那点事”更多一点的事。好吧，荷尔蒙的闭幕狂欢可以结束了。范洁摔到他脸上的那几页 QQ 记录，就当是中国戏收尾时候打的一声尖利的镲。

谁知道还有后续。

那几页纸被致舟胡乱地塞到了抽屉里去，脑子里想着要处理掉，一时却给忘了。直到有一天他正在浴室冲澡，女儿忽然跑过来大哭着砸门，骂他不要脸，是个骗子。

他莫名其妙地裹上浴巾打开门，看见女儿哭得披头散发，手里拿着那几张纸。

女儿对爸爸有外遇的反应，倒是比母亲强烈得多。

不等他反应过来，女儿已经扔掉手中的纸，摔门奔出去，满楼道都是“噔噔噔”的脚步声。已经晚上十点多钟，外面眼见得就要下雨，致舟和从房间里奔出来的范洁对视了一眼，范洁马上回身去找车钥匙，致舟则迅速地穿上了衣服。

车子转了好几圈，小区里没有女儿，范洁打了一圈电话，女儿的朋友们也都说女儿没有联系她们。范洁在副驾驶上坐着，忽然回过身，甩了致舟一耳光。远方响起隆隆雷声，大雨扑下来了。

致舟苦笑，哪里有这么应景的，老天爷也在讽刺这个知天命的“老流氓”。他开足马力，驶向他们一家三口常去的公园。那个公园有一个湖，他没少带女儿去划船。

找到女儿的时候，孩子正在湖边哭，透湿，看到父母奔过来就要尝试着往湖里跑，看样子是爱情小说看多了。致舟将女儿抱起来，塞进车里，女儿还一直尖叫：别碰我！别碰我！

台词都是现成的。

一场逼真的爱情戏码的彩排，老也老了的爸爸，还得勉强披挂上阵，替未来的男主角走台。

致舟一言不发地开着车，后座里范洁脱下外套给女儿擦脸擦身子。女儿还是不停地哭，边哭边骂致舟是个骗子。

致舟反倒放下心来。

骗子！谁不是骗子？

骗谁？骗谁不是骗自己。

致舟的外遇以此闹剧收场。两天之后致舟过了一个没人搭理的五十岁生日。

从此之后，致舟洗心革面，和荷尔蒙分道扬镳，势不两立，成了一个好人。

08

期末考试的时候，致舟和伍娟分在了一个考场监考。临考试前，致舟站在教学楼的台阶上，看着伍娟骑着自行车远远地奔来，自行车筐里放着刚从教务处拿过来的试卷。天气热，伍娟的脸蛋晒得通红，前面的头发帘全部都湿透了，黏在一起。看到他，伍娟老远地就下了车，因为是个大下坡的缘故，小跑了好几步才停下，支好车子，恭恭敬敬地喊了一声“赵老师”。

这个场景似曾相识。

分试卷的时候，伍娟看到了致舟手上的伤疤，小声惊呼说：“好大的针眼！”致舟笑着说：“这还是你们七里铺卫生室的杰作呢！”伍娟知道致舟曾经在芦庄待过，她不好意思地说：“这事儿放今天就不用往镇上跑了，每个村里都有卫生室呢，药呀设备呀也都挺全的。”好像致舟受的罪都怪她一样。致舟问：“你去过芦庄没有？”伍娟不由地微笑。芦庄，她当然去过。她说：“小时候我去芦庄偷苹果，结果光脚踩到了棉花茬子上，化脓了，瘸了一个月才好。”从芦庄回来的那条路，她后来又一个人去走过。没有苹果园，也没有荞麦花。

伍娟所生活的这个宇宙，的确是存在黑洞的。

致舟低头看她的脚。她的脚明显和城市女孩的不一样，一看就是在农田里长期站立过的，健壮有力，也没那么细腻白皙。他说：“芦庄有苹果树么？我在的时候地里全部种粮食还吃不饱。”伍娟说：“有一段农村变化挺大的。”致舟说：“你常回去么？”

伍娟的笑容淡下来：“不，我很少回去。”

前几天伍娟专门回去过一次。周玲忽然从深圳回来，带走了果果，而且一进家门就骂骂咧咧，说伍强是流氓，全家都不是东西。果果在赵集长到六七岁，根本不认识亲妈，哭得声嘶力竭，玉芝和伍国梁一直追到了七里铺才被人劝回来——周玲随身跟了三四个身强力壮的男人，看起来都像黑社会的。玉芝回来后狂打伍强的电话，始终打不通。实在没办法，伍国梁坐了一天一夜的火车赶到了深圳，问遍了老乡也没找到伍强，都说他惹了事，躲了起来不敢见人。伍国梁从深圳再坐一天一夜火车回来，辗转回到赵集，头发全白了。

玉芝也垮了，一边是亲儿子，一边是果果。尤其是果果，贴心的小棉袄，说看不到就看不到了，玉芝觉得自己的臂弯空空落落，不知道往哪里放。

伍娟回到家，带了一堆吃的，还给玉芝买了两件衣服。玉芝背对着门坐在炕上，闺女回来了，不但不招呼，看也不看一眼。伍娟看着玉芝，一阵心酸，再怎么说，这是她妈。她妈一辈子没操过她的心，没喜欢过她，那是她们母女没缘分。活到三十多岁，伍娟不再恨任何人。伍娟劝玉芝放宽心："伍强他不就是躲起来了嘛，说不定过两天就往家里打电话了。一个大活人还能出什么事，我看周玲也就是吓唬吓唬他，到底夫妻一场。"玉芝不吭声，伍娟就再说："妈，我给你买了两件衣服，颜色新鲜点，老年人就是穿新鲜颜色好看。这个蜜食是我专门去回民小区买的，我们学校的同事都喜欢吃这个。"玉芝还是不吭声。伍娟有点不知所措了，她实在没有别的话说。和玉芝能有什么话说呢？

玉芝说话了，没扭头："你用不着对我好，我最恨人装。"又说："是没啥大不了的，顶多就像赵奎家的那样呗，绝户头子，老死家里算完。你放心，我和你爹从小没疼过你，老了也不会给你添麻烦，到老我和你爹不会出这村子。”

伍娟听得屏息静气。她希望下面还有一句两句，解释一下，为啥“我和你爹从小没疼过你”。可是玉芝到她离开，一句话也没有再说。

没有理由，却就是不爱，那确实没有什么话好说。

……

一个女孩举手示意要答卷纸，把伍娟从回忆里拉了出来，她匆匆地拿起一张答卷纸朝女孩走去，眼睛的余光处，发现第二排有个男生做了一个小动作，貌似作弊。

作弊的学生如今是一年比一年多。

伍娟把卷子递给女生，走到男生身边，掀起他的答卷纸，下面是一张空白纸，没有小抄。伍娟悻悻地想要离开，男生却不愿意了：“伍老师你妨碍我答题，而且怀疑我抄袭，这不是对我的污蔑吗？”

伍娟的脸顿时红了。她工作以来，不止一次碰到学生对她示威的行为。也许是因为她气场不够，也许是因为这所院校的孩子大都出身不错，看不起她这个明显是农村出身的老师，也许是因为她讲课不好——其实就是只会详细地讲知识点，而不会开玩笑、讲学生爱听的段子而已。她每次上课，都要提前备很久的课。

致舟早就看到这边的事情，他不慌不忙地走到男生跟前，打量了一下，伸出手去，准确地在他的腰带里搜出了一张掖着的小抄。男生顿时蔫了。致舟平静地说：“给伍老师道歉。”

男生害怕地看了一眼致舟，小声对伍娟说："伍老师对不起。"低头欲继续做题，致舟把他的卷子收起："你被取消答题资格了，你的作弊行为将要上报教务处。"男生大惊，站起来本来要求情，看见致舟铁板一块的脸，只好低头走出了教室。

伍娟反而有点于心不忍了。致舟说："我已经连续三场抓住他了。这孩子该知道点教训。"

伍娟心头一暖。

一直到考试终了，两个人分别站在阶梯教室的一角，没有再说话。伍娟遥遥地看着致舟的背影，忽然很想抱抱他，或者被轻轻抱一下。她被这个想法呛得鼻子酸痛起来。

第十章 灾难

01

致舟从没想过这辈子还会见到凤霞。暮春的一天，小风吹在脸上还有着微微的寒意，致舟去三楼办公室拿点东西，走廊上倚坐着两个胖乎乎的十七八岁的男孩，旁边站着一个农村妇女，看起来年纪不轻了，奔小六十的样子。致舟奇怪这些人是干吗的，但是也没多想，转身去开自己办公室的门。

“致舟。”听到有人喊，致舟回过头，没有别人。他以为是幻听，扭回头打开门就要进去。

“致舟。”这次的声音大了一点，喊他名字的人是那农村妇女。

致舟这才发现，她是凤霞。

人是可以变化这么大的。凤霞肤色黧黑，皱纹遍布脸上，正是艺术家喜欢画的那种标准农妇。致舟还没反应过来的时候，凤霞就招呼旁边坐着的两个男孩：“这就是你叔，快磕头！”

两个男孩直起身子，俯身便拜，口里齐刷刷地喊着：“叔救救俺！叔救救俺！”

致舟懵了。

再没想到和凤霞会是这样的见面。

拉起两个孩子，大家一并到办公室里坐好，致舟这才慢慢知道了是怎么回事。

凤霞年轻时候习惯性流产，一直到三十多岁上才相继要了这两个孩子，两个孩子从小也都很健康，学习也好，很给凤霞长脸。可是前两年，小儿子忽然全身浮肿，带到医院里一查，是肾病，治了一段时间，小儿子不见好，大儿子也犯病了。后来到省城大医院看病，才知道得的是一种极为罕见的遗传性肾病，二金波爷爷辈儿上死过两个，叔叔辈儿上死过两个，那时候人命不值钱，没去医院人就死了，单知道是死于浮肿病，也并不知道是一个病根。金波这辈儿的兄弟姐妹倒是都还没有事，谁知道又隔代遗传，应到凤霞这两个儿子身上了。

凤霞带着兄弟两个在省立医院住了一个月，花光了全部的钱。本来想带孩子回老家，死就一起死，可是两个孩子哭着不肯走，非要当妈的给条活路。实在没办法，凤霞想到了致舟。

致舟一时不知道该说什么好，凤霞的眼睛黑洞洞的，啥表情也没有，看得出她对致舟完全不抱希望。带孩子来找致舟，不过就是做给两个孩子看：当妈的也使劲儿了，也努力了，但人没法和命斗。

致舟有一个朋友在省立医院肾病科，一个电话打过去，朋友倒是知道这农村来的兄弟俩的事儿，表示很难办，因为兄弟俩需要定期透析，医院里人工的事情还好，凡事一涉及机器，就便宜不下来。而且，医院不是慈善机构，像这样的事情也不少，人道援助一点也可以，但不可能都免单。这个朋友又说，像兄弟俩这种情况，透析也只能暂时缓解症状，只有换肾才能解决问题。可是换肾本身就需要几十万，术后每个月的药费也要四五千，更何况肾源难寻。就是城市家庭，有一个孩子患这种病的，资金上都很难支撑下去，何况这两个孩子又是农村孩子。总之一句话，这兄弟俩再想活，也没有多长的活头了。

致舟看着坐在沙发里的两个孩子，这才发现他们不是胖，是浮肿。如果不是这样的话，他们都是漂亮的男孩，致舟从他们脸上看出了凤霞当年的样子。

都是为人父母的人，致舟难过得百爪挠心。

这个朋友最后一句话倒是提醒了他。他建议致舟去找媒体方面的人，做做宣传，说不定能募捐一点钱，城市里想要做慈善的人不少。

致舟马上着手打第二个电话，他有个同学在晚报，已经做到了不低的职位。

致舟打电话的时候，凤霞就在旁边漠然地看着，春天到了，她还穿着黑色的羽绒服，皱巴巴的，胸前衣襟蹭得油亮，看样子是很久没有洗过。

电话没有打通。致舟带着娘仨先去学校门口的饭馆吃了饭，又带他们去银行取了五万块钱，塞到凤霞手里。

凤霞一惊。她大概压根就没指望能从致舟这里得到什么。致舟从她那惊诧的表情里又读出当年自己的自私和无情，不由地一阵羞惭。

凤霞讷讷地说："我让他爹写个欠条……给你送来。"

致舟说："不用，真的不用。"

凤霞的身上，不再有那苹果和青草的清香，而是淡淡的汗酸味。

02

送走了凤霞母子，晚报朋友的电话来了，致舟大致谈了谈情况，朋友考虑了一下，忽然问："这个当妈的和你是什么关系？仅仅是当年下乡时候的老乡？"

致舟想了想老实承认说："不止。"

朋友笑道："噢，原来是小芳。"

致舟苦笑道："拜托，别说这两个字。"

朋友说："我问你这个是有目的的。像这一家的情况，当然可以写一篇文章报道一下。问题是现在类似的文章很多，不大容易能引起公众的注意力和同情心。如果能有点抢眼球的东西就更好了。你要是不反对的话，我们可不可以在报道中加入一点比如大学教授、知青村姑、初恋小芳之类的吸引人注意的噱头？”

致舟半天没说话。最后他说考虑一下，谢过朋友，挂了电话。

回家吃晚饭的时候，致舟仔细看了看范洁。瘦人上了年纪都显老，范洁还好。她一向收拾自己非常精心，脸定期做保养，只要出门就会化淡妆，头发是轻轻烫过的短发，衣服的剪裁简洁合体，料子都比较挺括，一定程度上遮掩了她的瘦削。范洁走过他身边的时候，他忽然嗅到了一点香水的味道，她什么时候开始用香水了？很清淡，也很好闻。

凤霞和她是两个世界的人。

虽然连连拒绝，二金波还是给他送来了欠条。二金波和他想象中的不一样。他以为他会看到一个黧黑的满脸皱纹的瘦老头，农村人天天被太阳晒，老得早，老得快。没想到金波竟然穿着衬衣西裤，裤子高高地提上去，腰带系在肚脐上面，看上去也就是四十来岁。问了才知道，二金波近几年一直在镇政府帮忙，虽然是个临时工，但也不用下地。

看来家里的农活都是凤霞一个人的，虽然现在处处都可以用机器，也不会那么轻快。

03

致舟最终还是没能同意报社朋友的“煽情”方案。朋友派了记者来采访凤霞和俩孩子，稿子也发了，爱心账户也建立起来了，钱也一笔一笔地收到，不是很多，但透析起码又可以继续做下去。

致舟又拿了五万放到爱心账户里去，算是弥补自己不肯“煽情”给凤霞带来的损失。凤霞坚决不收，致舟说：“给孩子的钱，你不收对不住孩子。”凤霞的眼泪马上就下来了，哭得脸皱成一团。

凤霞说：“我不该要你的钱！来找你这事儿就不该。但孩子说他想活，当娘的还能怎么着？不要脸就不要脸了！”

她哭得声嘶力竭。致舟不忍去看她那张脸。

再也没有想到会是这种重逢。

凤霞的大儿子死于两个月后的六月份，小儿子死于七月份。唯一让致舟安慰点的，是人死的时候，爱心账户里还有一点钱剩下来。不是因为没钱死的，是因为命。这样想让他舒坦一点。

致舟开车赶到火葬场的时候，老远地看见凤霞坐在火葬场门口，捧着骨灰盒，旁边或站或坐着几个亲戚，却没有二金波。致舟问：“二金波呢？”半天有人答：“喝醉了，搀不起来。”

凤霞一声不吭地捧着骨灰坐着，酷夏已到，她还穿着初夏的衬衣，致舟站在她的身前，不小心从衣领的地方一览无余地看到了她的胸。那曾经被他怀念不已的像苹果一样饱满而清香的乳房，如今是两张一直垂到腰间的肉皮。她用它们喂养大了两个孩子，现在，这两个孩子变成了两盒骨灰。

致舟不忍地想要替她接过来抱着，凤霞不放，喃喃地说：“这下行了，俺儿不受罪了，再也不受罪了。”

致舟默默地陪着她在台阶上坐下来。还是黄昏，火葬场在郊区，大门朝西，头一抬就看见黄色的大太阳，沉沉地落下去。记忆里他和凤霞在一起的时候，总有这黄黄的太阳。

他抬起手来擦了一把汗，凤霞的眼神愣愣地落在他的手上，说：“致舟，四个针眼还在呀。”

一个没忍住，致舟泪如雨下。

凤霞回了村子后再也没来找过致舟。她的消息又断断续续地被各种人传过来，听起来更像是说书人口中的故事了：她回去之后就和二金波离了婚。没想到二金波离婚后没几天就和七里铺炸油条的寡妇订了婚。凤霞跑去用刀抹了二金波的脖子，然后又抹了自己的。但是两个人都被救了过来。二金波没有起诉，两个人陆续各自娶的娶，嫁的嫁。二金波后来又生了个儿子，凤霞给人当上了后母。

这故事听起来很孤独。

有人说死很简单，有人说死很难。凤霞的两个孩子不想死，见人就磕头，要人救他们一命，可是他们死了；凤霞想死，一门心思想死，却还活着。

死，就是一件和你不对付的事。

结尾

01

车子冲往那一潭深水。

伍娟被吵闹声惊醒的时候，还以为进入了更深一层的梦境。眼前的场景是世界末日，每个人都在大声尖叫，大巴车颠簸得几乎要飞起来，然后忽然转了一个一百八十度的弯，在刺耳的声音中停下来，“呼”地一下倾覆过去。

伍娟瞪大了眼睛，几乎不相信自己看到的——真的是世界末日吗？

忽然，一个怀抱覆盖下来，把她严严密密地罩在里面，几乎同时，她听得耳边轰然一声巨响。

一瞬间，一切都静止了。车厢里不再有一点声音，好像这个星球中所有的生命都已经死去。

在这死寂中，伍娟唯一能听到的，就是那个怀抱的心跳。那心脏剧烈地跳动着，嘣，嘣，嘣。

一切已经消失在宇宙黑洞的东西，此时都争先恐后地跑出来。

那个怀抱紧紧地搂抱着她，用一秒钟给她一辈子。

伍娟紧紧地闭上眼睛，希望时间就静止在这里。没有在前一秒，也没有在后一秒。用一颗钉子把她和这一秒钉在一起。

……

班车马上要开到学校的时候，致舟习惯性地扭过头，去看那个湖。湖边的景色不错，也许将来可以在此处养老。他眼睛的余光处瞥到熟睡中的伍娟，不由低头看了一下。她睡着的时候，脸上所有紧张的肌肉都松弛了，看起来像一个小孩。致舟想起女儿小时候睡觉中的样子，又想起很多年前，当他在田间小道上猛地一转身，将凤霞抱住的时候，凤霞的那张脸。

年纪大了，随便想点什么，都有一种穿越感。时间对他而言，是以十年、二十年为单位计算的。

每当他这么想的时候，都会有一种至深的孤独，说不出，也无法对人言。

老只能是一个人的老。

班车开始颠覆的时候，致舟先是本能地抓住了扶手，扭头看过去，伍娟惊醒了，正惶恐地睁大了双眼。那眼睛里婴儿一般的恐惧使他松开了扶手，对她伸出双臂。

在轰然巨响的一瞬间，他觉得怀中像是护住了一个鸟巢，温柔、怜悯和赎罪的快感掩盖了恐惧和疼痛。

02

伍娟彻底清醒的时候，已经坐在马路边上。

一片大乱。车子翻倒在路边，一部分人爬出来了，一部分人还没有。爬出来的人有的瘫倒在路边，有的看样子问题不大，正在帮助里面的人往外爬。

她看见致舟站在不远处，正在帮助几个人往外拖一个女孩。他自己看起来也很狼狈，头上有一个还在滴血的伤口，胳膊也弯在胸前。

她努力站起来，活动了一下身体，居然能走路，连忙走过去帮忙。那个女孩看起来伤得比较严重，穿着棉衣外伤看不出，但是耳朵和鼻子都有细细的血流下来。她看清楚了，那是李郁。

她帮着大家一起抬李郁的身体，刚伸出手来就一阵疼痛，这才看见手上被划了一道很深的口子，血“啪嗒啪嗒”地滴，大概是托班车窗玻璃的福。赵致舟回过头来，说：“你的手帕呢？拿出来系上！”

原来他注意过她的手帕。

一车人里面，李郁伤得最重，颅底骨折。伍娟是最轻的，只有手上一个伤口。致舟的头部有个皮外伤，胳膊轻微骨裂，在家休息了两周才上班。

03

李郁在一个很深的梦里。她自由自在地在水里潜游着，水下的世界正如那天才的插画家大卫·威斯纳所画，是一个美丽而迷人的世界，有城堡，有白云，有高耸入云的大树。李郁给大碗买过大卫·威斯纳的《海底的秘密》，大碗非常喜欢，连看带撕，一本书已经给看得面目全非。李郁一边欢乐地游着，一边后悔自己的蠢——早知道游泳这么简单，为什么当初只顾撒娇不肯好好学……和谁撒娇来着？好像是一个很熟悉、很熟悉的人……却怎么也想不起来那人的名字。忽然，李郁意识到自己也许在做梦，因为她明明在水底，却能够听到各种各样的声音，风声，流水的声音，鱼儿的呓语，贝壳开闭的声音，美人鱼的歌声。在一片各种各样的声音中，李郁捕捉到一个婴儿的声音，那个声音如此稚嫩又如此美妙，它一会儿在笑，一会儿又在哭，它把手指嘬得嗞嗞响……听！它在喊“m，ma，妈妈！”……世界上还有比这更美妙的声音吗？一定是大碗……李郁的心消融成一团水，奋力地冲出水面，前面有一个布满温柔的蜜色沙子的小岛，小岛上有一只贝壳，贝壳里坐着一个宝宝……不是大碗，是一个男宝宝，雪白，粉嫩，满足她所有对于宝宝的幻想。他看到她就开心地笑了，从嘴里把那嘬得汁水淋漓的胖手指拿出来，翘起小鸟一样的嘴唇，甜蜜地叫道：“m，ma，妈妈！”

李郁的眼泪“哗”地流淌下来。一个长长的旅途，一个越走越绝望的旅途，一个渐渐失去了目的地的旅途……终于走到了一个驿站。

……

有一个声音从很远很远的地方，穿越了一层又一层的大气层，来到她的耳边："她掉眼泪了！她掉眼泪了！"

声音听起来很熟悉，是谁？是在说我吗？李郁好奇地睁开眼睛，眼前却蒙着一层雾，她拼命地甩着头，想要把那片雾甩开。又听到一个温柔的女声说："不要动。"她听话地安静下来，那层雾居然也慢慢散去，露出一张男人的脸。那张脸熟悉又陌生，此刻仿佛五官都错了位，看起来很奇怪。

不管他。啊，那个婴儿呢？那个喊我"妈妈"的婴儿？我不能丢了他！李郁着急地扭动着身体，闭上眼睛，企图把自己再塞回那个梦里去。

温柔的女声又响起来："继续上甘露醇。"更遥远的地方有人应答着。接着，她的手被人攥住，塞进另一个人的手中。那个女声又说："轻轻摇晃她，和她说话，不能让她睡着。"

她的手此刻被一个很热的手紧紧地握着，那只手如此湿热，像是一个桑拿房。她觉得不舒服，挣扎着想要把手拿回来，那只手却更紧地握住了她的手，一个急切的声音响起来："郁郁！郁郁！我们结婚吧！"

她没有听到这句话。因为忽然有只大手握住了她的胃，然后猛地用力一挤。她开始狂吐，一直吐到抽搐。

要经过整整一个星期，李郁才从无休止的喷射性呕吐、头晕、头疼中被解救出来，并且慢慢认出了所有的人，爸爸、妈妈、安芸……周秦。

李老师和姚老师在知道消息的几个小时内就赶到了医院，姚老师几乎是被李老师半抱进了病房，她哆嗦成了一团，瘫软得几乎不会走路，以至于等到脑部CT的结果出来，确定李郁只是不算严重的颅底骨折，一般情况下不会有生命危险之后，才发现了一直待在旁边的周秦。

周秦说的第一句话就堵住了她的嘴。他说："伯母，李郁出院我们就结婚。"

她的闺女现在在床上躺着，她不知道这个事儿会不会给她留下一些可怕的后遗症。医生说过撞的这个位置不太好，是面部神经最集中的地方，搞不好会永久性面瘫。她不能得罪这个说要和她女儿结婚的男人……既往不咎。

李老师看上去非常理智而且坚强。他像一个交警一样，井井有条地指挥和安排着每一个人的行动，这个人回去睡觉，那个人去做饭，这个人负责喂饭，他自己负责和医生打交道并确定治疗方案……可是当李郁已经好转，有一天，病房里只剩下他和女儿的时候，他握住女儿的手，沉默地低下头看了一会儿，忽然开始呜呜地哭起来，眼泪滔滔不绝，吓坏了李郁。

李郁说："爸爸，我都好了，你不要哭。"

李老师继续哭，还不害羞地用卫生纸使劲儿地擤着鼻涕。

李郁说："爸爸别哭了，求你了，你哭我就心慌。"

李老师终于停止了哭泣，他说："闺女，爸爸太后怕了，越想越后怕。"

李郁说："我就是运气坏，凑巧坐在了最后一排。他们都伤得不重吧？"

李老师说："你是伤得最重的。记住闺女，以后坐班车，无论如何也不要坐最后一排。赶不上就不去上班好了。"

李郁笑着说："不上班怎么行？要被开除了。"

李老师说："开除就开除，爸爸养着你。"

李郁笑起来。大概这就是爱，爱就是无原则无条件，爱让每个爱人的人和被爱的人都变成了要无赖不讲道理的小孩。

李老师擦掉了眼泪，这会儿终于觉得有点不好意思了，于是说："周秦比我哭得还凶。"

这是在拉垫背的，是在说有人比他还过分。

李郁骇笑道："他？"

李老师说："我们刚到的时候，你的CT结果还没出来，人又那个样子，耳朵里的血就是止不住，我心里着急，坐不住，就去CT室门口等，一眼就看见周秦站在那里。我从后面拍了拍他的肩膀，他扭头一看见是我，马上就哭了。"

李郁微笑，不知道为什么她并没有太大的触动。清醒过来的这几天，她的心里一直特别平静，像是放下了所有的包袱——因为包袱实在背得太久，所以现在觉得特别轻松——轻松到了有点儿没心没肺的程度。她并没有像医生担心的那样面瘫，不知道没心没肺算不算是脑部受伤的后遗症。

李老师继续感叹："他哭得那个难过，像个小孩。我本来想责备他两句，结果一个字都没说，还反过来安慰他。"

他和姚老师一样，全都为李郁和周秦当年的分手暗暗地怪罪周秦。

04

周秦从安芸那里得知李郁车祸的消息的时候，像是头顶被人猛地拍了一掌，浑身的痛感细胞都被激活了，心疼得火烧火燎。

他放下电话，从办公室里径直地走出去，有同事问他干什么去，他完全没听见。在“嗖嗖”的寒风中往大学城方向狂走了半个小时后，他才清醒过来，打了一辆车，直奔李郁被送往的医院。

很多年前，他曾经为了早点见到这个女人，在大雨中狂奔。那个时候的他那么有力量，有感情，有欲望，蓬蓬勃勃，像是一棵在夏天长疯了的树。

不知道什么时候他的秋天来了。他的头上长出了白发，他的肚腩悄然隆起，他几乎忘记了怎么爱女人，他故意忽略她的痛苦、她的需要，拒绝呼应她对他的深爱，他任由自己生活在一个麻木自私然而安全的小空间里。他无情地丢掉了她，连同他和她的青春一起。

现在，这个女人受伤了，说不定还会死。

此时只有一个想法再清楚不过：没有人会比她更爱他了。而他也一样。

说到底他是一个自私的人。但谁又不是？

两个星期后，李郁站起来走路还有点困难，活动一下会头晕，没有力气，但是躺在床上不动的时候，基本上像个好人儿了。她住的是双人间，这一天邻床出院，下一个病号还没进驻，病房里忽然变得整洁开阔了不少。中午的时候没有一丝风，太阳也不错，周秦在阳台上摆好了一张椅子，帮她披上羽绒服，把她抱到椅子上晒晒太阳。冬天虽然哪里都是一片灰，但是李郁与世隔绝了这么几天，看起来还是觉得很新鲜。阳光照在身上暖洋洋的，她眯上眼睛，又想起了那个喊她妈妈的小婴儿。

那个梦太真实了，比身边的生活还要真实。只差一点点她就可以抱到他，摸到他嫩滑肥满的皮肤。那是她的婴儿呀，她的。

她正遐想的时候，周秦蹲在她的椅子旁，微笑着说了句什么。她赶紧使劲儿地把注意力拉回来，问："你说什么？"

她听力还没完全恢复，听东西本来也有点费力。

周秦说："郁郁，我刚才说的是，嫁给我吧。"

哦，原来是这个。

周秦又问："好不好？"

她爽快地说："好呀，这样我们就可以要个孩子了。"

周秦被她的回答搞得有点晕，他笑着说："我怎么感觉自己像是个捐精的志愿者？"

她赶忙地笑起来，说："哪里啦，我是想要一个你的孩子。"

顿了顿又赶忙说：“我真高兴。”

说完自己心里也有点讪笑。

看来她已经好了，后遗症也不那么可怕——她的反应似乎还没那么慢，还懂得去哄一下别人。

安芸下了班来看她，带了一束百合，结果没地方放——病房的床头柜上摆满了周秦送的玫瑰。安芸只好出去问护士要了几个药瓶子插上花儿，放在床边。百合和玫瑰的香味儿一阵阵地涌上来，病房里消毒水的味道感觉没那么刺鼻了。

安芸带了点红枣小米粥来，李郁可以坐起来自己慢慢喝了。她告诉安芸：“周秦向我求婚。”安芸点点头说：“恭喜。”过了一会儿又看着李郁笑着说：“你是不是摔傻了？和以前很不一样。”她伸出手去轻轻摸了一下她的头。

李郁也笑着放下保温杯。一时间，千言万语，又不知道该从何说起。她是变了，她心里知道。晚上睡不着的时候，她自己都为那改变而心惊，而窃喜，而忐忑不安。

安芸按按她的手，示意她不用说了。她也就低下头继续喝粥。

她这一阵和安芸话都少，好像待在一起就很好，说话倒显得多余。

安芸说：“我带大碗来看你吧？”

李郁着急地说：“不行，病房里细菌多。”

安芸点点头。李郁认真地说：“我给大碗生个弟弟吧？”

安芸说：“好呀。”

李郁说："你又不肯再生了，一个孩子太孤单。将来咱们都没有了，两个孩子可以做个伴儿。"

安芸说："想得倒是远。"又笑起来说："听起来好像也没有变傻。"

05

李老师学校工作忙，住了三周后回去了，姚老师留下来，负责做饭送饭，下午陪床，替换下周秦，让他回去睡个午觉。周秦请了一个月的假，没急事儿就待在病房里，尽职尽责地侍候病人。几个星期下来，人瘦了不少，看起来倒是又有了几分大学时候清秀的样子。

李郁渐渐可以自己慢慢地走走路了。脑子里的东西终于各归各位，走起路来各零件不再东晃西晃，也不那么头晕耳鸣。

这天李郁半夜里醒来，想要上厕所。她的病床挨着窗户，病房的窗帘薄而透，看得出今晚月光很好。周秦就睡在她身边医院配置的陪床上，不过她不打算叫醒他。

从洗手间出来，经过陪床的时候，她忽然很想仔细看看周秦。

陪床本来就小，比儿童床大不了多少，周秦又高，两条腿长长地伸出来，两只胳膊也没地方放，只好交叉着抱在胸前。她慢慢地蹲下身子看着他。他的眉头微微蹙着，看样子睡得不怎么舒服，月光下也能看见嘴边那逐渐变深的两道笑纹。

她突然有一点触动，这在生病后好像是第一次。她想起刚刚认识他的时候，他的长腿掠过气流，形成一阵风。他的狡黠的黑眼睛射向她的时候，她就像感受到一阵电流。

毕竟很多年过去了。真的，不知道怎么回事，人就突然老了。

她伸出手去轻轻摸他唇边的两道纹，大概有几日没有剃胡须，硬硬地有些扎手。

他惊醒了，看见她蹲在旁边，吓了一跳，马上翻身坐起。有那么几秒钟，他和她在那点月亮光下默默看着对方，邻床的病人和陪护此起彼伏地打着呼噜，然而他们都没有听见。

周秦伸手去摸了摸李郁的衣服，嘟囔了一声："穿得太少。"他弯腰把她抱起来，送到病床上。她忽然想当个赖皮的孩子，拉着他的胳膊不肯松开，他也就顺势在她身边悄悄躺下。

病床那么狭窄，她整个身子都镶嵌在他身体里一样。他们紧紧地抱着，脸贴着脸。

李郁忽然想到点什么，伸出手去找到他的手，轻轻握住，笑着小声说："整天听人家说什么执子之手。说得那个深情，跟多什么似的……其实也不过就是我们这么着。"

周秦去摸索她的眼睛，在眼角那里擦了擦，笑着说："你要是肯流点眼泪就更完美了。"

李郁说："我才不要哭。"

06

李郁足足住了一个半月的医院才被释放回家。等到终于被允许自由行动了，李郁做的第一件事，就是找出那张被软禁在张爱玲《私语》里边的周秦画给她的速写像。

实在是年代太久远了，看起来一碰就会碎。她像珍宝一样拿着去找了家裱画店，做了一个木头框子。店里的小姑娘好奇地看一眼画儿，又看了一眼李郁，终于忍不住问："这是谁？"

李郁说："……谁也不是，随便画的。"

她现在终于肯对周秦诉说那漫长的十年了，而且一说就没完没了。那暗夜的哭泣、月光下银白色的小腿儿、沱江里的恐龙蛋。但是不知道为什么，越说好像越不像真的，她像是在讲一个随便胡编乱造的故事。

为了证明自己，她拿出裱好的画给他看，说："你看，我一直留着。"

周秦的眼睛落在那张画上，好半天才找到焦点一样，茫然地问："这是我画的吗？"

李郁一点儿也不生气，她点点头，好脾气地说："是呀，是你画的。"

然后安慰地按按他的手，因为看起来他非常之愧疚。

她把画框仔细地放在桌子上，端详着。

画中的少女有着优美的面部线条，密密的长睫毛，有点翘的鼻头，右脸颊上一颗小小的黑痣。

她忽然也有点迷惑了，这真的是她么？

那一天的天气好到让城市人觉得受宠若惊——因为从窗口看出去，居然看得到星空，满天散布的星群十分迷人。李郁想起很多年前，那个在白杨树下仰望星空、思索人生的女孩。据说，两颗明亮的星星看起来那么亲密，其实却相隔几十亿光年。

但三十多岁的李郁不再是科学的信仰者。她扭过头握住周秦的手，放在胸口，像启动一个游戏一样快乐地说："来，让我们执子之手。"

07

两周之后，致舟来到单位，迎面看到伍娟走过来。她看见他，马上露出一个格外惊喜的笑容。致舟和她笑着打了一个招呼，自顾自地往办公室走，没想到伍娟却跟在后面。他停下问道："有事？"伍娟的脸有些微微的红，低头半天才说："那天在车上，谢谢你。"致舟说："没有关系。"却看见伍娟眼睛里满漾着的泪光。

致舟心头一颤。

"都是同事，应该的。"他到底又加了一句。

像是在伍娟和他之间划出来一片海。

正好有个女研究生从他们身边经过，招呼着"李老师、伍老师"，致舟连忙说："杜薇，等一下，我正好找你有事。"

伍娟看着致舟和杜薇说笑着走开了，致舟还开玩笑似的拍了拍女孩的肩膀，真不像他一贯的风格。伍娟低头看了看手上的伤疤，两个星期了，不但没有愈合，还有点想要化脓的样子。

是她不想让它好。靠着那点疼痛，她还能抚摸到那一秒。

08

今天李郁将要举行她和周秦的婚礼。早晨在婚纱店，安芸刚帮她穿好婚纱，大碗嚷嚷着要拉巴巴，安芸急匆匆地带她去了厕所，更衣室里剩下了她一个人。

一个穿婚纱的、不怎么年轻的女人，对着一面大大的落地镜。

李郁看着自己，发了一会儿呆。她想起很多年前，在大学宿舍，一个独自在月华下看着小镜子的女孩。镜中的那个女孩充满憧憬，不知道她将要踏入的，是一个什么样的红尘滚滚的世界。

小镜子变成了落地镜，十几年的时间没有了。红尘世界说有其实也无，不过仍旧是一个人，和一面镜。

09

婚礼上，伍娟和致舟被安排在一个房间。趁着大家互相串位子敬酒，她端着酒杯坐到了致舟身边。致舟举起杯子和她轻碰一下，说："希望下次参加的是你的婚宴。"她咬紧牙关看着致舟的眼睛，希望能从里面看出多的一点东西。

一点也没有。致舟端着酒杯去应酬别人了。他突然成了一个在这种场合特别如鱼得水的人。

致舟举着杯，口中满满地说着话，却仍旧没能甩掉那双眼睛里痛苦的询问。他满心里都是说不出的懊丧和疲倦。活了这么久，又回到了作知青回城的那一年。

无力，无能。他已经被彻底阉割，彻底被"去势"了。他自己知道，别人却不知道。

他恨自己那个拥抱，如果你不是上帝，如果你只是一个五十多岁、有家有口、自私懦弱的男人，多做便是多错。

难道不是吗？

好不容易熬到新娘和新郎敬完酒，伍娟提前走了，没有和任何人打招呼。

10

婚礼是个体力活。李郁和周秦端着酒杯一桌一桌地敬过去，笑得太久，脸上像刷了一层糨糊。好不容易敬完了所有的酒，李郁离开人群和周秦，一个人出来透透气，一转头，看见那个脸上少有表情的赵致舟，正在走廊的窗口抽烟。赵老师的戒烟史在系里很出名，屡戒屡抽。她后来听人说车祸的时候他极为帮忙来着，心里想着要好好谢谢他，但一时不知道该怎么和他打招呼，才发现虽说作了六七年的同事，因为在不同的教研室，平时没啥交道，说过的话寥寥有数。正犹豫地站着，他偶尔不经意地扭过头来，她被他眼睛里的东西吓了一跳。说不出是什么，但那点东西让他看起来变成了另外一个陌生的人。他们都怔了一下，彼此都觉得有点尴尬。致舟的脸上浮起客气的笑容，迅速地变成一个正常的人。他们互相点了点头。

如果她再细心一点，也许会发现他的秘密。他视线焦距的深处，是一个穿风衣的女孩。那女孩一边走，一边把围巾围上。她停在路口等着打车，正是人流高峰，车子不好打。好不容易有车子开过来，总被她前面的人先拦走了。

风大得要命，她的黑色围巾被风吹得鼓鼓荡荡，贴在她的脸上，盖住了她发红的鼻头和脸上的泪痕，看起来她像是刚参加了一场葬礼，而不是婚礼。她等了好久打不上车，只好往前走一走，但总有比她走得更靠前的人拦住亮空车灯的出租车。她一再被挫败，终于放弃了，下定决心地不再看马路的车流，只把两只手抄在兜里，默默前行，在城市的深处渐行渐远，逐渐成为一个看不清色彩和性别的小黑点。

图书在版编目（CIP）数据

倾车之恋 / 火锅著. —青岛：青岛出版社，2014.11

ISBN 978-7-5552-1154-9

Ⅰ. ①倾… Ⅱ. ①火… Ⅲ. ①长篇小说—中国—当代 Ⅳ. ①I247.5

中国版本图书馆CIP数据核字（2014）第221003号

书　　名　倾车之恋
著　　者　火　锅
出版发行　青岛出版社
社　　址　青岛市海尔路182号（266061）
本社网址　http://www.qdpub.com
邮购电话　13335059110　0532-68068026
责任编辑　刘　坤　胡文娟
封面设计　末末美书
照　　排　戊戌同文
印　　刷　青岛国彩印刷有限公司
出版日期　2014年11月第1版　2019年5月第3版第3次印刷
开　　本　大32开（880mm×1230mm）
印　　张　13.75
字　　数　300千
书　　号　ISBN 978-7-5552-1154-9
定　　价　45.00元

编校印装质量、盗版监督服务电话　4006532017　0532-68068638